# LA MAISON DES HOLLANDAIS

DU MÊME AUTEUR

*BEL CANTO* (PEN/Faulkner Award 2002, Orange Prize 2002), Rivages, 2002 ; Rivages poche n° 517.

*DANS LA COURSE*, Jacqueline Chambon, 2010 ; Babel n° 1648.

*ANATOMIE DE LA STUPEUR*, Jacqueline Chambon, 2014 ; Babel n° 1590.

*ORANGE AMÈRE*, Actes Sud, 2019 ; Babel n° 1724.

*LA MAISON DES HOLLANDAIS*, Actes Sud, 2021 ; Babel n° 1856.

P. 174 "La maison c'est si triste", *in* Philip Larkin, *Où vivre, sinon ?*,
traduit de l'anglais et présenté par Jacques Nassif,
coll. "Orphée", La Différence, 1994.

Titre original :
*The Dutch House*
Éditeur original :
Bloomsbury, Londres

ISBN 978-2-330-17436-1

ANN PATCHETT

# LA MAISON DES HOLLANDAIS

roman traduit de l'anglais (États-Unis)
par Hélène Frappat

BABEL

# PREMIÈRE PARTIE

# CHAPITRE UN

La première fois que notre père a invité Andrea à la Maison des Hollandais, Sandy, notre gouvernante, est entrée dans la chambre de ma sœur pour nous demander de descendre. “Votre père veut vous présenter l’un de ses amis.

— Un ami du travail ?” a demandé Maeve. Elle était plus vieille que moi, et par conséquent possédait une compréhension plus subtile de l’amitié.

Sandy a réfléchi. “Je dirais que non. Où est ton frère ?

— Banquette sous la fenêtre”, a répondu Maeve.

Sandy a été obligée de tirer les rideaux pour me trouver. “Pourquoi tu te caches toujours derrière les rideaux ?”

J’étais en train de lire. “Vie privée”, j’ai répondu, même si, à huit ans, je n’avais aucune notion de la vie privée. J’aimais cette expression, et j’aimais aussi avoir le sentiment d’être enfermé dans une boîte, quand les doubles rideaux étaient tirés.

S’agissant du visiteur, mystère total. Notre père n’avait pas d’amis, ou du moins pas le genre d’amis qui sonnent chez nous un samedi, en fin d’après-midi. J’ai abandonné ma cachette secrète et je suis allé en haut des escaliers, où je me suis allongé sur le tapis du palier. D’expérience, je savais que je pouvais voir le salon en regardant entre le pilastre et le premier balustre, à plat ventre sur le sol. J'ai vu notre père devant la cheminée, avec une femme, et apparemment ils étaient en train d'étudier les portraits de M. et Mme VanHoebeek. Je me suis levé et je suis allé dans la chambre de ma sœur faire mon rapport.

"C'est une femme", j'ai dit à Maeve. Sandy devait déjà être au courant.

Sandy m'a demandé si je m'étais brossé les dents, et par là elle voulait savoir si je me les étais brossées ce matin. Personne ne se brossait les dents à 4 heures de l'après-midi. Sandy devait tout faire toute seule parce que Jocelyn ne travaillait pas le samedi. Sandy avait dû allumer le feu, ouvrir la porte, proposer quelque chose à boire, et par-dessus le marché voilà qu'elle se trouvait chargée de la responsabilité de mes dents. Sandy ne travaillait pas le lundi. Sandy et Jocelyn avaient toutes les deux congé le dimanche, parce que mon père pensait que ce n'était pas bien de faire travailler les gens ce jour-là.

"Oui, j'ai répondu, parce que c'était probablement le cas.

— Recommence. Et brosse-toi les cheveux."

La dernière partie s'adressait à ma sœur, qui avait de longs cheveux noirs, aussi épais que dix queues de cheval nouées ensemble. Elle aurait pu les brosser pendant des heures qu'elle aurait toujours eu l'air aussi décoiffée.

Une fois qu'on a été jugés présentables, on est descendus avec Maeve et on est restés plantés sous l'immense voûte de l'entrée, pendant que notre père et Andrea contemplaient les VanHoebeek. Ils ne faisaient pas attention à nous, ou ils ne se rendaient pas compte de notre présence – difficile à dire –, alors on a attendu. Avec Maeve, on savait se tenir tranquilles à la maison, une habitude née d'une tentative pour ne pas exaspérer notre père, même si nos manières sournoises l'exaspéraient encore plus. Il portait son costume bleu. Il ne portait jamais de costume le samedi. Pour la première fois, j'ai remarqué que ses cheveux commençaient à grisonner à l'arrière. À côté d'Andrea, il paraissait encore plus grand.

"Ça doit être réconfortant de les avoir avec vous", lui a dit Andrea, en faisant allusion, non à ses enfants, mais à ses tableaux. M. et Mme VanHoebeek, dont je n'avais jamais entendu prononcer les prénoms, étaient vieux sur leur portrait, mais pas totalement antiques. Tous les deux vêtus de noir, ils se tenaient bien droit, dans une attitude formelle typique d'une autre époque. Même dans leurs cadres séparés, ils étaient tellement ensemble, tellement *mariés*, que j'ai toujours pensé qu'il avait dû s'agir à l'origine d'un seul grand tableau que quelqu'un avait coupé en deux. La tête d'Andrea s'est penchée en arrière pour étudier ces quatre yeux rusés qui semblaient suivre un garçon de leur désapprobation, quel que soit le canapé sur lequel il choisissait de s'installer. Maeve, sans dire un mot, a enfoncé son doigt entre mes côtes pour me faire crier mais j'ai réussi à me contenir. Nous n'avions toujours pas été présentés à Andrea qui, vue de dos, avait l'air menue et soignée dans sa robe ceinturée, un chapeau noir, pas plus grand qu'une soucoupe, épinglé sur une torsade de cheveux pâles. Grâce à mon éducation chez les sœurs, je savais qu'il ne faut pas embarrasser un invité en riant. Comment Andrea aurait-elle pu deviner que les gens sur les tableaux étaient arrivés avec la maison, que tout ce qu'il y avait dans la maison était arrivé avec elle ?

Dans le salon, les VanHoebeek étaient le clou du spectacle, un document grandeur nature sur des gens usés par le passage du temps, leurs visages sévères et disgracieux rendus avec une précision hollandaise et une science typiquement hollandaise de la lumière, mais chaque étage abritait des dizaines d'autres portraits moins importants – leurs enfants dans les corridors, leurs ancêtres dans les chambres, les inconnus qu'ils admiraient dispersés partout. Il y avait aussi un portrait de Maeve à dix ans, certes moins grand que ceux des VanHoebeek, mais tout aussi réussi. Mon père avait ramené en train un artiste célèbre de Chicago. D'après la légende, il était censé peindre notre mère, mais notre mère, à qui personne n'avait dit que le peintre allait habiter deux semaines chez nous, avait refusé de poser, si bien qu'à la place il avait peint Maeve. Une fois le portrait achevé et encadré, mon père l'avait accroché au salon juste en face des VanHoebeek. Maeve disait souvent que c'est à cette place qu'elle avait appris à soutenir le regard des gens.

"Danny, a dit mon père, quand il a fini par se retourner, avec l'air de s'attendre à nous trouver exactement à l'endroit où nous étions. Viens dire bonjour à Mme Smith."

On ne m'enlèvera jamais de la tête que le visage d'Andrea s'est fugitivement affaissé quand elle nous a regardés, Maeve et moi. Même si mon père n'avait pas mentionné ses enfants, elle devait bien être au courant de notre existence. Tous les habitants d'Elkins Park connaissaient les faits et gestes de la Maison des Hollandais. Elle pensait peut-être qu'on resterait à l'étage. Après tout, c'est la maison qu'elle était venue voir, pas les enfants. À moins que l'expression sur le visage d'Andrea ne se soit adressée exclusivement à Maeve qui, à quinze ans et en baskets, avait déjà une tête de plus qu'Andrea juchée sur ses talons. Maeve avait eu tendance à se voûter quand il était devenu évident, à sa première poussée de croissance, qu'elle dépasserait toutes les autres filles de sa classe et la plupart des garçons, et notre père n'arrêtait pas de lui dire de se tenir droite. *Lève-la-tête-redresse-les-épaules* était quasiment devenu son nouveau nom. Pendant des années, chaque fois qu'il la croisait dans une pièce il la frappait entre les omoplates de la paume de la main, avec pour effet pervers que Maeve se tenait désormais aussi droite qu'un soldat à la cour de la reine, ou que la reine en personne. Même moi je devinais son côté intimidant : sa taille, la muraille noire scintillante de ses cheveux, sa manière de baisser les yeux, au lieu de pencher la tête, pour regarder quelqu'un. Mais à huit ans j'étais encore confortablement plus petit que la femme que notre père épouserait par la suite. J'ai tendu la main pour serrer sa petite main à elle, et j'ai dit mon nom, puis Maeve a fait pareil. L'histoire a retenu que Maeve et Andrea se sont détestées au premier regard, mais c'est faux. Lors de leur rencontre, Maeve s'est montrée parfaitement correcte et polie, et elle est restée parfaitement correcte et polie, jusqu'à ce que ça ne soit plus possible.

"Comment allez-vous ?" a demandé Maeve, et Andrea a répondu qu'elle allait très bien.

Andrea allait bien. Le contraire aurait été étonnant. Ça faisait des années qu'Andrea avait pour but de s'introduire dans la maison, de glisser son bras dans le bras de notre père en gravissant les grandes marches en pierre et en foulant les tomettes rouges de la terrasse. Elle était la première femme que notre père ramenait à la maison depuis le départ de notre mère, même si Maeve m'avait raconté qu'il s'était passé quelque chose à un moment entre lui et notre nounou, une Irlandaise du nom de Fiona.

"Tu crois qu'il couchait avec Pluche ?" C'est comme ça qu'on appelait Fiona quand on était petits, en partie parce que j'avais eu du mal à mémoriser le prénom Fiona, en partie à cause des douces vagues de cheveux roux qui retombaient sur son dos dans un nuage fascinant. J'ai appris cette liaison, comme la plupart des informations à l'époque, avec de nombreuses années de retard, dans une voiture garée devant le portail de la Maison des Hollandais, où je me trouvais avec ma sœur.

"S'ils couchaient pas ensemble, ça veut dire qu'elle faisait le ménage dans sa chambre au milieu de la nuit", m'a répondu Maeve.

Mon père et Pluche *in flagrante delicto.* J'ai fait non de la tête. "Je n'arrive pas à l'imaginer.

— Tu ne devrais pas essayer de l'*imaginer.* Bon Dieu, Danny, c'est répugnant. De toute façon, tu étais pratiquement un bébé sous le règne de Pluche. Je suis même étonnée que tu te souviennes d'elle."

Mais Pluche m'avait frappé avec une cuillère en bois quand j'avais quatre ans. J'ai encore une petite cicatrice de la forme d'un club de golf près de l'œil gauche – la marque de Pluche, comme Maeve l'appelait. Pluche a prétendu qu'elle était en train de cuire une compote de pommes quand je lui ai fait peur en m'agrippant à sa jupe. Elle a dit qu'elle essayait de m'éloigner de la cuisinière, et qu'elle n'avait jamais eu l'intention de me frapper, même si je ne vois pas trop comment on peut frapper accidentellement un enfant au visage avec une cuillère. Le seul intérêt de toute cette histoire, c'est qu'elle constitue mon premier souvenir distinct – de quelqu'un d'autre, de la Maison des Hollandais ou de ma propre existence. Je n'avais aucun souvenir distinct de notre mère, mais je me souvenais de la cuillère de Pluche fissurant le côté de ma tête. Je me souvenais que Maeve, qui se trouvait à l'autre bout du couloir quand je m'étais mis à hurler, s'était précipitée dans la cuisine à la vitesse des cerfs qui sautaient par-dessus la haie au fond de la propriété. Elle s'était jetée sur Pluche, la poussant contre la cuisinière, et des flammes bleues avaient jailli au moment où la casserole de compote brûlante s'était écrasée par terre, si bien que nous avions tous été brûlés par les éclaboussures. On m'avait envoyé chez le médecin qui m'avait fait six points de suture, et la main de Maeve avait été bandée, et Pluche renvoyée, même si je me souviens encore qu'elle pleurait en répétant qu'elle était tellement désolée, que c'était un accident, et rien d'autre. Elle ne voulait pas partir. C'était elle, l'autre relation qu'avait eue notre père, à en croire ma sœur, qui devait avoir raison, vu qu'à l'époque où j'ai eu cette cicatrice, j'avais quatre ans, mais elle déjà onze.

Il se trouve que les parents de Pluche avaient travaillé comme chauffeur et cuisinière des VanHoebeek. Pluche avait passé son enfance dans la Maison des Hollandais, ou dans le petit appartement au-dessus du garage, si bien que quand son nom a resurgi, des années et des années plus tard, je me suis demandé où elle avait bien pu aller quand on lui avait demandé de partir.

Pluche était la seule personne de la maison à avoir connu les VanHoebeek. Notre père ne les avait pas rencontrés non plus, même si nous nous asseyions dans leurs fauteuils, et dormions dans leurs lits, et mangions nos repas dans leur faïence de Delft. Le vrai sujet, ce n'étaient pas les VanHoebeek. En un sens, le vrai sujet, c'était la maison, et c'était leur maison. Ils avaient fait fortune dans la distribution en gros de cigarettes, un commerce juteux où M. VanHoebeek avait fait son entrée juste avant le début de la Première Guerre mondiale. On distribuait des cigarettes aux soldats sur le champ de bataille pour soutenir le moral des troupes, et les soldats avaient ramené l'habitude chez eux pour célébrer une décennie de prospérité. Les VanHoebeek, qui s'étaient déjà enrichis, s'étaient fait construire une maison sur ce qui était à l'époque un terrain agricole, situé en dehors de Philadelphie.

La réussite éblouissante de la maison pouvait être attribuée à l'architecte, même si, quand j'ai eu l'idée de faire des recherches, je n'ai réussi à trouver aucune autre trace de son œuvre. Il se peut que l'un des austères VanHoebeek, ou les deux, aient été des espèces d'esthètes visionnaires, ou bien que la propriété ait inspiré une merveille surpassant leur imagination, ou que l'Amérique, après la Première Guerre mondiale, ait grouillé d'artisans d'un niveau exceptionnel oublié depuis longtemps. Quelle que soit l'explication, la maison qu'ils avaient achevée – la maison qui plus tard nous achèverait – était la rencontre singulière du talent et de la chance. Je ne comprends pas comment une maison de trois étages pouvait donner l'impression d'offrir la quantité idéale d'espace, mais c'était pourtant le cas. Ou peut-être serait-il plus juste de dire que cette maison était trop grande pour qui que ce soit, un immense, un ridicule gaspillage, mais que nous n'aurions rien voulu y changer. La Maison des Hollandais, comme on l'appelait à Elkins Park, à Jenkintown et Glenside, et jusqu'à Philadelphie, ne faisait pas référence à son architecture mais à ses habitants. La Maison des Hollandais était le lieu où ces Hollandais au nom imprononçable vivaient. Depuis certains postes d'observation lointains, elle semblait flotter à quelques centimètres au-dessus de la colline sur laquelle elle était construite. Les carreaux de verre entourant les portes vitrées à l'entrée étaient aussi grands que des vitrines, et fixés par des vignes en fer forgé. Le soleil se reflétait sur les fenêtres qui en renvoyaient les rayons à travers l'immense pelouse. Elle était peut-être néoclassique, mais avec une simplicité dans les lignes qui l'apparentait plutôt au style méditerranéen ou français, et les manteaux de cheminée en faïence de Delft du salon, de la bibliothèque et de la chambre de maître avaient beau ne pas être hollandais d'origine, on disait qu'ils avaient été arrachés à un château à Utrecht et vendus aux VanHoebeek pour payer les dettes de jeu d'un prince. La maison, manteaux de cheminées compris, avait été achevée en 1922.

"Ils ont profité de sept années d'opulence avant que les banquiers ne commencent à sauter par les fenêtres", a dit Maeve, en resituant nos prédécesseurs dans l'histoire.

La première fois que j'ai entendu parler de la propriété qui avait été vendue, c'est lors de la première visite d'Andrea chez nous. Elle a suivi notre père dans le hall et regardait la pelouse devant la maison.

"Toutes ces vitres ! a dit Andrea, comme si elle calculait si les vitres pouvaient être changées, et remplacées par un vrai mur. Ça ne vous dérange pas que les gens vous observent ?"

Non seulement on pouvait voir à l'intérieur de la Maison des Hollandais, mais on pouvait carrément voir à travers.

La maison rétrécissait au milieu, et le hall très profond conduisait directement à ce qu'on appelait l'observatoire, qui avait un mur de fenêtres donnant sur le jardin à l'arrière. Depuis l'allée, le regard était libre de monter les marches du porche, traverser la terrasse, les portes de l'entrée, longer le sol en marbre du hall tout en longueur, arriver à l'observatoire, et apercevoir les lilas du jardin derrière la maison, qui se balançaient, indifférents aux regards.

Notre père a jeté un coup d'œil au plafond, puis à l'encadrement de la porte, comme s'il n'y avait jamais pensé. "On est assez loin de la rue." En cette après-midi du mois de mai, le mur de tilleuls qui délimitait la propriété était touffu, et la pelouse verte en pente, où je me roulais comme un chien l'été, était à la fois épaisse et vaste.

"Mais la nuit, s'est inquiétée Andrea. Je me demande s'il n'y aurait pas moyen d'accrocher des rideaux."

Des rideaux pour bloquer la vue : l'idée m'a paru non seulement impossible, mais totalement stupide.

"Vous nous avez vus la nuit ? a demandé Maeve.

— Souvenez-vous qu'à l'époque de la construction de la maison, le terrain autour était gigantesque, a dit notre père, en interrompant Maeve. Plus de quatre-vingts hectares. La propriété s'étendait jusqu'à Melrose Park.

— Mais pourquoi les avoir vendus ?" Brusquement Andrea comprenait que la maison aurait été bien mieux si d'autres maisons n'avaient pas été construites. La vue aurait été beaucoup plus dégagée, bien au-delà de la pente de la pelouse, des parterres de pivoines et de roses. À l'origine, le regard était censé parcourir l'immense vallée, jusqu'à la barrière de la forêt, en sorte que lorsque les VanHoebeek, ou l'un de leurs invités, jetaient un coup d'œil par une fenêtre de la salle de bal, la nuit, ils voyaient uniquement la lumière des étoiles. Il n'y avait aucune rue à l'époque, aucun voisinage, alors que désormais la rue, et la maison des Buchsbaum sur le trottoir en face, étaient parfaitement visibles, l'hiver, quand les arbres avaient perdu leurs feuilles.

"Pour l'argent, a dit Maeve.

— Pour l'argent", a confirmé notre père, avec un signe de tête. Ce n'était pas si compliqué. Même à huit ans, j'étais capable de comprendre.

"Mais quelle erreur", a dit Andrea. Elle avait les lèvres serrées. "Imaginez comme ça devait être beau à l'époque. Ils auraient dû avoir un peu plus de respect, si vous voulez mon avis. La maison est une œuvre d'art."

C'est à ce moment-là que j'ai éclaté de rire, parce que je venais de comprendre qu'Andrea reprochait aux VanHoebeek de ne pas *lui* avoir demandé son autorisation avant de vendre le terrain. Mon père, exaspéré, a demandé à Maeve de me reconduire à l'étage, comme si je pouvais avoir oublié le chemin de ma chambre.

Des cigarettes manufacturées, alignées dans leurs paquets, étaient un luxe pour les gens riches, de même que des hectares que leurs propriétaires n'arpentaient jamais. Morceau par morceau, le terrain avait été arraché à la maison. Le dépeçage du domaine, enregistré dans des titres de propriété, relevait du domaine public. Des parcelles furent vendues pour payer les dettes – quatre hectares, puis vingt, puis onze. Elkins Park se rapprochait de plus en plus de la porte d'entrée. C'est ainsi que la famille VanHoebeek a réussi à survivre à la Dépression, sauf que M. VanHoebeek est mort d'une pneumonie en 1940. Un fils VanHoebeek est mort dans son enfance, et deux fils plus âgés sont morts à la guerre. En 1944, à la mort de Mme VanHoebeek, seul le jardin à l'arrière restait à vendre. La maison, et l'intégralité de son contenu, sont revenus à la banque, poussière, tu retourneras poussière.

La Société d'épargne et de crédit de Pennsylvanie a autorisé Pluche à rester, et elle a reçu un petit salaire pour gérer la propriété. Les parents de Pluche étaient morts, à moins qu'ils n'aient trouvé d'autres employeurs. En tout cas elle vivait seule au-dessus du garage, contrôlant quotidiennement la maison pour s'assurer qu'il n'y avait pas de fuites dans le toit et que les tuyaux n'avaient pas explosé. Elle tondait manuellement un étroit chemin allant du garage à l'entrée, abandonnant le reste de la pelouse aux mauvaises herbes. Elle ramassait les fruits des arbres qui n'avaient pas été arrachés à l'arrière de la maison, et confectionnait du concentré de pomme et des conserves de pêches pour l'hiver. En 1946, quand notre père a acheté la maison, des ratons laveurs avaient envahi la salle de bal et grignoté les câbles électriques. Pluche n'entrait dans la maison qu'en plein jour, à l'heure où tous les animaux nocturnes étaient entassés les uns sur les autres, ensevelis dans un profond sommeil. Par miracle, ils n'avaient pas provoqué d'incendie. Finalement on captura les ratons laveurs et on se débarrassa d'eux, mais ils avaient laissé leurs puces et les puces s'introduisirent absolument partout. Maeve raconte que ses premiers souvenirs de la maison, c'est qu'elle passait sa vie à se gratter, et que Pluche tamponnait un coton-tige trempé dans une lotion calmante à la calamine sur chaque piqûre. Mes parents avaient engagé Pluche pour être la nounou de ma sœur.

*

La première fois qu'avec Maeve on s'est garés rue VanHoebeek (*Van Hou-Bec*, écorché en *Van Ho-bik* par tous les habitants d'Elkins Park), c'était la première fois que je suis revenu de Choate pour les vacances de printemps. Printemps, le mot convenait mal à Elkins Park, cette année-là, vu que le sol était recouvert de neige, une mauvaise blague de 1er avril couronnant un hiver amer. Le vrai printemps, comme mon début de semestre au pensionnat me l'avait appris, était réservé aux garçons que leurs parents emmenaient faire de la voile aux Bermudes.

"Tu fais quoi ? je lui ai demandé, alors qu'elle s'arrêtait devant la maison des Buchsbaum, en face de la Maison des Hollandais.

— Je veux voir un truc." Maeve s'est penchée et elle a sorti l'allume-cigare.

"Y a rien à voir ici. Redémarre." J'étais d'une humeur de chien à cause du temps, et aussi de la disproportion, injuste à mes yeux, entre ce que je méritais et ce que j'avais, ce qui ne m'empêchait pas de me réjouir d'être de retour à Elkins Park, et d'être dans la voiture de ma sœur, le vieux break bleu de notre enfance que mon père lui avait laissé quand elle avait quitté la maison. À cause de mes quinze ans, et de ma stupidité globale, j'attribuais ma sensation de retrouver un foyer à la voiture et à l'endroit où elle était garée, au lieu de me sentir pleinement reconnaissant envers ma sœur.

"T'as un rendez-vous ? T'es pressé ?" Elle a sorti une cigarette du paquet puis elle a mis sa main au-dessus de l'allume-cigare. Si on ne se préparait pas à attraper l'embout, il était éjecté si violemment qu'il pouvait faire un trou dans le siège, le tapis de sol ou notre jambe, selon où il atterrissait.

"Tu viens te garer ici quand je suis au lycée ?"

Pop. Elle a attrapé l'embout et allumé sa cigarette. "Non.

— C'est pourtant là qu'on est." La neige tombait doucement, en continu, tandis que les derniers rayons du jour disparaissaient dans les nuages. Maeve était une conductrice de 4×4 islandais dans l'âme, aucune tempête de neige n'était capable de l'arrêter, mais je venais de descendre d'un train et j'étais épuisé et frigorifié. Je n'avais qu'une envie, préparer des croque-monsieur et prendre un bon bain chaud. Les bains étaient un sujet de moqueries interminables à Choate, je n'ai jamais compris pourquoi. Seules les douches étaient considérées comme viriles.

Maeve a rempli ses poumons de fumée, elle a expiré, et coupé le contact. "Plusieurs fois j'ai eu envie de venir, mais j'ai décidé de t'attendre." Alors elle m'a souri, en tournant légèrement la manivelle pour laisser entrer un petit souffle d'air arctique. Je l'avais tannée pour qu'elle arrête de fumer avant de partir au pensionnat, et puis j'avais oublié de lui dire que je m'y étais mis. Fumer, c'est l'activité qui remplaçait les bains à Choate.

J'ai levé la tête pour observer l'allée. "Tu les vois ?"

Maeve a regardé par la vitre du conducteur. "Je ne sais pas pourquoi, mais je n'arrête pas de penser à la première fois qu'elle est venue à la maison, il y a une éternité. Si ça se trouve, tu ne t'en souviens même pas ?"

Bien sûr que je m'en souvenais. Qui aurait pu oublier l'apparition d'Andrea ?

"Et elle a dit ce truc sur son angoisse à l'idée que les gens nous espionnent la nuit ?"

Les mots étaient à peine sortis de sa bouche que le hall était inondé par la chaleureuse lumière dorée du lustre. Puis, après un temps, ça a été au tour de la lampe au-dessus de l'escalier de s'allumer, puis, un moment plus tard, des lampes de la chambre de maître au deuxième étage. L'illumination de la Maison des Hollandais était tellement synchrone avec ses paroles que cela m'a presque coupé le souffle. Évidemment que Maeve *était* venue voir la maison sans moi. Elle savait qu'Andrea allumait les lampes à l'instant précis où le soleil se couchait. Feindre de l'ignorer ajoutait à la petite mise en scène de ma sœur et quand, par la suite, j'ai pris conscience de ses efforts, je les ai appréciés à leur juste valeur. C'était un spectacle d'enfer.

"Regarde-moi ça", j'ai chuchoté.

Il n'y avait plus de feuilles sur les tilleuls, et la neige tombait, mais pas trop. Effectivement on pouvait voir dans la maison, à travers la maison, pas en détail évidemment, mais la mémoire complétait l'image : il y avait la table ronde sous le lustre, où Sandy avait eu l'habitude de poser le courrier de notre père, chaque soir, et derrière elle l'horloge que j'étais chargé de remonter le dimanche après la messe, afin que le bateau sous le six continue à se balancer doucement entre deux rangées de vagues peintes. Je n'arrivais pas à discerner le bateau, ni les vagues, mais je savais qu'ils étaient là. Il y avait la console en demi-lune contre le mur, le vase en cobalt avec le dessin de la fille et du chien, les deux fauteuils Empire sur lesquels personne ne s'asseyait jamais, le miroir géant dont le cadre me faisait toujours penser aux tentacules entortillés d'un poulpe doré. Andrea a traversé le hall d'entrée pile au bon moment. On était trop loin pour voir son visage, mais je l'ai reconnue à sa démarche. Norma a descendu l'escalier à toute vitesse avant de s'arrêter brutalement, se souvenant que sa mère allait lui dire de ne pas courir. Norma avait grandi désormais, même si je me disais qu'il s'agissait peut-être de Bright.

"Je suis sûre qu'elle nous a espionnés, a dit Maeve, avant sa première visite chez nous.

— Peut-être que le monde entier nous espionnait, tous ceux qui passaient en voiture dans cette rue, l'hiver." J'ai attrapé son sac et j'ai pris les cigarettes.

"Le monde *entier*. Ça me paraît un peu mégalo.

— On nous apprend à parler comme ça à Choate."

Elle a éclaté de rire. Je voyais bien qu'elle ne s'attendait pas à rire, et ça m'a rendu fou de joie.

"Cinq jours complets avec toi à la maison, elle a dit, en soufflant la fumée par la vitre entrouverte. Les cinq meilleurs jours de l'année."

# CHAPITRE DEUX

Après sa première apparition à la Maison des Hollandais, Andrea a traîné comme un virus. Dès qu'on était sûrs de l'avoir vue pour la dernière fois, et que son nom n'avait plus été prononcé depuis des mois, voilà qu'elle réapparaissait à la table du dîner, d'abord refroidie par son absence, puis se réchauffant lentement avec le temps. Andrea, au summum de sa chaleur, avait pour unique sujet de conversation la maison. Elle discutait interminablement du moindre détail d'une moulure ou calculait la hauteur exacte des plafonds, comme si nous venions de découvrir leur existence. "Ça s'appelle moulure en ove", me disait-elle, en levant le doigt pour les désigner. Quand sa présence devenait vraiment insupportable, elle disparaissait à nouveau, et une vague de soulagement déferlait sur Maeve et moi (et, pensait-on, notre père), dans le sillage de son glorieux silence.

Je me souviens du dimanche où, de retour de la messe, on l'a trouvée assise sur l'une des chaises en fer-blanc au bord de la piscine, à moins que ce ne soit Maeve qui l'ait trouvée. Maeve avait traversé la bibliothèque et l'avait aperçue par hasard par la fenêtre. Elle n'a pas appelé notre père, comme moi j'aurais fait, se contentant de sortir dans le jardin par la porte de la cuisine.

"Madame Smith ?" a dit Maeve, en mettant sa main en visière sur ses yeux. On l'a appelée Madame Smith jusqu'à leur mariage, puisque personne ne nous avait proposé de faire autrement. Après leur mariage, je suis sûr qu'elle aurait préféré qu'on l'appelle Madame Conroy, mais ça aurait seulement intensifié le malaise, vu que Maeve et moi étions aussi des Conroy.

Maeve m'a raconté qu'Andrea avait sursauté, qui sait, elle s'était peut-être endormie. "Où est votre père ?

— À la maison." Maeve a regardé par-dessus son épaule. "Il vous attendait ?

— C'est *lui* que j'attendais, il y a une heure", a rectifié Andrea.

Comme on était dimanche, Sandy et Jocelyn avaient congé. Je ne pense pas qu'elles l'auraient laissée entrer en notre absence, mais je ne pourrais pas en jurer. Sandy était la plus chaleureuse des deux, Jocelyn la plus méfiante. Elles n'aimaient pas Andrea, et elles l'auraient probablement fait attendre dehors jusqu'à notre retour. Il ne faisait pas très froid, la journée était suffisamment belle pour s'asseoir au bord de la piscine, avec les rayons du soleil scintillant à travers l'eau bleue, et les touffes moelleuses de mousse poussant entre les dalles. Maeve lui a dit qu'on revenait de l'église.

Ensuite elles se sont regardées fixement, et aucune n'a détourné le regard. "Je suis à moitié hollandaise, vous savez, a fini par dire Andrea.

— Pardon ?

— Du côté de ma mère. Elle était cent pour cent hollandaise.

— On est irlandais", a dit Maeve.

Andrea a approuvé de la tête, comme si un désaccord venait d'être tranché en sa faveur. Quand il est devenu évident que la conversation ne se prolongerait pas, Maeve est rentrée annoncer à notre père que Mme Smith attendait au bord de la piscine.

"Mais merde, où est-ce qu'elle a bien pu garer sa voiture ?" m'a demandé Maeve, après que notre père est sorti de la maison. Elle ne jurait presque jamais à l'époque, encore moins juste après la messe. "Elle se gare toujours devant la maison."

Alors on est partis à la recherche de la voiture, d'abord au bout de la propriété, puis derrière le garage. Quand aucun des endroits évidents n'a marché, on a redescendu l'allée, le gravillon crissant sous nos semelles du dimanche, jusqu'à la rue. On n'avait aucune idée de l'adresse d'Andrea, mais on savait qu'elle ne vivait pas dans le coin et qu'elle n'avait pas pu venir à pied. On a fini par trouver son Impala crème garée un pâté de maisons plus loin, le coin gauche du capot tout froissé. Maeve s'est accroupie pour inspecter les dégâts et je suis allé jusqu'à toucher le pare-chocs qui avait subi l'accrochage, admirant les phares épargnés. À l'évidence, Andrea avait heurté quelque chose et elle voulait nous le cacher.

On n'a rien dit à notre père concernant la voiture. Après tout, il passait sa vie à tout nous dissimuler. Il ne parlait jamais d'Andrea, ni lors de ses disparitions, ni lors de ses réapparitions. Il ne nous disait pas s'il avait prévu de lui faire jouer un rôle dans notre avenir. Quand elle était là, il faisait comme si elle avait toujours été là, et quand elle disparaissait, on n'avait jamais envie de lui rappeler son existence, de crainte qu'il ne la réinvite. Je ne crois pas qu'Andrea l'intéressait tant que ça en vérité. Ce que je crois, c'est qu'il était incapable de se mesurer à sa ténacité. La stratégie de notre père, pour ce que j'en savais, consistait à l'ignorer jusqu'à ce qu'elle disparaisse. "Ça ne marchera jamais", m'a dit Maeve.

La seule chose qui intéressait vraiment notre père dans la vie, c'était son travail : les immeubles qu'il construisait, et possédait, et louait. Il était rare qu'il vende quelque chose, choisissant plutôt d'utiliser ses biens pour en acquérir de nouveaux. Quand il avait rendez-vous avec la banque, le banquier se déplaçait chez lui, et mon père le faisait attendre. Mme Kennedy, la secrétaire de mon père, offrait une tasse de café au banquier en lui disant qu'il n'y en avait plus pour longtemps, ce qui n'était pas toujours vrai. Le banquier se retrouvait contraint à rester assis dans la petite antichambre du bureau de mon père, son chapeau à la main.

À la fin de la semaine, mon père me consacrait la petite parcelle de disponibilité qu'il lui restait, mais il réussissait encore à la faire entrer dans son champ professionnel. Le premier samedi de chaque mois, il me prenait avec lui dans sa Buick pour récolter les loyers, et il me donnait un stylo et un registre pour inscrire la somme que les locataires avaient donnée dans la colonne jouxtant celle de leurs dettes. J'ai appris très tôt à deviner qui serait absent, et qui se tiendrait devant la porte, avec une enveloppe. Je devinais qui allait se plaindre – des toilettes qui fuient, des toilettes bouchées, d'un interrupteur cassé. Certains locataires se plaignaient chaque mois de quelque chose, ne lâchant pas leur argent tant que le problème n'était pas résolu. Mon père, qui avait eu un genou fichu à la guerre, boitait un peu en se dirigeant vers le coffre de sa voiture d'où il sortait l'outil pour réparer. Quand j'étais petit, je trouvais que ce coffre ressemblait à celui d'un magicien – toutes ces pinces, tous ces marteaux, tournevis, mastic, clous – rien ne manquait ! Aujourd'hui je sais que ce que les gens vous demandent un samedi matin, c'est généralement une réparation basique, or mon père aimait faire ces boulots lui-même. Il était riche, mais il voulait montrer aux gens qu'il n'avait pas oublié le bon fonctionnement des choses. À moins qu'il ne m'ait entièrement réservé le spectacle, parce qu'il n'avait désormais pas plus besoin de se balader en voiture pour récolter les loyers que de traîner sa jambe malade en haut d'une échelle, histoire d'inspecter des bardeaux qui s'étaient détachés. Il avait des employés chargés de l'entretien pour ça. C'était peut-être pour moi qu'il roulait ses manches de chemise et retirait le revêtement d'une cuisinière pour examiner les feux, tandis que je restais là à m'émerveiller devant tout son savoir. Il me disait d'être attentif, parce qu'un jour c'est moi qui serais à la tête de l'entreprise. Alors il faudrait que je sache comment ça marche.

"La seule façon de comprendre vraiment la valeur de l'argent, c'est d'avoir connu la pauvreté, il m'a dit, un jour qu'on déjeunait dans la voiture. C'est ça ton handicap. Un gosse comme toi qui grandit dans la richesse, qui n'a jamais manqué de rien, qui n'a jamais eu faim – il a secoué la tête, comme s'il s'agissait d'un mauvais choix de ma part –, je ne sais pas comment il fait pour surmonter une chose pareille. Tu pourras bien regarder tous ces gens autant que tu veux, en essayant de comprendre par où ils sont passés, ça ne sera jamais comme si tu l'avais vécu toi-même." Il a posé son sandwich et il a bu une gorgée de café du thermos.

"Oui, père", j'ai répondu. Qu'est-ce que je pouvais bien dire d'autre ?

"Le plus grand mensonge qui traîne dans ce milieu, c'est qu'il faut de l'argent pour faire de l'argent. N'oublie pas. Faut être malin, avoir un plan d'attaque, être attentif à tout ce qui se passe autour de toi. Tout ça est gratuit." Mon père n'était pas un grand donneur de conseils, et ceux qu'il venait de me donner semblaient l'avoir épuisé. À la fin, il a sorti son mouchoir de sa poche et il s'est épongé le front.

Quand je suis d'humeur charitable, je repense à ce moment et je me dis que ça explique la fin de l'histoire. Mon père essayait de me transmettre le bénéfice de son expérience.

Mon père était toujours plus à l'aise avec ses locataires qu'avec ses employés au bureau ou avec les gens chez lui. Un locataire se lançait dans une histoire, parfois il déplorait l'incapacité des Phillies à marquer contre Brooklyn, d'autres fois il expliquait pourquoi il n'y avait pas assez d'argent dans l'enveloppe, et je devinais, rien qu'à la posture de mon père, aux signes de tête dont il ponctuait telle ou telle partie de l'histoire, qu'il écoutait avec attention. Les gens qui ne pouvaient pas payer leur loyer ne se plaignaient jamais d'une fenêtre bloquée à cause de la peinture. Ils voulaient juste avoir l'occasion de lui expliquer les problèmes qu'ils avaient rencontrés ce mois-ci, et l'assurer que ça ne se reproduirait pas. Je n'ai jamais entendu mon père réprimander ou menacer les locataires. Il se contentait d'écouter, puis il leur disait de faire au mieux. Sauf qu'au bout de trois mois de parlote, à notre visite suivante une nouvelle famille habitait l'appartement. Je n'ai jamais su ce qui arrivait aux malchanceux, parce qu'ils ne disparaissaient jamais le premier samedi du mois.

Plus la journée avançait, plus mon père fumait. J'étais assis à côté de lui, sur l'énorme banquette de la voiture, et j'examinais les chiffres du registre, ou je regardais le défilé rapide des arbres par la fenêtre. Quand mon père fumait, ça voulait dire qu'il réfléchissait, et que j'étais censé me taire. Les quartiers se dégradaient à l'approche de Philadelphie. Il se réservait ses locataires les plus pauvres pour la fin de la journée, comme s'il leur accordait des heures en plus pour rassembler de quoi payer leurs dettes. J'aurais préféré attendre dans la voiture pendant ces derniers arrêts, en tripotant les boutons de la radio, mais j'en savais assez pour nous épargner notre échange, moi demandant de rester, lui disant non. À Mount Airy et Jenkintown, les locataires étaient toujours gentils avec moi, ils demandaient des nouvelles de l'école et du basket en m'offrant des bonbons qu'on m'avait interdit catégoriquement d'accepter. "Tu ressembles chaque jour plus à ton père, disaient-ils. Tu deviens pareil que lui." Mais dans les quartiers les plus pauvres, les choses changeaient. Les locataires étaient toujours aussi gentils, mais ils étaient nerveux, même quand ils avaient l'argent en main, peut-être au souvenir des difficultés du mois précédent, ou parce qu'ils anticipaient celles du mois suivant. Ils étaient déférents, non seulement envers mon père, mais envers moi, et c'était cette déférence qui me donnait envie de m'enfuir. Des hommes plus vieux que mon père m'appelaient Monsieur Conroy, alors que j'avais à peine dix ans, comme si la ressemblance qu'ils voyaient entre lui et moi n'était pas seulement physique. Peut-être voyaient-ils les choses avec les yeux de mon père, et ils se disaient qu'un jour, c'est à moi qu'ils paieraient leur loyer, si bien qu'ils n'avaient pas le droit de m'appeler Danny. En grimpant les marches des immeubles, j'arrachais des lambeaux de peinture écaillée et je trébuchais sur des lattes cassées. Des portes béantes battaient sur leurs gonds et il n'y avait jamais de moustiquaire. Le chauffage dans les halls d'entrée était soit tropical, soit inexistant. En moi-même je pensais : *Quel luxe de jacasser à propos d'un joint qui manque à un robinet*, oubliant au passage que cet immeuble aussi appartenait à mon père, et qu'il était bien en son pouvoir d'ouvrir le coffre de sa voiture pour améliorer la vie de ses habitants. L'une après l'autre, il frappait aux portes, et les portes s'ouvraient, et on écoutait tout ce que les gens à l'intérieur avaient à dire : maris partis au travail, maris partis tout court, femmes disparues, enfants malades. Une fois, un homme a raconté en long et en large qu'il n'avait pas l'argent du loyer parce que son fils avait été si gravement malade qu'il avait dû rester à la maison pour s'occuper de lui. L'enfant et l'homme étaient tout seuls dans l'appartement plongé dans le noir, j'imagine que tous les autres occupants avaient disparu. Quand mon père en a eu assez d'écouter, il est entré dans le salon et il a soulevé l'enfant fiévreux du canapé. Je ne savais pas à quoi ressemblait un mort à l'époque, mais le bras du garçon s'est détaché de son flanc, basculant en arrière, et sa tête est retombée dans les bras de mon père. Ça m'a fichu une frousse mortelle. Si je n'avais pas entendu sa respiration totalement congestionnée, j'aurais pensé qu'on arrivait trop tard. L'air était irrespirable dans l'appartement, envahi par l'odeur mentholée de la souffrance. Le garçon avait cinq ou six ans, il était tout petit. Mon père l'a transporté dans les escaliers et il l'a installé dans la Buick, tandis que le père de l'enfant nous suivait en répétant qu'il n'y avait pas lieu de s'inquiéter. "C'est rien, il disait en boucle, mon garçon va guérir." Mais il a quand même grimpé à l'arrière de notre voiture pour accompagner son fils à l'hôpital. C'était la première fois que je me retrouvais à l'avant d'une voiture, avec un adulte derrière, et ça me rendait nerveux. J'osais à peine imaginer ce que les bonnes sœurs auraient dit si elles nous avaient vus passer. En arrivant à l'hôpital, mon père a tout réglé avec la dame à l'accueil, puis on les a laissés là-bas et on est rentrés chez nous à la nuit tombée, sans un seul commentaire sur ce qui s'était passé.

"Pourquoi il a fait ça ?" Maeve m'avait posé la question ce soir-là, après le dîner, dans sa chambre. Notre père n'embarquait jamais Maeve dans sa collecte des loyers, alors qu'elle avait sept ans de plus que moi et qu'elle avait eu chaque année le premier prix de mathématiques au lycée, si bien qu'elle aurait tenu le registre tellement mieux que moi que c'en était ridicule. Le premier samedi de chaque mois, Maeve demandait à sortir de table, et tandis que notre père rejoignait la bibliothèque, avec son verre et un journal, elle m'entraînait dans sa chambre dont elle fermait la porte. Elle exigeait un récit de la journée entière, dans les moindres détails : ce qui s'était passé à chaque appartement, ce que les locataires avaient dit, et ce que notre père avait répondu. Elle voulait même savoir ce qu'on avait acheté pour le déjeuner chez Carter's Market, où on s'arrêtait toujours prendre des sandwichs.

"Le gosse était vraiment très malade, c'est tout. Il n'a pas ouvert une seule fois les yeux, même pas quand papa l'a mis dans la voiture." À notre arrivée à l'hôpital, mon père m'avait dit d'aller aux toilettes des hommes pour me laver les mains à l'eau chaude avec du savon, même si je n'avais pas touché le garçon.

Maeve a ruminé l'information.

"Quoi ? j'ai demandé.

— Eh bien réfléchis. Il déteste les malades. Est-ce qu'il lui est déjà arrivé ne serait-ce que de franchir la porte de ta chambre, quand tu étais malade ?" Elle s'est allongée sur le lit à côté de moi, en arrangeant le coussin sous sa tête. "Puisque tu mets les pieds sur mon lit, tu pourrais au moins enlever tes chaussures dégueulasses."

J'ai balancé mes chaussures. Est-ce qu'il venait s'asseoir à mon chevet en mettant sa main sur mon front ? Est-ce qu'il m'apportait une limonade en me demandant si j'avais encore envie de vomir ? Ça, c'est ce que Maeve faisait. C'est ce que Sandy et Jocelyn faisaient, quand Maeve était en cours. "Il ne rentre jamais dans ma chambre.

— Alors pourquoi il a fait tout ça, alors que le père du garçon était là ?"

Je ne trouvais presque jamais les réponses avant Maeve, mais dans ce cas-là, c'était parfaitement évident. "Parce que la mère n'était pas là." S'il y avait eu une femme dans l'appartement, il ne se serait jamais mêlé de rien.

On jugeait de la sécurité de quelqu'un à la présence d'une mère, autrement dit j'étais plus en sécurité que Maeve. Après le départ de notre mère, Maeve avait repris le rôle pour moi, alors que personne ne le faisait pour elle. Il va de soi que Sandy et Jocelyn nous maternaient. Elles s'assuraient qu'on avait pris un bain, qu'on était bien nourris, que nos paniers-repas pour l'école étaient prêts, et nos cotisations chez les scouts à jour. Elles nous aimaient, je n'en doute pas une seconde, mais une fois leur journée finie, elles rentraient chez elles. Je ne pouvais pas me glisser dans le lit de Sandy ou Jocelyn quand j'avais fait un cauchemar au milieu de la nuit, et il ne m'a jamais traversé l'esprit de frapper à la porte de mon père. C'est chez Maeve que j'allais. C'est elle qui m'a appris à bien tenir ma fourchette. Elle qui assistait à mes matchs de basket, qui connaissait tous mes amis, vérifiait mes devoirs et m'embrassait chaque matin, avant nos départs respectifs pour l'école, puis chaque soir, avant que j'aille me coucher, que j'aie ou non envie d'être embrassé. Elle n'arrêtait pas de me répéter, encore et encore, que j'étais gentil et intelligent et vif, que je deviendrais le grand homme que je déciderais d'être. Elle excellait dans ce domaine, en dépit du fait que personne ne l'avait fait pour elle.

"Maman l'a fait pour moi." Elle semblait surprise que j'aborde le sujet. "Écoute-moi, fiston, la plus vernie des deux, c'est moi. J'ai eu des années avec elle, et toi non. J'ose même pas imaginer combien elle doit te manquer."

Mais comment une inconnue aurait-elle pu me manquer ? J'avais seulement trois ans à l'époque, et j'avais beau avoir été au courant, je n'en avais aucun souvenir. C'est Sandy qui m'a tout raconté, même si je connaissais évidemment des bribes de l'histoire par ma sœur. Maeve avait dix ans quand ma mère a commencé à fuguer. Un matin, Maeve est sortie de son lit et elle a ouvert les rideaux au-dessus de la banquette sous la fenêtre pour voir s'il avait neigé pendant la nuit, ce qui était le cas. On a beau dire tout ce qu'on veut de la Maison des Hollandais, elle était glaciale. Il y avait une cheminée dans la chambre de Maeve, et Sandy entreposait du bois sec sur la grille, au-dessus d'un lit de journaux froissés, pour qu'il ne reste plus à Maeve le matin qu'à craquer une allumette, ce qu'elle était autorisée à faire depuis son huitième anniversaire. ("Maman m'a donné une boîte d'allumettes le jour de mes huit ans, elle m'a raconté un jour. Elle a dit que sa propre mère lui avait donné une boîte d'allumettes le jour de ses huit ans, et qu'elles avaient passé la matinée à apprendre à les craquer. Elle m'a montré comment on allumait un feu, et puis ce soir-là elle m'a laissée allumer les bougies sur mon gâteau.") Maeve a fait le feu, elle a mis son peignoir et ses chaussons et elle est venue à la porte de ma chambre s'assurer que tout allait bien. J'avais trois ans, et j'étais profondément endormi. Je n'avais aucun rôle à jouer dans cette histoire.

Puis elle a traversé le couloir et elle est entrée dans la chambre de nos parents, qu'elle a trouvée vide, le lit déjà fait. Maeve est retournée dans sa chambre se préparer pour l'école. Elle s'était lavé les dents et le visage et elle était à moitié habillée, quand Pluche est entrée pour la réveiller.

"Chaque matin tu me bats, a dit Pluche.

— Tu devrais me réveiller plus tôt."

Pluche lui a dit qu'il était inutile qu'elle se réveille plus tôt.

Il n'était pas rare que notre père quitte la maison avant nous. Il était rare que notre mère ne soit pas à la maison, mais c'était déjà arrivé. Autant Sandy que Jocelyn et Pluche avaient l'air comme d'habitude. Si elles ne s'inquiétaient pas, nous-mêmes n'avions aucune raison de le faire. C'était notre mère qui emmenait Maeve à l'école, mais ce matin-là c'est Pluche qui l'a accompagnée en voiture, lui donnant le déjeuner que Jocelyn avait emballé. À la fin de la journée, c'est Pluche qui est venue la chercher. Quand Maeve a demandé où était notre mère, elle a haussé les épaules. "Avec ton père, j'imagine ?"

Notre mère n'est pas rentrée pour le dîner ce soir-là et, en voyant notre père, Maeve lui a demandé où elle était passée. Il l'a serrée dans ses bras et il a embrassé son cou. Ce genre de choses se produisaient encore à l'époque. Il a dit à Maeve que sa mère était allée à Philadelphie rendre visite à de vieux amis.

"Sans nous dire au revoir ?

— À moi elle a dit au revoir, a dit notre père. Elle s'est levée très tôt.

— Moi aussi je me suis levée tôt.

— Eh bien elle s'est levée avant toi, et elle m'a chargé de te dire qu'elle te verrait dans un jour ou deux. Tout le monde a besoin de prendre des congés.

— De quoi ?" a demandé Maeve, mais en fait, ce qu'elle voulait dire, c'était : *De moi ? De nous ?*

"De la maison." Il a pris sa main pour la conduire à la table du dîner. "Cet endroit est une grosse responsabilité."

Où était la grosse responsabilité, quand Jocelyn, et Sandy, et Pluche faisaient l'essentiel du travail, que les jardiniers venaient prendre soin de la pelouse et ratisser les feuilles et pelleter la neige, et que Maeve aurait fait n'importe quoi pour aider ?

Notre mère n'était pas là quand Maeve s'est réveillée, le jour suivant, et à nouveau Pluche l'a accompagnée à l'école et elle est venue la chercher. Mais à leur retour à la maison, le deuxième jour, notre mère était assise à la cuisine et prenait un thé avec Sandy et Jocelyn. Je jouais par terre, en soulevant les couvercles de toutes les casseroles.

"Elle avait l'air tellement fatiguée, m'a dit Maeve. Elle avait l'air de ne pas avoir dormi tout le temps qu'elle était loin."

Notre mère a posé sa tasse et elle a pris Maeve sur les genoux. "Revoilà ma chérie, elle a dit, et elle a embrassé son front, embrassé ses cheveux. Revoilà mon vrai trésor."

Maeve a mis les bras autour du cou de notre mère et elle a posé sa tête contre la poitrine de notre mère et respiré son odeur, tandis que notre mère caressait ses cheveux. "Qui a la chance d'avoir une fille comme ça ?" Elle s'adressait à Sandy et Jocelyn. "Qui a la chance d'avoir une fille aussi belle, et gentille, et intelligente ? Qu'est-ce que j'ai fait pour mériter une fille comme ça ?"

Des variantes de cette histoire se sont à nouveau produites à trois reprises.

Durant les deux mois qui ont suivi, notre mère s'est absentée deux nuits, puis quatre nuits, puis une semaine. Maeve a commencé à se lever au milieu de la nuit pour vérifier qu'elle était toujours dans la chambre de nos parents. Il arrivait que notre mère soit réveillée, et qu'en voyant Maeve à la porte, elle soulève les couvertures. Alors Maeve s'élançait à travers la chambre jusqu'au lit, sans faire un bruit, et elle se glissait contre les courbes chaudes de son corps. Elle s'endormait sans réfléchir, les bras de sa mère autour d'elle, le cœur battant et le souffle de sa mère contre son dos. Rien dans la vie n'était aussi bon que ça.

“Pourquoi tu ne me dis pas au revoir avant de partir ? lui demandait Maeve, et notre mère se contentait de secouer la tête.

— Jamais je ne ferais ça. Pour rien au monde je ne te dirais au revoir.”

Est-ce que notre mère était malade ? Est-ce que son état empirait ?

Maeve a fait oui de la tête. “Elle ressemblait de plus en plus à un fantôme. Une semaine elle maigrissait, l’autre elle pâlissait, tout se détériorait à toute vitesse. On était tous en train de s’écrouler. Maman rentrait à la maison et pleurait pendant des jours. En sortant de l’école je venais m’asseoir à son chevet. Parfois tu jouais dans son lit. Quand papa était à la maison, il avait toujours l’air d’essayer de l’attraper, un peu plus et on l’aurait trouvé en train d’errer, avec l’air de mendier sa présence. Toutes, Sandy, Jocelyn, Pluche, elles étaient aussi nerveuses que des chats sauvages à l’époque, mais personne n’en parlait. Quand elle disparaissait, c’était insupportable, et quand elle rentrait, c’était insupportable d’une autre façon, parce qu’on savait déjà qu’elle allait repartir.”

Quand elle a fini par repartir, Maeve a demandé à notre père quand elle serait de retour. Il l’a regardée très longuement. Il ignorait quelle partie de la vérité il était censé révéler à une enfant de dix ans, et il a décidé de ne rien cacher. Il a dit à Maeve que notre mère ne rentrerait pas. Elle était partie en Inde et ne rentrerait pas.

Maeve n’a jamais réussi à déterminer quelle partie de l’histoire était la pire : le fait que sa mère soit partie, ou bien que l’Inde se trouve à l’autre bout de la planète. “Mais personne ne va en Inde !”

Lui s'est contenté de dire "Maeve.

— Peut-être qu'elle n'est pas encore partie !" Elle ne le croyait pas, pas une seconde, mais si quelqu'un avait démarré cette histoire, alors quelqu'un devait l'arrêter.

Notre père a secoué la tête mais il n'a fait aucun geste vers elle. C'est sans doute l'aspect le plus étrange de toute cette affaire.

Voilà l'histoire du départ de notre mère, et voilà le moment où l'histoire s'interrompait. Il aurait dû y avoir des questions, des explications. Si elle était en Inde, notre père aurait dû y aller pour la ramener, mais rien de tout cela ne s'est produit parce que Maeve a arrêté de se lever le matin. Elle n'allait plus à l'école. Sandy lui apportait son porridge sur un plateau et s'asseyait à son chevet pour essayer de la convaincre d'avaler quelques bouchées, mais d'après elle il était rare que Maeve se laisse convaincre. Tout le monde s'est dit que l'absence de sa mère rendait cette petite fille malade, et que c'était compréhensible. Tous en souffraient, à des titres divers, si bien qu'ils laissèrent une enfant plonger totalement, sans jamais vraiment s'inquiéter de la voir continuer à boire son jus d'orange, et boire son verre d'eau, et boire la théière entière de camomille. Elle emportait sa tasse dans la salle de bains où elle n'arrêtait pas de la remplir, jusqu'au moment où elle a carrément fourré sa tête dans le lavabo pour boire au robinet. Pluche m'emmenait dans la chambre de Maeve et me mettait dans son lit et Maeve me lisait une histoire avant de se rendormir. Et puis, une après-midi, moins d'une semaine après le départ définitif de notre mère, Maeve ne s'est pas réveillée. Pluche l'a secouée, encore et encore, avant de la soulever dans ses bras et de dévaler les escaliers jusqu'à la voiture.

Où était le reste de la maisonnée à ce moment-là ? Où notre père pouvait bien être, et Sandy, et Jocelyn ? Et moi ? Sandy prétend qu'elle est incapable de s'en souvenir. "Une période tellement atroce", elle a dit en secouant la tête. Tout ce qu'elle savait, c'est que Pluche a conduit Maeve à l'hôpital et qu'à l'entrée, des infirmières ont récupéré l'enfant endormie dans ses bras. Elle est restée deux semaines à l'hôpital. D'après les médecins, le diabète avait pu succéder au traumatisme, ou à un virus. Le corps avait toutes sortes de moyens de gérer l'inexplicable. À l'hôpital, Maeve entrait et sortait d'un état inconscient, pendant que les médecins faisaient tout pour stabiliser sa glycémie. Elle vivait comme dans un rêve. Elle s'est raconté que sa mère était interdite de visite, une punition qu'on leur infligeait à toutes les deux pour quelque chose qu'elle avait fait mais dont elle n'arrivait pas vraiment à se souvenir. Les sœurs hospitalières de la Miséricorde, toutes amies de notre mère, lui rendaient visite. Deux filles du Sacré-Cœur se sont présentées avec une carte signée par toute la classe, mais on ne les a pas autorisées à rester. Notre père venait le soir, mais il ouvrait à peine la bouche. Il tenait le pied de Maeve à travers la couverture de coton blanc en lui disant qu'il fallait qu'elle aille mieux maintenant, que personne n'était capable d'affronter une chose pareille. Jocelyn, Sandy et Pluche alternaient des tours de garde dans sa chambre. "Il y en a une pour toi, une pour ton frère, et une pour ton père, disait Sandy. Personne n'est oublié." Sandy a raconté que quand elle avait envie de pleurer, elle attendait que Maeve soit endormie pour sortir dans le couloir.

Après le retour de Maeve à la maison, les choses ont empiré. La logique voulait que l'absence de notre mère l'avait rendue malade, et la logique a conclu que toute mention future de notre mère risquerait de la tuer. La Maison des Hollandais a plongé dans le silence. Sandy, Jocelyn et Pluche se consacrèrent entièrement à Maeve, aux piqûres, à l'insuline. Elles étaient terrifiées par la métamorphose que chaque injection entraînait. Notre père ne voulait rien avoir à faire avec tout ça. Pluche, qui à l'époque dormait dans le lit de Maeve, a fini par la ramener à l'hôpital en pleine nuit. Une fois de plus, ils ont tout fait pour la stabiliser, une fois de plus, ils l'ont renvoyée chez elle. Maeve pleurait sans arrêt jusqu'à ce que mon père l'envoie dans sa chambre en lui disant d'arrêter. Ils étaient tous devenus les personnages de l'épisode le plus terrifiant d'un conte de fées. Mon père avait cent ans désormais. "Stop, répétait-il, comme s'il n'était plus capable de faire une phrase. Stop maintenant."

Et puis un jour, elle a obéi.

# CHAPITRE TROIS

Au bout de presque deux ans d'occupation irrégulière des lieux, Andrea est entrée dans la maison un samedi après-midi, accompagnée de deux petites filles. On peut dire ce qu'on veut d'Andrea, mais elle avait le don de rendre l'impossible totalement naturel. Je n'ai pas compris clairement si Maeve et moi étions les seuls à rencontrer ses filles pour la première fois, ou si notre père découvrait aussi l'existence de Norma et Bright Smith. Non, il devait être au courant. Le simple fait qu'il ne leur ait pas adressé un seul regard signifiait qu'il était déjà habitué à elles. Elles étaient beaucoup plus jeunes que moi. Bright, la plus petite des deux, avait l'air de poser pour une carte de Noël, aussi blonde que sa mère avec des joues toutes rouges et des yeux bleus, un grand sourire pour tout le monde. Norma avait les cheveux châtain clair et des yeux verts. Elle ne faisait pas le poids face à sa sœur si lumineuse, sauf peut-être pour son air absolument sérieux. Ses lèvres demeuraient scellées en une ligne fine. C'était clairement Norma qui était en charge de tout.

“Les filles, a dit leur mère, je vous présente Danny, et sa sœur Maeve.”

On était sous le choc, évidemment, mais au fond de nos cœurs on se réjouissait aussi, parce qu'on était sûrs que les petites Smith allaient sonner le glas d'Andrea. Notre père n'allait quand même pas endurer la présence de deux enfants supplémentaires à la maison, et encore moins deux filles. Qui les avait gardées tous les samedis soir où elle était venue dîner chez nous, sans jamais mentionner qu'elle devait rentrer chez elle ? C'était impardonnable. En les saluant toutes les trois, sur le seuil, à l'issue d'une visite relativement brève, on s'est dit qu'il s'agissait de vrais adieux.

"*Sayonara*, madame Smith", a dit Maeve ce soir-là, dans la salle de bains, en mettant du dentifrice sur ma brosse à dents, avant d'en mettre sur la sienne. J'étais parfaitement capable de me servir d'un tube de dentifrice, mais c'était notre rituel. On se lavait les dents ensemble avant de dire notre prière.

"*Buenas noches*, Bright et Norma", j'ai ajouté. Maeve m'a fixé pendant une seconde, comme si elle n'en croyait pas ses oreilles, et puis elle a explosé de rire comme une baleine.

Avec Maeve, on avait constamment l'impression qu'on était à deux doigts de déchiffrer le code secret de notre existence, et le mystère impénétrable de notre père, ce qui ne nous a pas empêchés de nous tromper totalement sur l'apparition des filles d'Andrea. Ce n'était pas une présentation avortée. L'ultime révélation, à savoir le fait qu'Andrea faisait partie d'un accord global, prouvait qu'elle s'était déjà pleinement intégrée, et qu'on était en quelque sorte passés à côté. Bientôt les filles ont fait partie de la maison, s'asseyant avec nous à la table du dîner ou enlevant leurs chaussettes pour tremper leurs pieds dans la piscine

– aucune des deux ne savait nager. C'était bizarre d'avoir d'autres enfants dans les parages. Avec Maeve, on avait des amis à l'école, mais les fêtes, les devoirs et les soirées pyjama se passaient toujours chez les autres. Personne n'était jamais invité à la Maison des Hollandais. Peut-être était-ce pour éviter d'attirer l'attention sur notre condition d'enfants sans mère, ou par crainte que la maison ne nous ridiculise mais, en réalité, je crois que nous devinions que notre père n'aimait pas les enfants, ce qui rendait d'autant plus aberrant le fait qu'il autorise ces deux-là à entrer chez nous.

Un soir, les filles ont fait leur apparition avec leur mère, très chic dans sa robe en soie bleue. Bright n'arrêtait pas de passer les mains sur la jupe longue pour imiter le frou-frou des feuilles dans le vent, tandis que Norma jouait à marcher uniquement sur les petits carrés de marbre noir du hall d'entrée. Andrea nous a annoncé à tous les quatre que mon père et elle avaient une soirée. Sans nous avoir prévenus, elle prévoyait que Maeve et moi, on allait garder ses filles.

"Qu'est-ce qu'on est censés faire d'elles ?" a demandé Maeve, parce que sincèrement, on n'en avait aucune idée. Nous n'étions pas responsables d'elles. Nous n'étions jamais restés seuls avec elles auparavant.

Andrea a balayé la question. Elle était d'humeur exubérante à l'époque, comme si les décisions avaient déjà été prises. Ce qui était peut-être le cas. "Mais rien du tout, elle a répondu à Maeve, avant d'adresser un grand sourire à ses filles. Vous vous occupez très bien toutes seules, n'est-ce pas les filles ? Vous avez des livres ? Norma, demande à Maeve de te trouver un livre."

Maeve avait une pile de romans de Henry James sur sa table de nuit. *Le Tour d'écrou ?* C'est ça qu'elles avaient envie de lire ? Notre père a descendu l'immense escalier dans son plus beau costume, le regard fixé droit devant lui. Il s'accrochait à la rampe, donc son genou le faisait souffrir, donc il était de mauvaise humeur. Est-ce qu'Andrea avait deviné ? "C'est l'heure d'y aller", il lui a dit, sans un mot pour aucun de nous, ni merci, ni bonne nuit. Il s'est dirigé droit vers la porte. Je pense qu'il avait honte d'agir ainsi.

"Vous serez parfaites", a dit Andrea d'une voix chantante en se retournant, avant de rejoindre notre père dehors qui avançait sans l'attendre. Les deux petites filles, l'air bouleversé, ont continué à fixer le haut du chapeau de leur mère, et quand il est sorti de leur champ de vision, elles ont fondu en larmes.

"Jésus, Marie, Joseph !" a dit Maeve, et elle est partie chercher des kleenex. Pour rendre justice aux filles, ce n'est pas comme si elles poussaient des hurlements. En fait je pense qu'elles faisaient de leur mieux pour ne pas pleurer, mais qu'elles se sentaient submergées. Elles se sont assises ensemble sur un seul fauteuil Empire. Bright a laissé tomber sa tête sur la poitrine de sa sœur et Norma a enfoui son visage entre ses mains, comme si on venait de leur annoncer l'Apocalypse. Je leur ai demandé si elles avaient vraiment envie d'un livre ou si elles avaient envie de regarder la télé ou si elles avaient envie d'une glace. Elles ne me regardaient pas. Mais à ce moment-là Maeve est revenue, elle leur a tendu un mouchoir à chacune et, faisant semblant d'ignorer leurs larmes, elle a demandé si elles voulaient visiter la maison.

Du plus profond de leur détresse, j'ai bien vu que Norma et Bright l'ont entendue. Elles voulaient continuer à pleurer, comme si pleurer était le programme de la soirée, mais elles ont reniflé moins fort pour écouter.

"Le hall d'entrée, ce n'est pas la maison, a dit Maeve. C'est juste une toute petite partie de la maison. Je vous prie de remarquer que vous pouvez voir entièrement à travers. Jardin avant – elle a désigné la porte par laquelle elles étaient entrées, puis s'est tournée dans la direction opposée et a désigné les fenêtres de l'observatoire –, jardin arrière."

Bright s'est redressée pour regarder dans les deux directions, et quand Norma a versé sa dernière larme, elle aussi a lancé un regard timide.

"Vous avez vu la salle à manger et le salon." Maeve s'est tournée vers moi. "Je crois que c'est tout, non ? Je ne crois pas qu'elles soient allées dans la cuisine.

— Pourquoi est-ce qu'elles seraient allées dans la cuisine ?" J'essayais de ne pas prendre un air renfrogné – c'étaient les filles qui étaient renfrognées – mais je ne pouvais pas m'empêcher d'imaginer la foule de choses que j'aurais préféré faire ce soir-là, au lieu d'occuper les enfants d'Andrea.

Maeve est partie chercher une torche et puis elle a ouvert la porte conduisant à la cave. "N'utilisez pas la rampe, elle a dit par-dessus son épaule. Sinon vous aurez des échardes. Faites juste bien attention où vous mettez les pieds.

— Je veux pas aller dans la cave, a dit Bright en scrutant l'obscurité depuis le haut de l'escalier.

— Dans ce cas n'y va pas, a répondu Maeve. On fera vite.

— Porte-moi dans tes bras", a suggéré Bright.

Maeve n'a même pas pris la peine de répondre.

Norma s'est immobilisée au bout de deux marches. "Il y a des araignées ?

— Plein." Maeve a continué à descendre. Elle cherchait la ficelle suspendue à l'unique ampoule au milieu du plafond. Les filles ont considéré les choix qui s'offraient à elles : remonter ou bien descendre, et elles ont vite fait de la suivre tandis que je fermais la marche. Elles étaient toutes les deux en robes, collants blancs et chaussures en cuir verni. La cave de la maison appartenait à un autre siècle. Elle n'avait aucun rapport avec la structure qui reposait sur elle. Dans certains coins, les murs tombaient en poussière. Une fois j'y avais trouvé une pointe de flèche. J'aurais bien continué à fouiller, mais la vérité, c'est que moi non plus je n'aimais pas la cave.

"Pourquoi vous descendez là-dedans ? a demandé Norma, moitié horrifiée, moitié émerveillée.

— Je vais te montrer." Alors Maeve a braqué sa torche au fond de la pièce jusqu'à ce que le faisceau éclaire une petite porte métallique dans le mur. "C'est la boîte à fusibles. Imagine qu'une lumière s'éteigne dans les toilettes à l'étage et que tu saches que ce n'est pas l'ampoule qui a grillé. Alors tu dois descendre ici vérifier la boîte à fusibles. Parfois il arrive qu'on n'ait plus de fusibles, alors on coince une pièce derrière l'ancien fusible pour qu'il continue à fonctionner. Si le chauffage est en panne, c'est ici que tu dois descendre vérifier la chaufferie, et si c'est l'eau chaude, c'est ici que tu vérifies la chaudière. Parfois c'est juste la veilleuse qui s'est éteinte, et dans ce cas tu dois faire attention en craquant une allumette. Il pourrait y avoir une fuite de gaz. Boum", elle a conclu, impassible.

Honnêtement, je découvrais tout en même temps qu'elles.

Maeve s'est avancée courageusement tandis que Norma, Bright et moi, on essayait de ne pas s'éloigner du faisceau de sa torche. Elle a ouvert une porte en bois qui a craqué tellement fort que les filles se sont collées une seconde à moi, puis Maeve a tiré sur une autre ficelle, et une autre ampoule nue s'est allumée. "Ça, c'est le garde-manger de la cave où on conserve les réserves, juste au cas où tu aurais une petite faim. Sandy et Jocelyn font des conserves de légumes et de sauce tomate, des confitures. En gros tout ce qui rentre dans un bocal." On a levé les yeux sur les rayonnages remplis de bocaux immaculés, chacun portant une étiquette avec une date et classé par couleur, des moitiés de pêches dorées flottant dans le sirop, de la confiture de framboise. Il y avait des cageots de patates douces, de pommes du Canada et d'oignons sur le sol froid. À la vue de toute cette nourriture entreposée, j'ai pris pour la première fois conscience de ma richesse, en présence de ces deux petites filles.

À la fin, quand on a été prêts à remonter, Bright s'est immobilisée et elle a désigné les boîtes empilées sous les marches. "Qu'est-ce qu'il y a dedans ?"

Maeve a braqué sa torche sur la tour moisie de cartons. "Des décorations de Noël, d'autres décorations, ce genre de trucs."

Bright s'est illuminée en entendant le mot *Noël* et elle a demandé si elle pouvait ouvrir les boîtes. Qui dit décorations, dit cadeaux, peut-être même un cadeau pour elle, mais Maeve a dit non. "Tu n'auras qu'à revenir à Noël pour les ouvrir."

Je n'ai pas adressé la parole à Maeve ce soir-là quand on s'est brossé les dents, et après avoir dit notre prière, je suis parti.

"Allez. Sois pas fâché."

Mais j'étais fâché. Je suis allé au lit fâché. La visite touristique avait monopolisé la soirée. Elle leur avait montré l'intégralité de ce qu'il y avait à voir : l'office où on rangeait la vaisselle et où les nappes étaient enroulées dans d'énormes cylindres, le placard dans la chambre du troisième étage, avec au fond une porte minuscule ouvrant sur le faux plafond du grenier. Elle les a laissées tournoyer dans la salle de bal, en faisant semblant de valser. L'idée de danser là-haut ne nous avait jamais traversé l'esprit. "Qui installe une salle de bal au troisième étage ?" avait demandé Norma.

Maeve a expliqué qu'à l'époque de la construction de la maison, une salle de bal au troisième étage était le summum du chic. "Un effet de mode. Ça n'a pas duré. Mais une fois que tu as installé une salle de bal au troisième étage, impossible de l'enlever." Maeve leur a montré absolument toutes les chambres de la maison. Norma et Bright sont tombées d'accord pour trouver que la chambre de Maeve était la plus belle, et elles se sont assises sur sa banquette sous la fenêtre pendant que Maeve refermait les rideaux sur elles. Les filles hurlaient de rire et puis elles ont crié "Oh non !", quand elle a rouvert les rideaux. À la fin de la visite, elle a rapporté un escabeau de la cuisine pour qu'elles puissent remonter à tour de rôle l'horloge comtoise, alors qu'elle savait que c'était moi qui m'en chargeais dès mon réveil le dimanche matin.

Maeve s'est assise à côté de moi sur mon lit. "Imagine à quel point la maison doit les impressionner, à quel point on doit les impressionner, alors que si on leur montre tout ce qu'il y a dedans, au lieu de se contenter de la belle façade, ça sera, je ne sais pas, plus amical ?

— C'était très amical", j'ai dit, sur un ton pas du tout amical.

Maeve a posé la main sur mon front, du même geste qu'elle avait quand j'étais malade. "Elles sont petites, Danny. Des enfants de cet âge-là, ça me fait toujours mal au cœur."

Elle les avait couchées sur son propre lit, et quand notre père est rentré avec Andrea, chacun a descendu les escaliers, une petite fille endormie dans les bras, jusqu'à la voiture d'Andrea garée dehors. Maeve a dû dévaler les marches pour les rattraper juste à temps. Ils avaient oublié les chaussures des filles. Maeve m'a dit qu'Andrea était un peu saoule.

À la longue liste de mérites de ma sœur, qui ne lui ont jamais été reconnus, il faut ajouter ceci : elle a été gentille avec ces gamines. Si mon père, ou Andrea, étaient dans la pièce, elle les ignorait poliment, mais quand elle se retrouvait seule avec Norma et Bright, elle leur préparait toujours un programme agréable – apprendre le crochet, les laisser lui faire des tresses, leur montrer comment on préparait le tapioca. En retour, elles la suivaient dans la maison comme une paire de cockers en adoration devant leur maîtresse.

Chaque soir, le dîner obéissait à une série complexe de lois domestiques mises en place par Sandy et Jocelyn. Si notre père rentrait du travail à temps, alors nous dînions tous les trois dans la salle à manger, Sandy faisant le service tandis que nous respirions le parfum huileux de la cire citronnée qui flottait au-dessus de la table en bois massif. Mais si notre père rentrait tard ou avait prévu autre chose, on mangeait à la cuisine avec Maeve. Ces soirs-là, Sandy mettait au frigo une assiette garnie, sous une feuille de papier paraffiné, et à son retour notre père mangeait à la cuisine. Ou du moins c'est ce que je supposais. Peut-être transportait-il son assiette dans la salle à manger où il s'asseyait tout seul. Évidemment, quand Andrea et ses filles étaient là, nous dînions dans la salle à manger. En présence d'Andrea, non seulement Sandy faisait le service mais en plus elle débarrassait, alors qu'en l'absence d'Andrea, à la fin du repas, chacun prenait son assiette et la rapportait à la cuisine. Nous n'avions reçu aucune explication, mais tout nous paraissait très clair, aussi clair que notre rituel du dimanche soir, consistant à nous réunir dans la cuisine à 18 heures, Maeve, mon père et moi, pour manger le repas froid que Sandy avait laissé la veille pour nous. Andrea et ses filles ne dînaient jamais avec nous le dimanche soir. Rien que nous à la maison, amassés autour de la petite table de la cuisine, ça nous donnait presque la sensation de former une famille, ne serait-ce que pour l'espace réduit qui nous forçait à nous rapprocher. Comparée à l'immensité de la Maison des Hollandais, la cuisine était étrangement minuscule. D'après Sandy, c'était parce que les seules personnes censées voir la cuisine étaient les domestiques, et que tous ceux qui travaillaient dans l'immobilier de standing se fichaient comme de leur première chaussette (*comme de leur première chaussette* : c'était du Sandy tout craché) de la quantité d'espace dont les domestiques disposaient. Il y avait une petite table en formica bleu dans le coin, où Sandy s'asseyait pour écosser les petits pois ou passer le rouleau sur la pâte à tarte, la même table où Sandy et Jocelyn déjeunaient et dînaient. Maeve prenait toujours soin de passer un coup d'éponge sur la table quand on avait fini de manger et de tout bien remettre en place, parce qu'elle voyait la cuisine comme la propriété de Sandy et Jocelyn. Le peu d'espace disponible était presque entièrement occupé par l'énorme fourneau à gaz à neuf feux, un tiroir-réchaud et deux fours, chacun assez grand pour faire rôtir une dinde. L'hiver, Sandy avait beau alimenter les cheminées, le reste de la maison était une calotte glaciaire, mais grâce à la cuisinière, la petite cuisine restait bien au chaud. Évidemment, l'été c'était une autre histoire, mais même l'été la cuisine était ma pièce préférée. La porte ouvrant sur la piscine restait toujours ouverte et il y avait un ventilateur dans le coin qui diffusait l'odeur de tous les plats en préparation. Je pouvais faire la planche dans la piscine dans la lumière aveuglante de midi, en respirant le parfum de la tarte aux cerises que Jocelyn avait enfournée.

Le dimanche soir, le lendemain du jour où on nous avait mis les filles d'Andrea dans les pattes, j'ai examiné Maeve avec soin, parce qu'il me semblait que quelque chose clochait. Je devinais son taux de glycémie aussi facilement que les variations de la météo. Je savais quand elle avait arrêté de m'écouter parce qu'elle était sur le point de s'écrouler. J'étais toujours le premier à remarquer quand elle était pâle ou en sueur. Sandy et Jocelyn aussi avaient ce don. Elles savaient quand elle avait besoin d'un jus de fruits et quand elles devaient lui faire sa piqûre, alors que notre père paraissait sidéré chaque fois. Il ne cessait de fixer un espace situé au-dessus de la tête de Maeve.

Mais en l'occurrence son taux de sucre n'était pas le problème. Alors que je ne la quittais pas des yeux, Maeve a fait la chose la plus stupéfiante qu'à ma connaissance elle ait jamais faite : très négligemment, tout en servant la salade de pommes de terre, elle a dit à notre père que cela ne faisait pas partie de nos responsabilités de nous occuper des filles d'Andrea.

Il a ruminé un moment l'information, tout en mâchant le morceau de poulet qu'il venait de mettre dans sa bouche. “Tu avais prévu autre chose ce soir-là ?

— Faire mes devoirs, a répondu Maeve.

— Un samedi ?”

Maeve avait dix-sept ans et elle était suffisamment jolie et populaire pour ne jamais avoir à rester un samedi soir chez elle, ce que pourtant elle faisait, et pour la première fois j'ai compris qu'elle le faisait pour moi. Jamais elle ne m'aurait laissé tout seul à la maison. “On avait beaucoup de travail cette semaine.

— Eh bien, a dit mon père, apparemment tu t'en es bien tirée. Rien ne t'empêche de faire tes devoirs quand elles sont là.

— Je n'ai absolument pas avancé samedi. J'occupais les filles.

— Mais tes devoirs sont faits ce soir, non ? Tu ne vas pas te ridiculiser en cours demain.

— Ce n'est pas le problème."

Mon père a croisé son couteau et sa fourchette sur son assiette et il l'a regardée. "Dans ce cas, pourquoi tu ne m'expliques pas quel est le problème ?"

Maeve était prête. Elle avait déjà réfléchi à tout. Peut-être même qu'elle avait commencé à y penser depuis ma réaction à la visite de la maison qu'elle leur avait offerte. "Ce sont les filles d'Andrea et c'est à elle de s'en occuper, pas à moi."

Mon père a légèrement incliné sa tête dans ma direction. "Tu t'occupes bien de lui."

Elle s'occupait de moi matin, midi et soir. Est-ce que c'était ça qu'elle essayait de lui faire comprendre ? Qu'elle n'avait pas besoin de prendre en charge deux enfants supplémentaires ?

"Danny, c'est mon frère. Ces filles n'ont rien à voir avec nous." Toutes les leçons que mon père lui avait données se retournaient désormais contre lui : *Maeve, tiens-toi droite, Maeve, regarde-moi dans les yeux si tu as quelque chose à me demander. Maeve, arrête de tripoter tes cheveux. Maeve, parle plus fort, ne crois pas qu'on va te faire la faveur de t'écouter si tu ne prends pas la peine d'utiliser ta voix.*

"Mais si les filles faisaient partie de votre famille, ça ne te dérangerait pas ?" Il a allumé une cigarette à table, alors qu'il n'avait pas encore fini son assiette, un acte d'impolitesse agressive dont j'étais pour la première fois témoin.

Maeve se contentait de le fixer. J'étais stupéfait par le courage avec lequel elle soutenait son regard. "Ce n'est pas le cas."

Il a secoué la tête. "À partir du moment où tu vis sous mon toit et manges à mes frais, je suppose que tu peux prendre la peine de t'occuper de nos invités, quand je te le demande."

Le robinet de la cuisine gouttait. *Ploc, ploc, ploc.* Ça faisait un vacarme incroyable qui résonnait entre les murs, exactement ce que les locataires décrivaient quand ils se plaignaient de leurs robinets. J'avais observé mon père remplacer tellement de joints que j'étais sûr que je n'aurais aucun mal à le faire tout seul. Je me demandais s'ils remarqueraient mon absence, si jamais je me levais pour aller chercher une clé.

"Tu ne me l'as pas demandé", a dit Maeve.

Mon père était en train de repousser sa chaise mais elle a été plus rapide que lui. Elle est sortie de table, sa serviette toujours serrée dans son poing, et elle a quitté la pièce sans demander l'autorisation.

Mon père est resté assis un moment, plongé dans son silence habituel, mais il a écrasé sa cigarette sur son assiette à pain. Tous les deux on a fini de manger, même si de mon côté j'ignore comment. À la fin il est allé regarder les informations dans la bibliothèque, et j'ai débarrassé la table, rincé et empilé les assiettes dans l'évier, pour que Jocelyn puisse faire la vaisselle le lendemain matin. Maeve était chargée de tout ranger après le dîner, mais je l'ai fait à sa place. Mon père avait oublié le dessert. Il y avait des carrés au citron dans une assiette creuse au frigo et je m'en suis coupé un morceau, et puis j'ai pris une orange pour Maeve et je les ai montés sur une seule assiette.

Elle était dans sa chambre, assise sur la banquette sous la fenêtre, ses longues jambes étendues devant elle. Elle avait un livre sur les genoux mais elle ne lisait pas, elle regardait le jardin par la fenêtre. La pièce était orientée à l'ouest, mais pas directement, et le dernier rayon de lumière qui tombait sur elle la faisait ressembler à un tableau.

Je lui ai tendu l'orange et elle a enfoncé ses ongles dedans pour l'ouvrir. Elle a replié les genoux pour me faire une place en face d'elle, et elle a dit : "C'est un très mauvais présage pour nous deux, Danny. Il vaut mieux que tu sois au courant."

## CHAPITRE QUATRE

Six semaines après son départ en première année à Barnard, Maeve a été sommée de rentrer à Elkins Park pour le mariage. Notre père a épousé Andrea au salon, sous l'œil vigilant des VanHoebeek. Bright a lancé des pétales de roses roses sur le tapis de la Savonnerie espagnole tandis que Norma, appuyée contre sa mère, tenait deux alliances sur un coussin en velours rose. Avec Maeve, on était mêlés à la trentaine d'invités. À cette occasion on a appris qu'Andrea aussi avait une mère, une sœur, un beau-frère dans les assurances, et une poignée d'amis qui ont penché leurs têtes en arrière pour admirer le plafond de la salle à manger, pendant que le gâteau était servi. (Le plafond de la salle à manger était peint dans une nuance de bleu à la fois profond et intense, et recouvert de moulures de feuilles finement ouvragées, repeintes couleur or, ou, pour être précis, de feuilles dorées à l'or fin. Les feuilles dorées formaient des branches, entourées de cercles de feuilles dorées, eux-mêmes à l'intérieur de carrés d'autres feuilles dorées encore. Le plafond correspondait mieux au château de Versailles qu'au style de l'est de la Pennsylvanie, et quand j'étais petit, je le trouvais horriblement gênant. Avec Maeve et mon père, on s'astreignait à ne pas quitter notre assiette des yeux pendant le dîner.) Sandy et Jocelyn ont servi du champagne à la réception, vêtues d'uniformes assortis qu'Andrea avait achetés pour l'occasion, noirs avec des cols et des manchettes blancs. "On a l'air de deux infirmières dans une prison pour femmes", a dit Jocelyn en levant les poignets. Maeve rejoignait la cuisine chaque fois qu'il fallait ouvrir une nouvelle bouteille de champagne, parce qu'elle s'était vantée que faire sauter les bouchons était quasiment la première chose qu'elle avait apprise à la fac. Sandy et Jocelyn étaient aussi à l'aise avec le champagne qu'avec une arme chargée.

Le mariage a eu lieu un jour d'automne tellement lumineux que la lumière semblait émaner non seulement du soleil, mais de l'herbe et des feuilles. Toutes les portes-fenêtres à l'arrière de la maison étaient à triple guillotine, et pour l'occasion mon père avait pris la peine de les ouvrir, sans en oublier une seule, chose que je voyais pour la première fois. Ouvertes, les fenêtres créaient une douzaine de portes sur la terrasse à l'arrière conduisant à la piscine, qui avait été remplie de nénuphars. Qui savait qu'on pouvait louer des nénuphars pour la journée ? Tout le monde s'extasiait en boucle sur la beauté du décor : la maison, les fleurs, la lumière, même la femme qui jouait du piano dans l'observatoire était belle, mais Maeve, Sandy, Jocelyn et moi, on savait que tout ça, c'était du gaspillage.

Notre père ne pouvait pas épouser Andrea à l'Immaculée-Conception, ni demander au père Brewer de venir les marier à la maison, parce qu'il était divorcé et qu'elle n'était pas catholique, si bien que tout ça ne ressemblait plus du tout à un mariage. Le maître de cérémonie était un juge que personne ne connaissait, un homme que mon père avait payé pour qu'il vienne faire le boulot, ni plus ni moins qu'un électricien. À la fin, Andrea a tenu son verre à la lumière, en faisant remarquer que le champagne était parfaitement assorti à la couleur de sa robe. C'était la première fois que je me rendais compte à quel point elle était jolie, et heureuse, et jeune. Mon père avait quarante-neuf ans le jour de son deuxième mariage, et sa deuxième femme dans sa robe en satin champagne trente et un. Il n'empêche que Maeve et moi n'avions aucune idée de la raison qui l'avait poussé à l'épouser. Rétrospectivement, je dois dire que nous avons manqué d'imagination.

*

"Tu crois que c'est possible de considérer le passé objectivement ?" j'ai demandé à ma sœur. On était assis dans sa voiture, garée devant la Maison des Hollandais, en plein milieu d'une journée du début de l'été. Les tilleuls nous empêchaient de voir autre chose que les tilleuls. Je trouvais les arbres énormes quand j'étais petit mais ils avaient continué à grandir. Peut-être qu'un jour ils finiraient par former le mur dont Andrea rêvait. Les vitres de la voiture étaient baissées et on avait tous les deux sorti un bras – le bras gauche de Maeve, mon bras droit – pour fumer. J'avais fini ma première année de médecine à Columbia. C'est plus ou moins cet été-là qu'on arrêterait de fumer, mais en ce jour précis, on se contentait encore d'y penser.

"Je considère le passé objectivement", a dit Maeve. Elle contemplait les arbres.

"Mais on superpose le présent au passé. On regarde en arrière à travers le prisme de ce qu'on sait aujourd'hui, si bien qu'on ne considère pas le passé du point de vue de celui qu'on était, mais de celui qu'on est, ce qui veut dire que le passé a été radicalement modifié."

Maeve a aspiré une bouffée de cigarette et elle a souri. J'adore ! C'est ça qu'on t'apprend à la fac ?

— Introduction à la psychiatrie.

— Promets-moi de devenir psy. Ça nous serait tellement utile.

— Ça ne t'arrive jamais d'avoir envie de voir un psychiatre ?" On devait être en 1971 et la psychiatrie était ultra à la mode.

"Je n'ai pas besoin de psychiatre parce que ma vision du passé est très claire, mais si tu as besoin d'un cobaye, alors vas-y, je t'en prie. Mon psychisme est le tien.

— Pourquoi tu n'es pas allée travailler aujourd'hui ?"

Maeve a eu l'air stupéfaite. "Pourquoi tu me poses une question aussi bête ? Tu viens d'arriver. Tu ne crois quand même pas que je vais aller travailler ?

— Tu as appelé pour dire que tu étais malade ?

— J'ai dit à Otterson que tu rentrais à la maison. Il se fiche de ma présence. Je fais mon boulot." Elle a fait tomber les cendres par la vitre. Maeve travaillait comme comptable pour Otterson depuis qu'elle avait obtenu son diplôme de la fac. Ils emballaient et expédiaient des légumes surgelés. Ma sœur avait gagné la médaille de maths à Barnard. Elle avait une meilleure moyenne générale que le type qui avait gagné la médaille de maths à Columbia la même année, détail agréable qu'elle avait appris de la sœur du type en question, qui se trouvait être également une amie de Maeve. Avec toute sa connaissance et ses aptitudes, non seulement elle gérait les salaires et calculait les impôts, mais elle avait amélioré le système de livraison, en s'assurant que les sacs de maïs congelé seraient rapidement acheminés jusqu'aux congélateurs des épiciers de tout le Nord-Est.

"Tu vas passer ta vie à faire ce boulot ? Tu devrais reprendre tes études.

— On parle du passé, là, docteur, pas du futur. Un peu de concentration."

J'ai tapoté ma cigarette. Le passé dont je voulais parler s'appelait Andrea, mais Mme Buchsbaum est sortie de chez elle pour prendre le courrier et elle nous a vus assis là. Elle s'est dirigée tout droit sur ma vitre ouverte et elle s'est penchée. "Danny, tu es rentré ! Et Columbia, ça se passe bien ?

— Pareil qu'avant, en plus dur." J'avais déjà fait ma licence à Columbia.

"Bon, j'en connais une qui est contente de te voir." Elle a désigné Maeve de la tête.

"Bonjour, madame Buchsbaum", a dit Maeve.

Mme Buchsbaum a posé la main sur mon bras. "Il faut que tu trouves un amoureux à ta sœur. Il doit bien y avoir un beau docteur à l'hôpital qui n'a pas le temps de chercher une femme. Un grand et beau docteur.

— Mes critères ne se limitent pas à la taille, a dit Maeve.

— Comprends-moi bien : c'est toujours un plaisir de la voir revenir dans le quartier, mais quand même, ça m'inquiète." Mme Buchsbaum s'adressait uniquement à moi, comme si elle et moi étions installés dans notre propre section privée de la voiture. "Elle ne devrait pas venir s'asseoir toute seule ici. Il y a des gens qui pourraient se faire des idées. Elle est la bienvenue, évidemment, ce n'est pas ce que je veux dire.

— Je sais. Moi aussi ça m'inquiète. Je vais lui en parler.

— Et l'autre, là, en face." Mme Buchsbaum a fait un vague geste du menton en direction des tilleuls. "Rien. Quand elle passe en voiture, elle ne dit jamais bonjour. Elle ne se rend pas compte qu'elle n'est pas la seule à vivre ici. Elle doit être bien triste, cette dame.

— Ou pas, a dit Maeve.

— Il m'arrive de voir les filles. Vous les voyez ? Elles sont mieux élevées. Si vous voulez mon avis, c'est elles qui sont à plaindre."

J'ai fait non de la tête. "On ne les voit jamais."

Mme Buchsbaum a serré mon avant-bras et puis elle a salué Maeve de la main. "Tu es toujours la bienvenue chez nous", elle a dit, et on l'a remerciée en la regardant s'éloigner.

"Mme Buchsbaum confirme mon souvenir du passé", a dit Maeve, une fois qu'on s'est retrouvés à nouveau seuls.

*

Après l'installation d'Andrea et ses filles à la Maison des Hollandais, et le retour de Maeve à l'université, je me suis rapproché de mon père. C'est ma sœur qui avait toujours été chargée de prendre soin de moi, et après son départ, il s'est mis de manière inattendue à s'intéresser à mes devoirs et à mes matchs de basket. Personne n'a imaginé que le rôle que jouait Maeve dans ma vie pouvait être transféré à Andrea. La vraie question était de savoir jusqu'à quel point, à onze ans, j'étais assez grand pour mener ma vie sans surveillance. Sandy et Jocelyn faisaient comme toujours leur part, en préparant mes repas et en m'interdisant certains jours de sortir sans chapeau. Elles avaient, l'une et l'autre, des antennes très développées pour ressentir ma solitude. Il est arrivé, par exemple, que je sois en train de faire mes devoirs dans ma chambre et que Sandy frappe à ma porte en disant "Viens travailler en bas", avant de faire demi-tour sans me laisser le temps de répondre. Alors je la suivais, mon manuel d'algèbre à la main. Dans la cuisine, Jocelyn éteignait sa petite radio et m'avançait une chaise.

"On réfléchit mieux avec quelque chose à manger." Elle a tranché le quignon d'une miche de pain qu'elle avait faite et me l'a beurré. J'ai toujours préféré le quignon.

"On a reçu une carte postale de Maeve", a dit Sandy en désignant une carte accrochée au frigo avec un aimant, une vue de la bibliothèque de Barnard sous la neige. Le fait que la carte soit affichée prouvait qu'Andrea n'entrait jamais dans la cuisine. "Elle dit qu'on doit continuer à bien te nourrir."

Jocelyn a approuvé de la tête. "On n'avait pas prévu de te nourrir après son départ, mais si Maeve dit qu'on doit le faire, alors c'est obligé."

Maeve m'écrivait de longues lettres, en me racontant New York, ses cours, sa coloc, une fille qui s'appelait Leslie et était serveuse le soir dans une cafétéria, pour contribuer à son programme d'aide financière, et puis s'endormait tout habillée en essayant d'étudier au lit. Rien dans ses lettres n'indiquait qu'elle avait des difficultés à la fac ou qu'elle était nostalgique de la maison, même si elle me disait toujours que je lui manquais. Maintenant qu'elle n'était plus là pour m'aider à faire mes devoirs, je me suis demandé pour la première fois qui avait bien pu l'aider quand elle était petite. Pluche ? J'en doutais. Je me suis assis à la table de la cuisine et j'ai ouvert mon livre.

Sandy a regardé par-dessus mon épaule. "Montre. J'étais bonne en maths.

— Je maîtrise, j'ai dit.

— Tu as l'impression que tu en as marre de ta sœur, a dit Jocelyn, en tapotant mon épaule d'une poigne ferme, pour ne pas m'embarrasser. Et puis dès qu'elle s'en va, tu te rends compte qu'elle te manque."

Sandy a éclaté de rire, avant de donner un petit coup à Jocelyn avec un torchon.

Elle avait seulement à moitié raison. Jamais je n'en avais eu marre de Maeve. "Tu as une sœur ?" j'ai demandé à Jocelyn.

Sandy et Jocelyn avaient éclaté de rire en même temps, et en même temps, elles avaient arrêté. "Tu te fiches de moi ? a dit Jocelyn.

— Mais non", j'ai dit, en me demandant ce que j'avais bien pu dire de drôle, puis de pas drôle du tout, mais une seconde avant qu'elles aient le temps de rectifier, j'ai vu : la similarité de ces deux femmes que je connaissais depuis toujours.

Sandy a levé la tête. "Sérieusement, Danny ? Tu ne savais pas qu'on était sœurs ?"

À ce moment-là, j'aurais pu énumérer tout ce qui les rapprochait et tout ce qui les distinguait, mais quelle importance ? Je ne m'étais jamais interrogé sur leur famille, ni sur les gens qu'elles retrouvaient en rentrant chez elles.

Je m'étais contenté de savoir qu'elles nous aimaient. Je me suis souvenu que Sandy s'était absentée deux semaines quand son mari avait été malade, puis quelques jours de plus à sa mort. "Je ne savais pas.

— C'est parce que je suis de loin la plus jolie", a dit Jocelyn. Elle essayait de faire de l'humour, pour me permettre de sauver la face, mais j'étais incapable de dire qui était la plus jolie. Elles étaient plus jeunes que mon père et plus vieilles qu'Andrea, je ne pouvais pas être plus précis que ça. On ne m'avait pas appris à poser de questions. Jocelyn était plus grande et plus mince, les cheveux teints en blond artificiel, alors que Sandy, dont l'épaisse chevelure brune était toujours attachée par deux barrettes, avait peut-être le plus beau visage. Ses joues étaient roses et elle avait de très jolis sourcils, si du moins ça existait, des jolis sourcils. Je n'en savais rien. Jocelyn était mariée, Sandy veuve. Les deux avaient des enfants, ça je le savais parce que Maeve leur donnait nos vêtements trop petits. Je le savais parce que quand l'un de leurs enfants était vraiment malade, elles ne venaient pas travailler. Est-ce qu'à leur retour, je leur demandais lequel avait été malade ? Et s'il allait mieux ? Jamais. Je les aimais tellement toutes les deux, Sandy et Jocelyn. C'était horrible de les avoir déçues.

Sandy a secoué la tête. "Les garçons", elle a dit, et ce seul mot m'a déchargé de toute responsabilité.

Il y avait un téléphone à l'accueil de la résidence universitaire de Maeve. J'avais mémorisé le numéro. Si je l'appelais, on enverrait une fille au troisième étage frapper à sa porte pour voir si elle était là, ce qui n'était généralement pas le cas parce que Maeve aimait travailler en bibliothèque. L'intégralité de l'opération, consistant à découvrir qu'elle n'était pas là avant de lui laisser un message, prenait sept minutes minimum – environ quatre minutes de plus que la durée maximale d'un appel longue distance selon mon père. Si bien que j'ai eu beau avoir désespérément envie d'appeler ma sœur pour lui demander si elle savait – et dans ce cas, pourquoi elle ne s'était pas souciée de me le dire –, je ne l'ai pas fait. Je suis allé au salon où je me suis tenu face à son portrait, en me maudissant sous le regard bienveillant de ses dix ans. À la place, j'ai décidé d'attendre samedi pour poser la question à mon père. Chaque jour qui passait rendait les ressemblances entre Sandy et Jocelyn d'une évidence absolue : j'en prenais conscience chaque matin en les observant côte à côte dans la cuisine au moment où je partais attraper le bus, j'en prenais conscience à leur manière de me saluer comme un couple de nageuses synchronisées, et évidemment elles avaient exactement la même voix. Je me suis rendu compte que je n'avais jamais su laquelle des deux m'appelait quand j'étais à l'étage. Qu'est-ce qui avait pu clocher chez moi au point d'avoir raté tout ça ?

"Et alors ? Quelle différence ça fait ?" Samedi avait fini par arriver et on était partis faire la collecte des loyers.

"Mais tu *savais*.

— Évidemment. Je les ai engagées, à moins que ce ne soit ta mère. Ta mère passait son temps à engager des gens. Il y a d'abord eu Sandy et puis, quelques semaines plus tard, Sandy a dit que sa sœur cherchait du travail, alors on s'est retrouvés avec les deux. Tu as toujours été adorable avec elles. Je ne vois pas le problème."

Le problème, j'avais envie de dire à mon père, c'est que je vivais en somnambule. Même dans ma propre maison, je n'avais aucune idée de ce qui se passait. Ma mère les avait engagées parce qu'elle savait qu'elles étaient sœurs, ce qui signifiait que ma mère était quelqu'un de bien. Je n'avais aucune idée du fait qu'elles étaient sœurs, ce qui signifiait que j'étais vraiment nul. Mais là je suis en train de superposer le présent au passé. À l'époque, j'étais incapable d'expliquer pourquoi mon aveuglement me déprimait autant. Pendant des semaines, j'ai essayé d'éviter Sandy et Jocelyn chaque fois que je pouvais, mais c'était impossible. J'ai fini par décider de croire que j'avais su depuis le début quel était leur lien, et que j'avais oublié.

On avait toujours laissé à Sandy et Jocelyn une totale autonomie pour tenir la maison. Il pouvait arriver occasionnellement qu'on leur dise qu'on adorerait remanger du ragoût de bœuf aux boulettes, ou ce merveilleux cake aux pommes, mais même ce genre d'interventions était rare. Elles savaient ce qu'on aimait et elles nous le donnaient sans besoin de demander. On n'était jamais à court de pommes ou de crackers, il y avait toujours des timbres dans le tiroir gauche du bureau de la bibliothèque, des serviettes propres dans la salle de bains. Sandy repassait non seulement nos vêtements, mais aussi nos draps et nos taies d'oreillers. Il y avait toujours une rangée brillante de bouteilles d'insuline au couvercle argenté, qui tremblotaient sur la porte du frigo, chaque fois que Maeve était à la maison. On n'avait jamais le temps de leur faire remarquer qu'il y avait une lessive à faire, ou un sol à laver, parce que tout était toujours impeccable.

Tout a changé après l'arrivée d'Andrea. Elle préparait des menus hebdomadaires que Sandy devait respecter et elle donnait son avis sur chaque plat : il n'y avait pas assez de sel dans la soupe ; elle avait donné trop de purée de pommes de terre aux filles. Comment avait-elle pu penser qu'elles en aimeraient autant ? Pourquoi Jocelyn servait-elle du cabillaud alors qu'Andrea lui avait précisément commandé de la sole ? Est-ce qu'elle n'aurait pas pu prendre la peine d'aller vérifier dans un autre marché s'il y avait de la sole ? Est-ce qu'Andrea devait vraiment faire tout le travail ? Chaque jour elle s'ingéniait à donner à Sandy une tâche supplémentaire, épousseter les étagères du garde-manger ou laver les voilages. Je n'entendais plus jamais Sandy et Jocelyn bavarder dans les couloirs. Je n'entendais plus jamais les sifflements spectaculaires de Sandy quand elle arrivait à la maison le matin. Elles n'avaient plus le droit de nous appeler depuis les escaliers pour nous demander quelque chose, elles devaient monter nous chercher comme des personnes civilisées. Tels étaient les mots qu'Andrea employait. Sandy et Jocelyn s'efforcèrent de devenir invisibles, plus civilisées, de travailler dans les pièces où nous n'étions pas. À moins que ça ne soit juste mon impression. Après le départ de Maeve, je m'enfermais plus souvent dans ma chambre.

Il y avait six chambres au deuxième étage : la chambre de mon père, la mienne, celle de Maeve, une chambre ensoleillée avec des lits jumeaux où Bright et Norma dormaient, une chambre pour les invités que nous n'invitions jamais, et la dernière, qui avait été transformée en pièce de rangement. Il y avait aussi une espèce de coin salon en haut des escaliers, où personne n'avait jamais stationné jusqu'à l'apparition de Norma et Bright. Elles avaient l'air d'aimer s'installer en haut des escaliers.

Un soir, au dîner, Andrea a annoncé son plan de restructuratîon. "Je vais déplacer Norma dans la chambre avec la banquette sous la fenêtre."

Avec mon père, on a réussi seulement à la fixer, pendant que Sandy, qui remplissait les verres d'eau, a reculé de la table d'un pas.

Andrea n'a rien remarqué. "Norma est l'aînée désormais. C'est la chambre de l'aînée."

La bouche de Norma s'est légèrement ouverte. J'ai compris qu'elle aussi venait de l'apprendre. Elle aimait la chambre de Maeve uniquement pour la présence de Maeve.

"Maeve va revenir, a dit mon père. Elle est juste partie à New York.

— Et quand elle viendra nous rendre visite, elle aura une magnifique chambre au troisième. Sandy va s'en occuper, n'est-ce pas Sandy ?"

Mais Sandy n'a pas répondu. Elle a serré la carafe d'eau contre sa poitrine, comme pour s'empêcher de la jeter par terre.

"Je ne pense pas que ce soit le bon moment, a dit mon père. Cette maison ne manque pas d'endroits où dormir. Norma peut prendre la chambre d'amis si elle veut.

— La chambre d'amis est réservée aux amis. Norma dormira dans la chambre avec la banquette sous la fenêtre. C'est la plus belle chambre de la maison, avec la plus belle vue. C'est stupide de la transformer en sanctuaire pour quelqu'un qui n'habite pas ici. À vrai dire, j'ai pensé qu'on pourrait la prendre pour nous, mais le placard n'est pas très grand. Les robes de Norma sont tellement petites. Le placard sera parfait pour toi, n'est-ce pas ?"

Norma a fait oui lentement de la tête, simultanément horrifiée par sa mère et hypnotisée par la pensée de la banquette sous la fenêtre, de ces merveilleux rideaux capables de vous couper du monde.

"Je veux dormir dans la chambre de Maeve", a dit Bright. Bright ne s'était pas encore habituée à vivre dans un tel espace, et elle s'accrochait à sa sœur exactement comme je m'étais accroché à la mienne.

"Vous avez chacune votre chambre et Norma te laissera lui rendre visite, a dit sa mère. Tout le monde va prendre ses habitudes. Votre père a raison, cette maison est assez grande pour que chacune ait sa propre chambre."

Fin de la discussion. Je n'ai pas ouvert la bouche. J'ai regardé mon père, qui était apparemment devenu aussi le père de Norma et Bright, en espérant qu'il nous donne une seconde chance, mais il a laissé faire. Andrea était une femme extrêmement jolie. Il pouvait lui céder maintenant, ou bien attendre pour lui céder plus tard, mais dans les deux cas elle finirait par obtenir ce qu'elle voulait.

Tout ça s'est produit à peu près à l'époque où je suis tombé amoureux d'une des filles VanHoebeek, ou plutôt de son portrait, que j'appelais Julia. Julia avait des épaules étroites et des cheveux blonds retenus en queue de cheval par un ruban vert. Son portrait était suspendu dans une chambre au troisième étage de la Maison des Hollandais, au-dessus d'un lit dans lequel personne ne dormait jamais. À part Sandy, qui passait l'aspirateur et le chiffon à poussière le jeudi, j'étais le seul à y mettre le pied. J'imaginais que Julia et moi étions deux vrais amoureux, séparés par une mésalliance. Toute cette injustice m'a tellement perturbé que j'ai commis l'erreur d'appeler ma sœur à Barnard pour demander si elle s'était jamais posé des questions sur la fille dont le portrait était accroché dans la chambre au troisième étage, la fille aux yeux gris-vert qui était l'une des filles VanHoebeek.

"Une de leurs filles ?" a dit Maeve. J'avais de la chance d'avoir réussi à la joindre. "Ils n'avaient pas de filles. Je crois que c'est Mme VanHoebeek jeune. Descends le portrait au rez-de-chaussée et compare les deux. Je crois que c'est la même."

Quand j'appelais ma sœur, il arrivait qu'elle me taquine au point que j'aie mal à l'oreille, mais cette fois-là, comme souvent, elle m'a traité d'égal à égal, en répondant honnêtement à toutes mes questions. J'ai deviné à sa voix qu'elle ne se moquait pas de moi, et que ma question ne l'avait pas particulièrement intéressée. J'ai remonté à toute allure l'escalier en colimaçon jusqu'au troisième étage et je suis monté sur le lit inutilisé pour décrocher du mur le cadre sculpté doré de mon aimée (le cadre était plus grand qu'elle ne l'aurait désiré et pas aussi grand qu'elle ne le méritait). Ma Julia n'était *pas* Mme VanHoebeek. Mais après avoir descendu le tableau et l'avoir posé sur la cheminée, il m'est apparu clairement que Maeve avait raison. C'étaient deux portraits de la même femme à chaque extrémité de sa vie, la vieille Mme VanHoebeek avec la rangée de boutons en soie noire attachés jusqu'au cou et la jeune Julia dans la fraîcheur de la jeunesse. Et ça avait beau ne pas être la même femme, c'était fou comme la ressemblance frappante démontrait que la fille finirait un jour par devenir la mère. À ce moment-là, Jocelyn est entrée et m'a surpris en train de comparer les deux tableaux. "Le temps passe vite", a-t-elle commenté en secouant la tête.

Sandy et Jocelyn ont déménagé les affaires de Maeve au troisième étage. Au moins la chambre donnait sur le jardin à l'arrière comme son ancienne chambre. Au moins la vue était plus ou moins la même, et encore mieux sans doute : moins de branches, plus de feuilles. Mais les fenêtres étaient des lucarnes, évidemment, et il n'y avait aucune banquette sous la fenêtre. La nouvelle chambre était aussi beaucoup plus petite, et sous les toits, si bien que le plafond était en pente. Avec sa grande taille, Maeve passerait son temps à se cogner la tête.

L'intégralité de l'entreprise déprimante consistant à transformer la chambre de Maeve en chambre de Norma a pris plus de temps que personne n'aurait pu l'imaginer, car à peine les affaires de Maeve ont-elles été déménagées qu'Andrea a exigé qu'on repeigne la pièce, et une fois qu'elle a été repeinte elle a changé d'avis et commencé à rapporter à la maison des catalogues de papier peint. Elle a acheté un nouveau couvre-lit, un nouveau tapis. Pendant des semaines, toutes les conversations ont tourné autour de la redécoration de la chambre, mais c'est uniquement au retour de Maeve pour Thanksgiving que j'ai pris conscience que personne n'avait eu le courage d'informer ma sœur de son exil. C'était sans aucun doute à mon père de le faire, et sans aucun doute personne n'ignorait qu'il ne le ferait jamais. Maeve était dans l'entrée, me tournant autour, embrassant Sandy et Jocelyn, embrassant les petites filles, et soudain on a tous compris qu'elle s'apprêtait à monter à l'étage et découvrir un tas de poupées déployées sur ce qui avait été son lit. À ce moment-là, c'est Andrea, comme d'habitude général en chef, qui a fait preuve de présence d'esprit.

“Maeve, on a fait quelques changements depuis ton départ. Désormais tu es au troisième étage. C’est charmant.

— Le grenier ? a demandé Maeve.

— Le troisième étage”, a répété Andrea.

Mon père a attrapé sa valise. Il n’avait rien à dire sur le sujet mais au moins il était prêt à y monter avec elle. À cause de son genou qui le faisait souffrir dans les escaliers, notre père ne montait jamais au troisième étage. Maeve avait encore son manteau rouge sur elle, et ses gants. Elle a éclaté de rire. “C’est exactement comme dans *La Petite Princesse* ! La fille perd toute sa fortune si bien qu’ils l’envoient au grenier et l’obligent à nettoyer les cheminées.” Elle s’est tournée vers Norma. “Ne rêve pas, miss. Je ne vais pas nettoyer ta cheminée.

— Ça reste encore mon travail”, a dit Sandy. C’était la première fois depuis des mois que j’entendais Sandy faire une blague, si du moins le déménagement de Maeve au troisième étage pouvait être qualifié de blague.

“Eh bien allons-y, a dit Maeve à notre père. C’est une longue marche. Il ne faut pas tarder si on veut être revenus à temps pour le dîner. Je sens une bonne odeur.” Elle a regardé Bright. “C’est toi ?”

Bright a éclaté de rire mais à ce moment-là Norma a quitté la pièce à toute allure, en larmes, comprenant brusquement ce que ressentait Maeve du fait qu’elle lui ait pris sa chambre. Maeve l’a regardée partir et je voyais sur son visage qu’elle se demandait qui elle était censée consoler : Norma ? Sandy ? Moi ? Notre père avait pris sa valise et il commençait déjà l’ascension. Après un temps d’hésitation, elle l’a suivi. Ils sont vraiment restés là-haut très longtemps, et personne n'est monté au troisième pour leur dire de se dépêcher, que le dîner était servi et qu'on les attendait.

# CHAPITRE CINQ

Maeve est à nouveau rentrée pour Noël cette année-là mais elle est restée seulement quelques jours. Elle avait été invitée au ski chez une amie dans le New Hampshire et pouvait faire le trajet en voiture avec une amie de Barnard qui vivait à Philadelphie. C'étaient toutes des filles riches. Des filles intelligentes, populaires, qui savaient descendre les pistes et rêvaient de lire *Le Rouge et le Noir* en français. Quand elle a appris que sa résidence ne fermerait pas à Pâques, Maeve a décidé de rester à l'université. Elle avait plein d'amis en ville et autant d'invitations à dîner. Sans compter tout le travail. Elle pourrait aller à la messe de Pâques à Saint-Patrick et redescendre la Cinquième Avenue avec des filles dont c'était exactement le programme chaque année. Personne n'aurait pu lui en vouloir, ce qui ne m'a pas empêché de lui en vouloir. Et moi, j'étais censé survivre comment à Pâques sans elle ?

"Rejoins-moi en train, elle m'a dit au téléphone. Je viendrai te chercher. J'appellerai papa au travail pour tout organiser. Tu es assez grand pour prendre le train tout seul."

Je me sentais plus vieux que mes amis de l'école, ceux qui avaient deux parents et une maison de taille normale. J'avais l'air plus vieux, aussi. J'étais devenu le plus grand de ma classe. “Les garçons dont les sœurs sont grandes finissent par devenir grands”, avait dit Maeve, et elle avait eu raison. Pourtant je n’étais pas sûr que mon père me laisse aller à New York tout seul. J’avais beau être grand et bon élève, et voler quotidiennement de mes propres ailes, je n’avais encore que douze ans.

Mais mon père m’a surpris en disant qu’il m’accompagnerait lui-même à New York en voiture et que je rentrerais seul en train. Barnard était à environ deux heures et demie en voiture. Mon père a dit qu’on passerait prendre Maeve pour déjeuner tous les trois, puis qu’il rentrerait à Elkins Park sans moi. Ça m’a paru si nostalgique, cette expression, *tous les trois*, comme si on formait une unité autrefois, et pas juste une alliance de circonstance.

Andrea a eu vent de notre plan et elle a annoncé au dîner qu’elle se joindrait à nous. Elle avait une tonne de choses à acheter en ville. Mais après réflexion, elle a ajouté que les filles aussi devaient venir, et qu’après m’avoir déposé chez Maeve, mon père pourrait les emmener visiter la ville. “Les filles ne connaissent toujours pas New York, alors que c’est ta ville d’origine !” Andrea a eu l’air de sous-entendre qu’il avait fait exprès de leur cacher New York. “On prendra le bateau pour aller voir la statue de la Liberté. Incroyable, non ?” elle a demandé aux filles.

Moi non plus je ne connaissais pas New York mais je n’avais pas l’intention de mettre ça en avant, de peur de donner l’impression de vouloir en être. Le temps que Sandy apporte le dessert, Andrea parlait de réserver un hôtel et d’aller voir un spectacle. Est-ce que mon père connaissait quelqu’un susceptible de lui trouver des billets pour *La Mélodie du bonheur* ?

“Pourquoi tu attends toujours la dernière minute pour faire des projets ? elle lui a dit, avant de discuter de la possibilité d'organiser des rendez-vous avec des peintres. Il faut que les filles aient leur portrait.”

J'ai examiné la dernière trace de croquant à la rhubarbe sur mon assiette. Je m'en fichais. J'allais seulement rater le déjeuner, cette idée ridicule d'être tous les trois. Il me restait mon voyage chez Maeve, autrement dit l'essentiel. Je me fichais des passagers dans la voiture. Seule l'attente produit la déception, et à cette époque je m'attendais à ce qu'Andrea obtienne tout ce qu'elle voulait.

Mais le lendemain matin, mon père a franchi la porte battante de la cuisine alors que j'étais encore en train de manger mes céréales. Il a tapé la table avec deux doigts, juste devant mon bol. “C'est l'heure. Tout de suite.” Andrea n'était visible nulle part. Les filles étaient encore dans la chambre de Maeve (elles y dormaient ensemble, comme Bright l'avait prédit), Sandy et Jocelyn pas encore arrivées. Je ne lui ai pas demandé ce qui s'était passé, ni rappelé que sa femme et ses filles étaient censées venir. Je ne suis pas allé chercher le livre que je prévoyais de lire dans le train au retour, et je ne lui ai pas dit qu'on était censés partir deux heures plus tard. J'ai laissé mon bol de Cheerios à moitié plein sur la table, à l'intention de Sandy, et je suis sorti après lui. On abandonnait Andrea. Pâques arrivait tard cette année, et le matin débordait de la folle douceur des jacinthes. Mon père marchait vite et il avait de si grandes jambes qu'en dépit de son genou malade, je devais courir pour le suivre. On est passés sous les longues treilles de glycines pas encore en fleurs, et sur tout le chemin jusqu'au garage j'ai pensé :

*Fuir, fuir, fuir.* Chacun de nos pas a fait résonner ce mot dans le gravier.

Je n'osais même pas imaginer le courage qu'il fallait pour dire à Andrea qu'elle ne pouvait pas venir avec nous, et elle, en retour, avait dû déclencher le genre de bagarre qu'il trouvait insupportable. La seule chose qui comptait pour lui, c'était de sortir de la maison avant qu'elle ne descende ajouter un argument en sa faveur, et cet impératif a accéléré notre fuite. On s'est retrouvés dans la voiture des heures avant le départ prévu.

Si je posais une question à mon père quand il était silencieux, il disait qu'il était en train de discuter avec lui-même et que je ne devais pas l'interrompre. Je voyais bien qu'il était juste en train d'avoir ce genre de conversation, alors j'ai regardé le matin glorieux par la fenêtre en pensant à Manhattan et à ma sœur et à tout le bon temps qu'on allait se payer. Je n'allais pas demander à Maeve de m'emmener voir la statue de la Liberté, Maeve était malade en bateau, mais je me suis demandé si je pouvais la convaincre d'aller à l'Empire State Building.

"Je vivais à New York autrefois, tu sais", a dit mon père dès qu'on s'est retrouvés sur l'autoroute de Pennsylvanie.

J'ai dit que je croyais le savoir. Ce que je n'ai pas dit, c'est qu'Andrea venait d'aborder le sujet à la table du dîner.

Alors il a mis le clignotant avant de prendre la sortie. "On a tout notre temps. Je vais te montrer."

La plupart des choses que je savais sur mon père, je les avais sous les yeux : il était grand et mince avec la peau tannée et les cheveux couleur rouille, la même que moi. Tous les trois on avait les yeux bleus. Il avait du mal à plier son genou gauche, et ça empirait l'hiver et les jours de pluie. Il n'en parlait jamais mais c'était facile de deviner quand il avait mal. Il fumait des Pall Mall, mettait du lait dans son café, faisait les mots croisés avant de lire la une. Il aimait les immeubles comme les petits garçons aiment les chiens. Quand j'avais huit ans, j'ai demandé à mon père au dîner s'il allait voter Eisenhower ou Stevenson. Eisenhower était candidat à un deuxième mandat et tous les garçons de l'école étaient pour lui. Mon père a fait claquer la pointe de son couteau contre son assiette et il m'a dit que je ne devais *jamais* poser ce genre de questions, ni à lui ni à personne. "Il n'y a pas de mal à ce que des gosses se demandent pour qui ils vont voter, vu que les gosses n'ont pas le droit de vote. Mais poser une telle question à un adulte, c'est porter atteinte à sa vie privée." Rétrospectivement je me dis que mon père était horrifié à l'idée que je puisse imaginer une seule seconde qu'il votait Stevenson, mais je l'ignorais à l'époque. Tout ce que je savais, c'est que chat échaudé craint l'eau froide. Voilà les sujets que j'abordais avec mon père quand j'étais petit : le baseball – il aimait les Phillies. Les arbres – il connaissait le nom de chacun, même s'il me grondait quand je lui demandais le nom du même arbre plusieurs fois. Les oiseaux – idem. Il avait mis des mangeoires dans le jardin et pouvait facilement identifier toute sa clientèle. Les immeubles – depuis la solidité de leur structure, les détails architecturaux, leur valeur immobilière, en passant par l'impôt foncier, et ainsi de suite – mon père adorait parler des immeubles. Faire la liste des sujets que je n'abordais pas avec mon père reviendrait à énumérer les étoiles dans le ciel, alors voici un exemple parmi d'autres :

je n'interrogeais jamais mon père à propos des femmes. Qu'il s'agisse des femmes en général, et de ce qu'on était censé faire avec elles, et surtout pas des femmes en particulier : ma mère, ma sœur, Andrea.

J'aurais été incapable d'expliquer pourquoi cette journée était différente, même si la bagarre avec Andrea y était sûrement pour quelque chose. C'est peut-être ça, et puis le fait qu'il revenait à New York, d'où lui et ma mère étaient originaires, et qu'il s'apprêtait pour la première fois à voir Maeve à la fac, qui ont insufflé en lui une vague de nostalgie. À moins qu'il ne m'ait dit littéralement la vérité : on avait soudain du temps pour nous.

"Tout ce quartier était différent", il m'a dit en roulant dans les rues de Brooklyn. Mais Brooklyn ne me changeait pas tellement des quartiers que je connaissais à Philadelphie, des quartiers où on allait récolter les loyers le samedi. Il y avait juste plus de tout à Brooklyn, une sensation de densité qui s'étendait dans toutes les directions. Il a roulé au ralenti pour tout me montrer. "Ces immeubles d'habitation ? À l'époque où j'habitais le quartier, ils étaient en bois. Ils ont détruit les anciens pour éviter un incendie. Tout le bloc d'immeubles. Ce café était là…" Il a montré du doigt Bob's Cup and Saucer. Les gens en vitrine finissaient un petit-déjeuner très tardif, certains lisaient le journal, d'autres regardaient la rue. "Ils faisaient leurs propres beignets. J'en ai jamais remangé d'aussi bons. Le dimanche après la messe, la file d'attente faisait tout le bloc. Et tu vois ce cordonnier ? Honnête Réparation de Chaussures. Il a toujours été là." Il a encore désigné quelque chose, une vitrine de magasin à peine plus large que la porte elle-même. "J'étais en classe avec le fils du propriétaire. Je te parie que si on y entrait là, tout de suite, il serait en train de ressemeler des chaussures. Une vie comme une autre.

— Je suppose." Ma réponse était idiote mais je n'étais pas sûr de tout bien comprendre.

Il a tourné au coin puis une nouvelle fois au feu, et on s'est retrouvés sur la Quatorzième Avenue. "Juste là, il a dit, en désignant le troisième étage d'un immeuble identique à tous ceux qu'on venait de longer. J'ai habité là, et ta mère à un bloc derrière." Il a levé le pouce par-dessus son épaule.

"Où ça ?

— Juste derrière nous."

Je me suis agenouillé sur le siège et j'ai regardé par la vitre arrière, la gorge serrée. Ma mère ? "Je veux voir.

— C'est le même que tous les autres.

— Il est encore tôt." C'était Jeudi saint, et les gens étaient allés tôt à la messe, ou bien ils iraient plus tard, en sortant du travail. Les seuls passants étaient des femmes faisant les courses. On était garés en double file, et alors que mon père s'apprêtait à dire non, la voiture juste devant nous a démarré, comme si elle nous lançait un appel.

"Bon, comment refuser ?" a dit mon père, et il s'est garé là.

Le temps s'était couvert depuis qu'on avait quitté la Pennsylvanie mais il ne pleuvait pas et on a fait demi-tour pour redescendre la rue, mon père boitant légèrement dans le froid. "C'est juste là. Au rez-de-chaussée."

L'immeuble était identique aux autres, mais à l'idée que ma mère y avait vécu, j'avais l'impression d'atterrir sur la Lune, tellement ça me paraissait impossible. Il y avait des barreaux aux fenêtres et j'ai levé la main pour les toucher.

"C'est pour repousser les crétins, a dit mon père. C'est ce que disait ton grand-père. C'est lui qui les a installés."

Je l'ai regardé. "Mon grand-père ?

— Le père de ta mère. Il était pompier. Il passait la plupart des nuits à la caserne alors il a mis des barreaux aux fenêtres. Mais je ne sais pas si c'était vraiment utile ; c'était plutôt tranquille à l'époque."

J'ai enroulé les doigts autour d'un barreau. "Il habite toujours ici ?

— Qui ça ?

— Mon grand-père." C'était la première fois que j'associais ces deux mots.

"Oh mon Dieu non." Mon père a secoué la tête à ce souvenir. "Le vieux Jack est mort depuis des siècles. Il avait un problème aux poumons. Je sais pas quoi. Trop d'incendies.

— Et ma grand-mère ?" Une fois de plus la phrase m'a stupéfié.

Je voyais à sa tête que ce n'était pas son programme initial. Il voulait juste me faire faire le tour de Brooklyn, me montrer les endroits qu'il connaissait, les immeubles où il avait vécu. "Pneumonie, peu de temps après la mort de Jack."

Je lui ai demandé s'il y en avait d'autres.

"T'es au courant de rien ?"

J'ai fait non de la tête. Il a détaché mes doigts du barreau de la fenêtre, pas méchamment, et m'a redirigé vers la voiture pour continuer la conversation. "Buddy et Tom sont morts de la grippe, et Loretta est morte en accouchant. Doreen a déménagé au Canada avec un type qu'elle a épousé, et James, James était un ami, il est mort à la guerre. Ta mère était la plus jeune de la famille et elle leur a survécu à tous, sauf peut-être Doreen. J'imagine que Doreen pourrait bien se trouver encore au Canada."

Tout au fond de moi, j'ai cherché quelque chose que je n'étais pas sûr de trouver, la part de moi qui ressemblait à ma sœur. "Pourquoi elle est partie ?

— Le gars qu'elle a épousé voulait partir, il a répondu sans comprendre. Il était du Canada ou bien il a trouvé un boulot là-bas. Je me souviens plus."

Je me suis immobilisé. Sans même prendre la peine de faire non de la tête, j'ai juste reposé la question, la question centrale de mon existence que je n'avais jamais posée. "Pourquoi ma mère est partie ?"

Mon père a soupiré, il a plongé les mains au fond de ses poches et levé les yeux pour évaluer la position des nuages, puis il m'a dit qu'elle était folle. Fin de l'explication.

"Folle dans quel genre ?

— Folle du genre à enlever son manteau pour le tendre à quelqu'un dans la rue qui ne lui avait jamais demandé de manteau. Folle du genre à enlever *ton* manteau pour le donner aussi.

— Mais c'est pas ce qu'on est censé faire ?" Je veux dire, on faisait jamais ça, mais c'était bien l'idée, non ?

Mon père a secoué la tête. "Non. Pas du tout. Écoute, ça ne mène à rien de te poser des questions sur ta mère. Tout le monde porte sa croix et c'est la tienne. Elle est partie. Tu dois vivre avec ça."

Notre conversation était finie à notre retour dans la voiture et on a roulé jusqu'à Manhattan comme deux étrangers. On a rejoint Barnard juste à temps pour récupérer Maeve. Elle attendait dans la rue devant sa résidence universitaire, dans son manteau rouge, ses cheveux noirs réunis en une seule natte épaisse sur l'épaule. Sandy n'arrêtait pas de dire à Maeve que les cheveux attachés lui allaient mieux mais elle ne le faisait jamais à la maison.

J'avais un besoin irrésistible de parler en tête à tête avec ma sœur mais c'était impossible. Si ça n'avait dépendu que de moi, on aurait dit aussitôt au revoir à notre père et on l'aurait renvoyé chez lui, mais le programme prévoyait qu'on déjeune tous les trois. On est allés dans un restaurant italien que Maeve connaissait pas loin du campus, et on m'a servi un saladier de spaghettis avec sauce à la viande, un plat que Sandy n'aurait jamais envisagé pour le déjeuner. Mon père a interrogé Maeve sur ses cours et Maeve, profitant de ce rare rayon de lumière, lui a tout raconté. Elle avait choisi Calcul différentiel et intégral II et Économie, ainsi qu'Histoire de l'Europe et un cours sur le roman japonais. Mon père a secoué la tête, pas convaincu par la partie roman, mais il n'a fait aucune critique. Il était peut-être content de la voir, ou bien il était content de ne pas être coincé à un coin de rue à Brooklyn à devoir me parler, mais pour une fois il a accordé toute son attention à sa fille. Maeve avait déjà entamé son deuxième semestre et il n'avait aucune idée des cours qu'elle suivait, alors que moi je savais tout : *Quatre sœurs* était sa récompense pour avoir fini *Le Dit du Genji* ; son professeur d'économie avait écrit le manuel qu'ils utilisaient en cours ; elle trouvait Calcul différentiel et intégral II plus facile que Calcul différentiel et intégral I. J'ai bourré ma bouche de spaghettis pour m'empêcher de changer de sujet.

À la fin du déjeuner, qui est arrivée vite parce que mon père n'avait aucune patience au restaurant, on l'a raccompagné jusqu'à la voiture. Je ne savais pas si j'étais censé rentrer ce soir-là ou le lendemain. On n'en avait pas parlé, et je n'avais pris aucune affaire, mais il n'y a eu aucune allusion à mon retour. Je me retrouvais chez Maeve et c'était tout. Il l'a prise brièvement dans ses bras et a glissé un peu d'argent dans la poche de son manteau, et puis Maeve et moi on est restés à le saluer tandis qu'il démarrait. Une pluie froide s'était mise à tomber pendant le déjeuner, et elle avait beau ne pas être forte, Maeve a dit qu'on devrait prendre le métro pour aller voir l'exposition égyptienne au Metropolitan parce qu'il n'y avait aucune raison d'arriver trempés. Après l'Empire State Building, le métro était la chose qui m'excitait le plus, mais j'y ai à peine prêté attention en descendant les escaliers.

Maeve s'est arrêtée et elle m'a regardé attentivement juste avant de franchir le tourniquet. Elle pensait peut-être que j'avais envie de vomir, ce qui n'était pas totalement absurde. "Tu as trop mangé ?"

J'ai fait non de la tête. "On est allés à Brooklyn." J'aurais pu trouver une meilleure manière de raconter la matinée mais j'avais du mal à trouver les mots.

"Aujourd'hui ?"

Il y avait une porte métallique noire devant nous, et de l'autre côté de la porte le quai du métro. Le métro est arrivé, les portes se sont ouvertes et les gens sont descendus et montés, mais Maeve et moi, on n'a pas bougé. D'autres gens nous ont dépassés à toute vitesse, en essayant de franchir le tourniquet à temps. "On est partis en avance. Je pense qu'il s'est disputé avec Andrea parce qu'elle voulait venir avec nous, Andrea et ses filles, et ensuite papa est descendu tout seul et il était très pressé de partir." J'avais fondu en larmes alors que ça ne méritait aucune larme.

J'avais largement passé l'âge, de toute façon. Maeve m'a conduit à un banc en bois et on est restés assis là, elle a sorti un kleenex de son sac et me l'a tendu. Elle avait la main sur mon genou.

À la fin de mon récit, j'ai bien vu que ce n'était pas grand-chose, mais je n'arrêtais pas de penser que tous les gens qui avaient vécu dans cet appartement étaient morts aujourd'hui, sauf la sœur partie au Canada et notre mère, mais elles aussi pouvaient facilement être mortes.

Maeve était tout près de moi. Elle avait mangé une pastille de menthe offerte dans un bol à l'entrée du restaurant. Moi aussi. Ses yeux n'avaient pas le même bleu que les miens. Ils étaient beaucoup plus sombres, bleu marine presque. "Tu saurais retrouver la rue ?

— C'est la Quatorzième, mais je serais incapable de te dire comment y aller.

— Mais tu te souviens du café et du cordonnier alors on devrait pouvoir trouver." Maeve s'est dirigée vers l'homme dans la cabine qui vendait des jetons et elle est revenue avec un plan. Elle a trouvé la Quatorzième Avenue puis le trajet en métro, et ensuite elle a rendu le plan et m'a donné un jeton.

Brooklyn est très grand, plus grand que Manhattan, et personne ne croirait qu'un garçon de douze ans qui vient là pour la première fois serait capable de retrouver son chemin jusqu'à un immeuble précis qu'il a vu pendant cinq minutes, mais j'avais Maeve avec moi. En sortant du métro, elle a demandé comment aller à Bob's Cup and Saucer, et une fois arrivés là-bas je savais le trouver : tourner au coin, tourner au feu. Je lui ai montré les barreaux que notre grand-père avait mis aux fenêtres pour repousser les crétins, et pendant un moment on est restés là, adossés aux briques. Elle m'a demandé de lui dire les noms des oncles et des tantes. Je me rappelais Loretta et Buddy et James mais pas les deux autres. Elle m'a dit que je ne devais pas m'en vouloir. Quand la pluie est devenue plus forte, on est revenus chez Bob's. La serveuse a rigolé quand on a commandé un beignet. Elle a dit que tous les matins, à 8 heures, ils étaient déjà tous partis. Ça ne nous dérangeait pas, vu comme on était rassasiés. Maeve a pris un café et moi un chocolat chaud. On est restés le temps de se réchauffer et d'être à moitié secs.

"Je n'arrive pas à croire qu'il t'a montré où elle vivait, a dit Maeve. Pendant des années je lui ai posé des questions sur elle, sur sa famille, je lui ai demandé où elle était partie et il ne m'a jamais rien dit.

— Parce qu'il croyait que ça te tuerait." Je n'aimais pas me retrouver à défendre mon père aux yeux de ma sœur, mais c'était la vérité. Le départ de notre mère avait rendu Maeve malade.

"C'est ridicule. L'information ne tue pas. Il avait juste aucune envie de me parler. Une fois, j'étais au lycée à l'époque, je lui ai dit que j'allais partir en Inde pour essayer de la retrouver, et tu sais ce qu'il a dit ?"

J'ai fait non de la tête, sidéré par la perspective atroce de Maeve en Inde, toutes les deux parties.

"Il m'a dit que je devais imaginer qu'elle était morte, qu'elle était probablement déjà morte *pour de bon*."

Et pourtant, ça avait beau être terrible, je comprenais. "Il ne voulait pas que tu partes.

— Il a dit : « Il y a presque quatre cent cinquante millions d'habitants en Inde. Bonne chance ! »"

La serveuse est revenue avec son pot de café mais Maeve a décliné.

J'ai pensé aux barreaux aux fenêtres de l'appartement. J'ai pensé à tous les crétins du monde. “Tu sais pourquoi elle est partie ?”

Maeve a fini sa tasse. “La seule chose dont je suis sûre, c'est qu'elle détestait la maison.

— La Maison des Hollandais ?

— Elle la trouvait invivable.

— Elle ne le disait jamais.

— Oh, mais si. Elle le faisait savoir chaque jour. La seule pièce où elle s'est jamais assise, c'est la cuisine. Chaque fois que Pluche lui posait une question, elle répondait « Fais ce qui te semble le mieux. C'est ta maison. » Elle n'arrêtait pas de répéter que c'était la maison de Pluche. Ça rendait papa fou, je m'en souviens. Une fois elle m'a dit que si ça ne tenait qu'à elle, elle donnerait l'endroit aux religieuses et les laisserait le transformer en orphelinat ou en maison de retraite. Après elle a ajouté que les religieuses, les orphelins et les vieux se sentiraient probablement trop mal à l'aise ici.”

J'ai essayé de me représenter la situation. Détester le plafond de la salle à manger, OK, mais toute la maison ? C'était la meilleure maison du monde. “Tu as peut-être mal compris.

— Elle l'a dit plein de fois.

— Alors elle était folle”, j'ai dit, mais aussitôt j'ai eu honte.

Maeve a fait non de la tête. “Elle n'était pas folle.”

De retour à Manhattan, Maeve m'a emmené dans un magasin de vêtements pour hommes et m'a acheté des slips, un tee-shirt et un pyjama, et puis elle m'a pris une brosse à dents à la pharmacie à côté. Ce soir-là on est allés au Paris Theater voir *Mon oncle.* Maeve a dit qu'elle était amoureuse de Jacques Tati. J'étais stressé de voir un film sous-titré mais finalement c'était presque muet. À la fin, on s'est arrêtés prendre une glace avant de rentrer à Barnard. Il était expressément interdit aux garçons quels qu'ils soient de dépasser le hall de la résidence, mais Maeve s'est contentée d'expliquer la situation à la fille de la réception, une amie à elle, et elle m'a emmené à l'étage. Leslie, qui partageait sa chambre, était rentrée chez elle pour les vacances de Pâques et j'ai dormi dans son lit. La pièce était minuscule si bien qu'en tendant le bras on aurait pu facilement toucher nos doigts. Quand j'étais petit je passais toutes les nuits dans la chambre de Maeve, et j'avais oublié à quel point c'était agréable de me réveiller au milieu de la nuit et d'écouter sa respiration régulière.

J'ai fini par rester à New York tout vendredi et une partie du samedi, et si jamais Maeve a appelé chez nous pour les informer de notre programme, je n'ai pas assisté à la conversation. Elle a dit qu'elle avait trop de travail pour faire tous les trucs touristiques qu'elle avait prévus, et on est seulement allés au musée d'Histoire naturelle et au zoo de Central Park. Malgré la pluie, on est montés au sommet de l'Empire State Building et la seule chose visible, c'étaient les nuages pleins d'eau qui nous environnaient. Elle m'a fait visiter le campus de Columbia en me disant que c'est là que je devrais aller à l'université. On est allés à la messe du Vendredi saint à l'église de Notre-Dame et la beauté de l'architecture m'a captivé pendant presque la moitié du service. Finalement Maeve s'est excusée et elle est allée se faire une piqûre d'insuline dans la travée de l'église. Plus tard elle m'a dit que les gens avaient dû la prendre pour une junkie en twin-set. Elle m'a accompagné à Penn Station le Samedi saint, en fin de journée. Elle m'a dit que papa voudrait que je sois à la maison pour Pâques et que de toute façon, lundi, on devait retourner tous les deux à l'école. Elle a acheté mon billet, en promettant d'appeler pour donner l'heure de mon train à Sandy, et en me faisant promettre de l'appeler dès mon arrivée. Maeve a donné un pourboire au porteur en lui demandant de m'installer à côté du passager le plus inoffensif du train, mais en fait très peu de gens rentraient à Philadelphie un Samedi saint en fin d'après-midi, et j'ai eu toute une rangée pour moi. Elle m'avait acheté le livre sur Jules César que j'avais quémandé chez Brentano, mais finalement je l'ai laissé sur mes genoux pour regarder par la vitre pendant tout le voyage. Le train avait dépassé Newark quand je me suis rendu compte que j'avais oublié de lui montrer l'immeuble où papa avait grandi, et qu'elle avait oublié de demander.

Je n'avais pas pensé à Andrea une seule fois pendant mon séjour, mais à ce moment-là je me demandais s'il y avait eu une dispute atroce. Et puis je me suis souvenu de ce que mon père m'avait dit, qu'il fallait arrêter de penser aux choses qui ne dépendaient pas de nous. J'ai essayé et j'ai trouvé ça plus facile que prévu. Je me suis contenté de contempler le monde qui défilait derrière la vitre : des villes puis des maisons puis des arbres puis des vaches puis des arbres puis des maisons puis des villes, encore et encore.

Sandy est venue me prendre à la gare comme Maeve l'avait promis, et je lui ai raconté tout mon voyage pendant le trajet en voiture. Sandy voulait savoir comment allait Maeve, comment était sa chambre à la résidence, "Minuscule", j'ai répondu. Elle m'a demandé si elle mangeait assez selon moi. "Elle était tellement maigre à Noël.

— Tu trouves ?" Moi je l'avais trouvée pareille.

À notre arrivée, ils étaient tous en train de dîner et mon père a dit : "Regardez qui est là."

Le couvert était mis à ma place habituelle.

"Je vais avoir un lapin pour Pâques, m'a dit Bright.

— C'est pas vrai, a dit Norma.

— Attendons demain pour le savoir, a dit Andrea, sans me regarder. Mange ton dîner."

Jocelyn était là, et elle m'a fait un clin d'œil en apportant mon assiette. Elle était venue aider parce que Sandy devait aller me chercher à la gare.

"Il y a des lapins à New York ?" a demandé Bright. C'était marrant comme les filles me traitaient en adulte, comme si j'étais plus proche en âge et en rang de mon père et d'Andrea que d'elles.

"Des tonnes.

— Tu les as vus ?"

En réalité, j'avais vu des lapins dans une vitrine de Pâques chez Saks. Je lui ai raconté les bonds qu'ils faisaient autour des chevilles des mannequins vêtus de robes luxueuses, et comment, avec Maeve, on était restés dix bonnes minutes sur la Cinquième Avenue à les contempler, au milieu d'une foule d'autres spectateurs.

"Tu as pu voir la pièce ?" a demandé Norma, et c'est alors qu'Andrea a levé les yeux. Je n'avais aucun mal à imaginer sa fureur à la pensée que Maeve et moi avions fait la chose dont elle rêvait.

J'ai fait oui de la tête. "Il y avait beaucoup de chansons mais c'était mieux que ce que j'imaginais.

— Mais comment tu as réussi à avoir des places ? a demandé mon père.

— Une amie de fac de Maeve. Son père travaille au théâtre." À l'époque je n'étais pas un menteur expérimenté mais ça m'est venu tout seul. Aucun des convives n'allait vérifier, et même dans ce cas, Maeve me couvrirait sans hésiter.

Il n'y a pas eu d'autres questions, alors j'ai gardé pour moi les pingouins du zoo de Central Park, et les os de dinosaures du musée d'Histoire naturelle, et *Mon oncle*, et la chambre, et tout le reste. Je prévoyais de tout raconter à mon ami Matthew à l'école lundi. Matthew crevait d'une envie folle de voir Manhattan. Andrea a commencé à parler du déjeuner de Pâques du lendemain et de tout le travail qu'elle avait, même si Sandy m'avait dit dans la voiture que tous les plats étaient prêts jusqu'à la dernière bouchée. Je n'ai pas arrêté d'attendre que mon père me regarde et me donne n'importe quel signe minuscule que notre relation avait changé, mais en vain. Il ne m'a pas posé une seule question sur ce que Maeve et moi avions fait ni sur la pièce que je n'avais pas vue, et on n'a jamais reparlé de Brooklyn.

*

"Tu ne trouves pas ça bizarre qu'on ne la voie jamais ?" j'ai demandé à Maeve. J'approchais la trentaine à l'époque. Je me serais attendu à la voir une fois ou deux.

"Pourquoi on devrait la voir ?

— Eh bien, on se gare devant chez elle. On aurait dû finir par la croiser." Une fois on avait vu Norma et Bright traverser le jardin en maillot de bain, mais rien de plus, et c'était il y a une éternité.

"C'est pas une planque. On ne passe pas notre vie ici. On fait un saut un quart d'heure tous les deux mois.

— Plus d'un quart d'heure", j'ai dit. Et c'était plus souvent que tous les deux mois aussi.

"Aucune importance. On a eu de la chance.

— Ça t'arrive de penser à elle ?" Je ne pensais pas souvent à Andrea, mais à certains moments, quand on était garés devant la Maison des Hollandais, c'était presque comme si elle était assise dans notre voiture à l'arrière.

"Parfois je me demande si elle est en train de mourir, a dit Maeve. Je me demande quand elle mourra. C'est tout."

J'ai éclaté de rire, même si j'étais presque sûr qu'elle était sérieuse. "Je pensais plus à quelque chose comme... Je me demande si elle est heureuse, je me demande si elle a rencontré quelqu'un.

— Non. Je ne me pose jamais ce genre de questions.

— Elle ne doit pas être très vieille. Elle a peut-être trouvé quelqu'un.

— Elle ne laisserait jamais quelqu'un entrer dans cette maison.

— Écoute, j'ai dit, elle a été affreuse avec nous à la fin, je suis d'accord, mais parfois je me demande si elle n'a pas fait juste ce qu'elle a pu. Elle était peut-être trop jeune pour tout ça, ou trop malheureuse. Ou peut-être qu'elle avait vécu des choses dans sa vie qui n'avaient rien à voir avec nous. Je veux dire, qu'est-ce qu'on savait d'Andrea ? La vérité, c'est que je me souviens de plein de moments où elle a été parfaitement correcte. Je choisis juste de me repasser uniquement les moments où elle ne l'a pas été.

— Pourquoi tu ressens le besoin de dire quelque chose de positif sur elle ? a demandé Maeve. Je ne vois pas quel sens ça a.

— Le sens, c'est que c'est vrai. Je ne la détestais pas à l'époque, alors pourquoi je gratte chaque souvenir de gentillesse, ou même de courtoisie, pour ne laisser que les souvenirs de quelqu'un d'atroce ?" Le sens, j'avais envie de dire, c'est qu'on aurait dû arrêter de venir à la Maison des Hollandais, et que plus on entretenait notre haine, plus on était condamnés à vivre éternellement notre vie dans une voiture garée dans la rue VanHoebeek.

"Tu l'aimais ?"

J'ai laissé échapper un son qu'un seul mot pouvait décrire, l'exaspération. "Non, je ne l'aimais pas. Je n'ai pas d'autres choix ? Seulement l'aimer ou la détester ?

— Eh bien, a dit ma sœur, tu me dis que tu ne la détestais pas, alors je veux juste connaître les paramètres. Je trouve notre conversation ridicule depuis le départ, si tu veux mon avis. Imagine que tu as pour voisin un gosse, un gosse qui n'est pas particulièrement ton ami, mais qui ne te dérange pas plus que ça. Et puis un jour il débarque chez toi et tue ta sœur à coups de batte de baseball.

— Maeve, pour l'amour de Dieu."

Elle a levé la main. "Écoute-moi. Est-ce que ce fait présent annule le passé ? Peut-être que non, si tu as aimé le gosse. Peut-être que si tu as aimé le gosse, tu vas fouiller pour essayer de comprendre ce qui s'est passé, voir les choses de son point de vue à lui, te demander ce que ses parents lui ont fait, te demander s'il n'y a pas eu un déséquilibre physiologique. Tu vas peut-être même envisager que ta sœur a joué un rôle dans le dénouement – est-ce qu'elle tourmentait ce garçon ? Est-ce qu'elle était cruelle avec lui ? Mais tu ne te poseras ce genre de questions que si tu l'as aimé. Si tu t'es contenté de l'*apprécier*, s'il n'a été rien de plus pour toi qu'un voisin correct, je ne vois aucune raison de fouiller pour trouver de bons souvenirs. Il est parti en prison. Tu ne reverras jamais ce fils de pute."

Je faisais mon internat en médecine interne à l'université Einstein de médecine dans le Bronx, et toutes les deux ou trois semaines je prenais le train pour Philadelphie. Je n'avais pas le temps d'y passer la nuit, mais je ne laissais jamais passer un mois sans faire un saut. Maeve ne cessait de répéter qu'elle avait imaginé me voir plus à la fin de l'école de médecine, mais ce n'était pas le cas. Je n'avais jamais de temps pour moi à l'époque, et je refusais de passer le peu que j'avais de disponible assis en face de cette fichue maison, pourtant c'est toujours là qu'on échouait : comme les hirondelles, comme les saumons, on était les esclaves impuissants de nos schémas migratoires. On faisait comme si on avait perdu la maison, et pas notre mère, et pas notre père. On faisait comme si ce qu'on avait perdu nous avait été arraché par la personne qui vivait encore dedans. Les nuits avaient commencé à se refroidir et les feuilles des tilleuls jaunissaient déjà.

"C'est bon, j'ai dit, je laisse tomber."

Maeve s'est détournée pour regarder les arbres. "Merci."

Alors j'ai essayé de me rappeler ses bons côtés, mais sans en parler à Maeve : Andrea qui riait avec Norma et Bright ; la silhouette d'Andrea à la porte de ma chambre, la fois où on m'a arraché une dent de sagesse, venue me demander, au milieu de la nuit, si j'allais bien ; une poignée de moments, au début de sa relation avec mon père, où je l'ai vue lui apporter un peu de légèreté, la main de mon père posée fugitivement au bas de son dos. Il y avait des choses minuscules, et à vrai dire ça m'épuisait d'y penser, alors j'ai laissé mon esprit revenir à l'hôpital et aux patients que je devrais examiner ce soir, pour préparer ce que j'allais leur dire. J'étais à nouveau d'astreinte à 7 heures.

# CHAPITRE SIX

Maeve est rentrée après son diplôme, mais le sujet de son retour à la maison n'a jamais été abordé. Elle avait à peine dormi sur place depuis son exil au troisième étage. Au lieu de ça, elle s'était trouvé un petit appartement à Jenkintown, un quartier beaucoup moins cher qu'Elkins Park et pas trop loin de l'Immaculée-Conception où on allait à l'église. Elle a trouvé un boulot dans une société de conditionnement de légumes surgelés qui venait d'être créée. Elle s'était fixé pour programme d'arrêter la fac un an ou deux, avant de retourner passer son master en économie ou un diplôme en droit, mais je savais qu'elle restait dans les parages pour garder un œil sur moi pendant ma dernière année de lycée, et m'offrir une régularité sur laquelle compter.

Les Légumes Surgelés Otterson ne connaissaient pas leur chance. Après avoir passé deux mois à la comptabilité, Maeve a proposé un nouveau système de facturation et un nouveau type de suivi des stocks. Elle a été rapidement chargée des impôts de la société et des impôts personnels de M. Otterson. Le travail était d'une facilité déconcertante pour elle, mais elle affirmait qu'il lui offrait ce dont elle avait besoin : du répit. Les amis de Maeve à Barnard s'accordaient aussi un répit, sous la forme d'un séjour d'un an à Paris, d'un mariage, ou d'un stage non rémunéré au musée d'Art moderne, pendant que leurs pères payaient les factures de leurs appartements à Manhattan. Maeve avait toujours eu une définition du repos bien à elle.

Cette époque avait quelque chose de paisible. Je jouais dans l'équipe de basket du lycée, en deuxième année, ou, pour être précis, j'étais remplaçant dans l'équipe du lycée, mais ça me plaisait de me faire une place pour plus tard. J'avais plein d'amis, donc plein d'endroits susceptibles de m'accueillir en sortant du lycée, y compris l'appartement de Maeve. Je n'essayais pas de m'enfuir de chez moi, mais comme tous les autres adolescents de quinze ans que je connaissais, je trouvais moins de raisons d'y être. Andrea et les filles avaient l'air d'exister dans leur propre univers parallèle de cours de danse et virées shopping. Leur orbite s'était tellement éloignée de la mienne que je ne pensais presque jamais à elles. Quand je travaillais, il m'arrivait d'entendre Norma et Bright dans la chambre de Maeve. Elles riaient ou se disputaient pour une brosse à cheveux ou bien se pourchassaient dans les escaliers, mais notre seul contact était sonore. Elles ne recevaient jamais d'amis, tout comme Maeve et moi autrefois, à moins qu'elles n'aient pas eu d'amis. Je les voyais comme une seule unité : Norma-et-Bright, une espèce d'agence de publicité constituée de deux petites filles. Quand j'en avais marre de les entendre, j'allumais la radio et fermais la porte.

Mon père aussi s'était éloigné de la maison, si bien que ma propre absence arrangeait tout le monde. Il prétendait que c'était à cause de l'expansion des banlieues et parce qu'il ambitionnait de doubler le volume de ses affaires.

L'explication avait beau être vraie, il était aussi très clair qu'il avait épousé la mauvaise personne. Tout était plus simple pour tout le monde si chacun restait dans son coin. Pas seulement plus simple, mais plus agréable, et la maison offrait des espaces vastes où mener nos vies séparément. Sandy servait le dîner tôt dans la salle à manger à Andrea et ses filles, et Jocelyn me mettait une assiette de côté. Je mangeais en rentrant de mon entraînement de basket, malgré la pizza que j'avais déjà partagée avec des amis. Parfois il m'arrivait de prendre mon vélo et de rouler dans la nuit pour apporter à mon père des sandwichs au bureau, et alors je remangeais avec lui. Il déroulait les immenses liasses blanches de rendus d'architecture et me montrait les futures constructions. Le moindre immeuble commercial depuis Jenkintown jusqu'à Glenside portait le nom CONROY sur un grand panneau en bois à l'entrée du chantier. Trois samedis par mois, il m'envoyait là où ma présence était utile – pour transporter du bois de charpente et planter des clous et balayer les pièces fraîchement construites. On avait coulé les fondations, construit l'ossature des maisons. J'ai appris à marcher sur des poutres avec les travailleurs réguliers, les types qui ne rentraient pas dans leur manoir personnel à Elkins Park, et m'interpellaient d'en bas. “Fais gaffe à pas tomber, petit Danny !” Dès que j'ai appris à sauter d'une planche à une autre tout comme eux, et à parler électricité et plomberie, ils ont arrêté de m'interpeller en criant et m'ont laissé tranquille. C'est l'époque où je découpais des moulures dans la boîte à onglets. Plus qu'à l'école ou sur un terrain de basket, plus qu'à la Maison des Hollandais, je me sentais chez moi sur un chantier. Dès que c'était possible, je travaillais en sortant du lycée, pas pour l'argent – mon père rémunérait très peu de mes heures – mais parce que j'aimais l'odeur et le bruit. J'adorais participer à la construction d'un immeuble. Le premier samedi de chaque mois, mon père et moi on continuait à faire la tournée des loyers, mais désormais on discutait du calendrier de la bétonneuse, utilisée sur un chantier pendant qu'un autre attendait. Il n'y avait jamais assez de camions, d'hommes, d'heures dans une journée pour tout ce qu'on voulait accomplir. On discutait de l'avancement d'un projet et d'un autre qui devait arriver pile au bon moment.

"Le jour où tu auras ton permis de conduire sera le plus beau jour de ma vie, a dit mon père.

— Tu en as marre de conduire ? Tu pourrais m'apprendre."

Il a secoué la tête, son coude pointant par la vitre ouverte. "Cette collecte qu'on fait ensemble, c'est juste du temps perdu. Dès que tu auras seize ans, tu pourras aller chercher les loyers tout seul."

*C'est la vie*, j'ai pensé, en admirant ma propre maturité. J'aurais préféré garder un samedi par mois pour me retrouver en voiture avec lui, mais à la place je gagnais sa confiance. C'était ça, grandir.

Finalement je n'ai eu ni l'un ni l'autre. Il est mort avant que j'atteigne mes seize ans.

À mes yeux mon père est mort vieux, je suis désolé de le dire. Il avait cinquante-trois ans. Il était en train de grimper les cinq volées d'étages d'un immeuble de bureaux presque achevé pour vérifier un solin de fenêtre et calfeutrer le dernier étage qui, d'après l'entrepreneur, fuyait. C'était un 10 septembre caniculaire. L'immeuble n'aurait pas l'électricité avant un mois, autrement dit pas d'ascenseur ni d'air conditionné. Il y avait des lampes dans la cage d'escalier, alimentées par un générateur qui ajoutait à la chaleur. M. Brennan, le chef de projet, a dit qu'il faisait dans les quarante degrés. Mon père s'est plaint de ne pas être en forme quand ils ont dépassé le deuxième étage, et après il n'a plus rien dit. Il n'allait jamais très vite à cause de son genou, mais ce jour-là il a mis deux fois plus de temps. Il transpirait à travers sa veste de costume. Six marches avant l'arrivée, il s'est assis sans un mot, il a vomi, et il est tombé en avant, sa tête heurtant la marche en béton, son long corps suivant dans la chute. M. Brennan n'a pas réussi à le rattraper à temps mais il l'a allongé sur le palier du mieux possible et il a dévalé les escaliers et traversé la rue à toute vitesse jusqu'à une pharmacie où il a dit à la fille au comptoir d'appeler une ambulance, puis il a rameuté quatre hommes du chantier et tous ensemble, ils ont transporté mon père jusqu'en bas. M. Brennan a dit qu'il n'avait jamais vu un homme aussi blanc de sa vie, et M. Brennan avait fait la guerre.

M. Brennan l'a accompagné dans l'ambulance, et à l'arrivée à l'hôpital il a appelé Mme Kennedy au bureau de mon père. Mme Kennedy a appelé Maeve. Un gamin a fait irruption pendant mon cours de géométrie et il a tendu un papier plié au prof, qui l'a lu dans sa tête puis m'a dit de prendre mes affaires et d'aller dans le bureau du proviseur. Personne ne fait irruption pendant votre cours de géométrie et vous dit de prendre vos affaires pour vous annoncer que vous allez être joueur titulaire au prochain match de basket. En longeant le couloir, toutes mes pensées allaient à Maeve. J'étais tellement malade de peur que c'était la seule chose qui me permettait d'avancer. Elle avait été à court d'insuline, ou bien l'insuline était périmée. Trop, pas assez, l'un ou l'autre l'avait tué. Jusqu'à ce moment je n'avais jamais pris conscience à quel point je trimbalais cette peur avec moi partout, à chaque minute de mon existence. J'étais le plus grand garçon de ma classe, qui plus est musclé par le basket et les chantiers. Le bureau du proviseur était une salle vitrée ouvrant sur le couloir, et quand j'ai vu Maeve assise au bureau, me tournant le dos, ses cheveux inimitables attachés en queue de cheval descendant sur son dos, j'ai émis un son, quelque chose d'aigu et de perçant qui a semblé remonter depuis mes genoux. Elle s'est retournée, tout le monde s'est retourné, mais je m'en fichais. J'avais prié Dieu de m'accorder une seule chose et Dieu me l'avait accordée – ma sœur n'était pas morte. Maeve pleurait en m'enlaçant et je ne lui ai posé aucune question. Plus tard elle m'a dit qu'elle pensait que je savais à cause de la tête que je faisais, mais je n'en avais aucune idée. Jusqu'à ce qu'on monte en voiture et qu'elle dise qu'on allait à l'hôpital et que notre père était mort, je ne savais pas.

On a fait une terrible erreur, mais encore aujourd'hui il m'est difficile d'identifier exactement le responsable. M. Brennan ? Mme Kennedy ? Maeve ? Moi ? Mme Kennedy était arrivée à l'hôpital avant nous et à notre arrivée elle attendait avec M. Brennan. M. Brennan nous a raconté ce qui s'était passé. Il nous a dit qu'il ne savait pas faire une réanimation. Presque personne ne connaissait les gestes de premier secours, à l'époque. Sa femme était infirmière et elle lui avait dit qu'il devrait faire un stage, ce qu'il n'avait pas fait. Il y avait une telle douleur sur son visage que Maeve l'a pris dans ses bras et M. Brennan s'est appuyé contre son épaule pour pleurer.

Ils avaient laissé notre père dans une petite chambre à côté des urgences pour nous éviter d'aller à la morgue. Il était dans un lit d'hôpital standard, sans cravate ni veste, sa chemise bleue, au col déboutonné, tachée de sang. Sa bouche était grande ouverte d'une manière qui m'a fait comprendre qu'il était impossible de la fermer. Ses pieds nus livides dépassaient du drap. Je ne comprenais pas où ses chaussures et ses chaussettes avaient disparu. Je n'avais pas vu les pieds de mon père depuis des années, depuis la dernière fois qu'on était allés se baigner au lac, je ne sais plus quand. Il y avait une affreuse entaille exsangue sur son front, où on avait appliqué grossièrement un pansement. Je ne l'ai pas touché, mais Maeve s'est penchée et elle a embrassé son front, juste à côté du bandage, puis elle l'a embrassé encore, sa longue tresse tombant sur son cou. Elle n'avait pas l'air perturbée par sa bouche grande ouverte qui m'horrifiait. Elle était tellement tendre avec lui, et je me suis surpris à penser qu'à son réveil je lui dirais à quel point sa fille était gentille, à quel point elle l'aimait. Ou bien c'est à mon réveil que je le lui dirais. L'un de nous deux dormait et je ne savais pas lequel c'était.

L'infirmière nous a laissés trop longtemps seuls avec lui, et ensuite le médecin est entré dans la pièce et il a expliqué la nature de la mort. Il nous a dit que la crise cardiaque était arrivée très vite et qu'il aurait été impossible de le sauver. “Il est probable qu'il était déjà mort avant sa chute. Même si c'était arrivé ici, à l'hôpital, il est probable que ça n'aurait rien changé.” À l'époque j'ignorais que les médecins peuvent mentir pour nous réconforter.

Sans autopsie, il se contentait de nous raconter une histoire plausible, mais on s'y est accrochés sans poser de question. Maeve a reçu des documents à signer contre sa veste de costume et sa cravate qu'on lui a remis dans un sac, avec une enveloppe kraft contenant son portefeuille, sa montre et son alliance.

On était très jeunes, et notre père était mort. Encore aujourd'hui je ne crois pas qu'on pouvait être tenus pour responsables. On est arrivés devant la porte de la cuisine et Sandy et Jocelyn étaient là et on leur a dit ce qui était arrivé. À la seconde où elles ont fondu en larmes, j'ai su ce qu'on avait fait. Sandy avait ses bras autour de moi et je me suis détourné pour échapper à son étreinte. Il fallait que je trouve Andrea. Il fallait que ce soit moi qui trouve Andrea, jamais elle n'aurait l'idée de venir nous chercher ici, mais à l'instant où la pensée m'a traversé, elle est entrée dans la cuisine, et s'est retrouvée au milieu de ce merdier, nous quatre réunis par notre chagrin collectif excluant le reste du monde. Elle avait entendu les hurlements. Jocelyn s'est retournée et elle a enlacé sa patronne, pour la première et la dernière fois, je peux l'assurer. *Oh, madame Smith*, voilà ce qu'elle a dit.

Le regard de terreur qu'a eu Andrea à ce moment-là – ce regard m'a poursuivi toutes ces années. Bien après avoir oublié l'image de mon père sur son lit d'hôpital, je voyais encore la peur sur le visage d'Andrea. Elle a reculé d'un pas, et elle a murmuré : "Où sont mes filles ?"

Maeve a fait un mouvement imperceptible de la tête, parce qu'évidemment elle aussi a compris à ce moment-là. "Elles vont bien, elle a répondu, d'une voix presque inaudible. C'est papa. On a perdu papa."

Il y avait le sac en plastique contenant ses vêtements sur la table de la cuisine, la preuve contre nous. Plus tard on se dirait qu'on était certains que Mme Kennedy l'avait appelée, mais aucun indice ne nous l'avait suggéré. La vérité, c'est qu'on avait fait tout ça sans penser à Andrea une seule seconde. Après, notre cruauté est devenue le sujet principal : pas la mort de notre père, mais la façon dont on l'en avait exclue.

Est-ce que l'issue aurait changé, si on s'était mieux comportés ? Si M. Brennan avait appelé Andrea, au lieu de Mme Kennedy (mais M. Brennan n'avait jamais rencontré Andrea, alors qu'il travaillait avec Mme Kennedy depuis vingt ans), si Mme Kennedy avait appelé Andrea au lieu de Maeve (mais Andrea était grossière avec Mme Kennedy, chaque fois qu'elle appelait papa à son travail, se contentant systématiquement de cette formule expéditive : *Passez-moi mon mari*. Jamais Mme Kennedy n'aurait appelé Andrea. Voilà ce qu'elle m'a dit à l'enterrement). Si Maeve avait quitté Otterson's et s'était précipitée à la Maison des Hollandais pour parler à Andrea, au lieu de venir me chercher au lycée, ou bien si on avait quitté le lycée ensemble pour aller la chercher, avant d'aller à l'hôpital tous les trois, où serait-on aujourd'hui ?

“Exactement au même endroit, répondait Maeve. Ce n'est pas nous qui avons fait d'elle la personne qu'elle est.”

Mais je n'arrivais pas à en être certain.

La souffrance d'Andrea était son trophée. De mon côté, durant les jours de douleur aveugle qui ont succédé à la mort de mon père, je ne ressentais pas le chagrin de l'avoir perdu, mais la honte de m'être comporté ainsi. Norma et Bright essayaient d'adopter un comportement solennel, mais elles étaient encore trop petites pour tenir longtemps. Andrea les a retirées de l'école le lendemain de sa mort, mais le jour d'après elles ont supplié d'y retourner. C'était tellement triste à la maison. Moi aussi je suis retourné au lycée, par refus de me retrouver avec elle. Elle a acheté des concessions jumelles au cimetière protestant et elle a annoncé clairement son intention de le faire enterrer là, à côté de l'espace vide où elle prévoyait un jour d'aller. C'est à ce moment-là que Maeve a appelé le père Brewer. Andrea et le prêtre ont disparu dans la bibliothèque pendant vingt-cinq minutes, portes fermées, et quand ils sont ressortis, les droits de mon père avaient été restaurés. Andrea avait accepté de faire enterrer notre père au cimetière catholique. Ça aussi, elle en a fait une charge contre nous.

"Il va rester tout seul maintenant", elle a dit en passant devant moi dans l'entrée. Sans préambule. "Comme ça vous pourrez être contents. Eh bien, bravo ! Plutôt aller en enfer que de passer l'éternité avec une bande de catholiques."

Le lendemain de leur mariage, Maeve, mon père et moi on est allés à la messe. Andrea était assise toute seule dans la salle à manger, et dans un effort pour être gentil, j'ai demandé à ma toute nouvelle belle-mère si elle voulait nous accompagner avec ses filles.

"Plutôt mourir que d'aller dans un endroit pareil", elle a répondu, tout en continuant à manger ses œufs à la coque, sur le même ton que si elle m'avait rappelé de prendre un parapluie.

"Si elle déteste tellement les catholiques, alors pourquoi elle en a épousé un ?" a dit Maeve tandis qu'on montait dans la voiture.

Et mon père a ri, un grand rire du fond du cœur, plutôt rare chez lui. “Elle voulait la maison du catholique”, a été sa réponse.

Contrairement à ce que croyait Maeve, je pensais très peu à notre mère quand j'étais petit. Je ne la connaissais pas, et je trouvais ça dur, de regretter une personne ou une époque que j'avais oubliées. La famille à laquelle elle m'avait abandonné – une cuisinière, une gouvernante, une sœur aimante et un père distant – fonctionnait à mon avantage. Même quand je regardais les rares photos d'elle qui avaient été conservées, la grande femme mince avec une mâchoire puissante et des cheveux noirs ressemblait trop à Maeve pour que j'aie l'impression d'avoir raté quelque chose. Pourtant, le jour de l'enterrement de notre père, j'étais obsédé par ma mère, et je désirais tellement qu'elle me console que cela me causait une douleur insoupçonnée.

La maison débordait de fleurs. Andrea avait peur qu'il n'y en ait pas assez, et du coup elle avait commandé des dizaines de compositions florales. Si elle avait été maligne, elle aurait eu l'idée d'écrire quelques fausses cartes. Andrea n'avait jamais compris la place de notre père dans la communauté ; les fleurs affluaient de partout, des gens de notre église et des ouvriers des chantiers, des gens qui travaillaient au bureau avec lui et à sa banque. Il y avait des fleurs envoyées par des flics, des restaurateurs, des enseignants, des gens auxquels mon père avait rendu service discrètement toutes ces années. Les fleurs venaient autant des locataires qui payaient scrupuleusement leur loyer chaque mois, que de ceux qu'il avait soutenus en période de vaches maigres. Pour la plupart, c'étaient des gens que je connaissais, mais il y avait aussi des fleurs envoyées par des gens qu'il avait connus avant mes tournées avec lui le samedi, des gens qui avaient déménagé ou s'étaient acheté une maison. J'ai reconnu certains noms grâce au registre. Les fleurs recouvraient entièrement toutes les tables et le piano. Elles tenaient en équilibre sur des socles de location ou des supports métalliques. La maison était devenue un jardin mal assorti, avec de brutales explosions en altitude. Il n'y avait plus de place nulle part pour poser un verre. Andrea a insisté pour que les compositions qui avaient été envoyées à l'Immaculée-Conception pour l'enterrement soient rassemblées et ramenées chez nous, pendant qu'on se trouvait devant la tombe, en train de regarder des hommes costauds descendre son cercueil dans la terre à l'aide de sangles. À notre retour, des bouquets étaient alignés sur les marches de l'entrée, et les portes de la maison étaient grandes ouvertes. Andrea avait écrit dans le faire-part qu'*une réception suivrait à la maison*, oubliant que des gens curieux comme elle l'avait été en profiteraient pour venir admirer les lieux, même en pareille occasion. Sandy et Jocelyn étaient à la cuisine à préparer des petits sandwichs servis par des femmes en robe noire et tablier blanc, engagées spécialement. Sandy et Jocelyn étaient blessées d'avoir dû rester à travailler au lieu d'aller à l'enterrement, et elles étaient blessées de ne pas être assez bien pour remplir les verres dans les salons de réception. "Je suppose qu'il faut être plus jolie que moi pour servir un verre de vin", a dit Sandy. Maeve a rejoint la cuisine pour rester avec elles, tartinant du fromage frais sur des tranches de pain de mie, un torchon autour de la taille de sa plus belle robe bleu marine, tandis que je restais au salon pour veiller sur Andrea et les filles. J'avais en général du mal à supporter la manière dont Norma et Bright me suivaient partout, mais ce jour-là je les ai gardées près de moi. Mon père avait beau ne plus être là pour m'enseigner à devenir l'homme de ses rêves, je n'avais pas oublié ses attentes. Les filles ont passé leurs doigts sur les pétales, plongeant leurs visages tout au fond des grappes de roses pour respirer leur parfum. Elles ont dit qu'elles essayaient de choisir leur bouquet préféré parce que leur mère leur avait dit que chacune pourrait monter un vase dans leur chambre, la chambre de Maeve.

"Lequel tu veux ?" a demandé Norma. Elle portait une robe noire en coton avec des smocks devant. Elle avait douze ans et Bright dix. "Je parie qu'elle te laissera en prendre un."

Dans l'esprit du jeu, j'ai choisi un petit vase avec d'étranges fleurs orange qui avaient l'air d'avoir poussé au fond de l'océan. Je n'avais aucune idée de leur nom mais je leur étais reconnaissant d'être orange en un jour où tout était terriblement blanc.

Ça me fait drôle de me souvenir à quel point je m'inquiétais pour Andrea à ce moment-là. Elle n'avait pas arrêté de pleurer pendant quatre jours. Elle avait pleuré pendant chaque minute de l'enterrement. Durant la courte période qui avait succédé à la mort de mon père, elle avait encore rapetissé, ses yeux bleus gonflés de larmes. Sans interruption les gens qui travaillaient avec mon père venaient et lui prenaient la main, lui présentant leurs condoléances à voix basse. Des voisins envahissaient la maison où ils n'avaient jamais été invités. Je les reconnaissais, et ils me parlaient avec chaleur, tout en essayant d'enregistrer le maximum de détails sur leur environnement que la discrétion le leur permettait. J'ai rencontré un Suédois silencieux qui a incliné la tête en présentant ses condoléances. Il a demandé qu'on signale sa présence à ma sœur et s'est révélé être M. Otterson. Quand je lui ai demandé d'attendre que je lui ramène Maeve, il m'a opposé un refus sans appel. "Ne la dérangez pas." Il a dit ça comme si elle avait pu être actuellement en train de pleurer au troisième étage, au lieu de disposer des sandwichs sur des plateaux en cuisine. Le père Brewer est resté sur le perron, piégé par deux dames patronnesses. Quand j'ai vu Maeve lui apporter une tasse de thé, je lui ai dit que M. Otterson était venu la voir. Je venais à peine de lui parler, mais quand on est partis à sa recherche, on ne l'a trouvé nulle part.

Partout, dans la foule, je recevais des caresses et des étreintes. La journée entière ressemblait à un rêve, au sens exact où l'on emploie cette expression. Comment était-il possible que ma famille se soit éloignée de moi ? Je m'en étais très bien sorti avec un seul parent, mais désormais je voyais qu'un seul parent n'offrait aucune garantie sur l'avenir. Maeve retournerait bientôt en troisième cycle ; est-ce que ça voulait dire que moi je vivrais avec Andrea et ses filles, avec Sandy et Jocelyn ? Que je me retrouverais à traîner dans la maison, seul homme au milieu de toutes ces femmes ? Ce n'était pas juste, ce n'était pas ça que mon père aurait voulu pour moi. *Lui et moi*, je me suis dit, mais je n'ai pas fini la phrase. *Lui et moi* : c'est exactement comme ça que j'aurais décrit ma vie passée.

Le parfum de toutes les fleurs en concurrence commençait à submerger la pièce envahie de monde et je me suis demandé si le père Brewer restait dehors pour respirer. De loin j'ai vu l'entraîneur Martin entrer dans le hall avec toute l'équipe de basket, sans oublier un seul joueur. Ils étaient venus à l'enterrement mais je ne pensais pas qu'ils viendraient à la réception. C'était la première fois qu'ils entraient chez moi. J'ai pris un verre de vin sur le plateau que me tendait une femme en uniforme de domestique, et une fois hors de sa vue, je suis allé le boire dans la salle de bains.

La Maison des Hollandais était impossible. Cette pensée me traversait l'esprit pour la première fois. Quand Maeve me disait que notre mère l'avait haïe, je n'arrivais même pas à comprendre ce qu'elle voulait dire. Les murs des toilettes pour dames étaient des bas-reliefs, des hirondelles sculptées dans le noyer, des hirondelles passant à travers des tiges fleuries vers un croissant de lune. Les panneaux avaient été taillés en Italie au début des années 1920, et expédiés dans des caisses en vue d'être installés dans les toilettes du rez-de-chaussée de la maison des VanHoebeek. Combien d'années de la vie d'un individu avaient-elles été sacrifiées à sculpter ces murs dans un autre pays ? J'ai levé la main et suivi du doigt le parcours d'une hirondelle. Est-ce que c'est ça, que notre mère avait voulu dire ? J'avais la sensation que la maison entière pesait de tout son poids sur moi comme une carapace que je devrais traîner avec moi le reste de ma vie. Ça ne s'est pas passé comme ça, évidemment, mais le jour de son enterrement, je croyais deviner l'avenir.

À propos d'avenir, les premiers coups de feu n'ont pas attendu longtemps pour être tirés. De retour à la maison le lendemain, Maeve a dit à Andrea qu'elle quittait

Otterson's pour travailler chez Conroy. Inutile de préciser qu'Andrea n'avait jamais manifesté le moindre intérêt pour la société de notre père, et qu'elle ne comprenait probablement pas totalement quel travail il faisait. Au mieux de sa forme, elle n'était sans doute pas compétente pour diriger la société, et noyée dans le chagrin comme elle l'était à ce moment-là, elle était loin d'être au mieux.

"Je peux m'assurer que tous les projets en cours soient achevés, a dit Maeve. Je peux m'occuper des salaires et des impôts. Ce serait provisoire, juste le temps de décider ce qu'on va faire de la société." On était tous assis au salon, Bright avait posé la tête sur les genoux de Maeve et Maeve passait les doigts dans les cheveux blonds emmêlés de Bright, Norma était assise à côté d'elle sur le canapé.

"Non", a dit Andrea.

Au début, Maeve a cru qu'Andrea doutait peut-être de ses capacités, ou doutait que ce soit la meilleure solution pour la société ou, allez savoir, doutait que ce soit la meilleure solution pour Maeve. "J'en suis capable, elle a insisté. Je travaillais dans les bureaux l'été avant d'entrer en fac. Je connais les registres. Je connais les gens qui y travaillent. Ce n'est pas très différent de ce que je fais actuellement chez Otterson."

On a attendu. Même Bright a levé la tête dans l'attente de l'explication qui allait suivre, mais rien n'est venu.

"Tu as prévu autre chose ?" a fini par demander Maeve.

Andrea a hoché lentement la tête. "Norma, va demander à Sandy de m'apporter une tasse de café."

Norma, impatiente de fuir la tension et la conversation ennuyeuse, s'est levée d'un bond et a disparu.

"Ne cours pas ! a crié Andrea derrière elle.

— Je ne parle pas de prendre la succession, a dit Maeve, comme si elle avait pu donner l'impression d'en faire trop. C'est juste provisoire.

— Ta mère t'aurait obligée à te couper les cheveux, a dit Andrea.

— Quoi ?

— J'ai dû le répéter à ton père des centaines de fois : dis-lui de couper ces fichus cheveux. Mais il ne le faisait pas. Il s'en fichait. J'ai toujours eu envie de te le dire, pour ton bien – c'est épouvantable, tous ces cheveux – mais il m'en empêchait. Il disait toujours que tes cheveux t'appartenaient."

Bright a fait un clin d'œil à ma sœur.

Le commentaire était tellement bizarre que c'était facile de l'ignorer, mais il a aggravé le chagrin, le choc, bref tout ce qu'on ressentait. Andrea se fichait totalement des cheveux de Maeve. On était encerclés par les fleurs de l'enterrement. Je n'arrêtais pas de penser à la catastrophe que ce serait quand elles seraient toutes mortes. Je me suis demandé si notre conversation n'aurait pas dû commencer par une proposition plus modeste – vider les vases quand ce serait le moment, écrire les cartes de remerciement. Alors, dans l'espoir de nous ramener sur le terrain du raisonnable, j'ai dit : "Je peux collecter les loyers samedi. Maeve peut m'y emmener en voiture. Je connais le chemin.

— Ce ne sera pas nécessaire."

Ça, c'était totalement incompréhensible. "Je collecte les loyers depuis toujours.

— C'est ton père qui collectait les loyers depuis toujours, a dit Andrea. Tu te contentais d'être dans la voiture."

Un silence s'est abattu sur la pièce et nous a ensevelis. Aucun d'entre nous ne savait en sortir. Je sentais les yeux des VanHoebeek perforer mon crâne. Comme je les avais toujours sentis.

"On essayait juste de dire qu'on veut aider, a dit Maeve.

— Je le sais, a dit Andrea, et puis elle a penché la tête d'un côté en souriant à sa fille sur les genoux de ma sœur. Toi aussi tu le sais." Elle a relevé la tête vers nous. "Je ne comprends pas pourquoi ça prend tellement de temps d'apporter une tasse de café. Vous savez qu'elles ont une cafetière pleine à la cuisine. Elles pensent peut-être que le café est à elles." Andrea a frappé ses cuisses de ses paumes dans un geste d'impatience, et elle s'est levée. "On dirait bien que je vais devoir aller le chercher moi-même. Vous connaissez l'expression, n'est-ce pas ? « On n'est jamais si bien servi que par soi-même. »"

On a attendu assez longtemps qu'elle revienne, Maeve et moi, et puis on a entendu des pas à l'étage. Elle était remontée directement avec son café depuis l'escalier de la cuisine. L'entretien était terminé.

Au cours des deux brèves semaines qui ont suivi sa mort, j'ai pleuré autant la perte de mon père que ce que je voyais comme l'ajournement de ma place dans le monde. Si j'avais eu le choix, j'aurais arrêté le lycée à quinze ans pour diriger la compagnie Conroy avec Maeve. Travailler dans la société familiale, c'était ce que je désirais, ce que j'attendais, et ce que mon père avait prévu pour moi. Si ça devait arriver avant que je sois prêt, alors je n'avais qu'à me préparer plus vite. Je ne pensais pas que j'étais compétent dans tous les domaines, loin de là, mais je connaissais personnellement chaque employé qui serait capable de m'aider. Ces gens-là m'aimaient. Ça faisait des années qu'ils me voyaient travailler.

Pour le reste, mon problème était une alliance indissociable de tristesse et de malaise. Andrea m'évitait, à la différence des filles qui me collaient. Norma ou Bright entraient dans ma chambre presque chaque nuit et me réveillaient pour me raconter leurs rêves. Ou elles ne me réveillaient pas mais je trouvais l'une ou l'autre endormie sur le divan de ma chambre le matin. J'imagine que la perte de mon père était aussi leur perte, même si j'avais du mal à me souvenir des fois où il leur avait parlé.

Et puis, une après-midi, je suis rentré du lycée, j'ai salué Sandy et Jocelyn, et je me suis préparé un sandwich au jambon à la cuisine. Vingt minutes plus tard, Maeve a surgi par la porte arrière. On aurait dit qu'elle avait couru de chez Otterson jusqu'à la Maison des Hollandais tellement son visage était cramoisi. J'étais en train de lire quelque chose, je ne sais plus quoi.

"Qu'est-ce qui se passe ? Pourquoi t'es pas au travail ?" Maeve partait rarement avant 18 heures.

"Tu vas bien ?"

J'ai baissé les yeux, comme si je voulais vérifier s'il y avait du sang sur mon tee-shirt. "Pourquoi je n'irais pas bien ?

— Andrea a appelé. Elle m'a demandé de venir te prendre. Elle m'a dit que je devais venir tout de suite.

— Venir me prendre pour faire quoi ?"

Elle a essuyé son front avec sa manche, et puis elle a posé ses clés sur son sac. J'ignore où Sandy et Jocelyn avaient disparu, mais à ce moment-là on était seuls dans la cuisine, Maeve et moi.

"Elle m'a foutu une trouille terrible. J'ai cru…

— Je vais bien.

— Je vais voir ce qui se passe." Je me suis levé pour la suivre, vu que j'étais censé aller quelque part.

On est allés jeter un coup d'œil dans l'entrée. Je n'avais pas vu les filles depuis mon retour mais ça arrivait souvent. Elles passaient leur vie à s'entraîner pour une activité ou une autre. Maeve a appelé Andrea.

"Je suis au salon. Inutile de crier."

Elle était devant la cheminée, debout sous les deux VanHoebeek massifs, exactement à l'endroit où on l'avait vue la première fois, des années plus tôt.

"J'ai quitté le travail, a dit Maeve.

— Il faut que tu emmènes Danny." Le regard d'Andrea était fixé sur Maeve.

"Que je l'emmène où ?

— Chez toi, chez des amis." Elle a secoué la tête. "Comme tu veux.

— Il est arrivé quelque chose ?" C'est Maeve qui parlait, mais moi aussi je posais la question.

"Il est arrivé quelque chose ? a répété Andrea. Eh bien, voyons voir, ton père est mort. Commençons par là." Andrea était très en beauté. Elle avait relevé ses cheveux. Elle portait une robe à carreaux rouges et blancs que j'avais oubliée, un rouge à lèvres rouge. Je me suis demandé si elle s'apprêtait à aller à une réception, un déjeuner. Je ne me rendais pas compte qu'elle s'était habillée pour nous.

"Andrea ? a dit Maeve.

— Ce n'est pas mon fils, elle a dit, et à cet instant, sa voix s'est brisée. Tu ne peux pas t'attendre à ce que je l'élève. Il n'est pas sous ma responsabilité. Ton père ne m'a jamais dit que j'allais devoir élever son fils.

— Personne ne te demande… j'ai commencé, mais elle a levé la main.

— Ici c'est chez moi. Je mérite de me sentir en sécurité chez moi. Vous avez été horribles avec moi, tous les deux. Vous ne m'avez jamais aimée. Vous ne m'avez jamais soutenue. Je suppose que quand votre père était vivant, c'était mon devoir d'accepter que…

— Ici c'est chez toi ? a dit Maeve.

— Quand votre père est mort, vous vous êtes montrés sous votre vrai jour. Tous les deux. C'est à moi qu'il a laissé cette maison. Il voulait que ce soit moi qui l'aie. Il voulait que j'y sois heureuse, moi et les filles. Je veux que tu l'emmènes – monte à l'étage chercher ses affaires et va-t'en. Ce n'est pas facile pour moi.

— Dans quel sens c'est chez toi ici ?" a demandé Maeve.

Je nous voyais tous les deux presque comme si on se reflétait dans ses yeux, ridiculement grands en comparaison d'elle, tellement jeunes et musclés, tout ce basket, tous ces chantiers. J'avais dépassé Maeve depuis longtemps, exactement comme elle me l'avait promis. Je portais encore ma tenue d'entraînement, un tee-shirt et un survêtement.

"Parles-en à l'avocat, a dit Andrea. Mais on a tout passé en revue, centimètre par centimètre. Il a tous les papiers. Parle-lui aussi longtemps que tu veux, mais je veux que tu partes maintenant.

— Où sont les filles ? a demandé Maeve.

— Mes filles ne te concernent pas." Son visage était luisant de l'énergie dont elle avait besoin pour nous haïr, de l'énergie dont elle avait besoin pour se convaincre que tout ce qui lui était arrivé de mal dans sa vie était notre faute.

À ce moment-là je continuais à ne pas comprendre totalement ce qui était en train de se passer, chose ridicule dans la mesure où Andrea n'aurait pas pu être plus claire. Maeve, par contre, comprenait parfaitement, et elle s'est dressée, telle Jeanne d'Arc au bûcher. "Elles vont te haïr, elle a dit, d'une voix neutre. Tu vas leur faire avaler un mensonge ce soir au dîner mais ça ne tiendra pas. Elles sont intelligentes. Elles savent qu'on ne les quitterait jamais comme ça. Une fois qu'elles commenceront à chercher, elles découvriront ce que tu as fait. Pas de notre bouche, mais elles en entendront parler. Tout le monde sera au courant. Tes filles vont te haïr encore plus que nous. Elles te haïront encore après qu'on aura oublié ton existence."

Je me tenais là, encore à me dire que je pourrais peut-être trouver une solution, que peut-être, dans l'avenir, Andrea et moi on réussirait à se parler, et qu'elle comprendrait que je n'étais pas son ennemi, mais Maeve a fermé cette porte et l'a condamnée. Elle n'était pas en train d'écrire l'avenir d'Andrea – ça, Andrea l'avait fait toute seule –, mais les paroles de Maeve, et le ton qu'elle a employé, ont sonné comme une malédiction.

Avec Maeve on est montés dans ma chambre et on a rempli mon unique valise de vêtements, et puis elle est descendue à la cuisine prendre des sacs de jardinage et elle est revenue avec Sandy et Jocelyn. Elles pleuraient toutes les deux.

"Hé, j'ai dit, hé, faut pas. On va s'en sortir." Je ne voulais pas dire que j'allais trouver une solution dans l'instant, mais que Maeve et moi, on serait reconnus comme les héritiers légitimes de la Maison des Hollandais et qu'on renverserait l'intruse. J'étais le comte de Monte-Cristo. J'avais absolument l'intention de rentrer chez moi.

“Quel cauchemar, a dit Jocelyn, en secouant la tête. Votre pauvre père.”

Sandy était en train de vider le contenu de ma commode, tiroir par tiroir, dans un sac à feuilles du jardin quand Andrea a fait son apparition à la porte où elle est restée à surveiller ce qu’on emportait. “Je veux vous voir partis avant le retour des filles.”

Jocelyn a passé son poignet sous ses yeux. “Je dois finir de préparer le dîner.

— Ne finissez pas le dîner, elle a dit. Vous partez tous ensemble, tous les quatre. Vous avez toujours été ligués. Je ne veux pas garder d’espions chez moi.

— Oh, pour l’amour de Dieu, a dit Maeve, en élevant la voix pour la première fois. Tu ne peux quand même pas les renvoyer. Qu’est-ce qu’elles ont bien pu te faire ?

— Vous êtes un service.” Andrea a souri, comme si elle venait de dire quelque chose de drôle. Elle n’avait pas programmé de renvoyer Sandy et Jocelyn. Il était clair que la pensée ne lui avait pas traversé l’esprit avant cette minute précise, mais à l’instant où elle l’a dit, ça lui a paru évident. “On ne sépare pas les pièces d’un service.

— Andrea”, j’ai dit. J’ai fait un pas vers elle, j’ignore pourquoi. Je voulais l’arrêter et qu’elle redevienne elle-même, j’ignore comment. Elle n’avait jamais été ma meilleure amie mais il était impossible qu’elle soit aussi méchante.

Elle a reculé d’un pas.

“Je vais te le dire, ce qu’on lui a fait, a dit Jocelyn, comme si Andrea n’était pas là. On connaissait votre mère, voilà tout. C’est votre mère qui nous a embauchées, d’abord Sandy, et puis moi. Sandy a dit à votre mère qu’elle avait une sœur qui cherchait du travail, et Elna a dit : « Venez avec votre sœur demain. » Voilà comment était votre mère, avec elle tout le monde était le bienvenu. Des gens n'arrêtaient pas de se présenter dans cette maison et elle leur donnait à manger et un travail. Elle nous aimait, et on l'aimait, et celle-là le sait." Elle a reculé un peu la tête pour désigner la femme derrière elle.

Les yeux d'Andrea se sont arrondis d'incrédulité. "Cette femme a abandonné ses enfants ! Elle a abandonné son mari et elle a abandonné ses enfants. Je refuse de rester ici à écouter vos…

— Il n'a jamais existé de femme meilleure que votre mère." Jocelyn a continué comme si elle était seule à parler. Elle a ramassé mes pulls et les a laissés tomber dans le sac grand ouvert. "Et une vraie beauté, sincèrement. Tous ceux qui la rencontraient s'en rendaient compte, et tout le monde l'aimait. Elle était humble, vous voyez ce que je veux dire ?" Elle me regardait droit dans les yeux. "Comme Dieu nous l'enseigne. Tout ça lui appartenait et elle n'y a jamais attaché la moindre importance. La seule chose qui l'intéressait, c'était ce qu'elle pouvait faire pour vous, comment elle pouvait se rendre utile."

Sandy et Jocelyn ne parlaient jamais de notre mère. Jamais. Elles avaient attendu cette occasion précise pour faire exploser cette bombe. Andrea a posé la main sur le chambranle pour garder l'équilibre.

"Finissez-en, elle a dit d'une voix atone. Je serai en bas."

Jocelyn a regardé la femme qui avait été jadis sa patronne. "Il n'y a pas eu un seul jour que vous avez passé dans cette maison, sans qu'on se dise : « Qu'est-ce qui a bien pu passer par la tête de M. Conroy ? »"

"Jocelyn", a dit sa sœur, uniquement ce mot, en guise d'avertissement.

Mais Jocelyn a fait non de la tête. "Elle m'a bien entendue."

La bouche d'Andrea s'est légèrement ouverte mais aucun mot n'en est sorti. Elle perdait pied, c'était visible. Elle a accusé le coup et nous a laissés finir.

À quoi pouvais-je bien penser ce jour-là, cette heure-là ? Pas à la chambre dans laquelle j'avais passé quasiment toutes les nuits depuis ma naissance. Maeve m'a raconté que mon berceau avait été installé dans l'angle où le canapé se trouvait désormais, que Pluche dormait avec moi au début, pour laisser notre mère se reposer. Je ne pensais pas à la lumière qui inondait la pièce ni au chêne qui cognait contre ma fenêtre les jours de tempête. Mon chêne. Ma fenêtre. Je pensais à une seule chose, me barrer d'ici le plus vite possible, loin d'Andrea.

On a descendu l'immense escalier tous les quatre, chacun portant un sac-poubelle, et on a chargé la voiture de Maeve. La maison était sublime tandis qu'on s'éloignait d'elle : trois étages d'imposantes fenêtres donnant sur la pelouse à l'avant. Le stuc jaune pâle, presque blanc, était exactement de la même couleur que les nuages de fin d'après-midi. L'immense véranda où Andrea, dans sa robe couleur champagne, avait jeté son bouquet de mariée par-dessus son épaule, était le lieu même où les gens avaient fait la queue pour présenter leurs condoléances à la veuve de mon père quatre ans plus tard. J'ai pris mon vélo et l'ai fourré à l'arrière de la voiture, au-dessus des sacs, uniquement parce que je l'avais laissé dans l'herbe et que j'avais failli trébucher dessus. Andrea n'arrêtait pas de répéter à mon père de m'obliger à ramasser mon vélo. Elle le lui disait quand ils étaient tous les deux ensemble dans une pièce : "Cyril, est-ce que tu ne pourrais pas apprendre à Danny à être plus soigneux avec ce que tu lui offres ?"

On a dit au revoir à Sandy et Jocelyn. On s'est fait la promesse qu'une fois que tout serait rentré dans l'ordre, on serait tous réunis, aucun d'entre nous ne comprenant que nous étions à jamais exclus de la Maison des Hollandais. En montant dans la voiture, les mains de Maeve tremblaient. "Il faut qu'on parte d'ici", elle a dit. Elle commençait à transpirer.

Je suis sorti de la voiture et j'ai fait le tour. Une seule chose comptait : Maeve. Sandy et Jocelyn étaient déjà montées dans la voiture de Sandy. Personne ne nous regardait. J'ai demandé à Maeve de changer de place. Elle se faisait une injection. Elle ne m'a pas dit que je ne savais pas conduire. Elle savait que j'étais capable de nous conduire jusqu'à Jenkintown.

On ne saurait exagérer la stupidité des affaires qu'on a embarquées et celles qu'on a laissées sur place. On a emporté des vêtements et des chaussures qui ne seraient plus à ma taille dans six mois, et oublié la couverture en patchwork au pied de mon lit que ma mère avait fabriquée à partir de ses robes. On a pris les livres sur mon bureau et laissé le beurrier en verre moulé à la cuisine qui était, d'après ce qu'on en savait, le seul souvenir que notre mère avait emporté avec elle de l'appartement de Brooklyn. Je n'ai pas pris un seul objet appartenant à mon père, même si, par la suite, j'en ai regretté une centaine : la montre qui ne le quittait jamais était restée dans l'enveloppe, avec son portefeuille et son alliance. Je l'avais tenue entre mes mains durant tout le trajet du retour depuis l'hôpital, et je l'avais abandonnée à Andrea.

La plupart des affaires de Maeve avaient été triées et emballées quand Norma avait pris sa chambre, et la plupart de ces cartons avaient été stockés dans son appartement à sa sortie de la fac, dans la mesure où Andrea avait déclaré que, Maeve étant désormais une adulte, elle devait être l'intendante de ses propres biens (textuellement). Néanmoins le manteau d'hiver le plus chaud de Maeve était dans l'armoire en cèdre parce que l'été précédent, elle avait eu un problème de mites, et il restait d'autres affaires – des annuaires, deux cartons de romans qu'elle avait déjà lus, des poupées qu'elle gardait pour la fille qu'elle était sûre d'avoir un jour –, toutes au grenier sous les combles, et derrière la minuscule porte au fond du placard de la chambre du troisième étage. Est-ce qu'Andrea connaissait l'existence de cette cachette ? Maeve l'avait montrée aux filles, le soir de sa visite guidée de la maison, mais est-ce qu'elles s'en souviendraient ou auraient même l'idée d'y aller ? À moins que ces cartons n'appartiennent désormais à la maison, scellés à l'intérieur du mur, telle une capsule temporelle témoignant de sa jeunesse ? Maeve a prétendu qu'elle s'en fichait. Elle avait en sa possession tous les albums photos. Elle les avait pris avec elle en entrant à la fac. L'unique photo perdue était une photo encadrée de mon père, prise quand il était petit, avec un lapin sur ses genoux. Celle-là, on l'avait oubliée dans la chambre de Norma. Plus tard, après avoir pris pleinement conscience de l'événement, Maeve regretterait amèrement mes stupides diplômes de scout encadrés sur le mur, quelques trophées de basket, le couvre-lit en patchwork, le beurrier, la photo.

Mais ce qui m'obsédait, c'était le portrait de Maeve resté suspendu au salon, en notre absence. Comment avait-on pu l'oublier ? Maeve à dix ans dans son manteau rouge, son regard lumineux et franc, ses cheveux noirs lâchés. Le portrait égalait ceux des VanHoebeek, mais c'était celui de Maeve, alors qu'est-ce qu'Andrea pourrait bien en faire ? Le planquer dans la cave humide ? Le jeter ? Même quand ma sœur était en face de moi, j'avais le sentiment de l'avoir en quelque sorte abandonnée toute seule dans la maison, où elle n'était pas en sécurité.

Maeve se sentait mieux mais je lui ai demandé de monter s'asseoir pendant que je traînais les sacs jusqu'à son appartement au troisième étage. Il n'y avait qu'une chambre et elle m'a demandé de la prendre. J'ai refusé.

"Tu vas dormir dans le lit parce que tu es trop grand pour le canapé, et moi non. Je dors tout le temps sur le canapé."

J'ai jeté un coup d'œil à son petit appartement. J'y étais déjà venu plein de fois mais on ne regarde pas avec les mêmes yeux un endroit où on sait qu'on va vivre. Il était tout petit et bourré à craquer et soudain je me suis senti mal pour elle, à la pensée que c'était injuste qu'elle vive là pendant que j'habitais rue VanHoebeek, oubliant pendant une minute que j'avais cessé d'y habiter. "Pourquoi tu dors sur le canapé ?

— Je m'endors en regardant la télévision", elle a dit, puis elle s'est assise sur ce canapé et elle a fermé les yeux. J'ai eu peur qu'elle fonde en larmes, mais non. Maeve n'était pas une pleurnicheuse. Elle a rejeté son épaisse chevelure noire en arrière et elle m'a regardé. "Je suis heureuse que tu sois là."

J'ai approuvé de la tête. Pendant une seconde, je me suis demandé ce que j'aurais fait si Maeve n'avait pas habité là – j'aurais suivi Sandy ou Jocelyn ? Appelé M. Martin, l'entraîneur de basket, pour savoir s'il voulait bien de moi ? Je ne le saurais jamais.

Cette nuit-là, dans le lit de ma sœur, j'ai fixé le plafond en ressentant pour de bon la disparition de notre père. Pas celle de son argent ni de sa maison, mais celle de l'homme à côté duquel je m'asseyais en voiture. Il m'avait tellement protégé du monde que j'ignorais totalement ce dont le monde était capable. Je ne m'étais jamais dit que lui aussi avait été enfant. Je ne lui avais jamais posé aucune question sur la guerre. Je l'avais vu uniquement comme mon père, et c'est au titre de père que je l'avais jugé. C'était irréparable, et ça s'ajoutait au catalogue des erreurs que j'avais commises.

# CHAPITRE SEPT

Maître Gooch – on l'avait toujours appelé comme ça – avait le même âge que notre père et ils étaient amis, et c'est en tant qu'ami qu'il a accepté de voir Maeve le lendemain à l'heure de sa pause déjeuner. Elle a refusé que je rate le lycée pour l'accompagner. "Je vais juste tâter le terrain." C'est ce qu'elle m'a dit le lendemain matin, au-dessus de son bol de céréales, à la petite table de la cuisine. "Quelque chose me dit qu'il y aura beaucoup d'autres occasions d'y aller ensemble."

Maeve m'a déposé au lycée en allant au travail. Tout le monde savait que mon père était mort et ils s'efforçaient d'être gentils avec moi. Pour les profs et l'entraîneur, cela signifiait me prendre à part pour me dire qu'ils étaient là si j'avais besoin de parler, et que je pourrais prendre tout le temps nécessaire pour rendre mes devoirs. Pour mes amis – Robert, qui était un joueur de basket légèrement meilleur que moi, et T. J., qui était un joueur terriblement plus mauvais, et Matthew, qui adorait m'accompagner sur les chantiers –, cela signifiait quelque chose de totalement différent : leur embarras face à ma situation se traduisait par une attitude maladroite, un effort concerté pour ne pas rire à quelque chose de drôle en ma présence, l'arrêt momentané du chagrin qu'on se causait. Chagrin pour chagrin, un truc dans le genre. Il ne m'aurait jamais traversé l'esprit de dissimuler la mort de mon père, mais je voulais que personne ne soit au courant pour la Maison des Hollandais. Cette perte-là était trop intime, honteuse d'une manière incompréhensible à mes yeux. Je continuais à croire que Maeve et Maître Gooch allaient tout régler et qu'on rentrerait chez nous avant que quiconque ait eu le temps d'apprendre que j'avais été jeté dehors.

Mais est-ce que "rentrer chez nous" signifiait y vivre sans Andrea et les filles ? Qu'est-ce qui leur arriverait précisément ? Mon imagination n'avait pas encore résolu cette partie de l'équation.

J'avais un entraînement en fin de journée, si bien que Maeve était déjà rentrée du travail quand je suis arrivé à l'appartement. Elle a dit qu'elle avait prévu de faire des œufs brouillés avec des toasts pour le dîner. Aucun de nous ne savait cuisiner.

J'ai laissé tomber mon sac dans le salon. "Et alors ?

— C'est tellement pire que tout ce que j'imaginais." Il y avait une lueur dans le ton de sa voix qui m'a fait penser qu'elle plaisantait. "Tu veux une bière ?"

J'ai dit oui de la tête. Première fois qu'elle me le proposait. "Je prendrais bien une bière.

— Prends-en deux." Elle s'est penchée pour allumer sa cigarette à la flamme de la cuisinière à gaz.

"Arrête de faire ça." Ce que je voulais dire, c'est : *T'es ma sœur, la seule personne qui me reste. Te crame pas le visage dans ce putain de feu.*

Elle s'est redressée et elle a expiré une longue colonne de fumée à travers la cuisine. "Je gère. Je me suis cramé les cils dans une fête au Village il y a deux ans. Un truc impossible à oublier.

— Génial." J'ai sorti deux bouteilles de bière, trouvé l'ouvre-bouteille, et je lui en ai tendu une.

Elle a bu une gorgée, et s'est éclairci la gorge avant de commencer. "Et donc, si j'ai bien compris, la totalité de nos possessions se limite à peu près à ce que tu vois autour de toi.

— Autrement dit rien.

— Exactement."

Je n'avais pas envisagé la possibilité du rien avant, et une poussée d'adrénaline m'a submergé, me préparant au combat ou à la fuite. "Comment c'est possible ?

— Maître Gooch, et il a été adorable au fait, il n'aurait pas pu être plus gentil, Maître Gooch a dit que la loi universelle, c'est qu'on redevient pauvres en trois générations, mais nous on a fait mieux, en deux générations, à moins que techniquement ce ne soit qu'en une seule.

— Tu peux m'expliquer ?

— Je t'explique : traditionnellement la première génération amasse l'argent, la deuxième le dépense, et la troisième doit se remettre à bosser. Mais dans notre cas, notre père a fait fortune avant de tout foutre en l'air. Il a achevé l'intégralité du cycle au cours de sa propre vie. Il a été pauvre, puis riche, et là nous voilà pauvres.

— Papa n'avait pas d'argent ?"

Elle a secoué la tête, heureuse de pouvoir expliquer. "Il avait des tonnes d'argent, mais zéro sens des affaires. Sa jeune épouse lui a dit qu'elle voyait le mariage comme un partenariat. Souviens-toi de cette formule, Danny : *Le mariage est un partenariat.* Elle lui a fait mettre son nom partout.

— Il a mis son nom sur tous les immeubles ?" Ça paraissait impossible. Il y avait énormément d'immeubles, et il n'arrêtait pas d'en acheter et d'en vendre.

Elle a secoué la tête et a pris une autre gorgée de bière. "Laisse ça aux amateurs. Conroy Immobilier et Construction est une société à responsabilité limitée, autrement dit tout ce qui appartient à la compagnie est réuni sous un seul toit. Quand il vendait un immeuble, l'argent restait dans la SRL, et puis il l'utilisait pour acheter un autre immeuble. Andrea lui a fait mettre son nom sur la compagnie, ce qui signifie qu'elle a la propriété en indivision avec droit de survie.

— C'est légal ?

— Tous les capitaux sont transmis à sa femme par effet de la loi à cause de l'indivision. Tu arrives à suivre ? Je sais que ça m'a pris une minute.

— Je suis." Je n'en étais pas sûr.

"Bravo. Pareil pour la maison. La maison et tout ce qu'elle contient.

— Et Maître Gooch a fait ça ?" Je connaissais Maître Gooch. Il lui arrivait d'assister à mes matchs de basket et il s'asseyait sur les gradins avec notre père. Deux de ses fils étaient allés au lycée Bishop McDevitt.

"Oh, non." Elle a secoué la tête. Elle aimait Maître Gooch. "Andrea a fait venir son propre avocat. Quelqu'un de Philadelphie. Grosse boîte. Maître Gooch a dit qu'il en a parlé à papa très souvent, et tu sais ce que papa a dit ? Il a dit : « Andrea est une bonne mère. Elle prendra soin des enfants. » À croire qu'il l'a épousée parce qu'il pensait qu'elle s'occupait bien des enfants.

— Et le testament ?" C'était peut-être vrai, ce que Maeve disait de la deuxième génération, parce que même moi j'en savais assez pour parler d'un testament.

Elle a fait non de la tête. "Pas de testament."

Je me suis assis sur une chaise de la cuisine et j'ai bu une longue gorgée. J'ai levé les yeux sur ma sœur. "Pourquoi on n'est pas en train de hurler ?

— On est encore sous le choc.

— Il doit bien y avoir une solution."

Maeve a approuvé. "Je le pense aussi. Je sais que je vais essayer. Mais Maître Gooch m'a dit de ne pas trop espérer. Papa savait ce qu'il faisait. Il s'y connaissait. Elle ne l'a pas forcé à signer les papiers.

— Bien sûr qu'elle l'a forcé !

— Je veux dire, elle ne lui a pas pointé un flingue sur la tempe. Penses-y : maman le quitte, et puis ce rongeur sournois se pointe en lui disant qu'elle ne le quittera jamais. Elle veut être partie prenante de tout ce qu'il fait, ce qui est à moi est à toi. Elle s'occupera de tout et il n'aura jamais aucun souci à se faire.

— Eh bien ça au moins c'est vrai. Il n'a aucun souci à se faire.

— L'épouse depuis quatre ans ramasse le paquet. Elle est même propriétaire de ma voiture. C'est Maître Gooch qui me l'a dit. Elle est propriétaire de ma voiture mais elle lui a dit que je pouvais la garder. Je vais clairement la vendre avant qu'elle ne change d'avis. Je crois que je vais acheter une Volkswagen, t'en penses quoi ?

— Pourquoi pas ?"

Maeve a approuvé de la tête. "T'es intelligent, et je suis plutôt intelligente, et je pensais que papa était intelligent, mais nous trois réunis, on ne faisait pas le poids face à Andrea Smith Conroy. Maître Gooch veut qu'on aille le voir ensemble. Il a dit qu'il restait quelques trucs à examiner. Il a dit qu'il allait défendre nos intérêts, gratuitement.

— Il aurait mieux fait de défendre nos intérêts du vivant de papa.

— Apparemment il a essayé. Il a dit que papa ne se trouvait pas assez vieux pour faire un testament." Maeve a ruminé pendant une minute. "Je parie qu'Andrea a un testament."

J'ai vidé ma bière tandis que Maeve fumait, appuyée contre la cuisinière. On était des délinquants miniatures, dans notre style. "Deux maris morts", j'ai dit, alors qu'Andrea devait avoir dans les combien ? Trente-quatre ? Trente-cinq ? Une vieille, au regard d'un adolescent. "Tu t'es jamais demandé ce qui était arrivé à M. Smith ? j'ai demandé.

— Pas une seule fois."

J'ai secoué la tête. "Moi non plus. C'est bizarre, non ? Qu'on ne se soit jamais demandé comment M. Smith était mort ?

— Qu'est-ce qui te fait croire qu'il est mort ? Je me suis toujours dit qu'il l'avait plantée sur le trottoir avec les gosses, et que papa avait dû passer par là en voiture juste au mauvais moment, et les avoir fait monter.

— Ça me fait mal d'imaginer Norma et Bright toutes seules là-bas.

— Qu'elles brûlent en enfer." Maeve a écrasé sa cigarette sur une soucoupe. "Toutes les trois.

— Tu ne le penses pas. Pas les filles."

Ma sœur a reculé avec une telle férocité que pendant une fraction de seconde j'ai cru qu'elle allait me frapper. "Elle nous a volés. Tu ne comprends pas ? Elles dorment dans nos lits et mangent dans nos assiettes et jamais, jamais, on ne les récupérera."

J'ai opiné de la tête. Ce que je voulais dire, ce que je n'ai pas dit, c'est que j'avais pensé la même chose de notre père. On ne le récupérerait jamais.

Maeve et moi on s'est mis en ménage ensemble. On a trouvé une commode d'occasion à l'Armée du Salut et on l'a coincée dans l'angle de la chambre pour que je puisse y ranger mes vêtements. J'avais toujours du mal à occuper la chambre mais chaque soir, Maeve s'installait sur le canapé avec sa pile de couvertures. J'avais envie de lui demander si on ne pourrait pas trouver un appartement plus grand mais vu la charge qui pesait sur ses épaules – nous nourrir et nous loger –, j'ai gardé ça pour moi.

Quand on a été bien installés, on a appelé Sandy et Jocelyn pour qu'elles viennent admirer le travail. Maeve a rapporté à la maison un carton blanc rempli de biscuits de la boulangerie. Elle a disposé les biscuits sur une assiette et elle a jeté le carton, comme si elles allaient se laisser berner. J'ai redressé les coussins sur le canapé, elle a rangé les verres sur l'égouttoir. Quand, finalement, la sonnerie a retenti, on a ouvert grand la porte et on a tous explosé de joie. Quelle réunion ! On aurait dit qu'on ne s'était pas vus depuis des années.

Deux semaines seulement s'étaient écoulées.

"Non mais regardez-moi ça", a dit Sandy, en se mettant sur la pointe des pieds pour poser les mains sur mes épaules. Je la voyais avec des cheveux plus gris. Il y avait des larmes dans ses yeux.

Sandy et Jocelyn nous ont pris dans leurs bras et embrassés d'une manière totalement inédite. Jocelyn portait une salopette et Sandy une jupe en coton avec des tennis bon marché. Depuis qu'elles ne travaillaient plus pour nous, elles étaient devenues des gens comme les autres. Ce qui ne les a pas empêchées de nous tendre un gros bocal de minestrone (la soupe préférée de Maeve) et un autre bocal de ragoût de bœuf (mon plat préféré).

"Vous ne pouvez pas nous nourrir ! a dit Maeve.

— Je l'ai toujours fait", a rétorqué Jocelyn.

Sandy a parcouru le salon d'un œil sceptique. "Je pourrais passer de temps en temps donner un coup de main."

Maeve a éclaté de rire. "Tu crois vraiment que je ne peux pas y arriver toute seule ?

— Tu travailles, a dit Sandy en baissant les yeux et en promenant la pointe de sa chaussure sur le sol.

— T'inquiète pas pour le ménage en plus du reste. Et puis vu la taille de l'appartement, il y en a pour combien, une heure maximum ?

— Je peux le faire, j'ai dit, et elles m'ont regardé toutes les trois comme si je venais de proposer de fabriquer mes propres vêtements. Maeve me laissera jamais prendre un boulot.

— Concentre-toi sur le basket, a dit Sandy.

— Et continue à avoir des bonnes notes", a ajouté Jocelyn.

Maeve a approuvé de la tête. "On verra un peu plus tard, en fonction de comment on se débrouille.

— On se débrouille très bien, vraiment", j'ai dit.

Sandy a disparu dans la chambre d'où elle est revenue cinq secondes plus tard, le regard fixé sur moi. "Tu dors où ?

— Est-ce qu'il est capable de prendre soin de toi ?" a demandé Jocelyn à ma sœur.

Maeve a agité la main. "Je vais bien.

— Maeve", a dit Jocelyn. C'est drôle, mais son ton était sévère. Sandy et Jocelyn n'étaient jamais sévères avec Maeve.

"Je m'occupe de tout."

Jocelyn s'est tournée vers moi. "J'ai surpris ta sœur s'évanouir plus d'une fois. Il arrive qu'elle oublie de manger ou qu'elle ne prenne pas assez d'insuline. D'autres fois ce n'est pas sa faute, mais sa glycémie déraille quand même. Tu dois être très attentif, surtout en situation de stress. Elle aura beau te dire que le stress n'a rien à voir, c'est faux.

— Stop, a dit Maeve.

— Elle a des comprimés de sucre. Demande-lui de te montrer où elle les range, et assure-toi qu'elle en a en plus dans son sac. Si elle a un souci, donne-lui un comprimé de sucre et appelle une ambulance."

J'ai essayé d'imaginer Maeve allongée par terre. "Je suis au courant", j'ai dit, en contrôlant ma voix. J'étais au courant pour l'insuline mais pas pour le sucre. "Elle m'a montré."

Maeve s'est rassise, le sourire aux lèvres. "De source sûre."

Jocelyn nous a regardés pendant une minute, et puis elle a secoué la tête. "Vous êtes terribles, tous les deux, mais peu importe. Maintenant qu'il est au courant, il t'obligera à lui montrer. Tu vas l'embêter après notre départ, pas vrai Danny ?"

J'avais beau être conscient des fluctuations de la glycémie dans le sang de Maeve, j'ai compris que je ne connaissais pas les détails. Je savais comment rester avec elle et la regarder faire ce qu'il fallait, mais ce n'était pas comme le faire moi-même. Jocelyn avait raison, parce qu'après leur départ, j'ai obligé Maeve à tout m'expliquer. "C'est promis.

— Vous êtes au courant que je vis toute seule dans cet appartement depuis un bon bout de temps, hein ? a dit Maeve. C'est pas comme si Danny débarquait la nuit à vélo pour me faire mes injections.

— Tu peux aussi m'appeler, a poursuivi Sandy, en l'ignorant totalement. Je t'expliquerai tout."

Sandy avait trouvé un travail de gouvernante à Elkins Park. "Ils sont plutôt gentils. Pas assez d'argent, et pas assez de travail." Jocelyn avait trouvé un emploi de cuisinière chez une famille à Jenkintown mais on lui demandait aussi de s'occuper des deux enfants et de promener le chien. Pas autant d'argent que nécessaire et une énorme surcharge de travail. Les sœurs ont éclaté de rire. Elles préféraient s'être fait virer, à les entendre. Ça leur faisait un titre de gloire. De toute façon elles ne seraient pas restées dans cette maison une minute sans moi.

"Une fois que j'aurai pris mes marques, je vais essayer de convaincre ma famille d'embaucher Jocelyn. Il leur faut une cuisinière. Comme ça on sera réunies", a dit Sandy.

Si j'avais mieux géré les choses, et fait taire mon esprit critique – pas seulement à la fin, mais durant toutes les années qu'Andrea avait partagées avec nous –, Sandy et

Jocelyn seraient encore assises l'une à côté de l'autre à la table bleue de la cuisine, en train d'écosser des petits pois et d'écouter la radio.

Sandy observait le plafond et les fenêtres, comme si elle était en train de mesurer l'espace mentalement. "Pourquoi tu t'es pas installée dans un des appartements de ton père ? elle a demandé à ma sœur.

— Oh, j'en sais rien", a dit Maeve. Elle était encore énervée par cette histoire d'insuline.

Jocelyn s'est assise sur le canapé à côté de Sandy. Maeve était sur la chaise et moi par terre. "À l'époque, l'idée ne m'a pas traversée, mais c'est absurde, a dit Sandy. Fallait vraiment le vouloir pour trouver un appartement dans cette ville qui n'appartienne pas à ton père."

Moi aussi je m'étais posé la question. La seule explication qui m'était venue, c'est qu'elle le lui avait demandé et qu'il avait refusé.

Maeve nous a regardés, tous les trois, sa seule famille au monde. "Je me suis dit que ça l'impressionnerait.

— De te voir là-dedans ?" Sandy s'est penchée pour redresser une pile de mes manuels sur la table basse devant elle.

Maeve a retrouvé le sourire. "J'avais fait mon budget et c'était le seul appartement que je pouvais me permettre. Je me suis dit qu'il se rendrait compte que je ne lui avais rien demandé, que j'avais économisé l'argent de poche de ma dernière année de fac. J'avais de quoi payer la caution. J'ai trouvé un boulot. J'ai acheté le lit et le mois d'après le canapé, et ensuite la chaise à l'Armée du Salut. Vous vous souvenez qu'il adorait rabâcher que rien n'est plus merveilleux que la pauvreté, que se faire tout seul, c'est le seul moyen d'apprendre. J'ai cru que je lui montrais que je ne ressemblais pas aux gosses de riches de mon école qui attendaient que leur papa leur paye un cheval."

Sandy a éclaté de rire. "J'ai jamais attendu que qui que ce soit me paye un cheval !

— Eh bien, c'est parfait." Jocelyn a souri. "Je sais qu'il était fier que tu te sois débrouillée toute seule.

— Il n'a même pas remarqué", a dit Maeve.

Sandy a secoué la tête. "Bien sûr qu'il a remarqué."

Mais Maeve avait raison. Il n'avait jamais vu ce qu'elle avait voulu lui montrer. Il n'avait aucune idée de son autonomie. La seule chose que mon père remarquait chez ma sœur, c'était sa posture.

Maeve a fait du café et elle a fumé des cigarettes avec Jocelyn pendant que Sandy et moi on les regardait. On a mangé les biscuits et exhumé chaque souvenir atroce d'Andrea jusqu'au dernier. On les a échangés comme des cartes de baseball, en poussant des exclamations à chaque bribe d'information que l'un d'entre nous ignorait encore. On a détaillé ses grasses matinées, chaque robe pas seyante qu'elle avait portée, et les heures qu'elle passait au téléphone avec sa mère sans jamais l'inviter à la maison. Elle gaspillait la nourriture et laissait la lumière allumée toute la nuit et n'avait, à l'évidence, jamais lu un livre de sa vie. Elle restait assise pendant des heures au bord de la piscine à contempler ses ongles puis exigeait que Sandy lui apporte son déjeuner sur un plateau. Elle n'écoutait pas notre père. Elle avait chassé Maeve de sa chambre. Elle m'avait foutu dehors. On a creusé une fosse et on l'a enterrée.

"Quelqu'un peut m'expliquer pourquoi il a choisi de l'épouser ? a demandé Maeve.

— Facile." Jocelyn a répondu en une seconde. "Andrea adorait la maison. Votre père trouvait que cette maison était la huitième merveille du monde et il s'est dégotté une femme d'accord avec lui."

Maeve a lancé ses mains en l'air. "Mais tout le monde était d'accord ! C'est pas comme s'il était impossible de trouver une femme honnête sur cette terre qui aime cette maison."

Jocelyn a haussé les épaules. "Eh bien votre mère la haïssait, et Andrea l'adorait. Il s'est dit qu'il avait résolu le problème. Mais je lui suis rentrée dedans, pas vrai ? Avec ce que je lui ai balancé sur votre mère."

Sandy s'est caché le visage entre les mains et elle a pouffé. "J'ai bien cru qu'elle allait tomber raide morte."

J'ai regardé Sandy, puis Jocelyn. Elles s'étaient mises à rire toutes les deux. "Vous le pensiez pas ?

— Quoi ? a demandé Sandy, en essuyant ses yeux.

— Que notre mère était, je sais plus quoi, une vraie sainte ?"

La tension dans la pièce s'est déplacée et soudain on a tous été très conscients de notre manière d'être assis et de tenir nos mains. "Votre mère... a dit Jocelyn, et puis elle s'est interrompue en regardant sa sœur.

— Bien sûr qu'on aimait votre mère, a dit Sandy.

— Tout le monde l'aimait, a dit Maeve.

— Elle était souvent absente, a dit Jocelyn, en choisissant ses mots avec soin.

— Elle travaillait." Maeve était tendue, mais pas de la même façon que Sandy et Jocelyn.

Je n'avais aucune idée de ce dont elles parlaient, et je venais d'apprendre que notre mère avait eu un travail. "Elle faisait quoi ?

— Elle travaillait pour les pauvres, m'a dit Maeve.

— À Elkins Park ?" Il n'y avait pas de pauvres à Elkins Park, du moins je n'en avais jamais vu.

"Elle travaillait pour les pauvres partout dans le monde, a dit Sandy, mais je voyais bien qu'elle faisait de son mieux pour rendre son explication bienveillante. Elle réussissait toujours à trouver des gens dans le besoin.

— Elle sortait chercher des pauvres ?

— De l'aube au crépuscule", a dit Jocelyn.

Maeve a écrasé sa cigarette. "C'est bon. Ça suffit. À vous entendre, elle était jamais là."

Jocelyn a haussé les épaules et Sandy s'est penchée pour attraper un biscuit avec une empreinte ronde de confiture d'abricot.

"En fait, a dit Maeve, on était toujours heureux de la voir rentrer à la maison."

Sandy a souri et approuvé de la tête. "Toujours."

Dimanche matin tôt, Maeve est entrée dans la chambre et elle a ouvert les stores. "Lève-toi, habille-toi ! On va à l'église."

J'ai mis un oreiller sur ma tête, en espérant rejoindre le rêve dont elle m'avait chassé, un rêve que j'avais déjà oublié. "Non."

Maeve s'est penchée pour arracher l'oreiller. "Je suis sérieuse. Debout. Debout."

Je l'ai regardée à travers un œil entrouvert. Elle était en jupe, et ses cheveux, encore mouillés de la douche, étaient tressés. "Je suis en train de dormir.

— J'ai été très gentille. Je t'ai laissé dormir pendant la messe de 8 heures. On va assister à celle de 10 h 30."

J'ai enfoui mon visage dans l'oreiller. J'étais en train de me réveiller et je ne voulais pas me réveiller. "Personne ne nous regarde. Il y a plus personne pour nous obliger à aller à l'église.

— Moi je peux nous y obliger."

J'ai fait non de la tête. "Oblige-toi toi-même. Moi je me rendors."

Elle s'est laissée tomber brutalement au bord du lit, qui a tressauté. "On va à l'église. C'est comme ça."

Je me suis retourné sur le dos et j'ai ouvert les yeux à contrecœur. "T'as pas compris.

— Debout, debout.

— Je refuse que qui que ce soit me prenne dans ses bras ou me dise qu'il est horriblement désolé. Je veux me rendormir.

— Ils te prendront dans leurs bras ce dimanche, et puis dimanche prochain ils se contenteront de te saluer comme si de rien n'était.

— J'irai pas dimanche prochain non plus.

— Qu'est-ce qui te prend ? Tu t'es jamais plaint d'aller à l'église avant.

— Auprès de qui je me serais plaint ? De papa ?" Je l'ai regardée. "Tu gagnes toujours. Tu le sais bien, non ? Quand tu auras des enfants, tu pourras les forcer à aller à l'église tous les matins et à réciter leur chapelet avant l'école. Mais moi je ne suis pas obligé, et tu n'es pas obligée non plus. On n'a plus de parents. On est libres de sortir manger des pancakes."

Elle a haussé les épaules. "Va manger des pancakes si tu en as envie, mais moi j'y vais.

— Tu n'as pas besoin de faire ça pour moi." Je me suis

appuyé sur les coudes. Je n'y croyais pas qu'elle veuille sortir gagnante à ce point. "Je n'ai pas besoin d'un exemple.

— Ce n'est pas pour toi que je le fais. Bon Dieu, Danny. J'aime aller à la messe, j'aime croire en Dieu. Communauté, bonté, j'adhère à la totale. Qu'est-ce que tu as bien pu faire à l'église pendant tout ce temps ?

— Essentiellement mémoriser des statistiques de basket.

— Dans ce cas rendors-toi.

— Tu ne vas quand même pas me dire que tu allais à l'église quand tu étais à la fac ? Tous les dimanches matin, à New York, tu te levais alors que personne ne te voyait ?

— Bien sûr que j'allais à l'église. Tu as oublié la fois où tu es venu me voir ? On est allés à la messe du Vendredi saint ensemble.

— J'ai cru que tu voulais juste m'obliger à y aller." Là-dessus aussi j'étais sincère. Même à l'époque, j'ai pensé qu'elle avait promis à notre père de m'emmener à la messe du Vendredi saint s'il m'autorisait à venir.

Elle a commencé à dire quelque chose, puis elle a laissé tomber. Elle a tapoté ma cheville sous le couvre-lit. "Repose-toi", elle a dit, et elle est partie.

J'aurais eu du mal à décortiquer précisément nos raisons d'aller à l'église, mais c'est ce que tout le monde faisait. Mon père y retrouvait ses collègues et ses locataires. Maeve et moi, nos professeurs et nos amis. Peut-être que mon père priait pour l'âme de ses parents irlandais morts, à moins que l'église n'ait été son dernier hommage rendu à notre mère. À en croire les gens, elle avait aimé non seulement l'église et la paroisse, mais le premier prêtre et la première religieuse venus. D'après Maeve, sa vraie maison se trouvait à l'église, quand les religieuses se levaient pour chanter. Du peu que je connaissais d'elle, je suis sûr qu'elle n'aurait jamais épousé mon père s'il n'avait pas voulu aller à l'église, et en son absence il a continué à nous traîner à l'autel, préservant une forme dépourvue de contenu, soit parce qu'il n'avait jamais envisagé que les choses puissent se passer autrement, soit parce que sa fille écoutait l'homélie, penchée en avant, le missel entre les mains, pendant que son fils se demandait quelles étaient les chances des Sixers d'arriver en finale, et que lui pensait à un immeuble en vente en bordure de Cheltenham, enfin c'est ce que je me dis, vu qu'en apparence mon père écoutait le prêtre et entendait la voix de Dieu. On n'en parlait jamais. Dans mes souvenirs, c'est toujours Maeve qui nous pressait, le dimanche matin, et s'assurait qu'on était prêts : habillés, nourris, en voiture très en avance. Après son départ à la fac, il aurait été tellement facile pour mon père et moi de tout enterrer sous les couvertures. Mais à cette époque il y avait le facteur Andrea. Elle méprisait le catholicisme, qu'elle voyait comme un culte orchestré par des dingues vénérant des idoles et revendiquant de manger de la chair. Mon père pouvait aller au bureau à l'aube du lundi au vendredi, et prétexter n'importe quoi pour rater le dîner. Il pouvait rouler tout le samedi pour sa collecte des loyers ou ses visites de chantiers variés. Mais il était plus compliqué d'occuper les dimanches. L'église était sa seule excuse pour échapper à sa jeune épouse. Mon père a demandé au père Brewer de me prendre comme enfant de chœur, puis il m'a enrôlé sans me demander mon avis. Les enfants de chœur devaient arriver à l'église une demi-heure plus tôt pour aider à préparer les sacrements et le père Brewer à s'habiller. Et j'avais beau être inscrit pour la messe de 8 heures, plein de fois j'ai dû rester aussi pour préparer celle de 10 h 30. Il y avait toujours quelqu'un de malade, ou en vacances, ou tout simplement plongé dans une grasse matinée, luxes qui m'étaient systématiquement refusés. En tant qu'enfant de chœur, mon père considérait qu'il était également important que j'assiste à l'école du dimanche, pour donner l'exemple comme il disait, même si l'école du dimanche était réservée aux gosses de l'école publique qui ne recevaient pas déjà leur dose d'endoctrinement religieux cinq jours par semaine. Mais nos conversations n'autorisaient aucune contestation. Après la messe, il restait assis dans la voiture à m'attendre, avec ses cigarettes et son journal, et une fois que j'avais accompli toutes mes tâches, après avoir récité la dernière prière et lavé le calice, il m'emmenait déjeuner. On n'était jamais allés déjeuner dehors à l'époque de Maeve. C'est ainsi que notre seule heure de messe finissait par occuper la moitié du dimanche, nous protégeant des obligations familiales et nous offrant au moins un peu de temps à nous, entre le moment où les bougies étaient allumées et celui où elles étaient éteintes. Pour cela ma reconnaissance sera éternelle, même si ma reconnaissance ne suffit pas à me sortir du lit.

Cependant, le lundi matin, l'entraîneur Martin m'a fait venir dans son bureau pour me redire à quel point il avait de la peine pour moi. Et puis il a dit que je devais assister à la messe pour prier pour mon père. "Tous les membres de l'équipe de Bishop McDevitt vont à la messe. Absolument tous."

Je serais inclus dans leur nombre pour quelque temps encore.

Une semaine plus tard, le bureau de l'avocat a appelé pour nous donner rendez-vous. Il pouvait nous voir à 15 heures, à la sortie du lycée, même si cela impliquait que je rate l'entraînement et que Maeve prenne une demi-journée sans solde. On s'est retrouvés assis tous les trois dans une petite salle de conférences, où il nous a annoncé que la seule chose que notre père avait mise en place pour nous était un fonds destiné à financer les études.

"Pour nous deux ?" Ma sœur était assise sur la chaise à côté de moi, dans sa robe bleu marine de l'enterrement. Je portais une cravate.

"Ce fonds est pour vous et pour les filles d'Andrea.

— Norma et Bright ?" Maeve s'est presque allongée sur la table. "Elle hérite de tout et en plus on doit payer pour leur éducation ?

— Vous ne payez rien. C'est le fonds qui paye.

— Mais pas pour Maeve ?" j'ai demandé. Là résidait la mascarade, dans cette partie qu'il ne prenait pas la peine de mentionner.

"Dans la mesure où Maeve a fini l'université, votre père avait le sentiment que son éducation était terminée", a répondu Maître Gooch.

À l'exception de cet unique déjeuner dans le restaurant italien à New York, notre père n'avait jamais parlé de son éducation à Maeve, ni écouté quand elle en parlait. Il pensait que si elle entamait un troisième cycle elle se marierait au milieu, et abandonnerait ce qu'elle avait commencé.

"Le fonds paiera pour l'université ?" a demandé Maeve. À son ton, j'ai compris qu'elle s'était demandé comment elle allait bien pouvoir payer mes études, une inquiétude qui s'était ajoutée aux autres.

"Le fonds paye pour l'éducation", a dit Maître Gooch, prononçant le mot *éducation* très distinctement.

Maeve s'est penchée en avant. "Entièrement ?" Elle lui parlait seule à seul.

"Entièrement.

— Pour eux trois.

— Oui, mais bien entendu c'est Danny qui commence, comme il est le plus âgé. Je pense qu'il y a très peu de chance que l'argent s'épuise. Norma et Bernice devraient pouvoir en bénéficier sans problème."

*Bright*, j'ai pensé sans le dire. Personne ne l'appelait Bernice.

"Et que devient l'argent qui reste, s'il en reste ?

— Tout l'argent encore disponible dans le fonds, quand les trois enfants auront fini leurs études, sera divisé à parts égales entre vous quatre."

Autant dire que la moitié de l'argent revenait dans le sac à main d'Andrea.

"Et vous êtes l'administrateur du fonds ? a demandé Maeve.

— C'est l'avocat d'Andrea qui l'a créé. Elle a dit à votre père qu'elle voulait assurer les études des enfants et à partir de là…" Il a incliné la tête de gauche à droite.

"Quitte à être dans le bureau de l'avocat, autant aller plus loin et mettre mon nom sur tout ce que tu possèdes ?" Maeve imaginait la scène d'ici.

"C'est l'idée.

— Alors Danny doit envisager de faire une thèse", a dit Maeve.

Maître Gooch a tapoté pensivement son stylo contre un bloc-notes jaune. "Ce n'est pas pour tout de suite, mais oui, si Danny voulait se lancer dans un doctorat, les frais seraient couverts. Le fonds stipule qu'il doit maintenir une moyenne pondérée de 14, sans année sabbatique. Votre père avait l'intime conviction que l'éducation n'est pas censée être une partie de plaisir.

— Mon père n'a jamais eu à s'inquiéter des notes de Danny."

J'aurais aimé émettre un avis personnel, mais ni l'un ni l'autre n'aurait écouté. Mon père se fichait totalement de mes notes, même s'il est probable que le sujet l'aurait intéressé en cas de problème. Il se fichait de mon panier à trois points, du moment que je marquais le tir. Ce qui l'intéressait, c'était la vitesse et la précision avec laquelle je savais planter un clou, et ma connaissance du temps qu'il faut pour verser du ciment. On s'intéressait aux mêmes choses, lui et moi.

"Vous saviez que j'ai fait Choate ?" a demandé l'avocat, comme si ses années de lycée étaient soudain pertinentes dans la conversation.

Maeve a digéré l'information pendant une minute, avant de dire que non, elle l'ignorait. Elle avait une voix étonnamment douce, comme si imaginer qu'on avait expédié Maître Gooch en pension l'attristait. "Ça coûtait très cher ?

— Presque autant que l'université."

Elle a hoché la tête et contemplé ses mains.

"Je pourrais passer des coups de fil. Il est rare qu'ils acceptent des élèves en milieu d'année mais au vu des circonstances, je suppose qu'ils seraient prêts à étudier le dossier d'un joueur de basket avec d'excellentes notes."

Ils décidèrent tous deux que j'entrerais à Choate en janvier.

“Tu sais quel genre de gamins va en pension ?” j’ai demandé à Maeve dans la voiture, après avoir quitté le bureau de l’avocat. J’avais lancé une accusation, alors qu’en réalité je n’avais jamais connu personne qui soit allé en pension, juste des gosses que leurs parents avaient menacés de les y envoyer après les avoir surpris en train de fumer un joint, ou parce qu’ils avaient raté l’examen d’algèbre. Quand Andrea se plaignait auprès de mon père que je ne mettais pas mes vêtements sales dans le panier à linge, comme si je considérais que Sandy était là pour les ramasser sur le sol, les laver, les plier et les rapporter dans ma chambre, il répondait : “Eh bien dans ce cas, on va devoir l’envoyer en pension.” C’était ça la pension : une menace, ou une blague à propos d’une menace.

Les idées de Maeve étaient différentes. “Les gosses de riches intelligents vont en pension avant d’aller à Columbia.”

Je me suis effondré sur mon siège en me désolant de mon sort. Je n’avais vraiment pas besoin de perdre mon lycée, mes amis, et ma sœur en plus du reste. “Vas-y direct et envoie-moi à l’orphelinat !

— Tu ne remplis pas les cases, elle a dit.

— Je n’ai pas de parents.” Ce n’était pas le genre de sujet dont on parlait.

“Tu m’as, moi. Refusé.”

*

“Et en ce moment tu fais quoi ? a demandé Maeve. Je sais que je devrais être au courant mais je n’arrive jamais à me rappeler. Je crois qu'ils t'ont trop trimbalé d'une matière à une autre.

— Pneumologie.

— L'étude des pneus ?"

J'ai souri. Le printemps était revenu. En fait on était à Pâques, et j'étais de retour à Elkins Park pour deux nuits complètes. Les cerisiers alignés dans la rue, du côté de chez les Buchsbaum, étaient roses et agités de tremblements, sous le fardeau de ces milliers de pétales. Ils teintaient la lumière de rose et d'or. C'était le jour des cerisiers, leur apothéose, et moi qui passais ma vie entre les murs de l'hôpital, j'étais là pour y assister. "Les pneus, c'est bientôt fini. La semaine prochaine je commence l'orthopédie.

— Têtu comme une mule et deux fois plus intelligent." Maeve a laissé pendre son bras par la vitre de sa voiture immobile, ses doigts réactivant le souvenir de cigarettes passées.

"Quoi ?

— Tu ne connais pas cette blague ? J'imagine que ce n'est pas le genre des orthopédistes. Papa la faisait tout le temps.

— Papa avait une dent contre les orthopédistes ?

— Non, papa avait une dent contre le chou-fleur. Il haïssait les orthopédistes !

— Pourquoi ?

— Ils ont remis son genou à l'envers. Tu t'en souviens.

— Quelqu'un a remis son genou à l'envers ?" J'ai fait non de la tête. "Ça a dû se passer avant moi."

Maeve a réfléchi une minute. Je la voyais faire défiler les années dans sa tête. "Peut-être. Il disait ça pour rire, mais je dois dire que quand j'étais petite, j'y croyais. Son genou se pliait *vraiment* à l'envers. Il passait sa vie chez les orthopédistes, pour essayer de le faire pencher dans l'autre sens, j'imagine. Rétrospectivement je trouve ça plutôt terrifiant."

La liste de toutes les questions que j'aurais voulu poser à mon père était infinie. Tellement d'années s'étaient écoulées que je pensais désormais moins à sa réticence qu'à ma stupidité de ne pas avoir insisté. "Même si le chirurgien a remis son genou à l'envers, ce qui évidemment est impossible, on devrait probablement lui être reconnaissant de ne pas avoir amputé la jambe. Ce genre de choses arrive tout le temps en période de guerre, tu sais. C'est beaucoup plus long de sauver un organe que de le trancher."

Maeve a fait la grimace. "Ce n'était quand même pas la Guerre *civile*, elle a dit, comme si l'amputation n'existait plus depuis la campagne d'Appomattox. Je ne suis même pas sûre qu'il ait été opéré du genou. Il a raconté qu'en France, les médecins étaient tellement dans l'urgence qu'ils n'étaient pas toujours très attentifs. Les choses ont changé. C'est vraiment émouvant qu'il ait réussi à blaguer là-dessus.

— Il a dû être opéré sur le moment. Si on te tire dans le genou, alors quelqu'un est bien forcé de t'opérer."

Maeve m'a regardé comme si je venais à l'instant d'ouvrir la porte de la voiture et de m'asseoir à côté d'elle, un parfait inconnu. "On ne lui a pas tiré dessus.

— Bien sûr que si.

— Il s'est cassé l'épaule en sautant en parachute et il s'est déchiré quelque chose dans le genou, ou il se l'est bloqué. Il a atterri sur sa jambe gauche et ensuite il a trébuché et il s'est cassé l'épaule gauche."

Juste derrière elle, on apercevait la Maison des Hollandais, toile de fond de toute l'histoire. Je me suis demandé si on avait grandi dans la même maison. "Comment c'est possible que j'aie toujours pensé qu'il avait reçu une balle à la guerre ?

— Aucune idée.

— Mais il était dans un hôpital en France ?

— Pour son épaule. Le problème, c'est qu'à ce moment-là personne n'a remarqué son genou. Je suppose que son épaule était dans un très sale état. Par la suite, le genou a fait de l'hyperextension. Il a porté une attelle pendant des années et puis sa jambe s'est rigidifiée. Ils appellent ça arthro..." Elle s'est arrêtée au milieu.

"Arthrofibrose.

— Exactement."

Dans mon souvenir, c'était l'attelle qui lui faisait mal : lourde et mal ajustée. Il se plaignait de l'attelle, pas du genou. "Et son épaule ?"

Elle a haussé les épaules. "Je suppose qu'elle s'est rétablie. Je n'en sais rien, il ne parlait jamais de son épaule."

Pendant toutes mes études de médecine, et au moins la décennie qui a suivi, j'avais fait ce rêve : pendant les tournées des professeurs, je présentais le cas d'un patient que je n'avais pas examiné, ce qui correspondait exactement à ce que je ressentais en ce matin de Pâques. *Cyril Conroy est un parachutiste américain, âgé de trente-trois ans. Il n'a pas reçu de balle...*

"Je vais te dire un truc, a dit Maeve. Quand il a fait sa crise cardiaque, j'ai toujours pensé que c'était à cause des escaliers. C'était inimaginable pour moi qu'il arrive à monter jusqu'à un quelconque sixième étage. Il a dû être rudement énervé contre quelqu'un pour escalader une cage d'escalier par une canicule pareille, histoire de vérifier l'étanchéité d'une fenêtre. De ce que j'en sais, il n'est allé au troisième étage de la Maison des Hollandais que deux fois : le jour où il nous l'a fait visiter, à maman et moi, pour la première fois, et le jour où je suis rentrée pour Thanksgiving et qu'Andrea a annoncé mon exil. Tu te souviens ? Il a porté mes bagages jusqu'en haut. Et ensuite, une fois sur place, il a dû s'allonger sur le lit. Sa jambe le faisait souffrir à mort. J'ai posé ma valise sous son pied pour la surélever. J'aurais dû hurler contre Andrea mais je n'arrêtais pas de me dire que je ne réussirais jamais à le ramener en bas. On allait être obligés d'habiter dans les deux petites chambres jouxtant la salle de bal, papa et moi. C'était une vision très tendre. J'aurais adoré. Il a dit : « C'est une belle maison mais sacrément trop grande. » Je lui ai dit qu'il devrait la vendre pour acheter un ranch. Je lui ai dit que ça résoudrait tous ses problèmes, et on a éclaté de rire. C'était vraiment un exploit, elle a ajouté, en contemplant les fenêtres à travers les cerisiers des Buchsbaum, de réussir à faire rire papa à l'époque."

*

Il y a peu d'occasions dans la vie où il arrive qu'on fasse un bond, et que le passé qui avait été notre socle s'écroule, tandis que l'avenir sur lequel on voudrait atterrir n'est pas encore en place. Pendant un moment on demeure suspendu, sans rien connaître, ni personne, pas même soi.

C'est un présent d'une vivacité presque insupportable que j'ai expérimenté cet hiver-là, quand Maeve m'a emmené dans le Connecticut au volant de son Oldsmobile. Elle continuait à dire qu'elle voulait s'en débarrasser, mais nos souvenirs du passé étaient si rares. Le ciel était d'un bleu tranchant ; le soleil ricochait sur la neige ; tout nous aveuglait. On avait beau avoir tout perdu, on avait été heureux cet automne-là, dans son petit appartement. Andrea avait vendu la compagnie en bloc. Il ne restait plus rien des immeubles que notre père avait possédés. Je n'arrivais même pas à imaginer la masse d'argent qu'elle avait dû se faire. J'avais envie de dire à Maeve que vider le fonds censé garantir l'avenir de Norma et Bright, alors que je n'étais probablement même pas capable de poursuivre ma scolarité assez longtemps pour y parvenir, ne justifiait pas qu'on soit séparés tous les deux. J'irais à l'université, bien sûr que j'irais, mais pour l'instant, la seule chose dont j'avais envie, c'était de jouer au basket avec mes amis et de m'asseoir avec elle à la table de la cuisine, autour d'une assiette d'œufs et de toasts, en se racontant nos journées. Mais le monde était en marche et on avait le sentiment que rien ne pourrait l'arrêter. Maeve avait décidé que j'irais à Choate. Elle avait aussi décidé que je ferais médecine. Quand elle a ajouté une spécialité, ça a donné les études les plus longues et les plus chères qu'elle était capable d'imaginer.

"Tu te fiches complètement que je n'aie aucune envie d'être médecin ? Ce que je veux faire de ma vie n'est pas un facteur de l'équation ?

— Eh bien tu veux faire quoi ?"

Je voulais travailler avec mon père, acheter et vendre des immeubles. Je voulais les construire à partir de rien, mais tout ça appartenait au passé. “J’en sais rien. Peut-être joueur de basket.” Même moi j’étais conscient de la nuance d’irritation dans ma voix. Maeve aurait adoré avoir ce genre de problèmes, et avoir comme moi les moyens d’explorer, sans limite de temps ni d’argent, des études possibles.

“Joue au basket aussi longtemps que tu en as envie à la fin de ta journée à l’hôpital”, a-t-elle conclu, en surveillant les panneaux indiquant la direction du Connecticut.

# DEUXIÈME PARTIE

# CHAPITRE HUIT

Il tombait une neige épaisse qui nous trempait jusqu'aux os, à New York, le mercredi précédant Thanksgiving. Penn Station ressemblait à un parc d'engraissement, et nous, voyageurs angoissés, aux vaches faisant la queue devant des mangeoires de neige fondue, emmitouflés et comprimés dans le terminal surchauffé. Nos bras encombrés de valises, de sacs et de livres qu'on ne voulait pas poser sur le sol répugnant, n'auraient jamais pu se défaire de nos manteaux, nos chapeaux et nos écharpes. On fixait le tableau des départs, en attendant de connaître notre quai. Plus tôt on monterait dans le train, plus on aurait de chances de prétendre à un siège dans le sens de la marche, et pas trop près des toilettes. Un gamin portant un sac à dos rempli de briques n'arrêtait pas de se tourner vers sa copine pour lui dire quelque chose, et chaque fois il me heurtait avec tout le poids de ses possessions.

J'avais envie de retrouver ma chambre à Columbia.

J'avais envie d'être dans le train.

J'avais envie d'enlever mon manteau.

J'avais envie d'apprendre le schéma de la classification périodique.

Maeve aurait pu m'épargner ce cauchemar si elle avait pris la peine de venir à New York. Après avoir supervisé la livraison de je ne sais combien de tonnes de légumes surgelés dans les supermarchés pour la durée du congé, Otterson's était fermé jusqu'à lundi. Ma coloc fêtait Thanksgiving avec ses parents à Greenwich, si bien que Maeve aurait pu dormir dans son lit, et on aurait mangé chinois, et peut-être vu une pièce de théâtre. Mais Maeve ne venait à New York que si des circonstances l'exigeaient expressément – par exemple quand j'avais eu une rupture de l'appendice au premier trimestre de ma première année de fac. J'avais fait le trajet jusqu'à Columbia-Presbyterian en ambulance avec le surveillant. À mon réveil de l'opération, Maeve était là qui dormait, son fauteuil collé contre le lit, la tête sur le matelas près de mon bras. Je ne me souvenais pas de l'avoir appelée, mais peut-être que quelqu'un l'avait fait. Après tout elle était mon numéro d'urgence, mon parent le plus proche. J'étais encore en train de flotter dans les brumes de l'anesthésie, et je l'observais plongée dans un rêve en pensant, *Maeve est venue à New York, Maeve déteste venir à New York.* C'était lié à sa passion pour Barnard et à tout le potentiel qu'elle avait vu en elle à l'époque. New York, du moins dans l'idée que je m'en faisais, symbolisait son sentiment de honte pour des choses dont elle n'était absolument pas responsable. J'ai fermé les yeux et quand je les ai rouverts elle était assise dans le même fauteuil, et elle tenait ma main.

"Te revoilà, elle a dit, en me souriant. Comment tu te sens ?"

Des années s'écouleraient avant que je ne comprenne le grave danger auquel j'avais échappé, mais à l'époque l'opération m'avait seulement semblé à mi-chemin entre un truc pénible et gênant. J'ai commencé à faire une blague mais elle me regardait avec une telle tendresse que je me suis interrompu. "Je vais bien", j'ai dit. Ma bouche était pâteuse et sèche.

"Écoute, elle a dit calmement. C'est moi d'abord, et toi ensuite. Compris ?"

Je lui ai fait un sourire un peu vaseux mais elle a protesté d'un signe de tête.

"Moi d'abord."

Sur le tableau, les compteurs ont commencé à faire clignoter un méli-mélo de lettres et quand ils se sont immobilisés, le signal indiquait HARRISBURG : 16H05, VOIE 15, À L'HEURE. Le basket m'avait appris à me faufiler dans une foule. La plupart des pauvres vaches ne venaient à Penn Station qu'une fois par an et elles avaient du mal à trouver leur chemin. Dans le chaos général, très peu prenaient la bonne direction. Le temps qu'elles devinent quel chemin prendre, j'étais déjà installé dans le train.

L'avantage du voyage en train, c'est qu'il me donnerait une bonne heure pour travailler, une durée nécessaire pour poursuivre la rédemption en chimie organique que j'avais entamée. Mon professeur, le bien nommé docteur Petout, m'avait convoqué dans son bureau début octobre pour me dire que si je continuais comme ça, j'allais échouer à l'examen. On était en 1968 et Columbia était en flammes. Les étudiants faisaient des émeutes, des manifs, des occupations. On était le microcosme d'un pays en guerre, et chaque jour on tendait un miroir pour montrer au pays ce qu'on voyait. C'était absurde de penser que qui que ce soit puisse remarquer qu'un étudiant de première année rate son examen de chimie, pourtant je m'étais retrouvé dans ce bureau. J'avais déjà raté de nombreux cours et il avait une pile de mes tests devant lui, si bien qu'il n'a pas dû être médium pour comprendre que j'étais mal barré. Le bureau du docteur Petout au troisième était plein à craquer, entre les livres et le petit tableau noir sur lequel était représentée une synthèse incompréhensible dont j'ai craint qu'il ne me demande de l'expliquer.

"Vous êtes en prépa médecine, a-t-il commencé en lisant ses notes. Je ne me trompe pas ?"

J'ai répondu que non. "On est encore au début du semestre. Je vais m'améliorer."

Il a tapoté son crayon contre ma pile de travaux décevants. "Ils prennent la chimie au sérieux en médecine. Si vous n'avez pas le niveau, vous serez recalé. C'est pour ça qu'il vaut mieux qu'on en parle maintenant. Si on attend plus longtemps, vous ne pourrez plus rattraper votre retard."

J'ai approuvé de la tête, avec la sensation que mon gros intestin se tordait douloureusement. L'une des raisons pour lesquelles j'avais toujours travaillé dur à l'école et eu des bonnes notes, c'était que je voulais absolument éviter ce genre de conversations.

Le docteur Petout a dit qu'il enseignait la chimie depuis assez longtemps pour avoir vu plein d'étudiants comme moi, et que mon problème, ce n'était pas un manque de compétence mais de travail. Il avait raison évidemment, j'avais été distrait depuis le début du semestre, mais en même temps il avait tort, parce que je ne croyais pas qu'il avait vu plein d'étudiants comme moi. C'était un homme mince avec une épaisse tignasse brune mal coiffée. J'aurais été incapable de deviner son âge, la seule chose qu'il m'inspirait, c'est que dans son costume-cravate, il me paraissait typique de l'autre camp.

"La chimie est un magnifique système, a dit le docteur Petout. Chaque partie repose sur la partie précédente. Si vous ne comprenez pas le chapitre 1, inutile d'étudier le chapitre 2. Le chapitre 1 donne les clés du chapitre 2, et les chapitres 1 et 2 s'associent pour donner les clés du chapitre 3. On en est au chapitre 4. Il est impossible de se mettre à étudier à fond le chapitre 4 et de rattraper le reste du cours. Vous n'avez pas les clés."

J'ai dit que j'avais eu cette impression.

Le docteur Petout m'a demandé de reprendre le manuel au début et de lire le premier chapitre, de répondre à chaque question à la fin de ce chapitre, de jeter mes réponses, de me réveiller le lendemain, et d'y répondre à nouveau. C'est seulement quand j'aurais résolu toutes les questions deux fois sans me tromper que je pourrais passer au chapitre suivant.

J'avais envie de lui demander s'il savait que des étudiants dormaient sur le sol du bureau du président. À la place j'ai dit "En même temps il ne faut pas que je décroche dans les autres cours", avec l'air de vouloir négocier avec lui la quantité de mon précieux temps qu'il était susceptible de revendiquer. On n'avait jamais demandé aux élèves de répondre à toutes les questions du chapitre, encore moins deux fois de suite.

Il m'a regardé fixement, assez longtemps. "Dans ce cas, ça risque de ne pas être votre année pour la chimie."

Je n'avais pas le droit de rater la chimie organique, ni de rater quoi que ce soit. Ma mobilisation était imminente et, sans mon sursis académique, je serais déjà allongé dans un fossé à Khe Sanh. Cependant le sort que ma sœur m'aurait réservé si je n'avais pas maintenu le niveau de mes notes aurait été bien pire que toutes les atrocités dont le gouvernement était capable. Ça, c'était du sérieux. J'étais en train de m'endormir au volant, à minuit, en plein blizzard, sur l'autoroute du New Jersey. Le docteur Petout m'avait secoué juste à temps pour voir les phares qui déboulaient en trombe sur mon pare-brise, et voilà qu'il me restait une fraction de seconde pour revenir sur la bonne voie, dans un sursaut. La distance entre moi et l'anéantissement n'était pas plus large qu'un flocon de neige.

Je me suis assis côté couloir. Entre Manhattan et Philadelphie, je me fichais du paysage. Normalement, j'aurais posé mon sac à côté de moi, en essayant de m'étaler le plus possible, mais c'était la semaine de Thanksgiving et personne ne réussirait à conserver deux sièges. À la place, j'ai ouvert mon manuel en essayant de donner exactement l'image de ce que j'étais : un étudiant en chimie sérieux qui n'avait pas le temps de se laisser distraire par une conversation sur la météo ou Thanksgiving ou la guerre. Le contingent de vaches de Penn Station, direction Harrisburg, avait été comprimé dans un tourniquet, et il en était ressorti une seule file qui descendait le quai et montait dans la voiture, chacun cognant ses sacs contre chaque siège au passage. Je n'ai pas quitté mon manuel des yeux, jusqu'au moment où une femme a tapoté ses doigts gelés contre le côté de mon cou. Pas mon épaule, comme n'importe qui aurait fait, mais mon cou.

"Jeune homme", elle a dit, avant de regarder la valise à ses pieds. C'était une grand-mère qui se demandait comment elle pouvait bien se retrouver dans un monde où les hommes laissaient les femmes se débattre avec leurs bagages dans les trains, au nom de l'égalité. Les vaches derrière elle continuaient à pousser, incapables de comprendre le blocage momentané. Ils avaient trop peur que le train parte sans eux. Je me suis levé et j'ai hissé son bagage – une valise triste en laine à carreaux marron, avec une sangle au milieu, parce qu'une fermeture éclair n'est pas fiable – sur le porte-bagages du haut. Ce geste isolé de courtoisie a fait connaître mes services de porteur, et des femmes, à chaque extrémité du couloir, ont commencé à m'appeler. Nombreuses étaient celles qui, en plus de leurs valises, avaient des sacs de chez Macy's et Wanamaker's remplis de cadeaux de Noël emballés, et j'ai essayé d'imaginer une vie où on anticipe tout tellement en avance. Un sac après l'autre, j'ai tenté de tout caser sur les barres métalliques au-dessus des sièges, alors qu'il n'y avait pas assez de place. Le porte-bagages, à la différence de l'univers, n'était pas en expansion.

"Très gentil", m'a dit une femme, levant les mains pour mimer comment elle se serait débrouillée toute seule si elle avait mesuré trente centimètres de plus.

Finalement j'ai examiné chaque extrémité du couloir, en décidant que ma tâche était terminée, et j'ai lutté contre le courant pour rejoindre ma place. J'y ai trouvé une fille avec des cheveux blonds frisés, assise côté fenêtre, plongée dans mon manuel de chimie.

"Je vous ai gardé votre place", elle a dit, tandis que le train bondissait en avant.

Je ne savais pas si elle faisait allusion au livre ou au train, et je n'ai pas posé la question, parce que dans les deux cas c'était inutile. J'en étais au chapitre 9, la chimie ayant fini par m'offrir ses clés. Je me suis assis sur mon manteau que du coup je n'avais pas pu ranger au-dessus.

"J'ai pris chimie au lycée, a dit la blonde, en tournant la page. Les autres filles ont pris dactylo, mais un 20 en chimie a plus de valeur qu'un 20 en dactylo.

— Plus de valeur pour quoi ?" La chimie avait plus de chances de servir l'intérêt général, mais la dactylo servait incontestablement l'intérêt particulier de plein de gens.

"Pour la moyenne."

Son visage était une confluence de cercles : yeux ronds, joues rondes, bouche ronde, un petit nez rond. Je n'avais aucune intention de lui parler, mais en même temps je ne voyais pas comment l'éviter tant qu'elle tiendrait mon livre. Quand je lui ai demandé si elle avait eu un 20, elle a continué à lire. Elle était tombée sur un passage qui l'intéressait, et en guise de réponse, elle a fait oui de la tête, l'air absent. Elle trouvait la chimie plus fascinante que la question de savoir si elle avait eu un 20 en chimie, et là-dessus, je dois l'admettre, elle marquait un point. J'ai attendu pas moins de deux minutes avant de lui dire que j'allais avoir besoin de récupérer mon manuel.

"Bien sûr, elle a dit en me le tendant, un doigt glissé dans la deuxième section du chapitre 9. C'est marrant de revoir ça, un peu comme quand on tombe sur quelqu'un avec qui on passait sa vie avant.

— Je passe ma vie avec la chimie.

— Rien ne change."

J'ai regardé la page pendant qu'elle fouillait dans son sac et en sortait un mince volume de poèmes d'Adrienne Rich intitulé *Necessities of Life*. Je me suis demandé si elle le lisait pour un cours ou si elle faisait partie de ces filles qui lisent de la poésie dans le train. Je ne lui ai pas posé la question, et ainsi on est restés assis, dans un silence agréable, pendant tout le trajet jusqu'à Newark. Quand le train s'est arrêté et que les portes se sont ouvertes, elle a sorti de sa poche un chewing-gum d'un paquet de Juicy Fruit, et elle l'a coincé dans son livre, avant de me regarder avec un sérieux insupportable.

"Il faut qu'on parle."

Ma copine Susan avait dit "Il faut qu'on parle", à la fin de notre première année, juste avant de me dire qu'elle me quittait. "Vraiment ?

— À moins que vous ne vouliez descendre les bagages de toutes les femmes qui s'arrêtent à Newark, avant de hisser les bagages de toutes les femmes qui montent dans le train."

Elle avait raison, évidemment. Il y avait déjà des femmes qui lançaient des regards noirs dans ma direction avant de regarder ostensiblement leurs sacs. Le train comptait d'autres hommes valides, mais elles s'étaient habituées à moi.

"Et donc vous rentrez chez vous", a dit ma voisine de siège en se penchant en avant, souriante. Elle avait mis quelque chose sur ses lèvres pour les faire briller. De loin on aurait pu croire qu'on était liés par une conversation importante, ou qu'on était liés tout court. J'étais assez près pour sentir les effluves de son shampoing.

"Pour Thanksgiving, j'ai dit.

— Sympa." Elle a hoché légèrement la tête, sans lâcher mon regard, si bien que je ne pouvais pas ne pas voir le léger affaissement de sa paupière gauche, un défaut qui serait passé inaperçu si on ne s'était pas fixés intensément. "Harrisburg ?

— Philadelphie", j'ai dit, et parce qu'à ce moment-là on était très proches, j'ai ajouté le nom de ma banlieue, Elkins Park. Pendant une minute j'ai oublié que je n'habitais plus à Elkins Park. J'habitais à Jenkintown, pour autant que j'aie eu un endroit où habiter. C'est Maeve qui vivait à Jenkintown.

Quand j'ai mentionné Elkins Park, une lueur de familiarité a éclairé ses yeux. "Rydal." Elle a touché l'écharpe en laine bleue qui couvrait son sternum. Elkins Park était à une ville d'écart de Rydal, donc on était quasiment voisins. Une femme s'est penchée vers nous pour dire quelque chose, mais ma voisine de siège l'a écartée d'un geste.

"Buzzy Carter", j'ai dit, parce que c'était le nom à prononcer dans une conversation sur Rydal. Avec Buzzy, on avait été dans la même équipe de scouts avant de jouer dans des équipes de basket paroissiales adverses. Il était né populaire, et quand on a atteint l'âge d'entrer au lycée, il avait de bonnes notes, de bonnes dents, et le don de marquer quarante points par match, sans compter les passes. Maintenant il jouait à Penn grâce à une bourse.

"Il avait un an de plus que moi." Elle l'a dit avec l'expression que les filles avaient sur le visage en pensant à Buzz. "Il a emmené ma cousine au bal de première année mais je n'ai jamais compris pourquoi. Tu étais à Cheltenham ?

— Bishop McDevitt, j'ai dit, histoire de ne pas me lancer dans un récit trop compliqué, mais les deux dernières années, j'étais en pension."

Elle a souri. "Tes parents ne pouvaient plus te supporter ?"

Cette fille me plaisait. Elle avait le sens de la répartie. "Ouais, un truc dans le genre."

Quand le train a quitté la gare, comme convenu on est redevenus des étrangers, elle plongée dans son recueil de poèmes, moi dans mon manuel de chimie. Notre coexistence silencieuse nous a fait presque entièrement oublier l'existence l'un de l'autre.

À l'arrivée à la station 30e Rue, la femme avec la valise à carreaux, celle par qui tout avait commencé, a fondu sur moi et m'a traîné le long de l'allée pour récupérer son sac. Il était vraiment coincé dans le porte-bagages, au milieu du fatras de tous les autres. Même en montant sur l'accoudoir, elle n'aurait jamais réussi à l'attraper. Puis une autre femme m'a demandé mon aide, et une autre, et encore une autre, et bientôt j'ai commencé à avoir peur que les portes ne se ferment, ce qui m'aurait obligé à prendre le train pour Paoli et revenir sur mes pas. J'ai vu la tête blonde de ma compagne de voyage se diriger vers la porte. Elle avait peut-être attendu aussi longtemps que possible, à moins qu'elle n'ait pas attendu du tout. Je me suis dit que je m'en fichais. J'ai trimbalé un autre sac pour une femme qui avait l'air de penser sérieusement que j'étais censé le porter sur le quai pour elle, et puis je me suis libéré, j'ai attrapé mon manteau et ma valise, mon manuel, et je me suis faufilé hors du train juste avant la fermeture des portes.

Ce n'était jamais difficile de trouver ma sœur. Premièrement elle était généralement la plus grande, deuxièmement elle était toujours à l'heure. À ma sortie du train, je pouvais compter sur la présence de Maeve à l'avant de la foule des passagers qui attendaient, bien au centre. Elle était pile à cet endroit, en ce mercredi très spécial précédant Thanksgiving, au bout du quai, en jean, portant un pull rouge qui m'appartenait et que je croyais avoir perdu.

Elle m'a fait un signe de la main et j'ai levé la mienne pour la saluer, mais à ce moment-là ma voisine de siège a attrapé mon poignet.

"Au revoir ! elle a dit, tout en blondeur et en sourire. Bonne chance pour la chimie." Elle a hissé son sac sur l'épaule. J'imagine qu'elle l'avait posé par terre en m'attendant.

"Merci." J'avais l'envie bizarre de la cacher ou de la chasser, mais ma sœur arrivait déjà à grands pas dans notre direction. Maeve m'a pris dans ses bras, en me secouant à quelques centimètres au-dessus du sol. La première fois qu'elle avait fait ça, c'était pour mon premier retour de Choate à Pâques, et elle avait maintenu la tradition, histoire de prouver qu'elle en était capable.

"Tu as rencontré quelqu'un dans le train ?" a demandé Maeve, en me regardant au lieu de la regarder, elle.

Je me suis tourné vers la fille. Elle avait la taille moyenne parfaite pour une fille, mais tout le monde paraissait minuscule entre moi et ma sœur. À ce moment-là je me suis souvenu que je ne lui avais pas demandé son nom.

"Celeste, elle a dit en tendant la main, si bien qu'on s'est tous serré la main.

— Maeve", a dit Maeve, et moi j'ai dit "Danny", et alors on s'est tous souhaité un bon Thanksgiving, dit au revoir, et puis on s'est éloignés.

"Tu t'es coupé les cheveux !" j'ai dit, quand la fille a été hors de notre portée.

Maeve a levé la main pour toucher son cou juste sous l'endroit où le carré de ses cheveux noirs s'interrompait abruptement. "Ça te plaît ? J'ai trouvé que ça me donnait un air plus adulte."

J'ai éclaté de rire. "J'aurais pensé que tu en avais marre de toujours avoir l'air de l'adulte de service."

Elle a accroché son bras au mien et elle a penché la tête de côté pour toucher mon épaule. Ses cheveux ont basculé en avant, couvrant fugitivement son visage, alors elle a reculé la tête. *Un geste de fille*, je me suis dit, avant de me souvenir que Maeve était une fille.

"Les quatre meilleurs jours de l'année commencent. Les quatre meilleurs jours avant ton retour pour Noël.

— Peut-être que c'est toi qui viendras me voir à Noël. Je suis bien venu te voir à Pâques quand tu étais en fac.

— Je n'aime pas le train, a dit Maeve, comme si l'argument mettait fin à la discussion.

— Tu pourrais prendre la voiture.

— Jusqu'à Manhattan ?" Elle m'a regardé droit dans les yeux pour souligner la stupidité de ma suggestion. "C'est tellement plus pratique de prendre le train.

— C'était un cauchemar, ce train.

— La fille aussi, c'était un cauchemar ?

— Non, la fille était sympa. Elle m'a même carrément rendu service.

— Elle te plaît ?" On était presque arrivés à la porte conduisant au parking. Maeve avait insisté pour venir me chercher en voiture.

"Ni plus ni moins qu'une personne assise à côté de toi dans le train.

— Elle habite où ?

— Qu'est-ce que ça peut bien te faire ?

— Je te pose la question parce qu'elle est encore là à attendre toute seule. Si elle te plaît, alors on pourrait lui proposer de la raccompagner."

Je me suis arrêté et j'ai jeté un coup d'œil derrière moi. Elle ne nous regardait pas. Elle regardait dans l'autre direction. "Tu as des yeux dans le dos maintenant ?" J'avais toujours cru qu'elle en était capable. Celeste, qui avait eu l'air si compétente dans le train, semblait désormais totalement paumée au milieu de la gare. Elle m'avait épargné une tonne de transport de bagages. "À Rydal.

— On pourrait prendre dix minutes de plus pour aller à Rydal."

Ma sœur connaissait mieux la géographie du coin que moi. Elle était aussi plus gentille. Elle a attendu avec mes sacs pendant que je retournais demander à Celeste si elle avait besoin qu'on l'accompagne. Après avoir examiné encore la gare pendant quelques minutes à la recherche d'un membre de sa famille – elle n'avait jamais compris clairement lequel viendrait l'attendre –, elle m'a redemandé si ce n'était pas un trop gros service. J'ai dit qu'il n'y avait aucun problème. On s'est dirigés tous les trois vers le parking, tandis que Celeste continuait à s'excuser. Puis elle s'est glissée à l'arrière de la voiture de ma sœur et on l'a raccompagnée chez elle.

*

"C'est toi qui as dit qu'on devrait la raccompagner, a dit Maeve. Sur ce point mon souvenir est parfaitement clair. On allait passer Thanksgiving chez les Gooch et je devais repasser par la maison pour faire la tarte, et alors *tu* as dit que tu avais rencontré cette fille dans le train et que tu lui avais promis que je la raccompagnerais.

— N'importe quoi. T'as jamais fait une tarte de ta vie.

— Je devais aller à la pâtisserie récupérer la tarte que j'avais commandée."

J'ai fait non de la tête. "Je prends toujours le train de 16 h 05. La pâtisserie aurait déjà été fermée à l'heure de mon arrivée.

— Tu la *fermes*, oui ou non ? Tout ce que je veux dire, c'est que Celeste, c'est pas ma faute."

On était en train de rigoler dans sa voiture. La Volkswagen avait disparu depuis longtemps, remplacée par un break Volvo avec sièges chauffants. Cette voiture-là mastiquait littéralement la neige.

Mais ce jour-là, il faisait seulement froid, sans neige. Dans la Maison des Hollandais on avait déjà allumé les lampes pour chasser l'obscurité. Ça faisait partie d'une tradition nouvelle, qui avait surgi des années plus tard : après mon histoire avec Celeste, après notre rupture et notre réconciliation, après notre mariage et la naissance de May et Kevin, après les débuts de ma carrière de médecin et l'arrêt de ma carrière de médecin, après nos tentatives, pendant des années, pour passer Thanksgiving ensemble de manière civilisée, avant d'y renoncer. Chaque année, avec Celeste et les enfants on rejoignait Rydal en voiture depuis New York, le mercredi précédant Thanksgiving. Je les laissais tous les trois chez ses parents pour aller dîner avec ma sœur. Le jour de Thanksgiving, Maeve servait à manger aux sans-abris avec un groupe de la paroisse et je retournais déjeuner avec l'énorme famille de Celeste, en expansion perpétuelle. Plus tard dans la soirée, je retournais voir Maeve à Jenkintown avec les enfants. On prenait des assiettes pleines de restes dans le frigo et des parts de la tarte préparée par la mère de

Celeste. On mangeait froid en jouant au petit poker à la table de la salle à manger. Ma fille, qui était une actrice née, aimait dire que c'était pire que d'avoir des parents divorcés – tous ces allers et retours. Je lui disais qu'elle n'avait pas la moindre idée de ce dont elle parlait.

"Je me demande si Norma et Bright rentrent toujours pour Thanksgiving, a dit Maeve. Je me demande si elles ont épousé des types qu'Andrea déteste.

— Oh, sûrement", j'ai répondu, et pendant une minute j'ai imaginé la situation. J'avais de la peine pour ces hommes que je ne rencontrerais jamais. "Ils sont à plaindre, les pauvres types qui se sont retrouvés coincés dans la Maison des Hollandais." Maeve a secoué la tête. "C'est dur d'imaginer qui aurait bien pu être à la hauteur de ces filles." J'ai regardé ostensiblement ma sœur, en pensant qu'elle comprendrait l'allusion, mais non.

"Quoi ?

— C'est ce que Celeste disait toujours de toi.

— Qu'est-ce que Celeste disait toujours de moi ?

— Que tu pensais que personne ne serait jamais à ma hauteur.

— Je n'ai jamais dit que personne ne serait jamais à ta hauteur. J'ai juste dit que tu aurais pu trouver mieux qu'elle.

— Ah." J'ai levé la main. "Facile." Ma femme faisait des remarques désobligeantes sur ma sœur, et ma sœur faisait des remarques désobligeantes sur ma femme, et moi je les écoutais toutes les deux, parce que je ne pouvais pas faire autrement. Pendant des années je me suis efforcé de rompre leur routine, de défendre l'honneur de l'une auprès de l'autre, et puis j'ai fini par renoncer.

Mais il y avait quand même des limites à ne pas dépasser et elles le savaient.

Maeve a regardé la maison par la vitre de la voiture. “Celeste a fait des enfants magnifiques.

— Merci.

— Ils ne lui ressemblent absolument pas.”

Oh… si on vivait depuis toujours dans un monde où chaque homme, femme et enfant naissait appareillé pour des enregistrements sonores, photographiques, et des petits films. J'aurais adoré avoir une preuve plus irréfutable que ma propre mémoire, puisque ni ma sœur ni ma femme ne me soutiendraient là-dessus : c'est Maeve qui avait choisi Celeste, et c'est Maeve que Celeste a aimée en premier. J'étais là, pendant ce trajet en voiture sous la neige, entre la station 30e Rue et la maison des parents de Celeste à Rydal en 1968, et Maeve s'était montrée d'une telle chaleur qu'elle aurait pu faire fondre le verglas sur la route. Celeste était sur le siège arrière, coincée entre nos valises, les genoux remontés parce qu'il n'y avait pas de place dans la petite Beetle. Le regard de Maeve n'arrêtait pas de dériver vers le rétroviseur tandis qu'elle enchaînait les questions : Où avait-elle fait ses études ?

Celeste était en deuxième année à l'université Thomas-More. “Je me raconte que c'est Fordham.

— C'est là où j'aurais voulu aller. Je voulais étudier chez les Jésuites.

— Tu as fait tes études où ?”

Maeve a soupiré. “Barnard. Ils m'ont offert une bourse, et voilà.”

De ce que j'en savais, absolument rien dans cette histoire n'était vrai. Maeve n'avait absolument pas été boursière.

“Tu étudies quoi ? a demandé Maeve.

— Ma matière principale, c’est l’anglais. Ce semestre, je vais prendre Poésie américaine du XXe siècle.

— La poésie, c’était mon cours préféré !” Les sourcils de Maeve se sont dressés de stupéfaction. “Je ne me tiens pas au courant comme je devrais. C’est ça le problème, quand on a fini ses études. On n’a jamais assez de temps libre pour la lecture, quand plus personne ne nous y oblige.

— Tu peux me dire quand tu as suivi des cours de poésie ? j’ai demandé à ma sœur.

— La maison, c’est si triste, a dit Maeve. Elle reste comme on l’a quittée, moulée dans le confort du dernier à s’en être allé, comme pour mériter leur retour. Au lieu de quoi, privée de quiconque à amadouer, elle dépérit, n’ayant pas le cœur d’ignorer ces larcins.”

Celeste a attendu d’être sûre que Maeve ait fini pour poursuivre d’une voix plus douce. “Et retourner en l’état de sa première lancée, tentative allègre pour que les choses soient comme elles devraient, depuis longtemps inaboutie. Tu peux voir comme c’était : regarde les tableaux et l’argenterie. La musique dans le tabouret de piano. Cette orfèvrerie.

— *Larkin !*” elles ont crié ensemble. On aurait pu les marier sur-le-champ, Maeve et Celeste. Tellement leur amour était fort à ce moment-là.

J’ai regardé Maeve, ébahi. “Comment tu *connaissais* ça ?

— J’ai oublié de l’indiquer sur mon CV !” Maeve a éclaté de rire en penchant la tête vers moi, et Celeste a ri avec elle.

“C’était quoi ta matière principale ?” a demandé Celeste. Rétrospectivement je me dis qu’elle était un mystère total à mes yeux. Tout comme ma sœur.

“Comptabilité.” Maeve a changé de vitesse d’une tape de sa paume ouverte, tandis que nous descendions doucement une colline enneigée. Par-dessus la rivière, à travers bois. “Très ennuyeux, très concret. Il fallait que je gagne ma vie.

— Bien sûr”, a approuvé Celeste.

Mais Maeve n’avait pas pris spécialité comptabilité. Il n’y avait pas de spécialisation en comptabilité à Barnard. Elle avait pris spécialité maths. Et c’était la première de sa classe. La compta, c’est le métier qu’elle faisait, pas les études qu’elle avait faites. La comptabilité, c’est ce qu’elle pouvait faire les yeux fermés.

“On approche de cette mignonne petite église épiscopalienne.” Maeve a ralenti sur Homestown Road. “Je suis allée à un mariage, une fois, là-bas. Quand j’étais petite, les religieuses piquaient une crise si elles apprenaient qu’on n’avait ne serait-ce que franchi le seuil d’une église protestante.”

Celeste a approuvé de la tête, sans se rendre compte qu’elle venait d’être testée. Thomas-More était une école de Jésuites mais ça ne voulait pas dire nécessairement que la fille à l’arrière de la voiture était catholique. “On va à St Hilary.”

Elle était catholique.

La maison, quand on s’est arrêtés devant, s’est révélée beaucoup moins grande que la Maison des Hollandais, et beaucoup plus grande que l’appartement au troisième étage sans ascenseur où Maeve habitait encore, à l’époque. La maison de Celeste était une respectable demeure coloniale à bardeaux peinte en jaune, et ornée de blanc, avec deux érables sans feuilles frissonnant dans le jardin à l'avant, l'un supportant une balançoire ; le genre de maison faisant surgir spontanément les images d'une enfance heureuse, même si, dans le cas de Celeste, ces images étaient vraies.

"Tu as été tellement gentille, a commencé Celeste, mais Maeve l'a interrompue.

— On va t'accompagner.

— Mais ce n'est...

— On est venus jusqu'ici, a dit Maeve, en garant la voiture. La moindre des choses, c'est d'attendre que tu sois entrée."

Il fallait que je sorte de toute façon. J'ai rabattu mon siège vers l'avant et je me suis tourné pour aider Celeste à sortir, et puis j'ai hissé son sac à dos sur mon épaule. Son père était encore à son cabinet de dentiste, en train de soigner des caries, il travaillait tard parce que le bureau serait fermé pour Thanksgiving et le lendemain. Les gens arrivaient en vacances avec des douleurs dentaires qu'ils avaient négligées. Ses deux jeunes frères étaient en train de regarder la télé avec des amis et ils l'ont saluée dans un cri sans se donner la peine de lâcher l'écran. Un labrador noir nommé Pato l'a accueillie beaucoup plus chaleureusement. "Il s'appelait Larry quand il était petit, mais en grandissant il est devenu tout pataud", a dit Celeste.

La mère de Celeste, plongée dans la préparation d'un dîner assis pour vingt-deux parents qui envahiraient sa maison le lendemain à midi, était amicale et stressée. Pas très étonnant qu'elle ait oublié d'aller chercher son troisième enfant à la gare. (La fratrie Norcross en comptait cinq en tout.) Après les salutations d'usage, Maeve a demandé à Celeste d'écrire son numéro de téléphone sur un bout de papier, en disant qu'il lui arrivait d'aller à New York en voiture et qu'elle pourrait l'y emmener, la prochaine fois sur le siège avant, promis. Celeste n'arrêtait pas de remercier, et sa mère n'arrêtait pas de remercier, tout en remuant une casserole de sauce à la canneberge sur le feu.

"Vous devriez rester dîner tous les deux. Je vous dois une grande faveur ! nous a dit la mère de Celeste, avant de se rendre compte de son erreur. Mais qu'est-ce que je raconte ? Vous venez de rentrer chez vous. Columbia ! Vos parents doivent avoir tellement hâte de vous revoir !"

Maeve l'a remerciée pour l'invitation et elle a accepté une légère accolade de Celeste, qui m'a serré la main. Ma sœur et moi, on a redescendu l'allée enneigée devant la maison. On avait l'impression que chaque lumière de chaque maison était allumée, tout le long du pâté de maisons, de chaque côté de la rue. Tous les habitants de Rydal étaient rentrés chez eux pour Thanksgiving.

"Depuis quand tu as suivi des cours de poésie ? je lui ai demandé, après être remonté en voiture.

— Depuis que je l'ai vue fourrer un livre de poésie dans son sac." Maeve a allumé le chauffage totalement inutile de la voiture. "Et alors ?"

Maeve n'avait jamais essayé d'impressionner qui que ce soit, même pas Maître Gooch, dont je pensais qu'elle était secrètement amoureuse. "Qu'est-ce que ça peut te faire que Celeste de Rydal pense que tu lis de la poésie ?

— Parce qu'un jour ou l'autre tu vas rencontrer quelqu'un, et je préférerais que ce soit une catholique de Rydal plutôt qu'une bouddhiste du, je ne sais pas, *Maroc*.

— T'es sérieuse ? T'es en train d'essayer de me trouver une copine ?

— Je suis en train d'essayer de protéger mes propres intérêts, rien de plus. N'y attache pas trop d'importance."

Ça n'était pas mon intention.

## CHAPITRE NEUF

Si vous habitiez à Jenkintown en 1968, ou étiez scolarisé à Choate, vous aviez de bonnes chances de finir par croiser la plupart des gens qui y vivaient, ne serait-ce qu'en les saluant au passage, mais vivre à New York revenait à tirer un joker. Chaque heure se composait d'une série de hasards, et choisir de descendre une rue au lieu d'une autre pouvait potentiellement tout changer : les personnes que vous alliez rencontrer, ce que vous verriez ou ce qui vous serait épargné. Au début de notre histoire, Celeste adorait raconter l'origine de notre rencontre aux amis, aux étrangers, et à moi parfois quand on était seuls. Ce jour-là, elle avait prévu de prendre le train de 13 h 30 à Penn Station mais sa coloc voulait qu'elles prennent le métro ensemble jusqu'à Grand Central. Puis la coloc a commencé à lambiner avec ses bagages, si bien qu'elles ont raté le train.

"J'aurais pu prendre un autre train, disait-elle en posant la tête sur ma poitrine. Ou j'aurais pu prendre celui de 16 h 05 et me retrouver dans une autre voiture. Ou j'aurais pu être dans la bonne voiture, mais à une autre place. Et on se serait ratés.

— Ce jour-là, peut-être", je disais, en passant le bout des doigts le long de ses boucles fascinantes. Mais j'aurais fini par te trouver." Ça, je le disais parce que je savais que c'est ce que Celeste avait envie d'entendre, cette fille tendre dans mes bras, qui sentait le savon Ivory, et aussi parce que j'y croyais, en un sens statistique, sinon romantique : deux gamins de Jenkintown et Rydal, en fac à New York, avaient de grandes chances de tomber l'un sur l'autre quelque part sur le trajet.

"Si j'ai choisi ce siège, c'est uniquement parce que j'ai vu le manuel de chimie. Tu n'étais même pas encore installé.

— C'est vrai."

Celeste a souri. "J'ai toujours aimé la chimie."

Celeste était très heureuse en ce temps-là, même si, rétrospectivement, on peut dire qu'elle a payé de ne pas arriver à la bonne époque, et qu'elle s'est convaincue à tort, parce qu'elle était bonne en chimie, d'épouser un médecin, au lieu de devenir elle-même médecin. Si on s'était rencontrés quelques années plus tard, elle ne serait sans doute pas totalement tombée dans ce piège.

Le manuel de chimie a été sa part de chance. Si j'avais suivi les cours attentivement, dès le début du semestre, comme j'aurais dû le faire, le docteur Petout n'aurait eu aucune raison de me terroriser en brandissant un échec, et je n'aurais pas transformé *La Chimie organique aujourd'hui* en une extension de mon bras. Qui aurait cru qu'un manuel de chimie pouvait appâter les jolies filles ?

Si je n'avais pas risqué de rater l'examen, je n'aurais pas été en train de réviser la chimie dans le train. Si je n'avais pas révisé la chimie dans le train, je n'aurais pas rencontré Celeste, et la vie que j'ai eue n'aurait jamais commencé.

Pourtant raconter cette histoire uniquement sous l'angle de livre et de train, de cinétique et de fille, ne permet pas d'expliquer pourquoi, au départ, j'avais failli rater mes examens de chimie.

Maeve a étouffé tous mes espoirs d'essayer d'entrer dans l'équipe de basket de Columbia. Elle a dit que ça me distrairait de ma scolarité, que ça ruinerait ma moyenne pondérée et mes chances de vider le fonds, avant que Norma et Bright y aient recours. Ce n'était pas une grande équipe de toute façon. Le résultat, c'est que je jouais chaque fois que je trouvais un match, et un samedi matin ensoleillé, au début de ma première année, je suis tombé sur cinq types de Columbia qui se dirigeaient vers le Mount Morris Park. J'avais le ballon. On formait un groupe de joueurs maigrichons, aux cheveux longs, barbus, binoclards et, pour l'un d'entre nous, pieds nus. Ari, qui avait l'audace de marcher dans les rues de Manhattan sans chaussures, nous a dit qu'il avait entendu dire qu'il y avait toujours des types qui cherchaient un match à disputer à Mount Morris. Son autorité nous a impressionnés, bien que rétrospectivement il me paraisse évident qu'il disait à peu près n'importe quoi. Harlem était un vrai bordel, et à la différence du maire Lindsay, désireux d'arpenter ses rues, les étudiants de Columbia avaient tendance à ne pas franchir la frontière. La situation était différente en 1959, à l'époque où Maeve était entrée à Barnard. Les filles et leurs petits amis se faisaient beaux pour assister à la "nuit des amateurs" à l'Apollo, mais en 1968, toute forme d'incarnation de l'espoir dans le pays avait été alignée contre un mur pour y être fusillée. Les garçons de Columbia allaient en cours, et les garçons de Harlem allaient à la guerre, une réalité qu'aucun match amical improvisé n'avait le pouvoir de suspendre.

Sur le chemin du parc, notre groupe de six a commencé à capter l'ambiance. On restait en alerte, si bien qu'on a vite vu les regards ébahis de tous les gens qu'on croisait – gosses allongés en travers des porches, hommes massés au coin des rues, femmes penchées par les fenêtres ouvertes –, tout le monde nous observait. Les passantes, femmes et filles, nous suggéraient de rentrer chez nous et d'aller nous faire foutre. Les monceaux de poubelles éventrées au bord des caniveaux se répandaient dans les rues. Un homme en maillot de corps blanc, avec un pic de la taille d'une assiette coincé dans sa coupe afro, s'est penché par la vitre ouverte de sa voiture et a allumé la radio. Sur les briques d'un brownstone aux fenêtres condamnées, sans porte d'entrée, on avait placardé une affiche : *Saisie pour recouvrement d'impôts. Vente aux enchères.* Je voyais déjà mon père en train de noter la date et l'heure de la vente dans le petit carnet à spirales qu'il gardait toujours dans la poche poitrine de sa veste.

"Si tu vois un panneau comme ça, il m'a dit une fois quand j'étais petit, devant un immeuble locatif des quartiers nord de Philadelphie, ce que ça veut dire c'est : *Cadeau !*"

J'avais dit que je ne comprenais pas.

"Les propriétaires ont laissé tomber, la banque a laissé tomber. Les seuls qui n'ont pas laissé tomber travaillent pour le Bureau des impôts, parce que c'est leur boulot de ne jamais laisser tomber. Tout ce que tu as à faire pour devenir propriétaire de l'immeuble, c'est payer les impôts."

"Conroy !" Un jeune de mon cours de chimie, qui s'appelait Wallace, m'a appelé. "Magne-toi." Ils étaient déjà en bas de la rue, et voilà que moi je me retrouvais tout seul, un pauvre Blanc tenant un ballon de basket.

“Conroy ! Bouge ton cul ! a dit l’un des trois gamins assis sur les marches de l’immeuble d’après, et puis un autre a crié : Conroy ! Va me faire un sandwich !”

Le moment de mon éveil spirituel venait tout juste de se produire sur la 120e Rue.

J’ai désigné l’immeuble avec le panneau de mise aux enchères. “Qui vit ici ? j’ai demandé au gosse qui pensait que j’étais venu lui apporter son déjeuner.

— Putain j’en sais quoi moi ?” Il parlait dans le jargon d’un gosse de dix ans.

“C’est un flic, a dit le deuxième gamin.

— Les flics ont pas de ballons, a dit le troisième, ce qui a déclenché un fou rire hystérique chez les trois.

Mon équipe m’avait attendu et voilà qu’accélérant un peu, ils revenaient en cercle. “Faut qu’on y aille, mon pote, a dit Ari.

— C’est un flic, a redit le gamin, et puis il a pointé son doigt comme un flingue. Tous des flics !”

J’ai fait une passe poitrine au gosse en tee-shirt rouge et il me l’a renvoyée direct – un, deux.

“Lance-la ici, a dit l’autre.

— Emmène mes potes au parc, j’ai dit aux gosses. J’en ai pour une minute.” Personne n’a eu l’air de penser que c’était une bonne idée, ni mes coéquipiers, ni les gosses sur le perron, mais j’étais déjà en train de me diriger vers le magasin d’alcool au coin de la rue pour voir si je pouvais emprunter un stylo. Toutes les informations dont j’avais besoin pouvaient tenir sur la paume de ma main.

En route pour un match improvisé à Mount Morris, je suis devenu l’unique bénéficiaire d’un patrimoine supérieur à la compagnie de mon père ou à sa maison. Mon existence entière s'est soudain brillamment illuminée en Technicolor : il me fallait un immeuble, précisément celui qui était situé sur la 120e Rue près de Lenox, afin de devenir la personne que j'étais destinée à être. J'installerais des fenêtres et remplacerais la porte moi-même. J'enduirais les murs humides et poncerais les sols, et un jour, j'irais récolter les loyers le samedi. Maeve était convaincue que mon destin était de faire médecine et Celeste était convaincue que mon destin c'était elle, et l'une et l'autre avaient tort. Le lundi d'après, j'ai appelé Maître Gooch pour lui expliquer ma situation : mon père avait mis de l'argent de côté pour mes études, certes, mais est-ce que ça ne serait pas beaucoup plus conforme à ses désirs que d'utiliser cet argent pour acheter un immeuble et me lancer dans la carrière qu'il avait prévue pour moi ? Abstraction faite de la violence et de la crasse, et des zones bien gardées de richesse impénétrable, Manhattan était une île, après tout, et cette partie de l'île jouxtait une université en perpétuelle expansion. Pourrait-il plaider ma cause auprès du fonds ? Maître Gooch a écouté patiemment avant d'expliquer que les désirs et la logique ne s'appliquaient pas aux fonds d'investissement. Mon père avait pris des dispositions pour mes études, pas pour ma carrière dans l'immobilier. Deux semaines plus tard, j'ai assisté à la vente aux enchères de l'immeuble destiné à changer ma vie. Il est parti pour 1 800 dollars. Je n'avais aucun moyen d'accomplir mon projet.

Mais comme d'habitude, la vie m'a prouvé que j'avais tort. Il y avait beaucoup d'immeubles dans ce même quartier où je passais désormais ma vie, et il n'était pas impossible d'en trouver un autre à moitié incendié, rempli de squatters, et mis aux enchères. J'ai passé tellement de temps à Harlem que j'ai fini par devenir louche à mes propres yeux. Un Blanc était quelqu'un qui avait quelque chose à acheter ou à vendre, ou bien qui promettait de chambouler les commerces des autres. Je faisais partie du lot, même si ce que je voulais acheter était plus grand qu'un sachet d'herbe, et que j'avais l'intention de rester. À la différence de la majorité des étudiants de Columbia, qui n'avaient jamais mis un pied à Harlem, j'aurais pu organiser des visites guidées. J'ai fait des recherches approfondies en bibliothèque et au bureau d'état civil pour me renseigner sur les impôts fonciers et les prix dans un rayon de dix pâtés de maisons. J'ai pris des rendez-vous pour visiter des immeubles en vente et j'ai recherché toutes les saisies publiées dans le journal. La seule chose que je négligeais, c'était la chimie, jusqu'à ce que je commence à négliger aussi le latin, la physiologie et l'histoire de l'Europe.

Mon père m'avait appris à vérifier que les solives sous un porche n'étaient pas pourries, à calmer un locataire en colère, et à installer une prise de terre, mais je ne l'avais jamais vu acheter quelque chose de plus gros qu'un sandwich. Je me suis rendu compte que je possédais deux récits séparés de sa vie : le récit de ses années de pauvreté à Brooklyn, et celui de sa vie de riche entrepreneur et propriétaire d'une importante compagnie immobilière. Ce qui me manquait, c'était le pont entre les deux. J'ignorais comment il était passé de l'un à l'autre.

"L'immobilier", a dit Maeve.

Je l'avais appelée chez elle un samedi, avec un sac de pièces que j'aurais dû laisser sur l'étagère métallique devant le téléphone public du dortoir. "Je sais qu'il a commencé dans l'immobilier, mais comment il a fait ? Il achetait quoi ? Qui lui aurait accordé un prêt s'il était aussi pauvre qu'il le disait ?"

Il y a eu un silence pendant une minute à l'autre bout du fil. "Qu'est-ce que tu trafiques ?

— Je suis en train d'essayer de comprendre ce qui s'est produit dans nos vies. Je suis en train d'essayer de faire ce que tu fais en permanence, je décrypte le passé.

— Un samedi matin. Un appel longue distance ?"

Maeve était la personne idéale à qui parler, parce que c'était ma sœur et parce qu'elle avait un don pour l'argent. Elle était la seule personne capable de m'aider, mais Maeve n'allait pas écouter quoi que ce soit susceptible de me détourner de son rêve d'études de médecine. Et même si j'avais pu lui parler, qu'est-ce que j'aurais dit ? Que j'avais trouvé un autre immeuble à Harlem qui serait vendu aux enchères ? Une maison de rapport, avec une seule salle de bains par étage ? "J'essaie juste de comprendre ce qui s'est passé." Cette partie-là aussi de ma réponse était vraie. J'avais passé des heures innombrables en compagnie de mon père sans jamais lui poser une seule question. L'opératrice est intervenue pour dire qu'il fallait ajouter 75 centimes si je voulais trois minutes supplémentaires, et quand j'ai décliné, la communication a été coupée.

Le docteur Petout avait été le seul à comprendre que je perdais pied, et c'est le docteur Petout qui m'a appelé dans son bureau pour me ramener sur le droit chemin de la chimie. Il m'a envoyé vers la secrétaire du département pour fixer des rendez-vous hebdomadaires avec lui, aux heures de bureau. Il a dit que je n'avais plus le droit de rater des cours, et qu'à partir de maintenant, il exigeait ma présence en classe, indépendamment de mes problèmes de santé. À la différence des autres étudiants, qui devaient résoudre quatre ou cinq problèmes à la fin de chaque chapitre, je devais les résoudre tous et venir le voir pour qu'il vérifie mes réponses. Je n'ai jamais su si ce traitement particulier était une punition ou une faveur, mais dans les deux cas, je ne pensais pas le mériter.

"Venez avec vos parents, il m'a dit quelques jours avant le week-end de visite des parents. Je leur expliquerai les progrès que vous avez faits, pour les rassurer."

Je me tenais à la porte du bureau du docteur Petout et j'ai repris mon souffle avant de décider si j'allais lui dire la vérité ou me contenter de le remercier avant de le saluer. J'aimais mon persécuteur, mais mon histoire était compliquée et elle avait tendance à engendrer chez les gens un genre de sympathie qui m'était intolérable.

"Quoi ?" Il attendait ma réponse. "Pas de parents ?"

Dans son esprit c'était une blague, alors j'ai ri. "Pas de parents.

— Eh bien je serai à mon bureau samedi pour participer aux réjouissances, au cas où vous voulez passer avec votre représentant légal.

— Ça se pourrait bien", j'ai dit, et je l'ai remercié en partant.

Ça n'a pas été trop difficile de reconstituer l'histoire, et des années plus tard, Maurice Petout, que tout le monde appelait Morey, a confirmé mes soupçons : il est allé au bureau des inscriptions pour consulter mon dossier. Il n'a plus jamais posé de questions sur mes parents, mais il a commencé à suggérer que nos rendez-vous hebdomadaires se tiennent à l'heure du déjeuner à la Pâtisserie hongroise.

Il m'a invité aux dîners qu'il organisait avec sa femme pour les étudiants de troisième cycle en chimie. Il a vérifié comment je m'en sortais dans les autres matières, et a alerté les professeurs sur ma situation. Morey Petout m'a pris en pitié et il est devenu mon conseiller, convaincu que ma condition d'orphelin avait mis mes études en péril, alors qu'en réalité, le responsable était mon père. Au milieu de mon parcours universitaire, j'en étais venu à comprendre que j'avais hérité du sens des affaires de mon père.

La poussée d'Archimède établit qu'un corps au repos, plongé en tout ou partie dans un fluide, subit une force ascendante, proportionnelle à la pression du fluide déplacé par le corps. Pour le dire autrement, vous pouvez retenir un ballon de plage sous l'eau, mais à la seconde où vous lâchez, le ballon remonte immédiatement. Et c'est ainsi que tout au long de mon interminable cursus scolaire, j'ai retenu ma vraie nature. J'ai fait ce qu'on attendait de moi, tout en établissant furtivement la liste de tous les immeubles en vente que je croisais : je demandais leur prix affiché, leur prix de vente, le nombre de semaines sur le marché. Je rôdais dans les parages des ventes aux enchères pour saisie, une habitude dont j'avais du mal à me défaire. Comme Celeste, j'ai eu 20 en chimie organique. Puis, au deuxième semestre, j'ai fait biochimie, puis une année de physique dans un labo en dernière année. Le docteur Petout, qui m'avait rencontré à l'époque où je me noyais, ne m'a plus jamais quitté des yeux. À l'exception de cette moitié de semestre, j'étais un bon élève, mais même après avoir retrouvé mon niveau, il a toujours pensé que je pouvais faire mieux. Il m'a enseigné à apprendre mes cours, une fois, puis encore une autre, et à étudier jusqu'à ce que la réponse à chaque question soit codée dans mes empreintes digitales. Je lui avais dit que je voulais devenir médecin et il me croyait. Quand le temps des stages pratiques est arrivé, non seulement il m'a écrit une lettre de recommandation, mais il a remonté vingt pâtés de maisons à pied pour apporter en personne ma candidature au directeur des admissions de l'école de médecine de Columbia.

Le fait que je n'aie jamais eu aucune envie de devenir médecin représentait seulement la note en bas de page d'une histoire qui n'intéressait personne. Il paraît inimaginable que quelqu'un puisse réussir des études aussi difficiles que celles de médecine sans en avoir vraiment envie, mais je me suis révélé appartenir à l'ancienne et noble tradition de l'autodiscipline. Je pense qu'au moins la moitié des étudiants de ma promo auraient préféré être n'importe où ailleurs. Nous répondions aux attentes qui avaient été placées en nous : on attendait des fils de médecins qu'ils deviennent médecins pour honorer la tradition ; on attendait des immigrés qu'ils deviennent médecins pour améliorer la vie de leurs familles ; on attendait des fils qu'on avait poussés à travailler le plus dur, et à être les plus intelligents, qu'ils deviennent médecins, parce qu'à l'époque les enfants intelligents choisissaient médecine. Les femmes n'avaient pas encore le droit de s'inscrire en premier cycle à Columbia, mais une poignée d'entre elles fréquentaient mes cours en fac de médecine. Allez savoir, peut-être que c'étaient elles qui avaient le plus envie d'être là. Personne n'attendait que sa fille devienne médecin en 1970, les filles devaient encore se battre pour y arriver. M & C, comme on appelait l'université de Médecine & Chirurgie, avait une troupe de théâtre florissante constituée de comédiens étudiants en médecine. Assister aux spectacles de M & C – les sinistres futurs radiologues et urologues, avec un centimètre d'eyeliner sur les yeux, braillant une joyeuse chanson – permettait de découvrir ce qu'ils auraient fait de leur vie, si cette vie leur avait entièrement appartenu.

La première journée d'orientation a eu lieu dans un amphithéâtre avec des sièges de stade. Divers membres du corps professoral ont exposé des cas impossibles en nous disant que d'ici la fin de l'année, nous serions en mesure, sinon de les résoudre, du moins d'avoir la compétence d'en discuter. Le chef de la chirurgie cardiaque a profité du stage pour chanter les louanges du programme de chirurgie cardiaque, et les garçons qui avaient promis à leurs mères de devenir chirurgiens du cœur ont sifflé, et hurlé, et applaudi, chacun pensant que ce serait lui, un jour, qui deviendrait le roi du monde. Puis un neurologue a fait son apparition et d'autres spectateurs l'ont acclamé. L'un après l'autre, chaque organe avait son heure de gloire : Reins ! Poumons ! Oh, quel rayonnement ! On était la plus intelligente bande d'idiots du secteur.

Quand j'étais à l'école de médecine, j'avais un téléphone dans mon appartement. Comme nous tous. Même en première année, ils voulaient qu'on sache qu'on pouvait à tout moment nous appeler pour nous demander de rejoindre l'hôpital immédiatement. Mon téléphone sonnait quand je suis arrivé à la porte de chez moi. Ça se passait durant ma deuxième semaine de cours.

"J'ai une nouvelle *totalement* géniale", a dit Maeve. Le prix des appels longue distance baissait à 18 heures, puis de nouveau à 22 heures. Il était 22 h 05.

“Je suis tout ouïe.

— J’ai déjeuné avec Maître Gooch aujourd’hui, un déjeuner amical, il pense qu’il est censé jouer un rôle de père maintenant. Au milieu du déjeuner il a fait allusion au fait qu’Andrea l’a contacté.”

À une époque, cette nouvelle m’aurait revigoré, mais j’étais trop épuisé pour m’y intéresser. Si je commençais immédiatement mes devoirs, j’avais une chance de me coucher à 2 heures du matin. “Et alors ?

— Elle l’a appelé pour lui dire qu’elle pensait que c’était excessif de t’envoyer en école de médecine. D’après elle, le fonds payait uniquement l’université.

— Qui lui a mis ça en tête ?

— Personne. Elle invente. Elle a dit qu’elle avait accepté Choate parce que tu venais de perdre ton père, mais à ce stade elle a l’impression qu’on est en train d’arnaquer le fonds.

— On est en train d’arnaquer le fonds.” Je me suis assis sur mon unique chaise de cuisine et je me suis appuyé contre la petite table. Le téléphone était dans la cuisine, ce que j’appelais le placard de cuisine. J’ai suivi la trace d’un cafard qui dévalait le devant de l’armoire métallique jaune avant de se glisser sous la porte.

“Il m’a dit qu’elle avait vérifié le tarif de Columbia et que c’était l’école de médecine la plus chère de tout le pays. Tu le savais ? Numéro un. Elle dit que ça prouve que tout ça est un complot contre elle, et que tu pourrais aller à U-Penn, qui coûte deux fois moins cher, et laisser un peu d’argent aux filles. Elle lui a dit qu’elle allait purement et simplement arrêter de payer pour Columbia.

— Mais c’est pas elle qui paye Columbia. C’est le fonds.

— Dans sa vision, le fonds, c'est elle."

Je me suis frotté les yeux et j'ai adressé un signe de tête approbateur à mon interlocuteur absent. "Eh bien qu'en dit Maître Gooch ? Elle a des chances ?

— Aucune !" La voix joyeuse de Maeve a crié dans mes oreilles. "Il a dit que tu pouvais passer le reste de ta vie à l'école.

— Sauf que ça n'arrivera pas.

— Qu'est-ce que t'en sais ? Il y a encore plein de matières fascinantes. Tu pourrais vivre une vie entière de pur esprit."

J'ai repensé au labyrinthe infini que constituait le centre médical Columbia-Presbytarian, nos professeurs en blouses blanches descendant les couloirs, telles des divinités dans le ciel. "Je ne veux pas être médecin. Tu le sais, non ?"

Maeve ne s'est pas laissé décourager. "Personne ne te demande d'*être* médecin, juste de faire des études de médecine. À la fin tu peux jouer un médecin à la télé si ça te chante. Tu peux exercer n'importe quelle profession, du moment qu'elle exige de très très longues études.

— Retourne aider les pauvres." Maeve donnait un cours du soir pour apprendre à faire son budget, dans une organisation caritative catholique, et le mardi soir elle restait tard pour noter leurs cahiers et corriger leurs calculs. "Faut que je me mette au travail.

— J'aurais aimé que cette nouvelle te réjouisse. Mais la vérité, c'est que ça n'a aucune importance. Je suis largement heureuse pour deux."

Dans un futur proche, le bonheur avait été ajourné. J'étudiais l'histologie humaine, l'embryologie et l'anatomie macroscopique. Les leçons de chimie que le docteur Petout avait fait entrer dans ma tête tenaient bon : je répondais à chaque question à la fin de chaque chapitre, puis le matin je me réveillais et j'y répondais à nouveau. On nous mettait par groupes de quatre, on nous donnait un cadavre, une scie et un scalpel, et on nous disait d'aller au travail. Le seul autre cadavre que j'avais vu jusqu'alors, c'était mon père, et je n'avais aucun mal à imaginer un groupe de blouses blanches perchées, tels des vautours, autour de son lit, attendant d'ouvrir son corps. Démonter, remonter. Notre cadavre était plus vieux que mon père, c'était un homme plus petit, au teint mat. Sa bouche était ouverte de la même horrible façon, comme si tenter de respirer une dernière fois, et échouer, était le dernier geste universel. J'aurais imaginé que pour découper un homme et l'étiqueter, j'aurais dû ressentir au moins un minimum de curiosité, mais ce n'était pas le cas. Je l'ai fait parce que c'est la tâche qu'on nous avait attribuée. Certains de mes camarades de classe ont vomi dans le labo ce premier jour, d'autres ont réussi à se retenir jusque dans le couloir, voire les toilettes, mais le carnage qu'on a accompli ne m'a pas touché jusqu'à ce que je me retrouve dehors, l'odeur douceâtre du formaldéhyde encore incrustée dans mes narines. J'ai vomi sur le trottoir de Washington Heights avec les junkies et les alcoolos.

J'étais sorti occasionnellement avec Celeste, au début et à la fin de mes années de fac. J'étais aussi sorti avec d'autres filles. Sortir avec des filles était une activité qui exigeait de la prévenance, de l'organisation et du temps, et à l'école de médecine je ne disposais d'aucun de ces luxes. Sortir avec Celeste me donnait à peine le sentiment de sortir avec une fille. Elle n'attendait presque rien de moi, et me donnait le maximum en échange. Elle était agréable et joyeuse, jolie sans que sa beauté ne devienne une obsession. Quand j'allais à Philadelphie en train, elle m'accompagnait. Avec Maeve on la conduisait à Rydal mais Celeste n'insistait jamais pour que je passe du temps avec sa famille. Maeve et Celeste s'aimaient encore beaucoup à l'époque. Maeve était heureuse parce que l'école de médecine de Columbia était très chère, avait d'excellents classements et ne m'offrait aucune aide financière. Celeste était heureuse parce qu'elle était plus au nord que le campus principal de Columbia, et par conséquent plus accessible pour elle depuis Thomas-More, où elle était encore en premier cycle d'anglais. Mon minuscule appartement était à deux pâtés de maisons de l'école de médecine, et Celeste descendait du Bronx après son dernier cours du vendredi après-midi pour rester avec moi jusqu'au moment de reprendre son service à la réception du bureau du doyen, le lundi matin. À l'époque où j'étais en premier cycle, on s'adaptait à l'emploi du temps de mon coloc, mais à l'école de médecine on est tombés dans une organisation de mariage-sur-trois-jours-par-semaine qui, rétrospectivement, était probablement le maximum de mariage dont on était capables. On obéissait aux règles qui avaient été établies lors de notre rencontre en train : je devais travailler et elle devait me laisser tranquille. Mais on vivait aussi dans l'Amérique de 1969 : la guerre continuait en arrière-plan, les manifestants remplissaient les rues, les étudiants occupaient toujours les bureaux de l'administration, et on disposait d'autant de sexe sans culpabilité, sous protection du diaphragme, que le temps le permettait. J'associerai éternellement l'étude de l'anatomie humaine non pas à mon cadavre, mais au jeune corps de Celeste allongé, nu, sur mon lit. Elle me laissait caresser chaque muscle et chaque os, et les nommer au fur et à mesure. Je tâtonnais pour trouver les parties invisibles de son corps et, ce faisant, j'ai appris à me l'attacher étroitement. Le peu de joie que j'avais à l'époque, c'est avec Celeste que je l'ai partagée – les nouilles chinoises au-dessus de mes moyens, qu'on mangeait dans des boîtes en carton blanc sur le toit de l'hôpital au milieu de la nuit, la fois où son prof de français lui a donné des tickets gratuits pour *Macadam Cowboy*, en pensant qu'ils iraient ensemble. Tout se passait merveilleusement entre nous, jusqu'au jour où elle a commencé à penser à son diplôme imminent. Elle voulait faire des plans pour l'avenir. C'est alors qu'elle m'a dit qu'il faudrait qu'on se marie.

"Je ne peux pas me marier au bout d'un an d'école de médecine." Je n'ai pas précisé que je ne voulais pas me marier tout court. "Les choses vont devenir plus difficiles, pas plus faciles.

— Mais mes parents ne vont pas vouloir qu'on vive ensemble, et ils ne voudront jamais me payer un appartement en attendant que tu aies fini. Ils n'ont pas les moyens.

— Eh bien tu trouveras un boulot, pas vrai ? C'est ce que tout le monde fait en sortant de la fac."

Aussitôt j'ai compris que c'était *moi* qui étais censé être le boulot de Celeste. Les cours de poésie et la thèse de doctorat sur Trollope, c'était bien beau, mais son vrai sujet d'étude, c'était moi. Elle avait l'intention de nettoyer l'appartement minuscule et de préparer le dîner et, à la fin, d'avoir un bébé. Les femmes avaient lu des livres sur leur propre libération, mais peu d'entre elles l'avaient appliquée en acte. Celeste n'avait pas la moindre idée de ce qu'elle était censée faire d'une vie qui lui appartenait entièrement.

"Tu es en train de me quitter.

— Je ne suis pas en train de te quitter." Ce que je voulais, c'était ce que j'avais déjà : trois nuits par semaine. Et, pour être parfaitement honnête, j'aurais préféré deux. Je n'arrivais pas à comprendre pourquoi il fallait absolument qu'elle dorme chez moi le dimanche, ce qui l'obligeait à se lever aux aurores le lundi matin pour attraper son train qui la ramenait à la fac.

Celeste s'est assise sur le lit et elle a regardé fixement, à travers la fenêtre, le conduit d'aération crasseux et le mur en briques au-delà. Elle était assise, dos voûté, ses jolies boucles blondes emmêlées sur ses épaules affaissées, et j'avais envie de lui dire de se tenir droite. Toute sa vie se serait tellement améliorée si elle avait été capable de se tenir droite.

"Si notre relation n'avance pas, alors ça veut dire que tu es en train de me quitter.

— Je ne suis pas en train de te quitter", j'ai répété, mais sans m'asseoir sur le lit à côté d'elle, et sans lui tenir la main.

Ses yeux invraisemblablement ronds débordaient de larmes. "Pourquoi tu refuses de m'aider ?" elle a demandé, d'une voix tellement faible que je l'entendais à peine.

*

"L'aider ? a dit Maeve. Elle n'est pas en train de te demander de changer un pneu. Elle veut que tu l'épouses."

J'étais rentré en train pour le week-end. J'avais besoin de parler avec ma sœur. J'avais besoin de réfléchir sans Celeste dans mon lit où, en dépit du fait qu'elle insistait continuellement pour dire que j'étais en train de la quitter, elle persistait à dormir du vendredi au lundi. J'étais rentré chez moi pour remettre de l'ordre dans ma vie.

Maeve a dit qu'elle avait un paquet de cigarettes pour les urgences dans la boîte à gants et on a décidé que c'était le bon moment pour rechuter. En ce début de printemps, les feuilles et les fleurs cachaient déjà notre vue sur la Maison des Hollandais. Des roitelets patrouillaient sur le trottoir, à la recherche de brindilles. "Tu ne peux pas l'épouser au bout d'un an d'école de médecine, c'est totalement dingue ! Elle n'a aucun droit de te demander une chose pareille. Et même quand tu seras sorti de l'école, et que tu seras en internat, ça sera encore pire. Tu n'auras pas une minute à toi avant d'avoir fini."

Telle qu'elle se présentait, l'école de médecine faisait passer mes années de premier cycle pour une longue partie de badminton. Je n'étais pas sûr de savoir comment tout gérer à partir du moment où les choses empiraient. Et les choses n'arrêtaient pas d'empirer. "Quand j'aurai fini l'internat, je n'aurai pas une minute à moi. Je commencerai à exercer, je travaillerai. À moins que je ne commence pas à exercer, parce que je n'ai aucune intention de devenir médecin, si bien qu'il faudra que je me mette à chercher un boulot, et ça ne sera pas non plus le bon moment. Je peux dire ça pour le reste de ma vie, tu ne crois pas ? Ce n'est pas le bon moment." Pourtant le docteur Petout m'avait dit que ce serait différent. Il disait que la première année était la pire, puis la deuxième, puis la troisième. Il disait que l'essentiel consistait à apprendre une nouvelle méthode de travail, et que plus j'avancerais, plus ça deviendrait fluide. Je n'avais pas parlé de Celeste au docteur Petout.

Maeve a enlevé la cellophane du paquet. Elle avait à peine allumé sa cigarette que j'ai compris qu'elle n'avait jamais vraiment arrêté. Elle avait l'air trop naturelle, trop détendue. "Alors ce n'est pas une question de bon ou de mauvais moment. Tu mérites de te marier et ce ne sera jamais le bon moment.

— Les diabétiques ne devraient pas fumer." J'avais assez avancé dans mes études pour le savoir. En fait, pas besoin de faire des études de médecine pour le savoir.

"Les diabétiques ne devraient rien faire du tout.

— Tu as testé ta glycémie ?

— Bon Dieu, tu vas pas te mettre à m'interroger sur ma glycémie ? Change pas de sujet. Tu vas faire quoi pour Celeste ?

— Je pourrais l'épouser pendant l'été." J'avais pris un ton sec parce qu'elle m'avait parlé sèchement, mais je l'ai à peine dit qu'à mon grand étonnement, j'ai entrevu que c'était faisable. Pourquoi pas ? Un appartement propre, des bons repas, des tonnes de sexe, une Celeste heureuse, un niveau de vie adulte que je n'avais pas encore envisagé. J'ai répété les mots, juste pour les sentir sortir de ma bouche. Mais ça sonnait un peu comme du blabla. *Je pourrais l'épouser pendant l'été.* Tous les scénarios différents avec lesquels j'avais joué dans ma tête jusqu'alors impliquaient de décevoir Celeste – elle souffrirait et je me sentirais coupable, et ensuite, après la rupture, la fille nue dans mon lit me manquerait. Mais je n'avais jamais envisagé de dire oui, en me contentant de voir les choses comme un mauvais moment, dans la longue chaîne de mauvais moments qui m'attendaient. Peut-être que l'épouser maintenant ne serait pas pire. Peut-être que ça serait mieux.

Maeve a approuvé de la tête, comme si c'était ce à quoi elle s'attendait. "Tu te souviens de l'époque où Andrea et papa se sont mariés ?

— Bien sûr." Elle ne m'écoutait pas.

"C'est bizarre, mais dans mes souvenirs je confonds toujours leur mariage et l'enterrement.

— Non, je fais pareil. D'après moi c'est à cause des fleurs.

— Tu crois qu'il l'aimait ?

— Andrea ?" Comme si on avait pu parler de quelqu'un d'autre. "Absolument pas."

Maeve a encore opiné et elle a soufflé une longue traînée de fumée par la vitre. "Je crois qu'il en avait marre d'être seul, voilà ce que je crois. Je crois qu'il y avait cet énorme trou dans sa vie, et Andrea était toujours dans les parages, en train de lui dire qu'elle était la personne capable de boucher ce trou, jusqu'à ce qu'il décide de la croire.

— À moins qu'il en ait eu marre de l'écouter.

— Tu crois qu'il l'a épousée juste pour l'obliger à la boucler ?"

J'ai haussé les épaules. "Il l'a épousée pour mettre fin à la conversation portant sur la question de savoir s'ils devaient se marier ou non." J'ai compris instantanément de quoi on parlait vraiment.

"Donc tu aimes Celeste et tu veux passer ta vie avec elle." Elle ne me posait pas une question. Elle voulait juste s'en assurer, et qu'on en finisse.

Je ne me marierais pas pendant l'été. L'idée a disparu aussi vite qu'elle était venue, et le sentiment qu'elle m'a laissé était le mélange auquel je m'étais attendu : tristesse, exaltation, perte. "Non, pas comme ça."

Pendant un moment on a médité la décision qui venait d'être prise. "Tu es sûr ?"

J'ai fait oui de la tête, allumé une deuxième cigarette. "Pourquoi on ne parle jamais de ta vie amoureuse à toi ? Ça me ferait des vacances.

— À moi aussi, a dit Maeve, mais il se trouve que je n'en ai pas."

Je l'ai regardée droit dans les yeux. "Je ne te crois pas."

Et ma sœur, qui était capable de soutenir le regard d'une chouette, a détourné le visage. "Eh bien tu as tort."

*

À mon retour de Jenkintown, Celeste a décidé que tout était la faute de Maeve. "Elle t'ordonne de me quitter trois semaines avant les examens de dernière année ? Comment c'est possible de faire une chose pareille ?"

On était dans mon appartement. Je lui avais demandé de ne pas faire le trajet jusque chez moi, en disant que je prendrais le train pour venir discuter chez elle, mais elle a dit que c'était ridicule. "On ne va quand même pas parler sous le nez de ma coloc.

— Maeve ne m'a jamais ordonné de te quitter. D'ailleurs elle ne m'a rien dit du tout. Elle s'est contentée d'écouter.

— Elle t'a dit de ne pas m'épouser.

— C'est faux.

— Et puis c'est quand même bizarre d'aller raconter ce genre de trucs à sa sœur. D'après toi, quand mon frère était en train d'hésiter à faire dentaire, il s'est pointé dans le Bronx pour qu'on puisse tirer tout ça au clair ? Les gens ne *font* pas ça. C'est pas naturel.

— Peut-être qu'il est allé parler à quelqu'un d'autre." J'ai été envahi par une bouffée furtive d'irritation, que j'ai laissée se transformer en colère, la colère étant infiniment préférable à la culpabilité. "Et peut-être que s'il a fait ça, c'est parce qu'il savait que tu ne l'aurais pas écouté. Ou peut-être qu'il en a parlé avec tes parents parce que toi, tu *as* des parents. Moi j'ai Maeve, tu comprends ? C'est tout."

Celeste a senti qu'elle perdait la partie et elle a changé de tactique, comme un petit voilier sur un étang, par grand vent. "Oh, Danny." Elle a posé la main sur mon bras.

"Laisse tomber, j'ai dit, comme si c'était moi qui allais souffrir dans l'histoire. Ça ne peut pas marcher, c'est tout. Pas besoin de dire que c'est la faute de quelqu'un. C'est juste pas le bon moment."

Et cette petite formule conciliante, que le hasard m'avait soufflée, l'a poussée dans mon lit une dernière fois. Après elle a dit qu'elle voulait passer la nuit avec moi, qu'elle partirait tôt le matin, mais j'ai refusé. Sans ajouter un mot on a réuni ses affaires et on a fait le trajet en train jusqu'au Bronx côte à côte, chacun avec un sac posé sur les genoux.

# CHAPITRE DIX

J'ai particulièrement réussi mon stage de chirurgie. J'étais consciencieux comme tous mes camarades, mais deux fois plus rapide, ce qui prouve seulement que le basket m'avait été très utile. C'est grâce à la vitesse que les hôpitaux gagnaient de l'argent, donc la précision avait beau être appréciée, la vitesse vous sortait du lot. Juste avant la cérémonie de remise des diplômes, l'assistant a insisté pour que je refasse trois ans d'une sous-spécialité en chirurgie thoracique après l'internat. Je venais de passer deux heures à assister à une lobectomie du lobe inférieur droit et il avait admiré l'ingéniosité de mes nœuds. On était assis dans une salle minuscule encombrée de deux lits superposés et d'un bureau, un endroit où on était censés dormir vingt minutes entre deux opérations. Je n'arrêtais pas de penser que je devais encore sentir le sang et je me suis levé me laver le visage pour la deuxième fois dans le petit évier dans le coin, tandis que l'assistant blablatait sur la rentabilité de mon talent. Je n'étais pas vraiment d'humeur, et tout en me séchant avec des serviettes en papier, je lui ai dit que j'avais peut-être du talent, mais aucune intention de le mettre à profit.

“Et alors qu’est-ce que vous faites ici ?” Il souriait, prévoyant déjà la chute à laquelle conduisait sans aucun doute ma plaisanterie.

J’ai secoué la tête. “C’est une histoire de rotation. Ce n’est pas mon tour.” C’était inutile d’expliquer. Ses parents étaient probablement arrivés du Bangladesh dans l’espoir qu’un jour leur fils devienne chirurgien à New York. Toute sa famille avait sans aucun doute été écrasée sous une masse de dettes et il aurait été malvenu de lui parler des efforts nécessaires pour liquider le fonds de financement d’une scolarité.

“Écoutez, il a dit, en enlevant sa blouse et en la jetant à la poubelle. Les chirurgiens sont les rois. Si vous avez les moyens d’être un roi, ça n’a aucun sens d’être un valet, pas vrai ?”

Je pouvais discerner tous les os de sa cage thoracique. “Je suis un valet.”

Il a éclaté de rire, même si ma blague était ratée. “Il y a seulement deux genres d’hommes qui sortent d’ici : les chirurgiens et ceux qui n’ont pas réussi à être chirurgiens. C’est tout. Vous ferez partie des chirurgiens.”

Je lui ai dit que j’allais y réfléchir, histoire de le faire taire. J’avais déjà épuisé quatorze minutes sur mes vingt de pause et chaque minute comptait. J’étais exténué comme je ne l’avais jamais été de toute ma vie. J’avais envie de lui dire que je ne ferais pas d’internat, ni d’ailleurs de stage. L’école de médecine serait bientôt finie et je m’en irais déchiffrer les mystères de l’immobilier et je partirais d’ici sans me retourner.

Sauf que je ne l’ai pas fait. J’ai essayé, et échoué, et réessayé, et re-échoué. Les immeubles restaient sur le marché pendant des années avant d'être vendus pour une fraction de leur valeur. J'ai vu des immeubles vendus aux enchères pour la somme minable de 1 200 dollars, et même quand ils étaient devenus des carcasses incendiées recouvertes de graffitis, même quand le dernier carreau de fenêtre avait reçu une brique, je me rêvais en leur sauveur. Attention, pas le sauveur des gens, des potentiels habitants de ces immeubles. Je ne me voyais pas comme le grand sauveur idéaliste des hommes et des femmes qui peuplaient les couloirs des urgences, attendant désespérément que je leur accorde une minute. C'est les immeubles que je désirais. Mais pour cela, je serais obligé de payer les arriérés d'impôts, d'acheter des portes, de réparer les fenêtres, de payer l'assurance. Je serais obligé de me débarrasser des squatters et des rats. Et je n'avais aucune idée de comment j'y parviendrais.

En dépit de toutes les promesses que je m'étais faites, j'ai fait mon internat de médecine à Albert-Einstein dans le Bronx. Non seulement il n'y avait pas de frais de scolarité ("D'accord, a dit Maeve, je l'ignorais"), mais ils me payaient. À ce stade, le fonds était uniquement obligé de payer mon loyer et de me verser une petite allocation couvrant mes dépenses, que j'économisais. J'avais totalement cessé d'arnaquer Andrea, si du moins je l'avais jamais fait. J'avais cessé de venger ma sœur. En fait j'étais en train d'achever mes études de médecine. Je m'entendais bien avec les membres de mon équipe, j'impressionnais la faculté, j'aidais mes patients, et chaque jour qui passait renforçait les leçons que j'avais apprises en chimie : inutile d'aimer votre travail pour y exceller. Je suis resté en internat à Albert-Einstein, et j'avais beau continuer mes rares visites à la fac de droit de Columbia, où je me mettais au fond pour écouter un cours sur le droit immobilier, ces virées étaient en tout petit nombre et très espacées. Je suivais le marché immobilier comme les autres hommes suivaient le baseball : je mémorisais les statistiques sans jamais jouer sur le terrain.

Le docteur Petout gardait un œil sur moi, à moins que, comme il l'aurait formulé, nous ne soyons devenus amis. Il m'invitait à prendre un café toutes les trois ou quatre semaines, et ne me lâchait pas tant que nous n'avions pas fixé une date. Il parlait de ses étudiants, je me plaignais de ma charge de travail. On parlait de la politique interne du département ou, quand on était au mieux de notre forme, de sciences. Je ne parlais pas d'immobilier avec lui, et ne lui demandais pas non plus si la chimie était sa vocation. Ça ne m'aurait pas traversé l'esprit. La serveuse nous a apporté nos cafés.

"On va à Londres cet été. On a loué un appartement à Knightsbridge. Deux semaines entières. Notre fille travaille là-bas, Nell. Tu connais Nell.

— Je connais Nell."

Le docteur Petout mentionnait rarement sa famille, soit par respect de ma situation personnelle, soit parce que ce n'était pas dans la nature de notre relation, mais en ce jour précis du printemps, il était trop heureux pour garder sa vie personnelle pour lui. "Elle est restauratrice d'art. Elle est partie là-bas il y a trois ans pour un post-doc qui s'est transformé en travail à plein temps. D'après moi elle ne reviendra jamais."

Le baiser au champagne que j'avais échangé avec Nell Petout des années auparavant, pour un Nouvel An chez son père, était hors sujet. Elle était entrée dans la chambre de ses parents pendant que je farfouillais dans une pile de manteaux noirs sur le lit, à la recherche du manteau noir appartenant à Celeste. La chambre était plongée dans l'obscurité, à un million de kilomètres du salon envahi de musique et de rires bruyants. Nell Petout. On avait basculé sur la pile de manteaux pendant quelques minutes avant de nous redresser.

"On n'est pas allés la voir une seule fois depuis son départ, a poursuivi son père. On l'oblige toujours à venir. Mais Alice a fini par obtenir le don principal pour la campagne du bâtiment de sciences de la santé. Depuis cinq ans elle chassait désespérément cette somme. Alice les a menacés de démissionner s'ils ne lui accordaient pas un congé."

Alice Petout, qui m'avait si gentiment fait une place à sa table toutes ces années, travaillait au bureau du développement de l'école de médecine de Columbia. Je me suis demandé si j'en avais jamais su davantage sur son travail. Je me suis demandé si le docteur Petout me disait toujours la même chose depuis des années : le boulot de sa femme consistait à trouver de l'argent pour construire un nouveau bâtiment de sciences de la santé. Je me suis demandé si Alice me l'avait raconté elle-même et si j'avais juste échoué à enregistrer l'information. Il m'arrivait de la croiser de temps en temps, traversant le campus. Elle me posait des questions sur mes cours. M'arrivait-il de lui renvoyer une question, histoire d'obéir au principe d'une conversation courtoise, ou est-ce que je me contentais de répondre en attendant qu'elle change de sujet ?

"Maintenant ils passent les tableaux aux rayons X, était en train de dire le docteur Petout, pour déterminer s'il y a un autre tableau en dessous. L'art du *pentimento* sans se fatiguer.

— Où ça ?" j'ai demandé. J'ai pressenti ce qui était en train d'arriver avant de le comprendre totalement – mon avenir, ce moment.

"À la Tate, a dit le docteur Petout. Nell travaille à la Tate."

J'ai bu une gorgée de café, en comptant jusqu'à dix. "Où est-ce qu'ils vont construire le nouveau bâtiment des sciences de la santé ?"

Il a fait un geste de la main, comme pour indiquer quelque part là-haut, vers le nord. "Aucune idée. On pourrait se dire que c'est la priorité, mais ils ne prennent aucun engagement avant d'avoir obtenu le plus gros don. J'imagine qu'il faut que le bâtiment se trouve quelque part près de l'Armory. Tu es au courant de ce qui va se passer pour l'Armory ? Quel désastre."

J'ai fait oui de la tête, et quand la serveuse a apporté l'addition, je l'ai prise. Le docteur Petout a essayé de payer, mais pour la première fois depuis qu'on se connaissait, j'ai gagné.

J'ai fait un saut à la librairie de Columbia pour acheter des cartes du campus du centre médical et de Washington Heights avant de me diriger vers le Bronx. Les étudiants de premier cycle que j'ai croisés avaient l'air d'ados de quatorze ans, cheveux hirsutes et pieds nus en route pour la plage. Je me suis assis sur les marches de la bibliothèque Butler devant South Field et j'ai déplié mes achats. Comme le docteur Petout, il me semblait que la zone proche du Track and Field Armory était inévitable, même si l'école de médecine n'était pas encore parvenue à cette conclusion. L'Armory allait bientôt être transformé en un foyer de mille huit cents lits pour les sans-abris, ce qui sans aucun doute ferait baisser les prix des parkings environnants. Ils n'étaient pas difficiles à trouver. À la fin de la semaine, j'avais deux contrats avec une période de diligence raisonnable de six mois. Après toutes ces années à frapper à une porte fermée, je trouvais la porte grande ouverte. Le vendeur était un homme convaincu depuis longtemps de ne pas avoir d'autre option. Il avait renvoyé son courtier et arborait une chemise avec cravate le jour de notre rendez-vous, plein d'espoir de pouvoir tout gérer lui-même. Il était suffisamment à bout pour accepter le marché que je lui ai proposé. Je lui ai dit que j'étais médecin et que les médecins n'avaient pas de parking sûr où se garer. Je l'ai fait rire en lui disant que ça expliquait pourquoi aucun d'entre nous n'avait de voiture. Je lui ai plu assez pour qu'il se montre désolé de me fourguer deux parkings qui étaient en vente depuis trois ans. Il a pensé que je me faisais harakiri quand j'ai demandé d'ajouter une clause spécifique au contrat : il renoncerait à son droit de changer d'avis, et je renoncerais au mien. On était coincés ensemble dans ce contrat. Le vendeur recevait la promesse de sortir de ce marché avec de l'argent en main dans six mois. L'acheteur promettait de trouver cet argent en échange des parkings. Rétrospectivement, ça paraissait parfaitement évident, mais à l'époque j'aurais pu aussi bien risquer ma peau à un jeu de dés, en lançant le dé par-dessus mon épaule. J'étais en train d'acheter deux parkings situés à côté d'un énorme foyer pour sans-abris. Je misais une somme que je n'avais pas en faisant l'hypothèse que je deviendrais propriétaire du terrain situé sous un bâtiment qui n'avait pas encore de localisation. Je pariais que la décision concernant cette localisation serait prise avant que je ne doive faire un emprunt qu'on ne m'accorderait jamais.

Cinq mois plus tard, j'ai vendu les parkings à l'université de Médecine et de Chirurgie, et grâce aux recettes considérables j'ai payé le vendeur, obtenu un prêt du Fonds pour l'habitat, et versé des arrhes sur mon premier immeuble sur la 116e Rue Ouest. La majorité des dix-huit appartements étaient occupés, et la vitrine au rez-de-chaussée était divisée entre une laverie et un traiteur chinois – deux commerces qui marchaient bien. Selon le Comp & Ben, l'immeuble était sous-évalué de douze pour cent. Je trouvais enfin un travail dépassant mes ressources. Je n'étais pas médecin. J'étais enfin moi-même. J'aurais laissé tomber sans hésiter mon internat, le jour de la signature du dépôt fiduciaire, mais Maeve a refusé.

"Tu pourrais encore faire un doctorat en chimie, elle a dit au téléphone. Tu aimais la chimie."

Je n'aimais pas la chimie, il s'était juste trouvé que j'étais bon en chimie. On avait déjà eu cette conversation.

"Alors envisage une école de commerce. Ça te serait très utile, ou des études de droit. Tu serais invincible avec un diplôme de droit."

La réponse était non. Ma carrière était là, ou du moins son commencement. J'étais plus proche de l'insurrection que jamais.

"Eh bien, ça n'a pas de sens d'arrêter maintenant. Finis ce que tu as commencé."

Maeve a accepté de tenir ma comptabilité et de gérer les codes d'échange fiscal pendant que je retournais à

Albert-Einstein pour achever les cinq mois et quelques. Je n'ai pas eu à le regretter. Ces derniers mois ont été la seule période de mes études de médecine qui m'a rendu heureux, parce que je savais que je m'apprêtais à claquer la porte. J'ai acheté deux brownstones aux enchères, l'un pour 1 900 dollars et l'autre pour 2 300 dollars. Deux désastres. Deux biens à moi.

Trois semaines plus tard, je me suis retrouvé à l'Immaculée-Conception à Jenkintown, pour assister à l'enterrement de M. Martin, mon entraîneur de basket au lycée. Cancer du poumon non à petites cellules, à l'âge de cinquante ans, alors qu'il n'avait jamais fumé de toute sa vie. M. Martin s'était montré très gentil avec moi, dans les jours de tempête qui avaient suivi la mort de mon père, et je me suis souvenu de sa femme, assise sur les gradins pendant tous les matchs pour encourager l'équipe, notre mère à tous. Une réception au sous-sol de l'église a suivi l'enterrement, et quand j'ai vu une fille en robe noire, ses cheveux blonds soigneusement attachés, je me suis approché pour toucher son épaule. Dès que Celeste s'est retournée, je me suis rappelé tous les petits détails qui m'avaient toujours plu chez elle. Je ne ressentais aucune rancœur, aucune distance. Je me suis penché pour embrasser sa joue et elle m'a serré la main, comme elle aurait pu le faire, si nous projetions depuis toujours de nous retrouver dans ce sous-sol après l'enterrement. Celeste avait été amie avec la fille des Martin, un détail que j'avais soit oublié, soit ignoré.

J'avais beaucoup appris sur Celeste depuis notre rupture : j'avais fini par comprendre que sa volonté de ne pas déranger avait dû lui coûter des efforts. Je n'étais même pas conscient de ma gratitude, jusqu'au moment où je me suis retrouvé avec d'autres femmes qui voulaient me lire des articles du journal le matin, alors que j'étais plongé dans mes révisions, ou me lire leur horoscope, ou mon horoscope, ou expliquer ce qu'elles ressentaient pour moi, tout en pleurant parce que je n'avais jamais expliqué ce que je ressentais pour elles. Au contraire, Celeste se contentait de rester là, plongée dans son interminable roman anglais. Elle ne posait pas bruyamment les assiettes, histoire d'attirer mon attention, ni ne marchait sur la pointe des pieds, histoire d'exhiber sa prévenance en évitant de faire du bruit. Elle pelait une pêche et la coupait en morceaux qu'elle posait sur une assiette, ou me préparait un sandwich qu'elle laissait sans un mot sur la table, exactement comme Sandy et Jocelyn le faisaient autrefois. Celeste avait fait de moi son travail avec une telle habileté que je ne m'en étais même pas aperçu. Il avait fallu qu'elle parte pour que je comprenne qu'elle avait dormi chez moi les dimanches parce que c'était le dimanche qu'elle lavait les draps et le reste du linge, puis faisait le lit avant de s'y recoucher.

Elle et moi, on a repris là où on s'était arrêtés, ou plutôt on a repris au moment le meilleur qu'on avait atteint quelques mois avant la rupture. Elle était retournée vivre chez ses parents à Rydal. Elle apprenait à lire aux élèves de l'école primaire publique. Elle a dit que New York lui manquait. Bien vite elle a repris le train le vendredi soir, en rentrant le dimanche, comme je l'avais toujours voulu. Elle préparait ses cours pendant que je voyais mes patients à l'hôpital. Si ses parents désapprouvaient l'immoralité de notre accord, ils n'en ont jamais rien dit. Celeste était en train de conclure une affaire, et ils la laisseraient libre de procéder à sa manière.

Durant toutes ces années, depuis notre rencontre dans le train grâce à mon manuel de chimie, je n'avais jamais rien révélé de mes projets à Celeste. Elle savait que je n'avais pas de parents, sans connaître les détails précis de ce que cela impliquait. Elle ignorait l'existence d'Andrea et du fonds, ou notre ancienne vie à la Maison des Hollandais. Elle ignorait que j'avais acheté deux parkings et que je les avais revendus pour acheter un immeuble, ou que je ne pratiquerais jamais la médecine. Je n'avais même pas décidé consciemment de la priver de ces informations, c'est juste que je n'avais pas l'habitude de raconter ma vie. L'internat était presque achevé et tous mes camarades avaient fini leurs entretiens d'embauche, accepté les offres, et versé des arrhes pour leur déménagement. Celeste, qui s'enorgueillissait de ne pas poser trop de questions, en était réduite à se demander où j'irais et si elle m'accompagnerait ou non. Je la voyais qui se censurait, car elle se souvenait de ce que son ultimatum avait donné la dernière fois. Je savais que cette incertitude la terrifiait, mais ça ne m'empêchait pas de lui faire l'amour et de manger les dîners qu'elle m'avait préparés et de repousser le moment de lui parler le plus longtemps possible, parce que c'était plus facile pour moi.

J'ai évidemment fini par tout lui raconter. Il était impossible de faire les choses à moitié. Une explication a conduit à une autre et on s'est vite retrouvés à remonter le temps : ma mère, mon père, ma sœur, la maison et Andrea, les filles et le fonds. Elle a tout assimilé, et au fur et à mesure que les histoires du passé se déroulaient, elle me témoignait uniquement de la bienveillance. Celeste ne se demandait pas pourquoi j'avais mis tellement de temps à lui raconter ma vie, elle considérait que tout lui raconter maintenant était une preuve de l'amour que j'avais pour elle. J'ai posé la main sur sa cuisse et elle a croisé son autre jambe par-dessus, en m'y abritant. La seule partie de l'histoire qu'elle n'arrivait pas à comprendre était le détail le moins intéressant de toute la saga : je n'allais pas devenir médecin.

"Mais comment tu as pu endurer une telle formation pour tout laisser tomber ensuite ?" On était assis sur un banc donnant sur l'Hudson. On portait tous les deux un tee-shirt, par cette fin avril. "Toutes ces études. Tout cet argent.

— C'était justement l'idée.

— Tu ne voulais pas entrer à l'école de médecine. Bien. Tu y es entré à ta manière à toi. Mais tu es médecin maintenant. Tu dois au moins essayer."

J'ai fait non de la tête. Pas très loin de nous, un remorqueur poussait une énorme barge et j'ai pris un moment pour me délecter de l'équation physique. "Je ne serai pas médecin.

— Tu ne l'as encore jamais été. Tu ne peux pas arrêter un truc que tu n'as pas commencé."

J'avais toujours le regard fixé sur le fleuve. "Si, pendant l'internat. Ça sert à pratiquer la médecine.

— Et du coup, qu'est-ce que tu vas faire de ta vie ?"

Tout me poussait à lui retourner la question, mais je ne l'ai pas fait. "Immobilier et développement. Je possède trois immeubles.

— Tu es médecin et tu vas vendre des biens immobiliers ?"

Celeste n'était pas autorisée à voter pour décider de mon avenir. "C'est un peu plus que ça." J'entendais bien la tranquille condescendance du ton que j'avais employé. Elle a refusé tout ce que je disais en bloc.

"C'est un tel gâchis." Ses yeux brillaient de colère. "Je ne comprends pas comment tu peux vivre avec une décision pareille, vraiment. Tu as pris la place de quelqu'un dans la formation, ça ne t'a pas traversé ? Quelqu'un qui voulait vraiment être médecin.

— Crois-moi, qui que ce soit, lui non plus ne voulait pas être médecin. J'ai rendu service à ce type."

Ce n'était pas moi qui avais un problème, après tout, c'était elle. Celeste avait jeté son dévolu sur un mari médecin.

*

Avec Maeve, on était en train de jouer au tennis au lycée, mais entendant la foudre éclater, elle a interrompu la partie. J'avais une raquette en aluminium et elle a dit qu'elle n'allait pas assister à mon électrocution pendant un service, si bien qu'on est remontés en voiture et on a roulé jusqu'à la Maison des Hollandais, juste histoire de vérifier la situation avant la nuit. L'été était presque fini et bientôt je retournerais en deuxième année à Choate. Ça nous faisait de la peine à tous les deux, chacun à notre manière.

"Je me souviens de la première fois que j'ai vu cette maison", a dit Maeve, sans lien avec ce qui précédait. Le ciel plombé pesait sur nous, prêt à se fendre.

"C'est impossible. Tu étais bébé à l'époque."

Elle a abaissé manuellement la vitre de la Volkswagen. "J'avais presque six ans. On a des souvenirs à partir de cet âge-là. Et je vais te dire, toi aussi tu te souviens de notre arrivée ici."

Elle avait bien sûr raison. Je me souvenais de ma vie très clairement depuis que Pluche m'avait ouvert le crâne avec la cuillère. "Et alors, raconte !

— Papa a emprunté la voiture d'un type et on a fait le trajet en voiture depuis Philadelphie. Ça devait être un samedi, à moins qu'il n'ait pris un jour de congé." Maeve s'est interrompue et elle a regardé à travers les tilleuls, en essayant de revivre ce moment. L'été, on ne voyait presque rien tellement le feuillage était épais. "En remontant l'allée, j'ai eu un choc en voyant la maison. Je ne peux pas dire ça autrement. Je veux dire, pour toi cette maison est une seconde nature, tu y es né. Tu as dû grandir en pensant que tout le monde habitait dans une maison pareille."

J'ai fait non de la tête. "Je pensais que tous ceux qui allaient à Choate habitaient dans une maison pareille."

Maeve a éclaté de rire. Elle avait beau m'avoir obligé à entrer en pension, elle se réjouissait chaque fois que j'en disais du mal. "Papa avait déjà acheté la maison et maman n'en avait pas la moindre idée.

— *Quoi ?*

— Je suis sérieuse. Il l'a achetée pour lui faire la surprise.

— Où est-ce qu'il a trouvé l'argent ?" Même à l'époque du lycée, c'était la première question qui me venait à l'esprit.

Maeve a secoué la tête. "Tout ce que je sais, c'est qu'on vivait sur la base navale et qu'il a dit qu'on partait faire une balade dans la voiture de son ami. Préparez un pique-nique ! Tout le monde en voiture ! Je veux dire, rien que l'idée était déjà dingue. C'était la première fois qu'il empruntait la voiture de quelqu'un."

La famille se composait d'eux trois. Je n'avais pas ma place sur la photo.

Maeve avait allongé un bras bronzé derrière ma tête, le long du dossier du siège. Elle m'avait trouvé un boulot chez Otterson pour l'été, consistant à compter les sacs en plastique remplis de maïs et à les fourrer dans des cartons. Le week-end on jouait au tennis au lycée. On gardait les raquettes et une boîte de balles dans la voiture, et il arrivait qu'elle débarque à l'heure du déjeuner pour m'emmener faire une partie. Pile au milieu de la journée de travail, et personne ne s'y opposait, comme si elle avait été propriétaire des lieux. "Papa jubilait presque pendant le trajet. Il s'arrêtait continuellement au bord de la route pour me montrer les vaches, pour me montrer les moutons. Je lui ai demandé où ils dormaient la nuit, et il a dit qu'il y avait des granges, d'énormes granges juste de l'autre côté de cette colline, et que chaque vache avait sa propre chambre. Maman l'a regardé et ils ont explosé de rire. C'était une journée très joyeuse."

J'ai repensé aux innombrables kilomètres que mon père et moi avions parcourus ensemble toutes ces années. Ce n'était pas le genre d'homme qui arrête sa voiture pour admirer une vache. "J'ai du mal à imaginer la scène.

— Comme je te l'ai dit, c'était il y a très longtemps.

— OK, et donc raconte votre arrivée."

Elle a fait oui de la tête, en fouillant dans son sac. "Papa a arrêté la voiture devant l'entrée et on est descendus tous les trois et on est restés là, bouche bée. Maman a demandé si c'était un musée et il a fait non de la tête, alors elle lui a demandé si c'était une bibliothèque, et moi j'ai dit : « C'est une maison. »

— Elle était pareille ?

— Presque. Le jardin était en mauvais état. Je me souviens que l'herbe était très haute. Papa a demandé à maman ce qu'elle pensait de la maison et maman a dit : « Je t'accorde que c'est impressionnant. » Alors il l'a regardée droit dans les yeux, avec un énorme sourire, et il a dit : « C'est *ta* maison. Je l'ai achetée pour toi. »

— Sérieux ?"

Dans la voiture, l'air était lourd et chaud. Même vitres baissées, nos jambes collaient aux sièges. "Pas. La. Moindre. Idée."

C'était censé être quoi ? Un délire romantique ? J'étais ado, et l'idée d'offrir un manoir à sa femme en guise de cadeau surprise avait tous les atours de l'amour tel que je l'imaginais, mais je connaissais aussi ma sœur, et je savais qu'elle n'était pas en train de me raconter une histoire d'amour. "Et donc ?"

Maeve a allumé sa cigarette avec une allumette. L'allume-cigare de la Volkswagen ne marchait jamais. "Elle n'a pas compris, mais en même temps, je ne vois pas comment elle aurait pu. La guerre venait juste de se terminer, on habitait sur la base navale dans une minuscule boîte de sardines, deux petites pièces. Elle n'aurait pas été plus sidérée s'il l'avait emmenée au Taj Mahal en disant : Maintenant c'est là qu'on habite, rien que tous les trois. Il ne suffisait pas de regarder quelqu'un droit dans les yeux pour lui faire comprendre un truc pareil.

— Vous êtes entrés ?

— Bien sûr qu'on est entrés. Il avait les clés dans sa poche. Il était *propriétaire.* Il lui a pris la main et on a monté les marches du perron. Quand on y pense, c'est vraiment *ça* l'entrée de la maison – elle a levé sa paume ouverte en direction du paysage – la rue, les arbres, l'allée. C'est ce qui nous sépare des gens. Mais ensuite tu montes les marches, et avec sa façade toute vitrée, toute la maison est exposée sous tes yeux. Non seulement c'était la première fois qu'on voyait une maison pareille, mais c'était la première fois qu'on voyait le genre de trucs qu'il y a à l'intérieur d'une maison pareille. Pauvre maman." Maeve a secoué la tête à ce souvenir. "Elle était terrorisée, comme s'il allait la pousser dans une pièce remplie de tigres. Elle n'arrêtait pas de répéter : « Cyril, on est chez des gens. On n'a pas le droit d'entrer. »"

C'était donc ça, l'histoire de la famille Conroy : une génération poussée dedans et la génération suivante poussée dehors. "Et toi ?"

Elle a essayé de se souvenir. "J'étais petite, alors ça m'intéressait. J'avais de la peine pour maman parce qu'elle était clairement pétrifiée, mais je comprenais aussi que c'était notre maison et qu'on allait y vivre. Les enfants de cinq ans n'ont aucune notion de l'immobilier, ils croient juste aux contes de fées, et dans le conte de fées, tu as le château. Je me sentais mal pour papa, si tu veux tout savoir. Chaque fois qu'il essayait de faire un truc, ça foirait. Peut-être même que je me sentais plus mal pour lui que pour elle." Elle a rempli ses poumons de la douce fumée grise avant de la renvoyer vers le doux ciel gris. "J'ai un aveu stupéfiant à te faire. Tu te souviens comme il faisait chaud dans l'entrée l'après-midi, même quand il ne faisait pas très chaud dehors ?

— Bien sûr.

— C'était comme ça. On a commencé à visiter, sans aller très loin au début, parce que maman ne voulait pas trop s'éloigner de la porte. Je me souviens que le bateau dans l'horloge comtoise était juste au-dessus des vagues, parce que personne ne l'avait remontée. Je me souviens du sol en marbre et du chandelier. Papa essayait de nous faire une visite guidée : « Regarde ce miroir ! Regarde cet escalier ! » Comme si elle avait pu éviter de voir l'escalier. Il avait acheté la plus belle maison de toute la Pennsylvanie et sa femme le regardait comme s'il venait de lui tirer dessus. On a fini par visiter absolument chaque pièce. Tu imagines ? Maman n'arrêtait pas de dire : « Qui sont ces gens ? Pourquoi ils n'ont rien emporté ? » On a descendu le couloir au fond, avec tous ces oiseaux en porcelaine, chacun sur sa petite moulure. Oh mon Dieu, qu'est-ce que j'aimais ces oiseaux. J'aurais voulu en fourrer un dans ma poche. Papa a dit que la maison avait été construite par les VanHoebeek au début des années 1920 et qu'ils étaient tous morts. Et puis on est entrés dans le salon et on les a tous vus, les géants VanHoebeek qui nous fixaient comme des voleurs.

— Ils sont tous morts, j'ai dit en parlant au nom de mon père, et j'ai acheté leur maison à la banque et on peut garder toutes leurs affaires." Est-ce que tout y était encore ? Est-ce que les vêtements étaient encore suspendus dans les placards ? Ma mère avait beau être une inconnue pour moi, je me sentais malade pour elle en imaginant la scène.

"Papa a mis du temps à monter les marches. On a traversé toutes les chambres. Tout était intact : leurs lits et leurs oreillers et les serviettes dans leurs salles de bains.

Je me souviens qu'il y avait des cheveux accrochés à une brosse en argent sur la commode de la chambre de maître. Quand on est arrivés à ma chambre, papa a dit : « Maeve, je me suis dit que tu pourrais te plaire ici. » Tu connais un seul enfant qui n'aimerait pas cette chambre ? Tu te souviens de la soirée où on l'a montrée à Norma et Bright ?

— Bien sûr que je m'en souviens.

— Eh bien j'ai exactement réagi de la même façon. Je suis allée droit à la banquette sous la fenêtre et papa a fermé les rideaux. Mon paradis. J'ai perdu la tête, et maman a perdu la tête, parce qu'elle continuait à penser que toute cette histoire aurait une fin et que j'allais être désespérée de ne pas avoir une chambre de princesse rien que pour moi. Elle a dit : « Maeve, sors d'ici. Cette chambre ne t'appartient pas. » Mais c'était faux. Je savais que c'était faux.

— Tu l'as su dès le début ?" Je ne m'étais jamais trouvé en position de devoir me persuader que ce qu'on m'avait donné m'appartenait. La seule chose que je comprenais, c'est ce que j'avais perdu.

Elle m'a fait un sourire fatigué et elle a caressé l'arrière de mon crâne. J'avais les cheveux courts, rasés sur la nuque. C'était la coupe obligatoire à Choate, même au milieu des années 1960. "Je comprenais en partie, mais non, la vérité c'est que je ne comprenais pas vraiment toute l'histoire jusqu'à ce que Norma et Bright fassent revivre mon enfance. Je pense que c'est pour ça que j'avais de la peine pour elles : d'une certaine manière, c'est pour moi que j'avais de la peine.

— C'était la nuit idéale. Moi aussi je m'apitoyais sur moi-même cette nuit-là, pas de doute."

Maeve n'a pas relevé. Pour une fois qu'elle était l'héroïne de l'histoire, et pas moi. "Après le fiasco de la chambre, on est allés au troisième étage. Papa voulait nous montrer toute la maison. Il avait beau sentir que la visite empirait, il était incapable de s'arrêter. C'est un miracle qu'il soit arrivé au troisième étage. À l'époque, il portait une attelle mal adaptée au genou et il était obligé de tendre la jambe en montant les escaliers. Les escaliers étaient son cauchemar. Il pouvait monter un étage, mais pas deux. Il n'était pas monté au troisième quand il avait acheté la maison, et quand on a fini par y arriver, on a découvert qu'une partie du plafond de la salle de bal s'était effondrée. On aurait dit qu'une bombe avait explosé, avec de gros blocs de plâtre écrasés sur tout le sol. Des ratons laveurs s'étaient introduits dans la maison, ceux qui ont des puces. Ils avaient éventré le matelas de la petite chambre pour faire leur nid, déchiqueté les coussins et le couvre-lit, et il y avait du duvet et des plumes partout. Et puis je me souviens de cette puanteur horrible, la puanteur d'un animal sauvage, avec en plus la merde de cet animal sauvage, et le cousin mort de cet animal sauvage, tout ça en même temps." Elle a grimacé à ce souvenir. "S'il avait dans l'idée de nous laisser une première impression positive, alors il ne nous aurait *pas* emmenées au troisième étage."

J'étais encore à un stade de ma vie où la maison était le héros de chaque histoire, notre pays perdu et adoré. Il y avait une petite haie en buis, soigneusement taillée pour encadrer la boîte aux lettres, et j'avais envie de sortir de la voiture, de traverser la rue et de passer la main dessus comme je le faisais, chaque fois que Sandy m'envoyait chercher le courrier. “Je t’en supplie, dis-moi qu’après ça vous êtes partis.

— Oh, non, mon chéri, on n’en était qu’au début.” Elle a tourné le dos à la maison, pour me faire face. Elle portait le tee-shirt que je lui avais rapporté de Choate et un vieux short, et elle a replié ses longues jambes bronzées sous le siège. “Papa avait horriblement mal à sa jambe mais ça ne l’a pas empêché de retourner à la voiture pour prendre le panier-repas, et ensuite il a pris des assiettes dans la cuisine et il a rempli des verres avec l’eau du robinet et il nous a servis dans la salle à manger, pendant que maman était assise sur l’un des horribles fauteuils Empire de l’entrée, toute tremblante. Il a posé les sandwichs sur les assiettes et il nous a appelées. Dans la salle à manger ! Imagine un peu ! S’il ne l’avait, ne serait-ce que regardée, pour voir comment elle allait, il nous aurait laissés manger à la cuisine, ou dans la voiture, ou n’importe où, à condition que ce ne soit pas sous un plafond bleu et or. La salle à manger était au mieux invivable. Il l’a guidée jusqu’à la table, comme si elle était aveugle. Elle n’arrêtait pas de prendre son sandwich et de le reposer tandis que papa gazouillait sans interruption sur la superficie du terrain, la date de construction de la maison, et la fortune que les VanHoebeek avaient amassée en vendant des cigarettes pendant la dernière guerre.” Elle a tiré une dernière fois sur sa cigarette et l’a écrasée dans le cendrier de la voiture. “Merci à vous, chers VanHoebeek !”

Le tonnerre a grondé et brusquement la pluie s’est déversée sur nous, une explosion de gouttes énormes qui ont lavé le pare-brise. Ni elle ni moi n’avons fait le geste de remonter nos vitres. “Mais vous n’y avez pas passé la nuit." Je l'ai dit sur un ton d'autorité, parce qu'il m'était insupportable que cela se soit passé autrement.

Elle a fait non de la tête. La pluie cognait tellement fort contre le toit qu'elle a dû parler un peu plus fort. Notre dos commençait à être trempé. "Non. Il nous a fait faire un petit tour dehors mais le terrain était dans un sale état. La piscine était remplie de feuilles. J'avais envie d'enlever mes chaussures et mes chaussettes pour tremper mes pieds dans l'eau mais maman a dit non. Je croyais qu'elle me tenait la main pour m'empêcher de m'enfuir, mais en fait, elle la tenait parce que, tu comprends, elle avait besoin de s'accrocher à quelque chose. Et puis papa a tapé dans ses mains en disant qu'il était probablement l'heure de rentrer chez nous. Il avait emprunté la voiture du banquier pour la journée et il devait la lui rendre. Tu vois un peu le tableau ? Il achète cette maison alors qu'il n'a même pas de voiture ! On est retournés à l'intérieur et il a récupéré tous les sandwichs, il les a enveloppés et remis dans le sac. Personne n'avait vraiment mangé alors évidemment on allait rapporter les sandwichs à la maison et ça serait notre dîner. Il n'allait quand même pas gâcher des sandwichs. Maman a commencé à ramasser les assiettes, et papa, c'est mon souvenir le plus précis, a touché son poignet en disant : « Laisse. La fille débarrassera. »

— Non ?

— Alors maman a demandé : « Quelle fille ? » Parce que pour couronner le tout, elle avait une esclave désormais.

— Pluche.

— Ma parole, a dit Maeve. Sa propre femme était une inconnue aux yeux de notre père."

## CHAPITRE ONZE

C'est Sandy qui a été chargée de m'appeler pour me dire que Maeve était à l'hôpital. "Elle avait prévu d'y entrer et d'en sortir sans te le dire, mais c'est ridicule. Ils disent qu'ils devront probablement la garder deux nuits."

En interrogeant Sandy sur la nature du problème, j'entendais le médecin dans ma voix, ce calme étudié destiné à apaiser toutes les peurs : "Explique-moi ce qui s'est passé." Alors que je n'avais qu'une envie, c'était sortir en courant et me précipiter jusqu'à Penn Station.

"Elle a cette espèce d'horrible marque rouge qui remonte sur son bras. Je l'ai remarquée sur sa main, et quand je lui ai demandé ce que c'était, elle m'a envoyée promener, alors j'ai appelé Jocelyn et Jocelyn ne s'est pas laissé faire. Elle est venue directement et elle a emmené Maeve chez le médecin. Elle a dit que si Maeve ne montait pas dans la voiture, elle appellerait une ambulance. Jocelyn a toujours été un meilleur tyran que moi. Elle était capable de forcer ta sœur à faire des trucs que je n'aurais jamais réussi à lui faire faire. Je n'arrivais même pas à l'obliger à se brosser les cheveux.

— Le médecin a dit quoi ?

— Il a dit qu'elle devait aller immédiatement à l'hôpital, voilà ce qu'il a dit. Il ne l'a même pas autorisée à repasser chez elle pour faire un sac. C'est pour ça qu'elle m'a appelée, pour que je passe prendre ses affaires. Elle m'a fait jurer que je ne dirais rien, mais je m'en fiche. Elle ne croit quand même pas que je vais te cacher qu'elle est hospitalisée ?

— Elle t'a dit depuis combien de temps elle avait cette marque rouge ?"

Sandy a soupiré. "Elle a dit qu'elle portait des manches longues pour éviter d'y penser."

On était en milieu de semaine, si bien que Celeste était à Rydal chez ses parents. Je l'ai appelée d'une cabine publique en arrivant à Penn Station et je lui ai donné mon heure d'arrivée. Elle est venue me chercher à Philadelphie et m'a déposé dans l'allée circulaire à l'entrée de l'hôpital. Celeste en voulait à Maeve de ne pas m'obliger à m'installer en médecine interne, comme si j'allais obéir à Maeve. Elle continuait à penser que Maeve était responsable de notre rupture, des années auparavant, et qu'elle lui avait gâché sa cérémonie de remise de diplômes. Celeste blâmait Maeve pour tout ce qu'elle avait peur de me reprocher. De son côté, Maeve n'avait jamais pardonné à Celeste d'avoir insisté pour que je l'épouse en première année d'école de médecine. Maeve pensait aussi que Celeste avait fomenté son apparition à l'enterrement de M. Martin, en sachant pertinemment qu'elle tomberait sur moi. Sur ce point qui n'avait aucune importance, je n'étais pas d'accord avec elle. L'important, c'est que Celeste refusait de voir Maeve, et que Maeve refusait de voir Celeste, et moi, la seule chose qui m'intéressait, c'était de sortir de la voiture pour aller voir ma sœur.

“Appelle-moi si tu veux que je passe te chercher”, a dit Celeste, et elle m’a embrassé avant de repartir.

On était le 21 juin, le jour le plus long de l’année. Il était 20 heures et pourtant le soleil continuait à entrer obliquement par chaque fenêtre de l’aile ouest de l’hôpital. La femme à l’accueil m’avait donné le numéro de chambre de Maeve en me laissant me débrouiller. Les sept années de ma vie que je venais de passer dans différents hôpitaux de New York ne m’avaient absolument pas qualifié pour trouver la chambre de ma sœur dans un hôpital de Pennsylvanie. L’organisation des hôpitaux était totalement illogique – ils se développaient comme des cancers, de nouvelles ailes se métastasant à l’improviste au bout de longs tunnels de couloirs. Ça m’a pris un certain temps pour trouver l’étage de médecine générale, avant de dénicher ma sœur dans cet océan indifférencié. La porte de sa chambre était entrouverte et j’ai frappé deux fois avant d’entrer. Elle avait une chambre double mais le rideau de séparation était tiré, révélant l’existence d’un deuxième lit bien net qui attendait. Un homme blond en costume-cravate était assis dans le fauteuil au chevet de Maeve.

“Oh mon Dieu, a dit Maeve, en me voyant. Elle m’a juré sur la tête de sa sœur qu’elle ne t’appellerait pas.

— Elle a menti.”

L’homme en costume s’est levé. Il m’a fallu une seconde pour le reconnaître.

“Danny.” M. Otterson m’a tendu la main.

J’ai serré sa main et me suis penché pour embrasser le front de Maeve. Son visage était rouge et légèrement humide, sa peau bouillante. “Je vais bien. Je ne pourrais pas aller mieux.

— Ils lui donnent des antibiotiques." M. Otterson a désigné le mât métallique auquel était suspendue une poche de liquide en train de s'écouler, puis il a regardé Maeve. "Elle a besoin de repos.

— Eh bien je me repose. Qu'est-ce qu'il pourrait y avoir de plus reposant que ça ?"

Elle avait l'air tellement bizarre dans ce lit. On aurait dit qu'elle passait une audition pour le rôle de patiente dans une pièce de théâtre, mais que sous les couvertures, elle avait encore ses vêtements et ses chaussures.

"Je vais y aller", a dit M. Otterson.

J'ai cru que Maeve allait le retenir mais elle ne l'a pas fait. "Je reprends le travail vendredi.

— Lundi. Tu crois qu'on ne peut pas se passer de toi une semaine.

— Mais si", elle a dit, et en retour il lui a adressé un sourire d'une grande tendresse.

M. Otterson a tapoté sa main libre et il m'a salué de la tête en partant. On s'était souvent rencontrés toutes ces années, et j'avais travaillé dans son usine l'été, au retour de Choate, mais la chose qui m'avait frappé, c'était sa timidité. Les légumes surgelés d'Otterson étaient désormais livrés dans tous les États à l'est du Mississippi. Maeve me l'avait annoncé sans aucune once de fierté.

"Si tu m'avais appelée dès le début, j'aurais pu te dire que ce n'était pas la peine de venir.

— Et si tu m'avais appelé dès le début, j'aurais pu te prévenir de mon heure d'arrivée." J'ai attrapé le tableau métallique qui était suspendu à un crochet au pied de son lit. Elle avait 9/6 de tension. Ils lui donnaient de la céfazoline toutes les six heures. "Tu vas enfin m'expliquer ce qui s'est passé ?

— Si tu décides de ne pas exercer la médecine professionnellement, alors je ne vois pas ce qui t'autorise à l'exercer personnellement."

J'ai fait le tour du lit et j'ai pris la main qui avait l'intraveineuse. Une traînée rouge vif inflammatoire prenait naissance dans une coupure au-dessus de sa main, puis remontait et s'enroulait à l'intérieur de son bras. Quelqu'un l'avait soulignée au marqueur noir pour suivre la trace de la progression de l'infection. Son bras était bouillant, légèrement gonflé. "Ça a commencé quand ?

— J'ai un truc à te dire, si tu veux bien poser mon fichu bras. J'allais attendre le week-end mais puisque tu es là..."

Je lui ai redemandé quand ça avait commencé. Peut-être que l'école de médecine ne m'avait pas servi à rien finalement. Ça m'avait certainement appris à ne pas lâcher une question à laquelle personne ne voyait l'intérêt de répondre. "Comment tu t'es blessée à la main ?

— Aucune idée."

J'ai fait remonter mes doigts jusqu'à son poignet.

"Fiche le camp de mon pouls.

— Est-ce que quelqu'un t'a expliqué comment ça fonctionne ? Tu as un empoisonnement du sang, tu attrapes une infection, tes organes arrêtent de fonctionner." Maeve travaillait dans des collectes de vêtements et des collectes de nourriture, elle stockait les vieux habits et les provisions pour les pauvres le week-end. Elle se faisait souvent des coupures, une agrafe ou un clou la griffant au passage. Elle avait des bleus à force de charger des cartons dans les coffres des voitures qui attendaient dehors.

"Tu pourrais arrêter de me déprimer ? Je suis allongée sur un lit d'hôpital, pas vrai ? Ils sont en train de me gaver d'antibiotiques. Je ne vois pas trop ce que je suis censée faire d'autre.

— Tu es censée aller de toi-même chez le médecin avant que l'infection qui a commencé dans ta main n'atteigne ton cœur. On dirait que quelqu'un a passé un pinceau le long de ton bras. Tu n'avais rien remarqué ?

— Tu veux connaître la grande nouvelle ou pas ?"

Ma colère à la voir allongée dans ce lit était déplacée. Elle avait de la fièvre. Elle aurait pu souffrir atrocement, même si j'étais la dernière personne auprès de qui elle l'aurait admis. Il fallait que je me calme, sinon elle ne me raconterait rien. Je suis allé m'asseoir sur le fauteuil de l'autre côté du lit, encore tiède depuis le départ de M. Otterson. J'ai tout repris au début. "Je suis désolé que tu sois malade."

Elle m'a regardé pendant un moment, en essayant d'évaluer ma sincérité. "Merci."

J'ai croisé les mains sur mes genoux pour éviter de la toucher à nouveau. "Raconte-moi les nouvelles.

— J'ai vu Pluche."

Ce jour-là, à l'hôpital, j'avais vingt-neuf ans. Maeve trente-six. La dernière fois qu'on avait vu Pluche, j'en avais quatre. "Où ça ?

— À ton avis ?

— Tu te fous de moi.

— J'aurais vraiment préféré te raconter ça dans la voiture. J'avais tout prévu."

On se gardait nos conversations les plus importantes pour la voiture, mais étant donné les circonstances, on devrait se contenter de la chambre d'hôpital, du carrelage vert sur le sol et du plafond bas acoustique, des messages d'alerte que quelqu'un adressait par intermittence au public pour tester le système. "C'était quand ?

— Dimanche." Elle est restée allongée sur le dos mais elle a tourné la tête vers moi. "Je venais de sortir de l'église et je me suis dit que j'allais faire un saut à la Maison des Hollandais en rentrant chez moi.

— Mais tu habites à deux pas de l'église.

— Laisse-moi parler. J'étais à peine là depuis cinq minutes qu'une voiture s'est arrêtée derrière moi, une femme en est sortie et a traversé la rue. C'était Pluche.

— Mais bon sang comment tu as fait pour savoir que c'était Pluche ?

— C'est comme ça. Elle doit avoir dépassé la cinquantaine, et elle a coupé tous ses cheveux. Ils sont toujours roux quand même, à moins qu'elle ne les teigne. Elle n'a pas changé. J'en ai un souvenir tellement précis."

Tout comme moi. "Tu sors de la voiture…

— J'ai commencé par l'observer. Elle restait au bout de l'allée et je devinais qu'elle se demandait quoi faire, par exemple remonter l'allée et aller frapper à la porte. Elle a grandi là-bas, tu sais, exactement comme nous.

— Rien à voir avec nous."

Maeve a approuvé de la tête sur son oreiller. "J'ai traversé la rue. Je n'avais pas mis un pied sur ce trottoir-là depuis le jour de notre départ et ça m'a rendue un peu malade, si tu veux tout savoir. Je n'arrêtais pas de me dire qu'Andrea allait dévaler l'allée, une poêle à frire à la main.

— Et tu as dit quoi ?

— Juste son nom. J'ai dit « Fiona », et elle s'est retournée. Oh, Danny, si tu avais vu la tête qu'elle a faite.

— Elle t'a reconnue ?"

Maeve a refait oui de la tête, le regard fiévreux. "Elle a dit que je ressemblais à maman quand elle était jeune. Elle a dit qu'elle m'aurait reconnue n'importe où au monde."

Une jeune infirmière en blouse blanche est entrée, et elle s'est figée en nous voyant. J'étais tellement penché que mon menton était quasiment appuyé sur l'épaule de Maeve.

"Ce n'est pas le moment ? a demandé l'infirmière.

— Vraiment pas", a répondu Maeve. L'infirmière a ajouté quelque chose mais on n'y a pas fait attention. Elle a fermé la porte derrière elle et Maeve a repris son histoire. "Pluche a dit qu'elle passait par là et qu'elle se demandait si on y habitait toujours.

— Et toi tu as dit : « Non, je suis juste en train d'espionner. »

— Je lui ai dit qu'on était partis en 63 après la mort de papa. Je n'aurais pas dû le formuler comme ça mais je n'ai pas réfléchi. Les mots étaient à peine sortis de ma bouche que la pauvre Pluche est devenue toute rouge, et ses yeux se sont remplis de larmes. Je pense qu'elle espérait le trouver là. Je pense que c'était lui qu'elle était venue voir.

— Et ensuite ?

— Eh bien elle pleurait, et je ne voulais pas rester là, du mauvais côté de la rue, alors je lui ai demandé de venir s'asseoir dans ma voiture pour parler."

J'ai secoué la tête. "Toi et Pluche garées devant la Maison des Hollandais.

— Si on veut. Danny, c'est ça le truc le plus étonnant. Quand on est montées dans la voiture, on était aussi proches que toi et moi en ce moment, et ce que je ressentais – c'était incroyable ce que j'étais *heureuse*, comme si mon cœur allait exploser. Elle portait ce vieux gilet bleu et c'était presque comme dans mon souvenir. J'avais envie de me pencher pour l'embrasser. J'avais toujours été convaincue que je détestais Pluche, parce qu'elle t'avait frappé et qu'elle avait couché avec papa, mais en fait je ne la déteste absolument pas. J'ai l'impression que je suis incapable de détester qui que ce soit ou quoi que ce soit qui appartient à ma vie d'avant Andrea, et c'était l'époque de Pluche. Elle est toujours aussi jolie, encore aujourd'hui. Je ne sais pas si tu te souviens de son visage, mais il avait une douceur très irlandaise. Elle n'a plus de taches de rousseur mais elle a encore ces immenses yeux verts."

J'ai dit que je me souvenais de ses yeux.

"J'ai beaucoup parlé au début. Je lui ai raconté que papa s'était marié et que papa était mort et qu'Andrea t'avait jeté dehors, et tu sais ce qu'elle a dit ?

— Elle a dit quoi ?

— Elle a dit : « Quelle salope. »

— Pluche !"

Maeve a tellement ri que ses joues se sont empourprées et qu'elle s'est mise à tousser. "Je vais te dire, elle n'a pas pris de gants." Je lui ai tendu un mouchoir. "Elle voulait tout savoir sur toi. Elle était très impressionnée d'apprendre que tu es médecin. Elle n'arrêtait pas de répéter qu'elle était incapable d'imaginer qu'un enfant aussi déchaîné réussisse à se tenir tranquille assez longtemps pour lire un livre, ne parlons même pas d'études de médecine.

— Elle dit ça pour se couvrir. Je n'étais pas aussi déchaîné.

— Bien sûr que si.

— Qu'est-ce qu'elle a fait pendant tout ce temps ?

— Elle vivait à Manhattan. Elle a dit que le jour où papa l'a fichue dehors, elle n'avait aucune idée de quoi faire de sa vie. Alors elle est restée là, au bout de l'allée, en versant toutes les larmes de son corps, jusqu'à ce que Sandy sorte lui dire qu'elle allait appeler son mari pour qu'il vienne la chercher. Sandy et son mari l'ont amenée chez eux.

— Bonne vieille Sandy.

— Elle a raconté qu'ils se sont creusé la tête pendant plusieurs jours avant de décider d'aller voir le prêtre à l'Immaculée-Conception. Le vieux père Crutcher a aidé Pluche à trouver une place de nounou chez une riche famille à Manhattan.

— L'Église catholique aide une femme qui vient d'être virée pour avoir frappé un enfant à trouver un boulot consistant à s'occuper d'enfants. Magnifique.

— Il *faut* que tu arrêtes de m'interrompre, je suis sérieuse. Tu gâches toute l'histoire. Elle trouve une bonne place comme nounou, et quand les enfants sont encore petits, elle épouse le portier de l'immeuble où elle travaille. Elle a dit qu'ils se sont cachés jusqu'à ce qu'elle tombe enceinte, ils avaient peur qu'elle perde son boulot. Et puis ils ont eu d'abord une fille, qui est entrée à Rutgers. Elle était en route pour aller voir sa fille quand elle a décidé de faire un saut à la vieille maison.

— Plus personne ne connaît la géographie. La Maison des Hollandais n'est pas sur le trajet entre New York et Rutgers.

— Elle vit dans le Bronx maintenant, a répondu Maeve, en m'ignorant, avec son mari. Ils ont eu trois enfants en tout, la fille et puis deux garçons."

J'ai dû faire un effort immense sur moi-même pour ne pas souligner que la Maison des Hollandais n'était pas sur son trajet entre le Bronx et Rutgers non plus.

"Pluche a dit qu'elle venait voir la maison de temps en temps, qu'elle ne pouvait pas s'en empêcher. Elle y travaillait déjà avant nous. Elle était chargée de garder la maison après la mort de Mme VanHoebeek. Elle a dit qu'elle avait eu peur d'aller frapper parce qu'elle ignorait ce que papa dirait en la voyant, mais qu'elle avait toujours espéré tomber sur l'un de nous."

J'ai secoué la tête. Pourquoi, après toutes ces années, est-ce que les VanHoebeek me manquaient ?

"Elle m'a demandé si j'avais toujours du diabète, et j'ai répondu que oui évidemment, et alors elle a recommencé à être bouleversée. Dans mon souvenir, Pluche était quelqu'un de très costaud quand on était petits, mais va savoir ? Peut-être que c'était une façade.

— Tu te trompes.

— Elle veut te voir.

— Moi ?

— Tu habites pas très loin de chez elle.

— Pourquoi elle veut me voir ?"

Maeve m'a lancé un regard, l'air de dire : *Tu es assez intelligent pour comprendre ça tout seul*, mais je n'en avais pas la moindre idée. "Elle veut te demander pardon.

— Dis-lui qu'il n'y a pas de pardon à l'ordre du jour.

— Écoute-moi. C'est important, et ce n'est pas comme si tu étais débordé." Maeve ne considérait pas tout ce que je faisais pour mon immeuble comme un vrai travail. Sur ce point, elle et Celeste étaient d'accord.

"Je n'ai pas besoin de renouer avec quelqu'un que je n'ai pas vu depuis mes quatre ans." Je dois avouer que l'histoire de la rencontre entre Maeve et Pluche avait produit sur moi une certaine fascination malsaine, mais je n'avais personnellement aucun désir d'entretenir une relation avec elle.

"Bon, je lui ai donné ton numéro. Je lui ai dit que tu la verrais à la Pâtisserie hongroise. Ça ne sera pas un gros dérangement.

— Je me fiche du dérangement, c'est juste que je ne veux pas la voir."

Ma sœur a bâillé de manière théâtrale et elle a encore plus enfoncé son visage dans l'oreiller. "Je suis fatiguée.

— Tu ne vas pas t'en tirer comme ça."

Quand elle a levé ses yeux bleus vers moi, ils étaient cerclés de rouge, je me suis souvenu où on était et pourquoi. Un besoin irrépressible de dormir venait de la submerger, et elle a fermé les yeux comme si elle n'avait pas le choix.

Je suis resté dans le fauteuil à la regarder. Je me suis demandé si je devais venir habiter près d'elle. Maintenant que mon internat était terminé, je n'étais plus obligé de vivre à New York. J'étais propriétaire de trois immeubles mais je savais d'expérience que d'excellents empires immobiliers avaient été bâtis hors de New York.

Quand le médecin est entré un peu plus tard pour vérifier comment allait Maeve, je me suis levé pour lui serrer la main.

"Docteur Lamb." Il n'était pas beaucoup plus vieux que moi. Il aurait pu avoir mon âge.

“Docteur Conroy. Je suis le frère de Maeve.”

Maeve n’a pas bougé quand il a soulevé son bras pour passer les doigts le long de la trace qui disparaissait dans la manche de sa blouse. Au début j’ai cru qu’elle devait faire semblant, pour éviter les questions, mais ensuite j’ai compris qu’elle dormait vraiment. J’ignorais combien de temps Otterson avait passé avec elle avant mon arrivée. Je l’avais fait parler trop longtemps.

“Elle aurait dû venir à l’hôpital deux jours plus tôt”, a dit le docteur Lamb, en me regardant.

J’ai secoué la tête. “J’ai été le dernier prévenu.

— Bon, ne la laissez pas vous duper.” Il parlait comme si on était seuls dans la pièce. “C’est grave.” Il a reposé son bras le long de son corps et a remonté le drap pour la couvrir. Puis il a signé le tableau et nous a laissés seuls.

# CHAPITRE DOUZE

La fin de ma brève carrière médicale m'avait rempli d'une joie inattendue. À l'issue de l'internat, j'ai traversé une période durant laquelle j'étais capable de ne voir que les aspects positifs d'absolument tout, particulièrement de la zone nord très décriée au bout de Manhattan. Pour la première fois de ma vie d'adulte, je pouvais perdre une heure à discuter enduit avec un type dans une quincaillerie. Car une erreur dans une de mes réparations, par exemple de toilettes, n'aurait jamais de répercussions mortelles. J'ai poncé les sols et repeint les murs d'un des appartements vides de mon immeuble, et à la fin je m'y suis installé. Au regard de toutes les chambres d'étudiant et des studios dans lesquels j'avais habité depuis les débuts de ma jeunesse prodigue, l'appartement était vaste – ensoleillé et bruyant et rien qu'à moi. Le fait d'être propriétaire de l'endroit où je vivais, ou que la banque en soit propriétaire en mon nom, a comblé un trou béant en moi depuis des années. Celeste a cousu les rideaux à Rydal, sur la Singer de sa mère, et elle les a apportés en train. Elle a trouvé un travail dans une école primaire près de Columbia et elle a commencé à apprendre aux élèves à lire, et ce qu'on appelait les arts du langage, tandis que je travaillais dans les autres appartements de l'immeuble puis dans les brownstones. Rien n'indiquait qu'elle s'était réconciliée avec ma décision, mais elle avait l'intelligence d'arrêter de la remettre en question. On était plongés dans le fleuve qui vous entraîne avec le courant. L'immeuble, l'appartement, son travail, notre relation, tout était lié par une logique irréfutable. Celeste adorait raconter une version à l'eau de rose de notre histoire : on s'était séparés après qu'elle avait obtenu son diplôme de l'université, victimes d'une mauvaise synchronisation de nos vies, puis on s'était retrouvés, et dans un enterrement par-dessus le marché. "C'est le destin", elle répétait, en se penchant vers moi.

Si bien que j'avais oublié Pluche. J'avais oublié Pluche, jusqu'au jour où le téléphone a sonné, plusieurs mois après la sortie de Maeve de l'hôpital, et que j'ai entendu, à l'autre bout du fil, une voix qui disait "C'est bien Danny ?", et alors j'ai su, exactement comme Maeve avait su en voyant Pluche dans la rue VanHoebeek. J'ai su qu'elle avait mis tout ce temps à appeler parce qu'elle essayait de se donner du courage, et j'ai su qu'on prendrait un café à la Pâtisserie hongroise, que je le veuille ou non. Je ne ferais que perdre mon énergie à tenter de résister.

La Pâtisserie hongroise était bondée à toute heure du jour. Pluche était arrivée en avance et elle attendait qu'une table près de la fenêtre se libère. En me voyant descendre la rue, elle a tapé contre la vitre et m'a salué de la main. Elle m'attendait debout près de la table. Je m'étais demandé si j'allais la reconnaître grâce à la description de Maeve. Je n'avais jamais imaginé qu'elle me reconnaîtrait sur la foi de son image de moi à quatre ans.

“Je peux te prendre dans mes bras ? elle a demandé. Ce ne serait pas déplacé ?”

Je l’ai entourée de mes bras parce que je ne me voyais pas dire non. Dans mon souvenir, Pluche était une géante qui grandissait continuellement, alors qu’en réalité c’était une femme petite et ronde. Elle était en pantalon et portait le gilet bleu décrit par Maeve, à moins qu’elle n’en ait possédé plusieurs. Elle a appuyé la tempe contre ma poitrine, un court instant, avant de me libérer.

“Ouah !” elle s’est exclamée, en s’éventant avec sa main, ses yeux verts remplis de larmes. Elle a reculé et s’est assise à la table, devant son café et sa pâtisserie. “Quelle émotion. Tu étais mon bébé, tu sais. Je ressens la même émotion chaque fois que je revois un enfant que j’ai gardé, mais tu as été mon tout premier bébé. À l’époque j’ignorais qu’on n’est pas censé aimer de tout son cœur un enfant qui n’est pas le vôtre. C’est suicidaire, mais j’étais une gamine, et ta mère avait disparu et ta sœur était malade et ton père…” Sur lui, elle n’en a pas dit plus. “J’avais tellement de raisons de m’attacher à toi.” Elle s’est interrompue le temps d’avaler la moitié d’un verre d’eau glacée, puis elle a tamponné ses lèvres avec la serviette en papier. “Il fait chaud ici, non ? À moins que ce ne soit moi, je suis nerveuse.” Elle a écarté le col rond de son chemisier de son cou et s’est éventée plusieurs fois. “Je suis nerveuse mais j’en suis aussi *à cet âge-là*. À toi je peux le dire, non ? Tu es docteur, même si tu as encore l’air d’un lycéen. Tu es vraiment docteur ?

— Absolument.” Inutile d’entrer dans les détails.

“Eh bien bravo. Je suis heureuse. Tes parents auraient été fiers. Et je peux ajouter quelque chose ? Je suis assise là à te regarder, et ton visage est totalement parfait. Je ne sais pas à quoi je m'attendais mais tu n'as aucune marque."

J'ai envisagé de désigner la petite cicatrice près de mon sourcil mais j'ai pensé qu'il ne valait mieux pas. Une serveuse de ma connaissance, Lizzy, qui attachait ses boucles brunes au sommet du crâne avec un élastique, est venue à notre table et elle a posé un café et un muffin au pavot devant moi. "Juste sorti du four."

Pluche l'a contemplée s'éloigner, émerveillée. "Tu es connu ici ?

— J'habite tout près.

— Et tu es beau garçon. Les femmes n'oublient jamais les beaux garçons comme toi. Maeve m'a raconté que tu as une copine, et elle n'a pas l'air de l'aimer beaucoup, au cas où tu l'ignorerais. Ça ne me regarde pas. Je suis juste heureuse de ne pas avoir abîmé ton visage. La dernière fois que je t'ai vu, tu étais couvert de sang et tu hurlais, et alors Jocelyn s'est précipitée pour t'emmener à l'hôpital. J'étais sûre que je t'avais tué, tout ce sang, mais tout a fini par s'arranger.

— Je vais bien."

Elle a serré les lèvres en un sourire approximatif. "Sandy m'avait dit que tu allais bien mais je ne la croyais pas. Qu'est-ce qu'elle pouvait bien me dire d'autre ? Ça m'a tourmentée pendant des années. J'avais tellement honte. Je n'ai pas gardé de contact avec elles, tu sais. Après mon arrivée à New York, c'était fini – impossible de regarder en arrière. Parfois il vaut mieux enterrer le passé.

— C'est sûr.

— Ce qui me ramène à ton père." Elle a fini son verre d'eau. "Maeve m'a appris sa mort. Je suis désolée. Tu sais que tu lui ressembles beaucoup, n'est-ce pas ? Mes enfants sont des bâtards, tous les trois. Ils ne ressemblent ni à mon mari, ni à moi, aucun des trois. Bobby est italien, DiCamillo. Fiona DiCamillo, en voilà un nom de bâtarde. Bobby n'a jamais su pour moi et ton père." Elle s'est interrompue, son cou soudain empourpré par la panique. Voilà une femme que la biologie ne manquait jamais de trahir. Les émotions s'affichaient violemment sur son visage. "Maeve t'a raconté, n'est-ce pas ? Pour ton père et moi ?

— Elle m'a raconté."

Pluche a expiré en secouant la tête. "Mon Dieu, j'ai bien failli mettre les pieds dans le plat. Bobby ne doit pas en entendre parler. Toi non plus, il vaut mieux que tu n'en entendes pas parler, mais trop tard. J'étais une gamine à l'époque, une vraie idiote. Je croyais que ton père allait m'épouser. Je dormais au deuxième étage, dans la chambre à côté de la tienne et de celle de ta sœur, et je me disais que j'avais juste à traverser le couloir. N'importe quoi !"

Les serveuses de la Pâtisserie hongroise étaient obligées de se faufiler de profil entre les tables, en levant haut leurs cafetières. C'était une bousculade générale et la lumière inondait les tables en formica et l'argenterie et les tasses en porcelaine épaisse, mais j'étais aveugle à tout ça. J'étais de retour dans la cuisine de la Maison des Hollandais, et Pluche m'accompagnait.

"Ce matin-là, elle a commencé, en faisant un signe de tête pour s'assurer que je comprenais bien de quel matin on était en train de parler, ton père et moi on s'était disputés et tout était embrouillé dans ma tête. Je ne suis pas en train de dire que ce n'était pas ma faute, mais ce que je te dis, c'est que je n'étais pas moi-même.

— Disputé à propos de quoi ?" Mes yeux erraient sur les croûtes de gâteaux. Ici toutes les tartes et les pâtisseries étaient deux fois plus grosses que les tartes et les pâtisseries habituelles.

"À propos de notre non-mariage. Il ne m'avait jamais annoncé qu'il allait m'épouser mais on était en quelle année déjà, 1950, 51 ? Ça ne m'avait pas traversé l'esprit qu'on ne se marierait pas. J'étais allongée dans ce lit, pardon d'être aussi directe, et il s'est levé pour s'habiller et je me sentais tellement heureuse que j'ai dit qu'on devrait commencer à réfléchir à une date. Alors il a répondu : « Une date pour quoi ? »

— Oh", j'ai dit, parce que je connaissais bien ce malaise.

Pluche a levé les sourcils, ce qui a encore agrandi ses yeux verts. "Si seulement il avait juste refusé de m'épouser, bon, ç'aurait déjà été dur, mais la raison…" Elle s'est interrompue pour avaler une bouchée de sa pâtisserie avec une fourchette. Puis, bouchée par bouchée, elle a continué jusqu'à ce qu'elle l'ait mangée entièrement. Drôle de chose. Pluche, qui n'avait pas arrêté de parler depuis que j'avais franchi la porte, s'est tue comme un cheval mécanique attendant une pièce supplémentaire. J'ai attendu bien au-delà de la prudence réglementaire qu'elle reprenne son récit.

"Tu vas me raconter la suite, oui ou non ?"

Elle a fait oui de la tête, comme vidée de son énorme énergie. "J'ai plein de choses à te raconter.

— Je suis tout ouïe."

Elle m'a adressé un regard sévère, le regard d'une gouvernante sur un enfant insolent. "Ton père a dit qu'il ne pouvait pas m'épouser parce qu'il était toujours marié à ta mère."

Voilà bien une possibilité que je n'avais jamais envisagée. "Ils étaient toujours mariés ?

— J'étais prête à être immorale, je ne le conteste pas. Je couchais avec un homme auquel je n'étais pas mariée – c'est bon, je reconnais mon erreur, je vivrai éternellement avec. Mais je pensais que votre père était *divorcé*. Je ne serais jamais allée au lit avec un homme marié. Tu me crois, n'est-ce pas ?"

Je lui ai dit que oui, je la croyais absolument. Ce que j'ai omis de lui dire, c'est qu'un homme qui a envie de coucher avec la jeune et jolie nounou qui dort dans la chambre en face n'a aucune intention de l'épouser. Quel meilleur mensonge que de lui dire qu'il est encore marié ? Mon père n'était pas tellement plus catholique que moi, mais il était trop catholique pour être bigame, et Andrea était trop intelligente pour épouser un bigame, et Maître Gooch était trop consciencieux pour négliger pareil détail.

"*Jamais* je n'aurais fait *quoi que ce soit* contre ta mère. Ton père me plaisait beaucoup, c'est vrai. Il était séduisant et triste et tous ces trucs absurdes que les filles adorent à cet âge-là, mais j'aimais Elna Conroy par-dessus tout. Je n'ai jamais imaginé que j'allais la remplacer, c'était impossible, mais j'avais l'intention de m'occuper de toi et de ta sœur et de ton père en me conformant à ce qu'elle aurait voulu. Elle se faisait tellement de souci pour vous avant son départ. Elle vous adorait tellement tous les trois."

Avant même d'avoir le temps de formuler toutes les questions qu'il fallait poser, j'ai senti une main se poser vigoureusement sur mon épaule. "Danny ! Tu as un jour de congé." Le docteur Petout était rayonnant. "On devrait se voir plus, et pas moins, maintenant que tu as fini l'internat. J'ai entendu des rumeurs."

Avec Pluche on était assis à une table de quatre. Il y avait deux places vides, dressées avec de l'argenterie et des serviettes, et j'espérais qu'il aurait la bonne idée de ne pas en tenir compte. "Docteur Petout, je vous présente mon amie Fiona.

— Morey." Le docteur Petout s'est penché au-dessus de la table pour lui serrer la main.

"Pluche."

Morey Petout a souri en hochant la tête. "Eh bien je ne veux pas vous déranger. Danny, ne m'oblige pas à te courir après, d'accord ?

— Bien sûr. Dites bonjour à Mme Petout de ma part.

— Mme Petout connaît l'ancien propriétaire des parkings." Il a éclaté de rire. "Il est possible que tu ne sois pas invité à Thanksgiving cette année.

— Parfait, lui a dit Pluche. Comme ça Danny pourra le fêter chez nous."

En le regardant s'éloigner, Pluche a eu l'air de se rendre compte que notre temps à la Pâtisserie hongroise était compté. Elle a décidé d'aller droit au but. "Tu sais, ta mère est là. Je l'ai vue."

Lizzy est passée devant notre table, en tapotant sa cafetière dans ma direction. J'ai fait non de la tête, tandis que Pluche levait sa tasse pour qu'elle la remplisse. "Quoi ?" Un vent glacé venait d'entrer par la porte. *Elle est morte*, j'avais envie de dire. *Elle doit sûrement être morte maintenant.*

“Je n’ai pas pu le dire à ta sœur. Je ne voulais pas prendre le risque d’aggraver son diabète.

— Apprendre où est sa mère n’aggrave pas le diabète.” J’essayais de soumettre à la logique une conversation dépourvue de toute logique.

Pluche a désapprouvé de la tête. “Bien sûr que si. Tu ne te souviens pas de l’état dans lequel elle était. Tu étais trop petit. Ta mère n’arrêtait pas d’aller et venir, et quand elle a fini par partir pour de bon, Maeve a failli en mourir. C’est un fait. Après, ton père lui a interdit de revenir à la maison. Il lui a écrit une lettre quand Maeve était à l’hôpital. Je le sais. Il lui a dit qu’elle vous avait pratiquement tués tous les deux.

— Tous les deux ?

— Bon, pas toi. Il t’a mis dans le même panier pour qu’elle se sente encore plus mal. Si tu veux mon avis, il faisait tout pour qu’elle revienne. Il s’y est juste mal pris.”

Si qui que ce soit m’avait demandé, une heure avant ce rendez-vous, ce que je ressentais pour ma mère, j’aurais juré que je ne ressentais rien, ce qui rend difficile à comprendre la violence de la rage qui m’a submergé. J’ai levé la main pour interrompre Pluche une seconde, histoire que mon cerveau ait une chance de digérer l’information, et elle a levé la main et effleuré légèrement ma paume de la sienne, comme si on comparait la longueur de nos doigts. Peut-être parce qu’il était assis avec un étudiant deux tables plus loin, un garçon qui devait avoir mon âge à l’époque de notre première rencontre, je me suis revu, debout, à la porte du bureau de Morey Petout.

“Pas de parents ?” il avait demandé.

"Où elle est en ce moment ?" J'ai été soudain foudroyé à l'idée que ma mère débarque dans la Pâtisserie hongroise et prenne une chaise, à l'idée que toutes ces retrouvailles n'aient été qu'un coup monté destiné à mettre en scène une surprise terrifiante.

"Je ne sais pas où elle est *en ce moment*. Je l'ai vue il y a un an ou deux. Je n'ai aucune notion du temps. Mais je suis sûre que c'était dans le Bowery. J'ai regardé par la vitre d'un bus et soudain je l'ai vue, elle, Elna Conroy, qui était là comme si elle m'attendait. J'ai cru que j'allais avoir une crise cardiaque."

J'ai expiré, et mon propre cœur a recommencé à battre. "Tu veux dire que tu étais dans un bus quand tu as vu quelqu'un qui ressemblait à ma mère ?" L'idée d'apercevoir une connaissance par la vitre d'un bus avait l'air tirée par les cheveux, mais je ne prenais jamais le bus, et quand ça m'arrivait, je ne crois pas que je regardais par la vitre.

Pluche a levé les yeux au ciel. "Bon Dieu je ne suis pas idiote, Danny. Je suis *sortie* du bus. Je suis revenue sur mes pas et je l'ai retrouvée.

— Et c'était bien elle ?" Elna Conroy, qui s'était enfuie en Inde en pleine nuit, abandonnant son mari et ses deux enfants endormis, c'était elle qui était dans le Bowery ?

"Elle n'avait pas changé, c'est la vérité, je te le jure. Elle a les cheveux gris et elle se fait une tresse maintenant, comme faisait Maeve. Elles ont la même nature de cheveux ridicule.

— Elle t'a reconnue ?

— Je n'ai pas tellement changé."

C'était moi qui avais changé.

Pluche a versé son café dans son verre d'eau et elle a attendu que les glaçons fondent. "Elle a commencé par demander de vos nouvelles, à toi et Maeve, et comme je n'en avais aucune idée, je n'ai pas pu lui répondre. Je ne connaissais même pas votre adresse. Toute la honte m'est retombée dessus, comme si tout datait d'hier. Je ne m'en remettrai jamais. Rien que l'idée que j'ai été renvoyée, et la *raison* de mon renvoi, et le fait que je ne sois pas restée pour m'occuper de vous, comme je le lui avais promis…" Son chagrin était suspendu entre nous.

"On était ses enfants. Il me semble que c'était à elle de rester pour s'occuper de nous.

— C'est une femme merveilleuse, Danny. Ça a été très dur pour elle.

— Très dur de vivre dans la Maison des Hollandais ?"

Pluche a baissé les yeux sur son assiette vide. Ce n'était pas elle, la coupable. Même si elle m'avait frappé, même si elle avait été fichue dehors parce qu'elle m'avait frappé. Il y avait très peu de place pour le pardon dans mon cœur, et cette place minuscule, c'est à Pluche que je l'offrais.

"Tu ne peux pas comprendre. Elle était incapable de vivre comme ça. Elle fait pénitence maintenant en servant la soupe là-bas. Elle essaie de se faire pardonner pour son geste.

— Auprès de qui elle essaie de se faire pardonner ? De moi, de Maeve ?"

Pluche a réfléchi. "De Dieu, je pense. Je ne vois pas pourquoi elle serait allée dans le Bowery sinon."

Moi qui avais acheté des biens à Harlem et Washington Heights, je n'aurais jamais mis un pied dans le Bowery. "Quand est-ce qu'elle a quitté l'Inde ?"

Pluche a déchiré deux sachets de sucre, elle les a ajoutés à son café glacé et a remué. J'avais envie de lui dire qu'il aurait mieux valu sucrer le café chaud. En fait, j'avais envie de lui dire qu'il aurait infiniment mieux valu se revoir pour avoir une discussion sur la dissolution du sucre. "Il y a longtemps. Elle a dit que ça avait duré des années. Elle a dit que les gens avaient été très gentils avec elle. Tu te rends compte ? Elle aurait été très heureuse de rester en Inde mais elle devait aller là où on avait le plus besoin d'elle.

— Et qui n'était pas Elkins Park.

— Elle a renoncé à tout, c'est ça que tu dois comprendre. Elle a renoncé à toi, et à ta sœur, et à ton père, et à cette maison, pour pouvoir aider les pauvres. Elle a vécu en Inde et Dieu seul sait dans combien d'autres endroits horribles. Elle était là-bas, dans le Bowery. Toute cette zone pue, tu sais. C'est immonde là-bas, les ordures et les gens, et ta mère sert la soupe aux junkies et aux ivrognes. Si ça ne prouve pas à quel point elle regrette, alors je ne vois pas ce qui pourrait le prouver."

J'ai fait non de la tête. "Ça prouve qu'elle délire, pas qu'elle regrette.

— J'aurais voulu lui parler plus longtemps, a dit Pluche, clairement blessée. Mais j'allais être en retard à mon travail. Je suis nourrice maintenant. J'entre en fonction et j'en sors avant de trop m'attacher aux enfants. Et pour être sincère, ça grouillait de clodos là-bas et j'avais un peu peur dans la rue. Juste à l'instant où je me suis sentie mal, elle m'a dit qu'elle allait me raccompagner jusqu'à l'arrêt du bus. Elle m'a prise par le bras comme si on était deux amies d'enfance. Elle m'a dit qu'elle avait prévu de continuer à travailler à la soupe populaire, et que je pouvais revenir pour l'aider si j'en avais envie, ou juste revenir lui rendre visite. Je n'arrêtais pas de me dire que je retournerais la voir pendant mon jour de congé, mais Bobby n'était pas d'accord. Il a dit que je n'avais rien à faire sur un trottoir à servir à manger à une bande de junkies."

Je me suis enfoncé dans mon siège, en essayant de comprendre la situation. J'étais content que Maeve ne soit pas venue à New York. Je n'avais aucune envie qu'elle aperçoive notre mère dans la rue à travers la vitre d'un bus. "Tu sais où elle est en ce moment ?"

Elle a fait non de la tête. "J'aurais dû partir plus tôt à ta recherche, pour pouvoir te le dire. Ça n'aurait pas été difficile. Je regrette."

J'ai fait signe à Lizzy d'apporter l'addition. "Si ma mère avait voulu nous voir, elle aurait pris la peine de nous retrouver. Comme tu dis, ça n'aurait pas été difficile."

Pluche chiffonnait sa serviette en papier. "Crois-moi, je suis bien placée pour savoir que tout le monde a souffert. Mais votre mère n'est pas comme nous, elle obéit à un appel venu d'en haut, c'est tout."

J'ai posé mes billets sur la table. "Alors j'espère qu'elle y prend du bon temps."

En regardant ma montre, j'ai vu que j'étais déjà en retard. J'avais programmé un rendez-vous avec un entrepreneur, histoire de limiter le temps que je pouvais consacrer à Pluche. Elle m'a accompagné sur deux pâtés de maisons, avant qu'il ne soit évident qu'elle se dirigeait dans la mauvaise direction. Elle m'a pris la main. "On le refera, pas vrai ? Maeve a mon numéro. J'aimerais vous voir ensemble. Je veux vous présenter mes enfants. Ils sont merveilleux, comme toi et ta sœur."

Maeve avait raison. Non seulement c'était formidable de revoir Pluche, mais mon absence totale de ressentiment à son égard était formidable aussi. Elle s'était retrouvée dans une situation impossible. Personne n'aurait pu affirmer que ce qui s'était produit était sa faute. "Tu les abandonnerais ?

— Qui ?

— Tes merveilleux enfants. Tu serais capable de t'en aller et de les abandonner et de ne jamais leur dire que tu es toujours en vie ? Tu aurais été capable de les abandonner avant qu'ils soient assez grands pour se souvenir de toi ? De laisser Bobby se débrouiller tout seul pour les élever ?"

Je voyais l'impact du choc la faire vaciller. Elle a reculé d'un pas. "Non.

— Alors c'est toi qui es quelqu'un de bien, pas ma mère.

— Oh, Danny." Elle a prononcé mon nom d'une voix étranglée. Elle m'a serré dans ses bras pour me dire au revoir. En s'éloignant, elle s'est retournée tellement de fois pour me regarder qu'on aurait dit qu'elle remontait la rue en faisant une ample série de cercles concentriques.

Le fait est que moi aussi, j'avais vu ma mère, même si je l'ignorais à l'époque. En me dirigeant vers la 116e Rue après avoir quitté Pluche, je ne me doutais pas que c'était arrivé. Ça s'était produit aux urgences d'Albert-Einstein, vers minuit, il y a deux ans environ, trois peut-être. Il n'y avait plus un siège de libre dans la salle d'attente. Des parents avaient des adolescents sur les genoux, d'autres marchaient de long en large avec des enfants dans les bras. Des gens étaient appuyés contre les murs, saignant, gémissant, vomissant sur eux, bref un samedi soir typique au Club des Flingues et Crans d'Arrêt. Je venais d'examiner une jeune femme qui avait les voies respiratoires broyées (par le volant d'une voiture ? un petit ami ?), et j'avais à peine introduit l'endoscope le long de ses voies nasales que ses deux cordes vocales s'étaient effondrées. Du sang et de la salive jaillissaient dans tous les sens et il avait fallu une éternité pour mettre en place une sonde endotrachéale. À l'issue de l'opération, je suis allé en salle d'attente pour rechercher la personne qui l'avait accompagnée. En appelant le nom inscrit sur le dossier, j'ai senti une femme derrière moi tapoter mon épaule en disant "Docteur". Tout le monde le faisait, les malades et les défenseurs des malades, tous scandaient et suppliaient, "docteur", "infirmière", "docteur", "infirmière". Les urgences d'Albert-Einstein étaient un cyclone de besoins humains et l'astuce consistait à rester concentré sur le truc qu'on était venu faire, en ignorant tout le reste. Mais quand je me suis retourné, la femme m'a regardé avec une telle – quoi ? Surprise ? Peur ? Je me souviens d'avoir porté la main à mon visage pour m'assurer qu'il n'était pas couvert de sang. Ça n'aurait pas été la première fois. Elle était petite et lamentablement maigre, et dans mon esprit elle évoquait l'amas de cendres du stade terminal du cancer des poumons ou de la tuberculose. Aucune de ces deux maladies ne la distinguait de la foule autour d'elle. L'unique raison pour laquelle elle avait retenu mon attention est qu'elle m'avait appelé Cyril.

J'allais lui demander si elle connaissait mon père quand un homme a surgi pour me dire que c'était sa petite amie que je venais d'examiner. Je l'ai entraîné dans le couloir, en me demandant s'il l'avait réellement étranglée. J'avais passé moins d'une minute en salle d'attente, et le temps que je puisse m'interroger au sujet de la femme à la tresse grise qui m'avait appelé par le prénom de mon père, elle avait disparu depuis longtemps, et je l'avais oubliée. Je ne me suis pas demandé si elle avait été locataire d'un des immeubles Conroy ou bien s'il l'avait connue à Brooklyn. La pensée de ma mère ne m'a évidemment pas traversé l'esprit. Comme tous mes collègues des urgences, j'ai continué à m'occuper des patients qui se présentaient devant moi et j'ai survécu à la nuit.

Grandir avec une mère qui s'était enfuie en Inde, sans plus jamais donner de ses nouvelles, c'était quelque chose – ça impliquait un deuil, une sorte de mort. Mais découvrir qu'elle se trouvait à quinze arrêts sur la ligne 1 direction Canal Street, et qu'elle n'avait pas repris contact, c'était carrément barbare. Toutes les notions romantiques que mon cœur avait pu abriter, toutes les excuses ou statuts d'exception qu'il lui avait accordés, ont été soufflés aussi vite qu'une allumette.

À mon retour, l'entrepreneur m'attendait dans l'entrée et on a parlé des châssis de fenêtres qui se détachaient des briques sur la façade avant de l'immeuble. Il y était encore une heure plus tard à prendre des mesures quand Celeste est rentrée de l'école. Elle était si gaie, si lumineuse, ses cheveux blonds emmêlés par les rafales de vent. Elle me parlait des enfants dans sa classe, ils avaient tous découpé des feuilles sur du papier à dessin et imprimé leurs noms sur les feuilles pour qu'elle puisse faire un arbre sur la porte de la classe, et en écoutant, moins ce qu'elle disait que le son agréable de sa voix, je savais que Celeste serait toujours là. Elle m'avait prouvé son engagement d'innombrables fois. Si les hommes étaient condamnés à épouser leur mère, eh bien je tenais ma chance de résister au destin.

“Oh ! elle a dit, en lançant ses sacs de livres par terre et en se dressant sur la pointe des pieds pour m’embrasser. Je suis trop bavarde ! Je suis comme les gosses, totalement surexcitée ! Raconte-moi le monde des adultes. Raconte-moi ta journée.”

Mais je ne lui ai rien raconté, ni la Pâtisserie hongroise, ni Pluche, ni ma mère. À la place, je lui ai dit que j’avais bien réfléchi et que je pensais que le moment était venu de se marier.

# CHAPITRE TREIZE

J'aurais voulu ne pas tout déléguer à Maeve, qui est allée déjeuner à Rydal, avec Celeste et sa mère, pour discuter des couleurs des serviettes et décider si l'on servirait des alcools forts à la réception ou bien uniquement de la bière et du champagne au vin d'honneur.

"Des légumes surgelés, m'a dit Maeve à son retour. J'avais envie de lui dire que ce serait ma contribution. Je vais inonder son jardin de petits pois verts, ce qui m'épargnera la corvée d'une énième conversation pour savoir si la pelouse sera encore verte en juillet ou pas.

— Je suis désolé. Tu ne devrais pas avoir à te coltiner tout ça."

Maeve a levé les yeux au ciel. "Écoute, c'est pas comme si tu allais t'en charger… Soit je m'en occupe, soit personne ne nous représentera au mariage.

— Je prévois de nous représenter au mariage.

— Ce n'est pas ce que je voulais dire. J'ai beau ne pas être mariée, je comprends très bien la situation."

Celeste a prétendu que c'était douloureux pour Maeve d'assister à mon mariage avant le sien. Celeste a prétendu qu'à trente-sept ans, Maeve n'avait quasiment aucune chance de trouver un mari, si bien qu'il était évident que l'organisation du mariage ne la remplissait pas de joie. Mais c'était faux. D'abord, Maeve n'aurait jamais jalousé mon bonheur, et puis je ne l'avais jamais vue exprimer ne serait-ce qu'un vague intérêt à l'égard du mariage. Maeve se fichait du mariage. Si elle avait un problème, c'était avec la mariée.

J'ai tenté d'expliquer à ma sœur que j'étais sorti avec plein de filles et que Celeste était vraiment le meilleur choix qui s'offrait à moi. Et puis je ne m'étais pas non plus précipité. Notre relation avait eu ses hauts et ses bas depuis la fac.

"Tu choisis la femme que tu aimes le mieux dans un groupe de femmes que tu n'aimes pas. Ton groupe témoin est fondamentalement défectueux."

Mais j'avais choisi la femme qui s'était engagée à me rendre la vie plus douce et à rester à mes côtés. Le problème, c'est que Maeve pensait que ce rôle-là lui était destiné.

De la vie amoureuse de Maeve, ou de son absence, j'ignorais tout. Mais je dirai une seule chose : je l'avais observée toute ma vie tester sa glycémie et s'injecter de l'insuline, mais elle ne le faisait jamais en présence d'autres personnes que moi, à moins d'une urgence absolue. Quand j'étais en école de médecine, puis interne, j'ai essayé de discuter avec elle de sa gestion de la maladie, mais elle a refusé la discussion. "J'ai un endocrinologue.

— Mon but n'est pas d'être ton endocrinologue. Je te dis juste, parce que je suis ton frère, que ta santé me concerne.

— C'est très gentil. Et maintenant ferme-la."

Avec Maeve, on avait d'innombrables raisons de nous méfier du mariage – l'histoire de notre jeunesse suffirait à en dégoûter n'importe qui –, mais si j'avais dû formuler une hypothèse, je n'aurais rendu ni Andrea ni nos parents responsables. Si j'avais dû formuler une hypothèse, j'aurais dit que Maeve n'aurait jamais autorisé personne d'autre que moi à se trouver dans la pièce où elle enfonçait une aiguille dans son estomac.

"Redis-moi encore quel rapport il y a entre le fait que je ne sois pas mariée, et le fait que tu t'apprêtes à te marier avec Celeste ?

— Aucun. Je veux juste m'assurer que tu vas bien.

— Fais-moi confiance. Je n'ai aucune envie d'épouser Celeste. Je te la laisse."

Sans Maeve, chaque aspect du mariage, tous les frais et toutes les décisions à prendre auraient incombé à la famille Norcross. Maeve était convaincue que nous autres Conroy ne pouvions inaugurer l'alliance des deux familles sur un tel pied d'inégalité. Après tout, si l'on additionnait les oncles et tantes, et tous les cousins, jusqu'au dernier degré, unis par le mariage ou par le sang, on obtenait plus de Norcross que d'étoiles dans le ciel, alors que les Conroy étaient seulement au nombre de deux. Je me suis rendu compte qu'il fallait à tout prix la présence de quelqu'un de notre camp, et comme notre camp comptait seulement deux personnes, Maeve et moi, c'est tombé sur elle. J'avais beaucoup de rendez-vous avec des électriciens durant cette période, et j'acquérais le savoir-faire étonnamment compliqué qu'il faut pour réparer une cloison sèche. J'étais trop occupé pour participer aux détails de l'organisation, si bien que j'ai envoyé en émissaire ma sœur, qui habitait à peine à un quart d'heure de chez les parents de Celeste.

Obéissant à la division du travail, Maeve s'est portée volontaire pour écrire le faire-part de notre mariage qui paraîtrait dans le journal. *Mary Celeste Norcross, fille de William et Julie Norcross, épousera Daniel James Conroy, fils d'Elna Conroy et de feu Cyril Conroy, le samedi 23 juillet.*

Mais Celeste n'a pas aimé le mot *feu*. D'après elle, ça assombrissait l'heureux événement.

"Et ta mère ?" À l'autre bout du fil, Maeve se livrait à une imitation étonnamment ressemblante de la voix de Celeste. "Tu es sérieux quand tu dis que le nom de ta mère doit figurer dans le faire-part ?

— Ah.

— Je lui ai dit que ta mère existait. Que tu avais une mère absente et un père mort. C'est tout ce qu'on possède. Alors elle a demandé si on ne pourrait pas les laisser tous les deux de côté, vu qu'ils ne seront pas là ? Et qu'on ne risque pas de les blesser.

— Et alors ?" Cette proposition ne me semblait pas scandaleuse.

"Mais c'est *moi* qu'on risque de blesser, a dit Maeve. Tu n'es pas un champignon qui a surgi après la pluie. Tu as des parents."

Julie Norcross, ma toujours-rationnelle future belle-mère, a tranché en faveur de Maeve. "C'est la tradition", elle a dit à sa fille. Le compromis, que Maeve a accepté, non sans beaucoup rouspéter avant de capituler, voulait que le nom de nos parents n'apparaîtrait pas sur l'invitation.

Et pendant tous ces préparatifs, je n'ai jamais révélé à ma sœur que notre mère rôdait dans les parages. J'ai remis ça à plus tard, non par crainte de mettre la santé de Maeve en danger, mais parce qu'on était plus heureux sans elle. Telle est la prise de conscience que la révélation de Pluche avait entraînée. Après de si nombreuses années de chaos et d'exil, nos existences avaient enfin fini par se stabiliser. Depuis que mon boulot ne consistait plus à dépenser le fonds, il était rare que nous évoquions Andrea. On ne pensait jamais à elle. Je ne pratiquais pas la médecine. J'étais le propriétaire de trois immeubles. J'allais me marier. Maeve, pour des raisons qui m'échappaient, continuait à travailler chez Otterson sans se plaindre. Elle semblait plus heureuse qu'elle ne l'avait jamais été, même si elle était opposée à mon mariage avec Celeste. Après des années sous l'emprise du passé, on s'était en quelque sorte miraculeusement libérés, et on allait de l'avant comme tout le monde. Dire à Maeve que notre mère n'était pas loin, et que je n'étais pas sûr que nos parents aient divorcé, aurait pour conséquence de rallumer l'incendie que j'avais passé ma vie à éteindre. Pourquoi est-ce qu'on aurait dû partir à sa recherche ? Elle n'avait jamais tenté de nous retrouver.

Je ne veux pas dire par là que Maeve ne méritait pas de savoir, ni que j'avais résolu de ne jamais lui dire la vérité. Simplement ça ne me paraissait pas le bon moment.

Notre mariage a eu lieu par une journée étouffante de la fin juillet à l'église St Hilary de Rydal. Une cérémonie à l'automne aurait été plus agréable, mais Celeste a dit qu'elle voulait que tout soit réglé avant la rentrée des classes en septembre. D'après Maeve, Celeste ne voulait me laisser aucune chance de changer d'avis. Les Norcross ont loué une tente pour la réception, et Celeste et Maeve ont mis provisoirement leurs sérieux désaccords de côté.

Morey Petout était mon témoin. Le fait que j'aie déserté les sciences le faisait hurler de rire. "J'ai gâché la moitié de ma carrière professionnelle en misant sur toi !" Il me tenait par l'épaule, comme n'importe quel père fier de son fils. Des années plus tard, j'ai acheté un immeuble sur Riverside Drive, un joyau d'avant-guerre avec un hall d'entrée Art déco et des incrustations en verre de couleur verte sur les portes des ascenseurs. J'ai offert aux Petout la moitié du dernier étage et une clé du toit pour le prix d'un studio. Ils y ont vécu jusqu'à la fin de leurs jours.

Celeste a lancé son diaphragme dans l'océan Atlantique pendant notre lune de miel. Tôt le matin, on l'a contemplé se prendre une petite vague et flotter loin de la côte du Maine.

"C'est un peu répugnant, j'ai dit.

— Les gens croiront que c'est une méduse." Elle a fermé la petite boîte rose vide et l'a fourrée dans son sac. La veille on avait essayé de se baigner, mais malgré la fin juillet, on avait à peine pu se tremper jusqu'aux genoux. Alors on est rentrés à l'hôtel et Celeste a remis son maillot de bain pour que j'aie le plaisir de le lui enlever une deuxième fois. D'après elle on avait déjà attendu trop longtemps. À vingt-neuf ans, elle n'allait pas retarder encore d'un cycle le processus naturel. Notre fille est née neuf mois plus tard. Surmontant les oppositions, j'ai donné au bébé le prénom de ma sœur, et en guise de compromis on l'a appelée May.

Tout était facile avec May. J'ai dit à Celeste que si elle avait envie de rester à la maison, on poserait une bâche sur le lit et je procéderais moi-même à l'accouchement, mais elle a refusé. On a pris un taxi en pleine nuit jusqu'au centre médical de l'université de Columbia, et six heures plus tard notre fille a été mise au monde par l'un de mes anciens camarades de fac. La mère de Celeste s'est installée une semaine chez nous et Maeve est venue une journée. Les préparatifs du mariage avaient énormément rapproché Maeve et Julie Norcross, et Maeve s'était rendu compte que tout se passait mieux entre elle et Celeste en présence de la mère de celle-ci. Alors elle s'est arrangée pour que leurs visites coïncident. Celeste a quitté son travail d'enseignante à l'école de Columbia et cinq mois plus tard, elle était à nouveau enceinte. Elle disait souvent qu'elle était faite pour avoir des bébés. Elle allait mettre ses forces à l'épreuve.

Mais les bébés sont pour une grande part une question de chance, et on n'avait aucune garantie que ce qui avait été simple la première fois le serait à nouveau la deuxième. À vingt-cinq semaines de sa deuxième grossesse, Celeste a commencé à avoir des contractions et on lui a demandé de garder le lit. On lui a dit que son col de l'utérus était trop paresseux pour conserver le bébé en place et résister à l'inlassable force de gravité. Elle s'est sentie personnellement coupable.

"L'année dernière personne n'a dit qu'il était paresseux."

Ils l'auraient hospitalisée s'ils n'avaient tenu pour acquis que mon statut de médecin était suffisant pour lui administrer son traitement et mesurer sa tension artérielle. En revanche, j'étais incapable de concilier de front mon travail, les soins à donner à Celeste, et May.

"On va devoir embaucher quelqu'un." Celeste avait été claire : elle ne voulait pas que sa mère vienne s'installer à

New York. La question de solliciter l'aide de Maeve n'a même pas été abordée.

"Si seulement on connaissait quelqu'un." Celeste était frustrée, effrayée, et en colère contre elle-même, parce qu'elle était incapable de s'occuper de tout comme d'habitude. "Je n'ai pas envie qu'une inconnue s'occupe de May.

— Je pourrais essayer Pluche." Ma proposition manquait d'enthousiasme. Faire venir Pluche chez nous faisait partie de ces gestes qui impliquaient un grand pas en arrière. Je tenais May en équilibre sur ma hanche et elle s'est tortillée en tendant ses mains dodues pour que sa mère la prenne.

"C'est quoi Pluche ?

— *C'est qui* Pluche.

— De quoi tu parles ?

— Je t'ai jamais parlé de Pluche ?"

Celeste a soupiré en redressant sa couverture. "J'imagine que non. Une Pluche, ça ne s'oublie pas."

Au début de notre histoire, Celeste m'avait demandé d'où venait la petite cicatrice près de mon œil et j'avais répondu que j'avais pris un revers en jouant en double à Choate. Je n'étais pas disposé à raconter à la jolie fille dans mon lit que ma nounou irlandaise m'avait frappé avec une cuillère. Si je n'avais jamais mentionné Pluche, Celeste ignorait aussi la liaison qu'elle avait eue avec mon père. Il aurait été difficile de proposer une candidate qui avait couché avec son employeur et frappé l'enfant sous sa garde, mais à dire vrai, je lui avais absolument tout pardonné. Comme disait Maeve, ça n'avait pas de sens d'en vouloir à qui que ce soit appartenant à cette période de notre vie. "C'était notre nounou. Elle vit dans le Bronx désormais.

— Mais je croyais que c'étaient Sandy et Jocelyn vos nounous.

— Sandy était la gouvernante, Jocelyn la cuisinière, Pluche la nounou."

Celeste a fermé les yeux et approuvé calmement de la tête. "J'ai un peu de mal à retenir toute la liste des domestiques."

"Tu veux que je l'appelle ?" May, qui possédait une aptitude étonnante à concentrer tout son poids, venait de se transformer en un sac de patates de vingt-cinq kilos. Je l'ai posée à côté de sa mère.

"On pourrait essayer. Ça t'a plutôt réussi." Celeste a tendu la main vers notre fille. Elle avait le droit de s'allonger à côté d'elle, mais sans la prendre dans ses bras. "C'est un bon début."

Et ainsi il advint que presque trente ans après notre dernière expérience de vie commune, Pluche a rejoint la 116e Rue pour prendre soin de notre fille. Cet arrangement mettait Celeste aux anges.

"Il y avait des puces partout !" Le lendemain de son embauche, je venais de passer la porte et je suis resté dans la minuscule entrée pour écouter le récit que Pluche faisait à ma femme. Je n'étais pas en train de les espionner, l'appartement était trop petit pour ça. Elles étaient parfaitement au courant de ma présence. "La première fois que j'ai fait la connaissance des Conroy, ils étaient tous debout en train de se gratter. Je mourais d'envie de faire bonne impression, vous savez. J'avais été la gardienne de la maison quand elle était vide et j'espérais qu'ils me garderaient, alors j'ai mis ma plus belle robe et je suis allée me présenter, et je les ai tous vus, avec leurs piles de cartons.

On voyait les puces sur les gambettes de Maeve. Elles la dévoraient comme un pain de sucre.

— Attends, a dit Celeste, vous n'habitiez pas dans la maison ?

— J'habitais dans le garage. Il y avait un appartement au-dessus où mes parents avaient habité à l'époque où ils travaillaient pour les VanHoebeek. Je restais évidemment dans la maison quand je m'occupais de la vieille Mme VanHoebeek, je ne la laissais jamais seule. Mais après sa mort, eh bien toute cette ambiance me déprimait, alors j'ai réintégré le garage. C'est là que j'avais grandi. J'avais été l'une des filles de la maison, et puis la seule domestique sur place, et puis la bonne d'enfants, et puis la gardienne, et puis la nounou des Conroy, d'abord celle de Maeve, ensuite de Danny."

*Et puis tu as été la maîtresse*, j'ai pensé, en posant le courrier.

"J'ai été bonne dans tous mes boulots, sauf quand j'étais gardienne. J'étais nulle.

— Mais il y a un monde, a dit Celeste, entre s'occuper des gens et s'occuper d'une maison vide.

— J'avais peur de la maison. Je n'arrêtais pas de me dire que les VanHoebeek étaient toujours là, qu'ils étaient devenus des fantômes. J'étais incapable d'imaginer cet endroit sans eux, même s'ils étaient morts. J'arrivais à peine à m'obliger à faire un saut une fois par semaine pour jeter un coup d'œil dans la journée, du coup j'ignorais que les ratons laveurs avaient réussi à s'introduire jusque dans la salle de bal envahie de puces. Elles devaient être à l'état de larves parce qu'il n'y avait pas de puces quand le banquier est venu et il n'y avait pas de puces quand les

Conroy sont venus visiter la maison, mais le temps qu'ils s'installent, les puces avaient tout envahi, on les voyait sauter sur les tapis, sur les murs. Je ne leur en aurais pas voulu de me licencier.

— Ce n'était pas à cause de vous, les puces, a dit Celeste.

— Mais si, réfléchissez. Je faisais mon boulot en somnambule. Qu'est-ce que vous diriez que je repose cette petite fille et que je vous prépare à déjeuner ?

— Danny ? a appelé Celeste. Tu veux déjeuner ?"

Je suis entré dans la chambre. Celeste était allongée dans notre lit et Pluche assise dans un fauteuil, avec May endormie dans les bras.

Celeste a levé les yeux vers moi en souriant. "Pluche vient de me raconter l'histoire des puces.

— Sa mère m'a gardée, a dit Pluche en souriant, comme si tout le mérite me revenait. Elle n'était pas tellement plus vieille que moi mais je la traitais comme si c'était ma propre mère. J'étais tellement seule ! Et elle était tellement gentille. Au summum de son malheur, Elna m'a toujours fait sentir qu'elle était heureuse de ma présence.

— Elle était malheureuse à cause des puces ?

— À cause de la *maison.* Cette pauvre Elna détestait la maison.

— Je mangerais bien quelque chose, j'ai dit.

— Pourquoi « pauvre Elna » ?" a demandé Celeste. Depuis que je lui avais raconté l'histoire de ma vie, ma femme avait une très basse estime de ma mère. Selon elle, rien ne pouvait justifier que l'on abandonne deux enfants.

Pluche a baissé les yeux sur ma fille endormie sur sa poitrine. "Elle était trop bonne pour habiter dans un endroit pareil."

Celeste m'a regardé, l'air de ne pas comprendre. "Je croyais que tu avais dit que c'était une belle maison.

— Je vais chercher des sandwichs." J'ai tourné les talons. J'avais envie de demander à Pluche de se taire, mais à quoi bon ? C'est à Celeste qu'elle racontait ces histoires, la seule personne au monde qui avait envie de les entendre. Pluche racontait à Celeste les histoires de la Maison des Hollandais, exactement comme Shéhérazade tentait de gagner une nuit supplémentaire, et Celeste, qui avait enfin oublié ses soucis, ne l'aurait laissée partir pour rien du monde.

Kevin est né prématuré, et il a passé les six premières semaines de sa vie dans une couveuse, nous fixant à travers la paroi de plastique transparent de ses yeux de grenouille, tandis que Pluche restait chez nous avec May. "Tout va bien se passer, me disait Pluche, en embrassant ma fille sur la tête, une rafale de baisers rapides. Tout le monde est à la bonne place." Maeve est arrivée par le train pendant que Celeste était à l'hôpital, et elle était aussi impatiente de passer ses journées avec Pluche qu'avec son homonyme. Quand elles étaient réunies, Maeve et Pluche nourrissaient un appétit insatiable pour le passé. Elles reparcouraient la Maison des Hollandais pièce par pièce. "Tu te souviens de cette cuisinière ? demandait l'une. Tu étais obligée d'allumer le feu avec une allumette. J'ai toujours eu peur de nous faire tous exploser, tellement il mettait de temps à s'allumer. – Tu te souviens de ces draps en soie rose dans la chambre au troisième étage ? J'ai jamais revu des draps comme ça ensuite. Je parierais qu'ils sont toujours en parfait état. Personne n'a jamais dormi dans ce lit. – Tu te souviens quand on allait nager dans la piscine toutes les deux, et que Jocelyn disait que ce n'était pas correct d'être obligée d'assister, en plein milieu d'une journée de travail, au spectacle d'une nounou en train de tout éclabousser comme un phoque ?" Et alors elles piquaient un fou rire jusqu'à ce que May se mette à rire avec elles.

Après la naissance de May, j'avais acheté à Celeste un brownstone juste au nord du musée d'Histoire naturelle et je le retapais les week-ends – un grand immeuble de quatre étages, au-dessus de nos moyens, le genre de maison susceptible de nous abriter le restant de nos jours. Le voisinage était moyen, mais meilleur que notre voisinage actuel. Les vagues d'embourgeoisement commençaient à remonter vers l'Upper West Side et je voulais prendre de l'avance. Commencer une nouvelle vie allait nous obliger à parcourir vingt-cinq pâtés de maisons. Je paierais Sandy et Jocelyn pour qu'elles viennent un week-end aider Pluche à faire et défaire les cartons.

"On déménage *maintenant* ?" a dit Celeste, dans la salle d'attente de l'unité de soins intensifs néonatals. Les visites démarraient à 9 heures.

"Ça n'est jamais le bon moment pour déménager. Et puis comme ça, Kevin pourra découvrir sa nouvelle maison en sortant de l'hôpital."

La nouvelle maison comprenait quatre chambres, mais tant qu'ils étaient petits, on a installé Kevin et May dans la même. "Comme ça on court moins dans tous les sens, a dit Pluche. Trop de fichus escaliers dans cette maison." Celeste était d'accord, et elle m'a fait installer un lit simple dans la chambre des enfants déjà bourrée à craquer.

Son accouchement s'était terminé par une césarienne en urgence, et elle a dit qu'elle préférait ne pas être trop loin des enfants quand l'un ou l'autre se mettrait à pleurer.

Une nuit, après être allée chercher un pull pour Celeste dans notre chambre au dernier étage, puis avoir lancé une machine au premier, puis avoir changé les couches de May et être allée lui chercher une tenue de rechange au troisième, et avoir rapporté les vêtements sales à laver, Pluche s'est écroulée sur le canapé à côté de Celeste, les joues brûlantes, la respiration haletante.

"Tout va bien ?" a demandé Celeste, Kevin dans les bras. May a fait quelques pas maladroits vers la cheminée où je venais d'allumer un feu.

*"May"*, j'ai dit.

Pluche a expiré profondément avant de tendre les mains vers May qui du coup s'est retournée et a trottiné droit sur elle.

"Trop de fichus escaliers", a dit Celeste.

Pluche a approuvé de la tête, et au bout d'une minute elle a retrouvé son souffle. "Ça me fait penser à l'époque où la pauvre vieille Mme VanHoebeek était en train de mourir. Comme je détestais ces escaliers !

— Elle avait fait une chute ?" J'ai posé la question, parce que la seule information que j'avais sur les VanHoebeek, c'est qu'ils avaient fabriqué des cigarettes et qu'ils étaient morts.

"Eh bien pas dans les escaliers, si c'est à ça que tu pensais. Elle a fait une chute dans le jardin, en coupant des pivoines. Elle est tombée sur le magnifique gazon moelleux et elle s'est cassé la hanche.

— C'était quand ?

— Quand ? a répété Pluche, que ma question avait brièvement déconcertée. La guerre était bien avancée, je m'en souviens. Tous les garçons étaient déjà morts. M. VanHoebeek était mort. Moi et la Patronne, on était toutes seules dans la maison."

Pluche avait essayé d'appeler Celeste "Patronne", quand elle était entrée à notre service, mais Celeste avait refusé catégoriquement.

"Les garçons sont morts comment ?" Celeste a remonté la couverture et l'a enroulée autour du cou de Kevin. Malgré le feu de cheminée, la pièce restait froide. Il fallait que je répare les fenêtres.

"Tu veux savoir pour tous ? Linus a eu une leucémie. Il est mort très tôt, même pas douze ans. Les aînés, Pieter et Maarten, ils sont morts tous les deux en France. Ils ont dit que si l'armée américaine ne les enrôlait pas, ils retourneraient en Hollande pour combattre. On a appris la mort de l'un des deux, et moins d'un mois plus tard, celle de l'autre. C'étaient deux hommes magnifiques, on aurait dit des princes de conte de fées. Je ne savais jamais lequel je préférais, j'étais amoureuse des deux.

— Et M. VanHoebeek ?" Je me suis assis dans le grand fauteuil près de la cheminée. L'horloge égrenait les minutes de la nuit. Je n'avais pas eu l'intention de rester avec elles, et pourtant je restais. Le salon nous enveloppait dans la lumière vacillante. J'entendais les voitures proches descendre et remonter Broadway à toute vitesse. J'entendais la pluie.

"Emphysème. C'est pour ça que je n'ai jamais fumé. À lui seul, le vieux M. VanHoebeek fumait largement pour toute la famille. C'est une mort atroce", a dit Pluche en me regardant.

Celeste a remonté ses pieds sous elle. “Et Mme Van-Hoebeek ?” Elle voulait une histoire. May a gazouillé pendant une minute sur les genoux de Pluche, puis elle s’est tue, comme si elle aussi écoutait.

“J’ai appelé l’ambulance et ils sont venus et ils l’ont sortie du jardin et l’ont portée sur un brancard. Je les ai suivis dans la dernière voiture qui nous restait. Mon père avait été leur chauffeur, vous savez, donc je savais conduire. À l’hôpital j’ai demandé si je pouvais dormir dans la chambre de la vieille dame, pour la surveiller, mais l’infirmière a dit non. Elle a dit qu’ils allaient devoir lui mettre une broche dans la hanche et qu’elle devrait se reposer. Mes parents avaient trouvé un emploi ensemble en Virginie, tous les autres domestiques avaient dû partir pendant la Grande Dépression. J’étais la seule à être restée dans la maison à l’époque. À plus de vingt ans, je n’avais jamais passé une nuit toute seule de ma vie.” Pluche a secoué la tête à ce souvenir. “J’étais pétrifiée. Je n’arrêtais pas de me dire que j’entendais des gens parler. Et puis à un moment, il faisait déjà nuit et là, soudain, j’ai compris que c’était moi qui protégeais la Patronne, et pas l’inverse. Est-ce que je pouvais vraiment imaginer que cette minuscule vieille dame m’avait protégée ?”

May a bâillé et elle a laissé tomber sa tête sur le rebord formé par la poitrine de Pluche, lui lançant un dernier regard comme pour s’assurer de sa présence avant de s’abandonner au sommeil.

“Elle est morte à l’hôpital ?” J’ai posé la question parce qu’il me semblait que dans les années 1940, le pronostic pour la prothèse de hanche ne devait pas être très bon.

“Oh non. Elle s’en est très bien remise. Je suis allée la voir tous les jours, et au bout de deux semaines, les ambulanciers l’ont reconduite à la maison. Ce qui me ramène au début, à ma haine des escaliers. Ils l’ont montée dans les escaliers sur une civière, ils l’ont allongée sur son lit et j’ai arrangé tous ses coussins autour d’elle. Elle était tellement heureuse d’être rentrée. Elle a remercié les hommes, en s’excusant d’être si lourde, alors qu’en fait elle pesait à peine plus qu’une poule. Elle dormait dans la grande chambre à l’avant de la maison, celle où vos parents dormaient. Après le départ des ambulanciers je lui ai demandé si elle voulait un thé et elle a dit oui, alors je me suis précipitée en bas pour le faire, et à partir de là ça n’a plus jamais arrêté. Je devais faire ça, et puis ça, et puis ça encore. Je montais et descendais ces escaliers toutes les cinq minutes, et ça allait, j’étais jeune, mais au bout d’une semaine environ j’ai compris l’erreur que j’avais faite. J’aurais dû la faire installer au rez-de-chaussée, en plein milieu du hall d’entrée où elle aurait eu la plus belle vue. En bas elle aurait pu regarder la pelouse, les arbres et les oiseaux, tout ce qui continuait à lui appartenir. Depuis sa place à l’étage, la cheminée était son seul spectacle. Depuis son lit, elle voyait seulement le ciel par la fenêtre. Elle ne s’en est jamais plainte mais ça me rendait tellement triste pour elle. Je savais que son état n’allait pas s’améliorer. C’était impossible. Quel délicieux vieil oiseau c’était ! Chaque fois que je devais aller dans un magasin ou à la pharmacie, il fallait que je lui donne un comprimé supplémentaire qui l’assommait, sinon elle s’affolait si je ne répondais pas immédiatement et elle essayait de sortir de son lit toute seule. Elle était incapable de se souvenir qu’elle avait une hanche cassée, c'était ça le problème. Elle essayait constamment de se lever. Je lui demandais de rester tranquille et ensuite je dévalais les escaliers pour aller lui chercher ce dont elle avait besoin et je revenais direct, mais la moitié du temps elle avait rampé hors du lit, un pied sur le sol, alors je me suis mise à l'installer bien au milieu du matelas, en dressant un mur d'oreillers autour d'elle comme avec un bébé, et puis je dévalais les escaliers deux fois plus vite. J'étais assez en forme pour courir un marathon, mais je ne crois pas que les marathons existaient à l'époque." Elle a baissé les yeux sur May et passé la main sur les cheveux noirs et fins du bébé. "Je n'avais jamais de répit."

Il est arrivé, au début, que Celeste veuille dire du mal de Maeve, mais Pluche refusait d'écouter. "J'aime mes enfants, et Maeve a été ma première. Tu sais que je lui ai sauvé la vie. Quand elle a eu sa première crise de diabète, c'est moi qui l'ai emmenée à l'hôpital. Imagine un peu que May grandisse et que quelqu'un veuille m'obliger à écouter des choses méchantes sur elle." Elle a fait sauter May plusieurs fois sur sa hanche, ce qui l'a fait rire. "Ça ne va pas. Être. Possible", elle a dit au bébé.

Celeste s'est empressée d'obéir. La relation adulte centrale de son existence était celle qu'elle avait avec Pluche désormais, et elle vivait dans la terreur du jour où les enfants seraient considérés comme assez grands pour qu'elle s'en occupe toute seule. Non seulement il était nécessaire d'avoir deux autres mains pour élever deux enfants nés avec si peu d'écart, mais Pluche savait gérer une otite, une rougeur, l'ennui. Elle savait mieux que moi quand appeler un pédiatre. Pluche possédait un don génial pour les bébés, mais elle avait aussi une intuition subtile des mères. Elle s'occupait autant de Celeste que de Kevin et May, la félicitant pour chaque bonne décision, lui disant qu'il était temps de se reposer, lui apprenant à faire le ragoût. Et en cas de pluie, ou quand le soir était tombé, ou qu'il faisait tout simplement trop froid pour sortir, on pouvait toujours rouvrir le trésor inépuisable des histoires des VanHoebeek. Celeste était tombée amoureuse d'eux, elle aussi.

"Le garage était beaucoup trop loin de la façade latérale de la maison, mais si je montais sur le siège des toilettes et ouvrais la fenêtre, alors je voyais les invités arriver pour les fêtes. Rien au monde n'a jamais égalé les fêtes qu'ils donnaient à cette époque, absolument rien. Toutes les baies vitrées étaient ouvertes et les invités sortaient sur la terrasse. Quand il faisait froid, ils dansaient dans la salle de bal à l'étage, mais quand il faisait beau, des ouvriers venaient pendant la journée pour installer une piste de danse faite de pièces de bois poli encliquetées les unes dans les autres. Comme ça les invités pouvaient danser sur la pelouse. Il y avait un petit orchestre et les gens riaient sans fin. Ma mère disait toujours qu'il n'y avait pas de son plus soyeux au monde que le rire d'une femme riche. Elle restait toute la journée à la cuisine pour tout préparer, et puis elle faisait le service jusqu'à 2 ou 3 heures du matin, avant de tout nettoyer. Il y avait plein de domestiques qui auraient pu l'aider mais la cuisine était son royaume. Mon père allait garer toutes les voitures des invités avant de les ramener quand ils voulaient partir. À leur arrivée, malgré tous mes efforts pour rester éveillée, je m'étais déjà endormie sur le canapé, j'étais toute petite, et ma mère me réveillait pour me donner un verre de champagne éventé, même un fond de bouteille. Elle me réveillait en disant : « Fiona, regarde ce que je t'ai apporté ! » Et je vidais le verre avant de me rendormir tout de suite. Je devais avoir cinq ans maximum. Ce champagne était la chose la plus merveilleuse du monde."

"Selon toi, comment mon père a réussi à trouver l'argent pour acheter la maison ?" J'ai posé la question à Pluche, tard dans la nuit, dans un moment de silence presque sacré, les deux enfants endormis dans leurs berceaux, Celeste endormie sur le petit lit de la nursery où elle s'était allongée une minute, avant de sombrer. J'étais debout près de Pluche, elle faisait la vaisselle et j'essuyais.

"Grâce au garçon à l'hôpital quand ton père était en France."

Je me suis tourné vers elle, une assiette à la main. "Tu es au courant ?" Je ne savais pas exactement ce qui m'avait poussé à le lui demander, mais je n'avais jamais envisagé qu'elle puisse connaître la réponse.

Pluche a fait oui de la tête. "Il est tombé de l'avion et il s'est cassé l'épaule. Je suppose qu'il a passé un temps fou dans cet hôpital, et qu'il y avait plein d'allées et venues. Pendant quelques jours il a eu pour voisin de lit de camp un garçon qui avait reçu une balle dans la poitrine. Ça me fait mal d'y penser. Le garçon dormait la plupart du temps, mais quand il était réveillé il parlait à ton père. Le garçon a dit que s'il avait de l'argent, il achèterait du terrain à Horsham. Sûr et certain, il a dit, alors ton père lui a demandé pourquoi. J'imagine que ça devait être agréable d'avoir un compagnon avec qui bavarder. Le garçon lui a dit qu'avec la guerre et tout ça, il ne pouvait pas parler librement, mais qu'il fallait que Cyril se souvienne de deux mots : Horsham, Pennsylvanie. Ton père n'a pas oublié."

J'ai pris une autre assiette de ses mains savonneuses, puis un verre. La cuisine était à l'arrière de la maison et il y avait une fenêtre au-dessus de l'évier. Pluche disait toujours qu'il n'y avait pas de plus grand luxe pour une femme qu'une fenêtre au-dessus de l'évier. "Mon père te l'a raconté ?

— Ton père. Mon Dieu, non. Ton père ne m'aurait même pas donné l'heure si je lui avais demandé. On s'entendait comme larrons en foire, ta mère et moi. N'oublie pas que le jour où ils ont débarqué à la Maison des Hollandais, elle était convaincue qu'ils étaient pauvres. Elle l'a obligé à lui dire comment il avait eu l'argent. *Obligé.* Elle était sûre qu'il avait fait quelque chose d'illégal. Personne n'avait autant d'argent à l'époque."

Je me suis revu étudiant, tombant sur ce premier immeuble aux enchères, et me demandant comment mon père avait fait fortune. "Et ensuite ?

— Et ensuite le pauvre garçon est mort, évidemment, et ton père a eu tout son temps pour y repenser. Il est resté sur ce lit de camp trois mois de plus, avant qu'une place se libère sur un navire de transport qui l'a ramené chez lui. Après il a été employé de bureau sur un chantier naval de Philadelphie. Il n'avait jamais mis les pieds à Philadelphie. Après s'être mis en ménage avec ta mère, il a regardé un plan, et là qu'est-ce qu'il voit, que Horsham est à moins d'une heure de chez eux. Il a décidé d'y aller, je suppose en souvenir du garçon. Je n'ai aucune idée de comment il est arrivé là-bas, mais il n'y avait que des champs à perte de vue. Il a fait une petite enquête, juste pour voir si quelque chose était en vente, et il a trouvé un homme qui vendait cinq hectares de terrain pour trois fois rien. L'expression vient de là, tu sais, trois fois rien, parce que c'était du rien.

— Mais où est-ce qu'il a trouvé l'argent pour acheter le terrain ?" Les choses avaient beau coûter trois fois rien, sans argent ça restait impossible. L'expérience me l'avait appris.

"Des économies qu'il avait faites quand il travaillait pour la Tennessee Valley Authority. Il a travaillé sur les barrages pendant trois ans avant la guerre. Ils le payaient presque rien, mais ton père était le genre d'homme incapable de se séparer de son premier centime. Remarque que ta mère n'a jamais rien su de tout ça, alors même qu'ils étaient déjà mariés à l'époque. Elle ignorait tout des économies, et du garçon, et d'Horsham, absolument tout. Six mois plus tard, la Marine l'a appelé pour lui dire qu'ils voulaient construire une base à cet endroit.

— Merde alors !"

Pluche a approuvé de la tête, les joues rouges, les mains rougies par l'eau. "Et rien que ça, ç'aurait déjà été une belle histoire, mais avec l'argent de la vente il a investi dans un gros immeuble au bord du fleuve, et quand il l'a vendu, il a commencé à acheter des terrains, et pendant tout ce temps ta mère faisait tremper des haricots pintos pour le dîner et ils vivaient sur la base avec ta sœur. Et puis un jour voilà qu'il dit : « Hé, Elna, j'ai emprunté une voiture. J'ai une grosse surprise pour toi. » C'est vraiment étonnant qu'elle ne l'ait pas tué."

Nous restions là côte à côte, la vaisselle finie et le mystère le plus frustrant de mon existence résolu, et je me suis souvenu que c'était cette femme qui m'avait frappé, autrefois, quand j'étais petit. Elle avait couché avec mon père et voulu l'épouser. J'ai imaginé quelle vie plus douce on aurait eue si Pluche était arrivée à ses fins.

# CHAPITRE QUATORZE

J'ai vendu pour un bon prix l'immeuble dans lequel on avait vécu juste après notre mariage, et puis j'ai vendu ces deux premiers brownstones, et avec l'argent j'ai acheté un immeuble à usage mixte sur Broadway, à six pâtés de maisons de là où on habitait. Il comprenait trente appartements en location et un restaurant italien au rez-de-chaussée. J'aurais eu beau y passer chaque heure de la journée, et chaque jour de l'année, j'aurais été encore incapable d'y faire toutes les réparations indispensables : chaudière incontrôlable, broyeurs d'ordures illégaux, un locataire dont la fille avait jeté une orange dans les toilettes pour voir si ça passerait, une autre qui laissait sa porte ouverte pour que son chat aille faire caca dans le couloir, et le terrier deux portes plus loin qui engloutissait systématiquement la merde du chat pour la vomir sur le sol de l'entrée. Chaque crise m'enseignait une nouvelle gestion de crise, et une solution pour apaiser des gens dont les problèmes ne dépendaient pas de moi.

Je me suis fait de l'argent. J'ai embauché un concierge et créé une société de gestion. Le plus sûr moyen pour savoir s'il valait la peine d'acheter un immeuble consistait à en devenir le gestionnaire, ou bien à gérer un immeuble dans une rue où un autre immeuble était en vente. À peu près tout New York était en vente à l'époque, à condition de savoir à qui demander. Je connaissais les conseillers municipaux, les flics. Je passais ma vie à entrer et sortir de sous-sols. Maeve s'occupait de ma comptabilité et des impôts de la société, ainsi que de nos impôts de particuliers. Ça rendait Celeste folle.

"Ta sœur n'a aucun droit de mettre son nez dans chaque recoin de notre vie.

— Bien sûr qu'elle a le droit, dès lors que c'est moi qui lui demande de le faire."

Depuis qu'elle passait sa vie à la maison avec les enfants, Celeste avait pris l'habitude de ruminer. Pluche était redevenue nourrice, elle gardait les enfants d'amis à nous qui vivaient dix pâtés de maisons plus au sud et avaient adopté des jumeaux. Elle était restée chez nous bien plus longtemps que promis, et elle nous rendait encore visite une fois par semaine, pour nous préparer une soupe et faire valser Kevin dans ses bras autour de la cuisine. C'était désormais Celeste qui s'occupait toute seule des lessives, des rendez-vous au parc, qui lisait pour la millionième fois *Graine de carotte* sur un ton de dessin animé : "Un petit garçon a planté une graine de carotte. Sa maman a dit : « J'ai bien peur qu'elle ne pousse pas. »" Elle faisait de son mieux pour tout accomplir, mais ça n'empêchait pas son vaste cerveau vagabond, sous-employé, de se retourner contre ma sœur.

"Ce n'est pas à un membre de ta famille de tenir la compatibilité. Il faut que tu embauches un comptable professionnel.

— Maeve *est* une comptable professionnelle. Qu'est-ce que tu crois qu'elle fait chez Otterson ?" Les deux enfants dormaient, et alors que le hurlement d'un camion de pompiers descendant Broadway ne les aurait jamais réveillés, le bruit des disputes de leurs parents était capable de les sortir du coma.

"Bon Dieu, Danny, elle expédie des légumes. Nous on a une vraie entreprise. Avec beaucoup d'argent en jeu."

En ce qui concerne ma société, Celeste n'avait aucune idée de ce qui était en jeu. Elle ignorait tout de la solidité de nos holdings et de l'étendue de notre dette. Elle ne posait aucune question. Si elle avait compris le scandaleux risque financier que je nous faisais courir, elle n'aurait plus jamais fermé l'œil. Sa seule certitude était qu'elle ne voulait pas de Maeve dans les parages, même si, à de nombreux égards, Maeve, grâce à sa compréhension du code des impôts et des emprunts immobiliers, était le vrai capitaine du navire. "Bon, premièrement, Otterson est une vraie entreprise." Dérogeant à son devoir de réserve, Maeve m'avait révélé les profits qu'ils dégageaient.

Celeste a levé les mains. "Oh ça va, épargne-moi ton cours sur les haricots de Lima.

— Deuxièmement, regarde-moi, je suis sérieux. Deuxièmement, Maeve a une éthique irréprochable, ce qui n'est pas vraiment le cas de certains comptables qui bossent dans l'immobilier à New York. Son seul but, c'est de protéger nos intérêts.

— *Tes* intérêts, elle a chuchoté d'un ton monocorde. Elle se contrefiche des miens.

— Tu as tout intérêt à ce que nos affaires marchent.

— Pourquoi tu ne l'invites pas carrément à vivre chez nous ? Ça lui plairait, non ? Elle pourrait dormir dans notre chambre. On n'a pas de secrets pour elle.

— C'est ton père qui soigne nos dents."

Celeste a secoué la tête. "Rien à voir.

— Tes dents, mes dents, les dents des enfants. Et tu veux que je te dise ? Ça me plaît. Je lui en suis reconnaissant. C'est un bon dentiste, alors c'est à Rydal que je vais pour un plombage. Je lui fais confiance.

— Je suppose que c'est la preuve de ce qu'on soupçonne tous les deux depuis longtemps.

— À savoir ?

— Que tu es une meilleure personne que moi." Alors Celeste a quitté la chambre pour aller s'assurer que les enfants ne nous avaient pas entendus.

Tout ce que Celeste détestait chez moi était de la faute de Maeve, parce qu'il était infiniment plus facile de s'en prendre à la sœur de son mari qu'à son mari en personne. Elle avait beau avoir rangé ses déceptions originelles dans une boîte, elle trimbalait cette boîte partout. Elle n'oublierait jamais totalement mon refus de l'épouser après son diplôme à Thomas-More, et son retour à Rydal qu'elle vivait comme un échec. Et il ne lui échappait pas que plus je m'enfonçais dans les arcanes de l'immobilier, plus j'étais heureux. Celeste s'était trompée sur moi. Dans son esprit, elle m'offrait la liberté de comprendre mon erreur, alors que je ne pensais jamais à la médecine, sauf quand je déjeunais avec Morey Petout ou croisais un de mes anciens camarades de fac, contraint, pour gagner sa vie, de faire pression sur des blessures par balle dans un quelconque service d'urgence. Quand May a eu l'âge de demander un Monopoly à Noël, je me suis assis près du sapin et on a joué ensemble. Je n'aurais jamais imaginé mon père absorbé dans un jeu de société, mais celui-là était un coup de génie : les maisons et les hôtels, les actions et les loyers, les rentrées d'argent et les impôts. Le Monopoly était l'univers entier. May choisissait toujours comme pion le Terrier. À l'époque, Kevin n'était pas assez grand pour réussir à suivre une partie mais il faisait avancer la voiture de sport au bord du plateau et construisait des pyramides en entassant les minuscules maisons vertes. Chaque fois que je lançais les dés et faisais avancer le petit fer à repasser, je mesurais ma chance : grande ville, boulot, famille, maison. Je ne passais pas mes journées dans une pièce de la taille d'une boîte à annoncer au père de quelqu'un qu'il avait un cancer du pancréas, à annoncer à la mère de quelqu'un que je sentais une grosseur dans son sein, à annoncer à des parents qu'on avait fait tout ce qui était en notre pouvoir.

Ce qui ne voulait pas dire que mon diplôme de médecin ne jouait aucun rôle dans notre vie. À plein d'occasions, ce que j'avais appris pendant toutes ces années a repris du service. Par exemple, la fois où on a roulé en break jusqu'à Brighton Beach avec les Gilbert, des amis qu'on s'était faits grâce aux enfants, parce que c'est comme ça que les gens se font des amis à un certain moment de leur vie. Andy, le fils Gilbert, s'est planté un clou dans le pied. Le clou était dans une planche, la planche à moitié enfouie dans le sable, impossible d'éviter l'accident. Les garçons sortaient de l'eau en se pourchassant. J'étais plus loin sur la plage avec le père d'Andy, un avocat plutôt raide qui s'appelait Chuck, et les deux filles, une à moi, une à lui. Les filles étaient au bord de l'eau avec leurs seaux, occupées à chercher des bouts de verre poli, quand soudain le hurlement d'Andy Gilbert a retenti par-dessus le bruit de l'océan, et le vent, et tous les cris et chahuts des autres gosses. Celeste et la mère du gamin, qui bavardaient allongées sur leurs serviettes, tout en gardant un œil sur les garçons en train de nager, étaient beaucoup plus proches. On s'est tous précipités en même temps vers Andy : pères, mères, sœurs. Il avait à peu près le même âge que son ami Kevin qui a eu neuf ans cet été-là. La mère du garçon, une femme ravissante avec de longs cheveux bruns raides et un deux-pièces rouge (je suis désolé de dire que je me souviens de ça, et pas de son prénom), s'apprêtait à toucher le pied de son fils, sans la moindre idée de ce qu'elle allait faire, quand Celeste a posé une main sur son épaule en disant : "Non, laisse faire Danny."

La femme, l'autre mère, a regardé ma femme, puis elle m'a regardé, en se demandant à l'évidence ce que je pouvais bien savoir de l'extraction des clous dans les pieds. On venait de les rejoindre quand notre fils Kevin a dit à son ami qui hurlait, crucifié par la douleur : "T'inquiète pas, mon père est une espèce de médecin."

Alors j'ai profité du court laps de temps durant lequel les Gilbert étaient encore sonnés par le chaos et la peur pour poser un pied de chaque côté du pied d'Andy, afin de maintenir la planche, et j'ai enfoncé le bout de mes doigts entre la chair tendre de sa plante de pied et la planche, et j'ai tiré très vite vers le haut. Il a hurlé, bien sûr qu'il a hurlé, mais il n'a pas trop saigné, donc au moins il n'avait pas eu d'artère tranchée. Je l'ai soulevé dans mes bras, hurlant et frissonnant dans la chaleur, l'océan pareil à une nappe d'huile, et je me suis dirigé vers la voiture sous le soleil aveuglant de l'après-midi pendant que les autres se bousculaient pour réunir tout ce qui restait de notre journée de plage. Derrière moi, Chuck Gilbert brandissait la planche pour empêcher un autre enfant de faire la même erreur. À moins qu'il n'ait obéi à l'impulsion qu'ont les avocats de collecter des preuves, analogue à ma propre impulsion d'extraire le clou.

Ce soir-là, à la table du dîner, May n'arrêtait pas de reraconter notre journée. J'avais pensé qu'on roulerait jusqu'au centre où on trouverait un hôpital, mais les Gilbert avaient peur d'être coincés dans les embouteillages, si bien qu'on a tous atterri dans un service d'urgences à Brooklyn, assis là, épuisés et couverts de sable. Le médecin de garde a fait une injection antitétanique à Andy et il a nettoyé son pied, il lui a fait une radio et l'a bandé. Durant notre départ précipité de Brighton Beach, Mme Gilbert avait oublié ses vêtements, si bien qu'elle a dû rester assise dans la salle d'attente, puis parler au médecin, dans son haut de maillot rouge, une serviette enroulée autour de la taille. May nous faisait ce récit comme si elle nous donnait des nouvelles d'un pays étranger. Je ne suis pas sûr que les Gilbert, qu'on avait déposés à leur appartement dans l'East Side, auraient apprécié son implacable reconstitution. Comme elle avait commencé son histoire au milieu (morceaux de verre ; hurlement), elle avait à peine terminé qu'elle revenait au début. Puis elle nous a raconté notre cavalcade hors de l'eau, ce que chacun de nous avait mangé, et comment les garçons avaient plongé direct dans l'eau, même s'ils n'étaient pas censés le faire juste après avoir déjeuné. Elle nous a raconté comment elle et Pip, qui était la sœur d'Andy et l'amie de May, m'avaient suivi avec M. Gilbert. "Pip venait de trouver un coquillage, a dit May sombrement, quand on a entendu le premier cri.

— Maintenant ça suffit, a fini par dire sa mère. On y était." Celeste nous tendait une assiette de poulet froid. Elle avait trop pris le soleil et sa peau pâle brûlée avait viré cramoisi sur les épaules, la poitrine, le visage. Je sentais quasiment la chaleur émaner d'elle. On tombait tous de fatigue.

"Tu n'as pas demandé à Andy la permission de toucher son pied, m'a dit May, sans se laisser décourager. Tu ne l'as pas demandée non plus à ses parents. C'est pas obligatoire ?"

Je lui ai souri, ma ravissante petite fille aux cheveux noirs. "Nan.

— Ils t'ont appris à faire ça à l'école de médecine ?" a demandé Kevin. Aucun des enfants n'avait de coup de soleil. Celeste avait été prudente pour eux mais pas pour elle.

"Bien sûr." Et pour la première fois j'ai mesuré à quel point j'étais heureux que le pied de mon fils n'ait pas été épinglé sur le sable. "Pendant un semestre on a un cours pour apprendre à retirer les clous des pieds des petits garçons sur la plage, et le semestre d'après on apprend à sauver les gens qui s'étouffent avec une arête de poisson."

Ce que l'école de médecine m'avait appris, c'était à prendre une décision : identifier le problème, évaluer les options, et agir – le tout simultanément. Mais ensuite l'immobilier m'avait donné la même leçon. J'aurais extrait le clou du pied d'Andy Gilbert sans un seul cours d'anatomie.

"Tu ne devrais pas prendre ça à la légère, a dit ma femme. Tu savais quoi faire."

May et Kevin se sont tus. Kevin tenait un épi de maïs dans chaque main. May a posé sa fourchette. On attendait qu'elle le dise. On a regardé Celeste et on a attendu.

Elle a secoué la tête, ses boucles déjà éclaircies par une seule après-midi au soleil. “Eh bien, c’est vrai.

— Tu es un *docteur*, a dit May, en se penchant pour me regarder droit dans les yeux. Tu devrais *être* un docteur.” May faisait d’excellentes imitations de nous tous, mais son imitation de Celeste était du grand art.

Peu importait notre vie très agréable, une vie que mes amis de l’école de médecine ne connaîtraient jamais, à moins de vendre leurs carnets d’ordonnances : Celeste aurait préféré me présenter comme un médecin. *Mon mari, le docteur Conroy.* Et d’ailleurs j’avais beau lui demander d’arrêter, c’est ce qu’elle faisait. Mon titre était à l’origine de la plupart de nos disputes, celles qui ne concernaient pas ma sœur.

Mais cette nuit-là, au lit, Celeste s’est allongée sur moi, la tête contre mon épaule. La journée avait dissipé en elle tout conflit. “Fais ma colonne vertébrale.”

Elle n’avait pas encore pris sa douche et elle sentait l’océan, le vent au-dessus de Brighton Beach. J’ai glissé mes doigts sous ses cheveux pour sentir la base de son crâne. “Atlas, axe, première vertèbre cervicale.” J’ai pressé chacune, telle la touche d’un piano, une pression, suivie d’une détente, en les comptant toutes les sept. “Thoracique. Il faut que tu fasses mieux avec la crème solaire.

— Tais-toi. Tu gâches tout.

— Thoracique.” J’ai compté les douze vertèbres, et puis je suis arrivé aux lombaires. J’ai tracé des cercles en appuyant profondément en bas de son dos jusqu’à ce qu’elle émette une espèce de doux mugissement.

“Tu te souviens ?

— Bien sûr que je me souviens.” J’adorais sentir son poids sur moi, et la chaleur terrible émanant de sa peau.

“Toutes ces années où je t’ai aidé à réviser.

— Toutes ces années où tu m’as empêché de réviser.” Je l’ai embrassée au sommet du crâne.

“Tu étais un médecin génial, elle a murmuré.

— Jamais de la vie.” Mais ça ne l’a pas empêchée de lever son visage vers moi.

Des années après être sorti de l’école de médecine, alors que des immeubles que j’avais achetés et revendus avaient engendré assez de profit pour payer notre maison et consolider notre épargne, je suis devenu obsédé par la notion impossible de justice. Tellement de temps et d’argent avaient été gaspillés pour mes études, tandis que Maeve, de son côté, n’avait rien reçu. J’avais déjà mis en place un fonds pour payer les études de May et Kevin, alors pourquoi Maeve ne reprendrait pas des études de droit ou de commerce ? Il n’était pas trop tard. Après tout c’était elle, depuis toujours, la plus intelligente de la fratrie, et quoi qu’elle décide d’étudier, elle me serait toujours d’une grande aide.

“Je te suis déjà d’une grande aide. Je n’ai pas besoin d’un diplôme en droit pour le faire.

— Dans ce cas, passe un diplôme de mathématiques. Je serais le dernier à te conseiller d’étudier une matière qui ne t’intéresse pas. Mais je n’ai pas envie que tu sacrifies ta vie entière pour Otterson.”

Pendant une minute elle n’a rien dit. Elle se demandait si elle devait ou non se lancer dans la discussion. “Pourquoi est-ce que mon boulot te dérange à ce point ?

— Parce que tu vaux mieux que ça.” Je ressentais l’impulsion de lui dire ce qu’elle savait déjà. “Parce que c’est le boulot que tu as trouvé l'été où tu es rentrée de la fac, et tu as quarante-huit ans maintenant et tu continues à le faire. Tu as passé ta vie à me pousser à me dépasser. Pourquoi tu refuses que je fasse la même chose pour toi ?"

Plus Maeve s'énervait, plus elle devenait attentionnée. Sur ce point elle me rappelait notre père – chaque mot qu'elle prononçait tenait compte de la personne à qui elle l'adressait. "Si tu veux me punir pour t'avoir envoyé en école de médecine, très bien, j'accepte la punition. Mon but n'était pas de te pousser à te dépasser. Je pense que tu le sais. Mais si tu prétends que mon gagne-pain t'intéresse, alors laisse-moi te dire une chose : j'aime mon travail. J'aime les gens avec qui je travaille. J'aime cette société que j'ai aidée à grandir. J'ai des horaires flexibles, une assurance maladie qui inclut l'optique et le dentaire, et assez de réserves de congés payés pour pouvoir faire le tour du monde, mais je n'ai pas envie de faire le tour du monde parce que *j'aime* mon boulot."

J'ignore pourquoi, mais je ne voulais pas lâcher. "Peut-être que tu aimerais autant un autre boulot. Tu n'as pas essayé.

— Otterson a besoin de moi. Tu comprends, oui ou non ? Sa spécialité, c'est le transport routier et la réfrigération. Il s'y connaît un peu en légumes et pas du tout en finance. Chaque jour, j'en viens à croire que je suis indispensable, alors fiche-moi la paix."

Le temps complet qu'elle occupait chez Otterson, Maeve le faisait en deux fois moins de temps. À ce stade, Otterson se fichait de savoir où elle faisait son travail, et combien de temps ça lui prenait, puisque le travail était toujours fait. Il l'a nommée directeur financier, même si j'avais du mal à imaginer que la société ait besoin d'un tel poste. Par ailleurs elle tenait ma comptabilité, à laquelle elle se consacrait aussi totalement. Aucun détail ne lui échappait : si une ampoule grillait dans l'entrée d'un de mes immeubles, elle exigeait une trace de son remplacement. Une fois par semaine, je lui envoyais un dossier contenant des reçus, factures, chèques de loyer. Elle notait tout dans un registre qui ressemblait à celui de notre père. Notre banque était à Jenkintown, et le nom de Maeve apparaissait sur tous les comptes. Elle rédigeait les chèques. Elle se tenait informée de la législation fiscale de l'État de New York, des impôts locaux, des dégrèvements et des primes. Elle écrivait des courriers aux locataires en retard, sur un ton ferme et impartial. Une fois par mois j'ajoutais le chèque de son salaire, et une fois par mois elle ne l'encaissait pas.

"Je te paie, ou bien je paie quelqu'un d'autre. Et ce quelqu'un d'autre considérerait qu'il s'agit d'un vrai travail.

— Tu aurais du mal à trouver quelqu'un qui prenne ça pour un vrai travail." Son travail pour moi, elle le faisait pendant le dîner, à la table de la cuisine. "Le jeudi soir", précisait-elle.

Cela faisait longtemps que Maeve louait un pavillon en briques rouges, avec deux chambres et une large véranda, dans le quartier de l'Immaculée-Conception. La cuisine était ensoleillée, démodée, et donnait sur un grand jardin rectangulaire où elle avait planté des dahlias et des roses trémières le long de la clôture du fond. Il n'y avait rien à redire à cette maison, à part qu'avec ses placards minuscules, et son unique salle de bains, elle était trop petite.

"Qu'on soit riche ou pauvre, on est bien obligé d'utiliser une seule salle de bains à la fois, a dit Maeve.

— Eh bien il m'arrive de te rendre visite." En réalité il était devenu très rare que je passe la nuit chez elle. Maeve aurait été la première à le faire remarquer.

"Pendant combien de temps on a partagé une salle de bains ?"

J'ai proposé de lui acheter une maison en guise de salaire, mais elle a refusé, en disant que plus personne ne déciderait à sa place où elle devait habiter, pas même moi. "J'ai mis cinq ans à obtenir une récolte correcte de framboises !"

Alors je suis allé voir son propriétaire et j'ai acheté la maison où elle habitait. Il s'agit incontestablement de la pire affaire de toute ma carrière dans l'immobilier. À partir du moment où il a été clair que je voulais acheter quelque chose qui n'était pas en vente, le propriétaire a été libre de fixer un prix obscène, ce qu'il a fait. Je m'en fichais complètement. J'ai glissé l'acte notarié dans le dossier hebdomadaire des factures et reçus et le lui ai envoyé. Maeve, qui était rarement excitée, et jamais surprise, était les deux à la fois.

"Je n'ai pas arrêté d'aller et venir tout l'après-midi dans la maison." Elle venait de réussir à me joindre au téléphone. "Une maison n'est plus la même quand on en est propriétaire. Je ne m'en étais jamais rendu compte. Elle a l'air mieux. Plus personne ne pourra me jeter dehors maintenant. Je vais faire comme la vieille Mme VanHoebeek. Je partirai les pieds devant."

*

Je rentrais en ville quand, sur un coup de tête, on s'est arrêtés une minute devant la Maison des Hollandais. Ça nous permettrait d'éviter le pire moment des embouteillages de fin d'après-midi sur le chemin de la gare. Derrière les tilleuls, deux hommes sur des tondeuses géantes traçaient des lignes droites d'avant en arrière à travers l'immense pelouse, et on a abaissé manuellement nos vitres pour laisser entrer l'odeur d'herbe coupée.

On avait une quarantaine d'années à l'époque, moi proche du début et Maeve de la fin. Mes voyages pour Jenkintown étaient depuis longtemps devenus une routine : je descendais par le train matinal du premier vendredi de chaque mois et rentrais le soir même, profitant de ma navette pour mettre de l'ordre dans les papiers que j'apportais à Maeve. Vu l'énorme expansion de ma société, j'aurais pu facilement venir voir ma sœur chaque semaine pour trier les factures et les contrats, et deux fois par mois aurait dû être le minimum, mais chaque départ impliquait une dispute avec Celeste. Elle disait que j'aurais mieux fait de rester avec nos enfants. "Pour le moment Kevin et May nous apprécient, mais ça ne sera pas toujours le cas." Elle n'avait pas tort, mais il n'empêche que j'étais incapable d'arrêter ces voyages, et d'ailleurs je n'en avais pas le désir. Mon compromis penchait nettement en faveur de Celeste, même si Celeste ne l'a jamais vu comme ça.

On avait tellement de travail quand on se voyait, avec Maeve, que des mois s'écoulaient sans que la Maison des Hollandais ne nous traverse l'esprit. Nous venions de nous garer devant, mais c'était plus par nostalgie, non envers les personnes que nous étions à l'époque où on y habitait, mais envers les personnes que nous étions à l'époque où on restait garés rue VanHoebeek pendant des heures, en fumant des cigarettes.

“Ça t’arrive d’avoir envie de retourner dans la maison ?” a demandé Maeve.

La tondeuse me faisait penser à une charrue tirée par une mule. “Est-ce que j’irais si la maison était à vendre ? Probablement. Et sinon, est-ce que j’irais sonner à la porte ? Non.”

Les cheveux de Maeve grisonnaient, ce qui la vieillissait. “Non, on ne parle pas de la même chose, je pensais plus à un rêve : est-ce que tu irais, si tu en avais la possibilité ? Juste pour faire un tour et voir ce que la maison est devenue ?”

Sandy et Jocelyn en train de rigoler à la cuisine pendant que je faisais mes devoirs, assis à la table bleue ; mon père prenant son café en fumant une cigarette, le matin, dans la salle à manger, un journal plié dans la main ; le bruit des talons d’Andrea sur le sol en marbre de l’entrée ; Norma et Bright montant à toute vitesse les escaliers en riant ; Maeve écolière, ses cheveux noirs tombant en bas de son dos comme une couverture. “Non. Pas question. Et toi ?”

Maeve a incliné la tête en arrière sur l’appuie-tête. “Pour rien au monde. Si tu veux la vérité, je pense que ça me tuerait.

— Eh bien je me réjouis que tu n’aies pas l’occasion d’y retourner.” La lumière teintait chaque brin d’herbe, transformant la pelouse en bandes de la largeur d’une tondeuse – vert foncé, vert clair, vert foncé.

Maeve a tourné la tête vers la vitre. “Je me demande quand on a changé.”

On avait changé au moment précis où notre ancienne demeure s’était transférée dans une voiture : l’Oldsmobile, la Volkswagen, les deux Volvo. Nos souvenirs étaient stockés rue VanHoebeek, mais plus dans la Maison des Hollandais. Si quelqu'un m'avait demandé de lui dire d'où je venais précisément, la réponse la plus juste est que j'étais originaire de cette bande d'asphalte devant l'ancienne maison des Buchsbaum, devenue ensuite la maison des Schultz, et aujourd'hui la maison de gens dont j'ignorais le nom. La tondeuse du jardinier m'agaçait, avec sa longue remorque métallique tranchant l'herbe de notre domaine, je n'aurais jamais acheté une maison dans cette rue, mais si la rue entière avait été à vendre, j'en serais aussitôt devenu propriétaire. J'ai gardé ces pensées pour moi. Je me suis contenté de lui répondre que je ne savais pas.

"Tu aurais vraiment dû faire psychiatrie. Ça nous aurait tellement été utile. Pluche est d'accord, tu sais. Elle dit qu'elle non plus ne voudrait pas revenir en arrière. Elle dit que pendant des années, elle rêvait qu'elle marchait de pièce en pièce dans la Maison des Hollandais, et qu'on était tous là : ses parents et Sandy et Jocelyn et tous les VanHoebeek, et tout le monde s'amusait de manière fabuleuse – c'était une de ces grosses fêtes à la Gatsby de l'époque de son enfance. Elle dit que pendant une éternité elle était obsédée par son désir de retrouver la maison, mais que maintenant, si elle trouvait la porte ouverte, elle ne pense pas qu'elle parviendrait à y entrer."

Ça faisait longtemps que Pluche avait été rapatriée au bercail. Sandy et Jocelyn et Pluche et ma sœur étaient à nouveau réunies : l'équipe de la Maison des Hollandais et leur duchesse se retrouvaient lors de déjeuners trimestriels durant lesquels elles isolaient chaque élément du passé avec un peigne à poux. Maeve était convaincue que les souvenirs de Pluche étaient plus conformes à la vérité que ceux de Sandy ou de Jocelyn, ou même des siens, parce que Pluche avait emporté les faits avec elle en partant. Sandy et Jocelyn bavardaient ensemble interminablement, rongeant les os de notre histoire collective avec ma sœur, mais sans Pluche. Après que mon père l'avait chassée et qu'elle s'était retrouvée au bout de l'allée, sa valise à la main, à qui aurait-elle pu parler ? À ses nouveaux employeurs ? À son petit ami ? Même quand elle travaillait chez nous, elle racontait les histoires préférées de Celeste, celles sur les VanHoebeek, les fêtes et les vêtements. À partir de l'installation de la famille Conroy dans sa propriété, Celeste était moins intéressée, selon moi parce que Maeve se trouvait trop clairement au centre de ces chapitres-là. Mais tant mieux. En ne racontant pas tous ses souvenirs, Pluche avait conservé à ses histoires leur fraîcheur. Pluche était en pleine possession de sa mémoire.

"Pluche m'a raconté que maman avait voulu devenir nonne, a dit Maeve. Tu ne crois pas que ça serait arrivé à un moment ou un autre ? Elle était déjà novice quand papa a débarqué et l'a sortie de son couvent pour l'épouser. D'après Pluche, ils avaient grandi dans le même quartier. Il était ami avec son frère James. Je lui ai dit qu'on était au courant, qu'on s'était baladés dans Brooklyn quand on était gosses et qu'on avait retrouvé les immeubles où ils vivaient. Pluche m'a raconté que papa était allé lui rendre visite avant qu'elle prononce ses vœux, fin de l'histoire. Toutes les fois où elle partait, avant de partir pour de bon ? Elle retournait au couvent. Les sœurs l'adoraient. Enfin tu me comprends, tout le monde l'adorait, mais les sœurs encore plus. Elles n'arrêtaient pas d'appeler papa pour lui dire de la laisser rester quelques jours de plus. « Elle a juste besoin de repos. » C'est ce qu'elles disaient.

— J'imagine sa réaction..."

Les deux tondeuses redescendaient l'allée avant de sortir dans la rue. Un homme a fait signe à Maeve de reculer pour pouvoir tirer la remorque. "Je dois dire qu'aujourd'hui je n'en ai plus rien à faire. Mais si je l'avais su en grandissant, je jure que j'aurais rejoint le couvent juste pour l'emmerder."

J'ai souri en imaginant soudain Maeve, grande et austère dans son costume bleu marine. Je me suis demandé si notre mère était encore dans les parages, à travailler dans une quelconque soupe populaire, et si c'était cette part d'elle qui avait désiré devenir bonne sœur. J'aurais dû raconter cette histoire à Maeve des années plus tôt, au moment où elle s'était produite, mais je ne l'avais pas fait. C'était d'autant plus difficile désormais que j'avais conscience d'avoir trop tardé. "Je ne doute pas que tu aurais attiré son attention.

— Ouais." Maeve a démarré et fait marche arrière. "J'ai eu tort de ne pas le faire."

*

"Nom de Dieu ! s'est exclamée Celeste plus tard, quand j'ai essayé de lui raconter l'histoire. Vous vous prenez pour Hansel et Gretel ! Tu ne crois pas que vous avez passé l'âge de traverser la forêt toute noire en vous tenant par la main ? Vous n'en avez pas marre de ruminer le passé ?"

Je traversais de longues périodes de ma vie durant lesquelles je me promettais de ne plus parler de ma sœur à ma femme, et de me contenter de commenter la météo à Jenkintown ou le trajet retour en train, rien de plus. Mais cette stratégie faisait enrager Celeste, qui disait que je l'excluais. Alors je faisais marche arrière, et décidais qu'elle avait raison. Les couples mariés se racontent leur vie. Les secrets sont toujours néfastes. Durant ces périodes, je répondais avec honnêteté à ses questions sur mon voyage à Jenkintown et ma relation avec ma sœur.

Mon récit n'avait absolument aucune importance. Mes réponses avaient beau être bienveillantes, elles la rendaient folle. "Elle a presque cinquante ans ! Elle continue à croire qu'elle va récupérer sa mère, qu'elle va récupérer sa maison ?

— Je n'ai pas dit ça. J'ai dit qu'elle m'a raconté que notre mère avait voulu entrer au couvent quand elle était jeune. Je trouvais l'histoire intéressante. Point final."

Celeste n'écoutait pas. Dès qu'il était question de Maeve, elle n'écoutait pas. "Tu peux me dire à quel moment tu lui dis : « C'est bon, on a eu une enfance atroce, c'est affreux d'être riche et après de ne plus être riche, mais maintenant il faut grandir » ?"

Je me suis retenu de souligner ce que Celeste savait déjà : que ses parents à elle étaient en vie et en bonne santé, qu'ils habitaient toujours dans la maison familiale des Norcross à Rydal, qu'ils souffraient encore de la perte d'une succession de nobles labradors tout au long de leur mariage, l'un d'eux notamment, des années plus tôt, dans la fleur de la jeunesse, était sorti en courant de la maison et avait heurté une voiture. C'étaient des gens bien, la famille de Celeste, et ils n'avaient pas vécu de coups durs. Je n'aurais jamais voulu qu'il en soit autrement.

Ce qui me déplaisait, c'était que Celeste désapprouve tellement le fait que Maeve ne vienne pas à New York, alors qu'un séjour de Maeve chez nous était la dernière chose qu'elle désirait. "Elle est trop occupée avec son travail haut placé dans les légumes surgelés pour venir passer une journée chez nous ? Elle s'attend à ce que tu laisses tout tomber – ta société, ta famille – et que tu te précipites pour la rejoindre à l'instant où elle t'appelle ?

— Je ne vais pas là-bas pour tondre sa pelouse. Elle fait tout cet énorme boulot gratuitement pour nous. Ça me semble le minimum de faire le trajet.

— Chaque fois ?"

Ce qui n'était jamais formulé explicitement, mais n'en était pas moins parfaitement clair, c'était que Maeve n'avait ni mari ni enfants, et donc que son temps avait moins de valeur que le nôtre. "Tu devrais te méfier de ce que tu désires vraiment. Je n'imagine pas une seconde que ça te réjouirait que Maeve nous rende visite une fois par mois."

Et alors que j'étais sûr qu'on se dirigeait à toute vitesse vers une grosse engueulade, cette phrase l'a stoppée net. Elle a mis son visage entre ses mains et a éclaté de rire. "Mon Dieu, mon Dieu ! Tu as raison. Continue tes voyages à Jenkintown. Je disais n'importe quoi."

Maeve n'avait pas besoin d'énumérer les raisons de sa haine pour New York : embouteillages, ordures, foule, bruit incessant, pauvreté visible en permanence, elle avait le choix. Quand j'ai fini par lui poser la question, après m'être interrogé pendant des années, elle m'a regardé, incrédule.

"Quoi ?

— Celeste.

— Tu as renoncé à l'intégralité de la ville de New York juste pour éviter Celeste ?

— Tu vois une autre raison ?"

Toutes les injustices que Maeve et Celeste avaient pu commettre l'une envers l'autre des années auparavant étaient devenues des abstractions. Elles s'étaient désormais habituées à leur détestation réciproque. Je ne pouvais pas m'empêcher de penser que si ces deux femmes s'étaient rencontrées en dehors de moi, elles se seraient beaucoup appréciées, ce qui avait d'ailleurs été le cas au début. Elles étaient intelligentes, et drôles, et férocement loyales, ma sœur et ma femme. Elles mettaient leur amour pour moi au-dessus de tout, sans jamais reconnaître la souffrance que je ressentais à les voir s'entredéchirer. À mes yeux, elles étaient toutes les deux responsables. Elles auraient pu arrêter. Elles auraient pu faire le choix de mettre leur rancune de côté. Mais non. Elles s'accrochaient à leur amertume, autant l'une que l'autre.

Même si Maeve avait pour règle de ne pas venir à New York, elle reconnaissait que toute règle admet une exception. Elle est venue pour la première communion de May et de Kevin, et pour certains anniversaires. Elle adorait les visites que les enfants rendaient aux Norcross. Maeve était toujours invitée à dîner. Ensuite Kevin dormait chez elle et l'accompagnait le matin au travail. Kevin, qui ne mangeait jamais de légumes, les trouvait irrésistibles dans leur version surgelée. Il ne se lassait jamais de l'usine. Il adorait l'ordre et la précision des machines en acier géantes découpant des petites carottes, il adorait le froid qui imprégnait ce lieu, les gens en pull même en juillet. Il disait que c'était parce que la famille de M. Otterson était suédoise. "Un peuple venu du froid." Il voyait M. Otterson comme le Willy Wonka de la production. Une fois qu'il avait bien profité d'une journée à contempler des petits pois se faire conditionner dans des sacs en plastique, Maeve le renvoyait à ses grands-parents, où il appelait aussitôt sa mère pour lui dire qu'il voulait travailler dans les légumes.

Une journée avec May était totalement différente d'une journée avec Kevin. May voulait feuilleter les albums photos avec sa tante, en s'attardant sur chaque page, l'index posé sous chaque menton, la bombardant de questions. "Tante Maeve, t'as vraiment été aussi jeune ?" Ce que May préférait, c'était rester garée devant la Maison des Hollandais en compagnie de sa tante, comme si s'absorber dans le passé était génétique. May insistait sur le fait qu'elle aussi avait vécu là quand elle était très jeune, trop jeune pour s'en souvenir. Elle superposait les histoires de fêtes et de bals de Pluche à ses propres souvenirs d'enfance. Il lui arrivait parfois de raconter qu'elle avait habité au-dessus du garage avec Pluche, et qu'elles buvaient ensemble du champagne éventé, et d'autres fois qu'elle était une lointaine parente des VanHoebeek, dormant dans une chambre à coucher de princesse avec la banquette sous la fenêtre dont elle avait tellement entendu parler. Elle jurait qu'elle s'en souvenait.

Un soir, Maeve m'a appelé. Ma fille venait de s'endormir dans sa chambre d'ami. "Quand je lui ai dit que la maison avait une piscine, elle était indignée. Il fait tellement chaud ici. On a dû approcher les quarante degrés aujourd'hui, et May a dit : « C'est mon droit d'aller nager dans cette piscine. »"

— Et tu as répondu quoi ?”

Maeve a éclaté de rire. “La vérité, pauvre petite. Qu’elle n’a absolument aucun droit.”

# CHAPITRE QUINZE

May prenait la danse très au sérieux à l'époque. À huit ans, elle avait obtenu une place dans l'école de l'American Ballet. On nous avait dit qu'elle avait un coup de pied haut et un bon en-dehors. Chaque matin elle se tenait d'une main sur le plan de travail de la cuisine et pointait les orteils pour balayer une série d'élégants demi-cercles, ses cheveux attachés en chignon au sommet de la tête. Des années plus tard, elle nous a dit qu'elle voyait la danse comme le chemin le plus direct vers la scène, et elle avait raison. À onze ans elle a eu un rôle dans l'armée de souris de la production de *Casse-Noisette* du New York City Ballet. À la différence des autres filles, qui auraient rêvé de danser au milieu des flocons de neige dans un tutu en tulle, May était surexcitée par son énorme tête en fourrure et sa longue queue en forme de fouet.

"Mme Elise a dit que les compagnies moins importantes redistribuent les enfants dans des rôles différents, a déclaré May quand elle a été choisie. Mais New York a trop de talents. Si tu es une souris, tu restes une souris. Tu ne seras jamais rien d'autre.

— Il n'y a pas de petits rôles, a répondu sa mère, juste des petites souris."

May a collé à son personnage durant un long automne de répétitions, gardant ses mains blotties sous son menton tandis qu'elle détalait dans la maison, grignotant des carottes avec ses dents de devant d'une manière qui rendait son frère dingue d'exaspération. Elle a insisté pour que sa tante vienne la voir sur la scène de New York (dixit May), et sa tante a admis que c'était exactement pour ce genre d'occasions qu'il fallait enfreindre les règles.

Maeve a tout organisé pour accompagner les parents de Celeste à la première matinée du dimanche. Elle passerait les prendre à Rydal puis les conduirait à la gare et ils prendraient tous le même train. L'un des frères de Celeste habitait à New Rochelle, et sa sœur à New York, si bien qu'eux aussi sont venus avec leurs familles. On a fait forte impression dans le public, sachant qu'il serait impossible de reconnaître notre souris parmi toutes les autres. Quand les lumières se sont éteintes et que le bruissement collectif du public s'est tu, le rideau s'est levé sur l'ouverture de Tchaïkovski. De magnifiques enfants, vêtus comme les enfants ne le sont jamais, sont arrivés à toute vitesse vers l'arbre de Noël, et la lumière s'est faite sur un décor qui aurait pu être celui de la Maison des Hollandais. C'était une espèce de mirage architectural, si du moins ce type de mirage existait, une illusion d'optique dont je savais qu'elle était fausse, ce qui ne l'a pas empêchée, pendant un moment, d'être extrêmement convaincante. Maeve était à six sièges de moi dans la longue rangée des familles Norcross et Conroy, si bien que je ne pouvais pas me pencher vers elle pour lui demander si elle aussi avait vu : les deux portraits géants de gens qui n'étaient pas les VanHoebeek, chacun légèrement tourné vers l'autre au-dessus d'un raffiné manteau de cheminée. Il y avait le long canapé vert. Est-ce que le nôtre était vert ? La table, les chaises, le deuxième canapé, le secrétaire massif en ronce de noyer avec la partie vitrée remplie de magnifiques livres reliés en cuir, qui s'étaient tous révélés être écrits en hollandais. Je me rappelle la première fois où j'ai pris la clé du bureau et suis monté sur une chaise pour ouvrir ces portes vitrées, ma stupéfaction d'enfant à sortir ces livres un par un et à voir mon alphabet familier recomposé dans une configuration indéchiffrable. Le décor du ballet m'a fait la même impression. Je connaissais le chandelier suspendu au-dessus de la scène, impossible de me tromper. Combien d'heures innombrables avais-je passées, allongé sur le dos, à contempler ce chandelier, les lumières et le cristal se combinant tandis que je redoublais mes efforts enfantins pour m'auto-hypnotiser ? J'avais lu des trucs sur le sujet à la bibliothèque. Bien sûr les meubles avaient tous été repoussés artificiellement en rang d'oignon pour laisser la place aux danseurs, mais si j'avais pu monter sur scène et les disposer autrement, j'aurais été capable de recréer mon passé. En réalité, *Casse-Noisette* n'était pas seul à produire sur moi cet effet. N'importe quelle configuration luxueuse vue de loin ouvrait une fenêtre sur ma jeunesse. C'est dire à quel point ma jeunesse était loin. Celeste était assise à ma gauche, Kevin à ma droite, leurs visages réchauffés par les lumières de la scène. Les invités du bal dansaient et les enfants levaient les mains en formant un cercle autour d'eux. Après leur joyeux départ collectif vers les coulisses, la nuit est tombée sur scène et les souris ont fait leur entrée derrière le méchant Roi des Souris. Elles se sont roulées par terre, battant furieusement leurs petits pieds en l'air. J'ai posé ma main sur celle de Celeste. Toutes ces souris ! Tous ces enfants en train de danser ! Les soldats de Casse-Noisette sont arrivés, la guerre a eu lieu, les souris mortes ont été traînées par les survivantes pour faire place à l'arrivée de danseurs supplémentaires.

L'intrigue du premier acte était assez mouvementée mais le deuxième acte était pure danse : danseurs espagnols, danseurs arabes, danseurs russes, fleurs dansant sans fin. C'était absurde de reprocher un excès de danse à un ballet, mais sans les souris et les meubles à contempler, je luttais pour trouver un sens. Kevin a enfoncé son coude dans mon bras et je me suis penché vers lui. J'ai senti une odeur de bonbons Life Savers goût caramel quand il a murmuré : "Ça va durer encore longtemps ?"

Je l'ai regardé, impuissant, et j'ai articulé en silence : "Aucune idée." Avec Celeste on avait fait quelques tièdes tentatives pour emmener les enfants à l'église quand ils étaient petits, avant d'abandonner et de les laisser dormir. Dans une ville où la stimulation était permanente, on avait échoué à leur offrir une chance de développer d'intenses vies intérieures, en vue des occasions où ils se retrouveraient assis devant le deuxième acte de *Casse-Noisette*.

Quand le ballet s'est enfin terminé, et que la Fée Dragée et Casse-Noisette et Clara et Oncle Drosselmeyer et les flocons de neige ont chacun eu droit à leur part des nombreux applaudissements (pas de rappel pour les souris !), les spectateurs ont pris leurs manteaux et se sont levés pour se diriger vers les allées, tous sauf Maeve. Elle est restée dans son fauteuil, regardant droit devant elle. J'ai remarqué que ma belle-mère avait posé la main sur l'épaule de Maeve, puis qu'elle se penchait pour dire quelque chose. Il y avait un énorme remue-ménage autour de nous. Notre famille, debout sans avancer, bloquait le passage. Les grands-mères et mères qui attendaient dans notre rangée ont fait demi-tour pour prendre la sortie opposée.

"Danny ?" a appelé ma belle-mère.

On formait un groupe imposant, les rares Conroy et les nombreux Norcross – épouses, parents, enfants, frères et sœurs. Je me suis faufilé et les ai tous dépassés. La sueur perlait sur le nez et le menton de Maeve. Ses cheveux étaient trempés, comme si elle s'était éclipsée pour aller nager pendant que le reste du groupe regardait le ballet. Le sac de Maeve était par terre et j'y ai trouvé la même vieille boîte en plastique jaune, désormais fermée par un élastique, et j'ai pris deux comprimés de glucose dans le petit sac en plastique qu'elle avait toujours sur elle.

"Rentrer", elle a dit calmement, le regard toujours droit devant elle, même si ses paupières se fermaient.

J'ai glissé un comprimé de glucose entre ses dents, puis un autre. Je lui ai dit de mâcher.

"Qu'est-ce qu'il faut que je fasse ?" a demandé mon beau-père. Maeve était allée les chercher pour faire le voyage en train avec eux, parce que l'idée de Bill Norcross conduisant jusqu'à New York nous angoissait. "Elle a besoin d'une ambulance ?

— Non, a dit Maeve, toujours incapable de tourner la tête.

— Ça va aller", j'ai dit à Bill, comme si j'étais habitué à la situation. Un calme très ancien m'a envahi.

"J'ai besoin… a dit Maeve, et puis elle a fermé les yeux.

— Quoi ?"

Alors Celeste et Kevin sont arrivés avec un verre de jus d'orange et une serviette en tissu remplie de glaçons. Je n'avais même pas eu le temps de remarquer leur absence qu'ils étaient de retour avec ce qu'il nous fallait. Ils avaient compris. Debout dans la rangée derrière nous, Celeste a soulevé l'écheveau de laine trempé des cheveux de Maeve et elle a posé la poche de glace sur sa nuque. Kevin m'a tendu le jus d'orange.

"Comment vous avez fait si vite ?" Les allées étaient envahies de petites filles et des adultes qui les accompagnaient, tous se remémorant avec excitation le moindre jeté.

"J'ai couru, a dit mon fils, qui avait dû réfréner son propre excès d'énergie tout au long du spectacle. J'ai dit que c'était une urgence."

Kevin possédait l'art de se déplacer dans une foule – l'avantage de grandir à New York. J'ai appuyé mon mouchoir sous la bouche de Maeve. "Avale.

— Tu sais que ta sœur va être follement jalouse d'apprendre que c'est toi qui es allé chercher le jus d'orange, a dit Celeste. Elle aurait préféré être la vraie héroïne du jour, plutôt qu'une souris."

Kevin a souri, heureux que sa résistance stoïque à l'ennui soit récompensée. "Elle va bien ?

— Bien, a dit Maeve calmement.

— Fais sortir tout le monde, a dit Celeste à son père qui, comme Kevin, cherchait quelque chose à faire. Je vous rejoins dans une minute."

Maeve a fermé les yeux avant de les rouvrir en grand. Elle était en train d'essayer de mâcher les comprimés et de boire le jus d'orange, sans y arriver. Un peu de liquide s'écoulait d'un côté de sa bouche. J'ai tendu le verre à Celeste et j'ai sorti une bandelette de test de la boîte jaune.

Les mains de Maeve étaient moites et froides quand j'ai coincé son doigt.

"Comment tu expliques ça ?" m'a demandé Celeste.

Maeve a fait oui de la tête, et elle a dégluti. Elle reprenait lentement ses esprits. "Danse trop longue."

Les gens étaient toujours tellement pressés de quitter le théâtre. Ils espéraient être les premiers aux toilettes, à trouver un taxi, à arriver au restaurant avant l'annulation de leur réservation. À peine dix minutes s'étaient écoulées depuis l'ovation tapageuse et la distribution de roses, et le gigantesque théâtre de l'État de New York était presque vide. Les dernières petites filles, celles qui avaient eu des places au premier rang, ont remonté l'allée en faisant des pirouettes dans leurs manteaux à col de fourrure. Tous les sièges en velours s'étaient repliés sur eux-mêmes. L'une des ouvreuses s'est arrêtée à notre hauteur, une femme en chemise blanche et veste verte boutonnée. "Vous avez besoin d'aide ?

— Tout va bien, j'ai dit. Elle a juste besoin d'un peu de temps.

— Il est docteur", a dit Celeste.

Maeve a souri, en articulant silencieusement le mot : "Docteur".

L'ouvreuse a fait OK de la tête. "Si vous avez besoin de quoi que ce soit, n'hésitez pas.

— On a juste besoin de rester encore un peu assis.

— Prenez votre temps, a dit la femme.

— Je suis désolée", a dit Maeve. J'ai épongé son visage. La bandelette de test indiquait que son taux de glucose était à 38, au lieu de 90, sachant que je me serais contenté de 70.

"Tu aurais dû nous prévenir que tu te sentais mal." Celeste a posé les glaçons au sommet de sa tête.

"Ah, ça fait du bien, a dit Maeve. Je ne voulais pas me lever. J'ai eu peur..." Elle a inspiré profondément, puis elle a fermé les yeux.

Je lui ai demandé d'avaler une autre gorgée.

Elle a dégluti, et a réessayé. "... De déranger ?" Maeve portait un chemisier sous un pull et un pantalon en laine, le tout trempé.

Celeste tenait les cheveux de Maeve dans une main, le sac de glace dans l'autre. "Je vais chercher May en coulisse et on va rentrer dîner. Quand elle se sentira mieux, ramène-la à la maison.

— Danny devrait partir avec toi", a dit Maeve. Elle ne nous avait toujours pas lancé un seul regard.

"C'est exclu, a dit Celeste. On est nombreux et personne ne remarquera son absence. C'est un moment de détente, d'accord ? Tu es malade. May va avoir envie de te voir, alors prévois de rentrer à la maison." Elle m'a tendu les morceaux de glaçons, la serviette dégoulinante. Le glucose commençait à faire effet. J'ai observé la vie qui refluait peu à peu sur le visage de ma sœur.

"Dis à May qu'elle était géniale en souris, a dit Maeve.

— Tu le lui diras, a répondu Celeste.

— Il faut que je ramène tes parents chez eux." La voix de Maeve, qui dans d'autres circonstances avait tendance à monter, était tellement basse que j'ignore comment Celeste avait réussi à l'entendre. Elle a flotté en direction du haut plafond.

Celeste a fait non de la tête. "Obéis à Danny pour changer. Je dois y aller."

Je me suis penché pour embrasser Celeste. Elle était plus que capable d'être à la hauteur. Elle a dépassé les ouvreuses qui redescendaient les allées pour ramasser les programmes que les gens avaient répandus par terre, ramassant les emballages de bonbons avec leurs pelles.

Avec Maeve on est restés assis sur les fauteuils du théâtre. Elle a posé la tête sur mon épaule.

"Elle a été très gentille.

— La plupart du temps, elle l'est.

— Moment de détente.

— Tu vas mieux.

— Un peu. Mais ça fait du bien de rester assise." Elle a pris mon mouchoir et elle a essuyé son visage et son cou. Je lui ai pris la main et j'ai piqué une deuxième fois le bout de son doigt pour refaire le test sanguin.

"Combien ?"

J'ai regardé la bandelette. "Quarante-deux.

— On va attendre encore une minute." Elle a fermé les yeux.

J'ai contemplé la mer de sièges vides, respiré le mélange de parfums suspendu dans l'air au-dessus de nous. Les souris, et les flocons de neige, et l'arbre de Noël, et le décor du salon, le public assis dans le noir pour regarder – tout avait disparu, tout le monde était parti, il ne restait plus que nous.

Ça avait juste été une petite erreur de calcul. Maeve s'en sortirait très bien.

Je me suis dit que je pourrais l'installer dans ma voiture et l'emmener voir mes immeubles. Je pourrais lui montrer mon tout premier brownstone à Harlem, puis le bâtiment des sciences de la santé à Washington Heights qui avait été construit sur les deux parkings dont j'avais été propriétaire pendant cinq mois. Je pouvais lui offrir la visite complète. Maeve avait beau connaître mes affaires immobilières jusqu'au dernier centime, elle ne les avait jamais vues en vrai. Pour finir, on pourrait s'arrêter au Café Luxembourg et manger un steak-frites avant de rentrer à la maison. Kevin et May seraient tellement heureux de l'avoir chez nous que Maeve et Celeste comprendraient peut-être que le temps de la réconciliation était venu. C'était l'occasion ou jamais, après notre immersion totale dans *Casse-Noisette*, suivie de la chute soudaine de la glycémie. Celeste lui était venue en aide, après tout, et Maeve lui en avait été reconnaissante. Même les plus anciennes colères peuvent disparaître. Après un verre de vin, si elle se sentait en état de boire un verre de vin, Maeve grimperait les marches conduisant à la chambre de May, et débarrasserait le deuxième lit de ses peluches afin qu'elles s'allongent côte à côte dans le noir. May lui raconterait à quoi le monde ressemble, vu depuis deux trous pour les yeux taillés dans du carton, et Maeve lui raconterait ce qu'elle avait vu depuis le quatorzième rang. Dans notre chambre à l'étage au-dessus, Celeste me dirait qu'elle était d'accord que ma sœur soit là, ou mieux que d'accord. Elle serait enfin capable de voir Maeve comme la personne que je connaissais depuis toujours.

"Non. Raccompagne-moi à la maison.

— Allez, c'est une soirée spéciale."

Maeve a tiré sur le col de son pull. "Je ne peux pas supporter l'idée de garder ces vêtements toute la soirée. Je ne suis même pas sûre que j'arriverai à les supporter pendant le trajet du retour.

— Je t'achèterai des vêtements. Tu te souviens de la fois où je suis venu te voir et où j'ai dormi avec toi à la fac ? Papa m'a déposé sans brosse à dents, sans rien. Tu m'as emmené faire des courses.

— Oh, Danny, tu es sérieux ? Je suis incapable d'aller faire des courses, et incapable de passer la soirée à discuter du ballet avec les Norcross. Là, sur mon fauteuil, j'arrive à peine à garder les yeux ouverts. Ma voiture est à la gare. J'ai un rendez-vous au travail demain matin. J'ai juste envie de manger quelque chose avant de m'écrouler dans mon lit." Elle s'est tournée vers moi. Encore un peu et on allait abuser de l'hospitalité du théâtre de l'État de New York.

Elle avait évidemment raison. J'aurais mieux fait de me demander comment j'allais réussir à la conduire jusqu'à la sortie, au lieu d'envisager une visite de la ville qui nous aurait menés jusqu'à l'aube. Je n'associais pas le mot *fragilité* à ma sœur, mais tout, dans son visage, l'exprimait clairement. Elle a pris ma main. "Je vais te dire ce qu'on va faire : tu me raccompagnes chez moi et tu restes dormir. Ça fait combien d'années que tu n'as pas dormi chez moi ? Le matin on se lèvera à l'aube. Je serai totalement rétablie. Tu peux me conduire à la gare pour que je récupère ma voiture et ensuite rentrer directement en ville avant les embouteillages. Tu pourrais être chez toi à 7 heures. Il n'y aurait rien de mal là-dedans, pas vrai ? Celeste a sa famille avec elle."

Il y avait plein de mal là-dedans, mais je ne voyais pas comment faire autrement. Pendant que tout le monde était réuni au dîner en l'honneur de May, avant l'arrivée du gâteau en forme de souris que Celeste avait commandé au restaurant, j'ai pris un taxi avec Maeve pour rentrer à la maison. Je savais que May serait déçue et Celeste furieuse, mais je savais aussi que Maeve avait été gravement malade, et qu'elle était épuisée. Je savais qu'elle était la seule au monde qui aurait fait la même chose pour moi. Maeve s'est assise sur un petit banc qu'on laissait à côté de la porte d'entrée pour mettre et enlever nos bottes l'hiver, et je me suis précipité à l'étage, j'ai rempli un sac et laissé un mot.

Maeve a dormi dans la voiture pendant presque tout le trajet. On était début décembre, et les jours étaient courts et froids. J'ai conduit jusqu'à Jenkintown dans la nuit, sans arrêter de penser au dîner que je ratais, et à May dansant dans sa tête de souris. À peine arrivé chez Maeve, j'ai passé un coup de fil, mais personne n'a répondu. "Celeste, Celeste, Celeste", j'ai dit au répondeur. Je l'ai imaginée dans la cuisine, regardant le téléphone et se détournant. Maeve était allée directement prendre un bain. Je nous ai préparé des œufs et du pain grillé et on a mangé à la petite table de la cuisine. Il n'était même pas 8 heures quand on est allés se coucher.

"Au moins on a chacun notre chambre maintenant. Tu n'es plus obligée de dormir sur le canapé.

— Mais ça ne m'a jamais dérangée de dormir sur le canapé."

On s'est souhaité bonne nuit dans le couloir. Maeve utilisait sa chambre comme bureau, et j'ai regardé l'étagère remplie de dossiers avec écrit CONROY sur la tranche. Je me suis dit que j'allais en lire un pour le plaisir, pour me distraire des désastres de la journée, mais ensuite j'ai décidé de fermer les yeux une minute, et j'ai sombré.

Quand Maeve a frappé à ma porte, elle m'a sorti d'un rêve dans lequel je tentais de nager jusqu'à Kevin. Chaque brasse que je faisais dans sa direction semblait l'éloigner encore plus, et je devais lutter pour apercevoir sa tête au-dessus de l'eau. Je n'arrêtais pas de lui crier de revenir vers moi mais il était trop loin pour m'entendre. Je me suis assis en sursaut, en essayant de reprendre mon souffle et de retrouver mes esprits. Alors tout m'est revenu. Je n'avais jamais été aussi heureux de me réveiller.

Maeve a entrouvert la porte. “Trop tôt ?”

Avec l'arrivée du matin, le plan de la veille paraissait totalement sensé, nécessaire même. Dans la cuisine, Maeve avait retrouvé son éclat habituel, elle préparait le café en disant qu'elle était en pleine forme, comme si de rien n'était. (“J'avais juste besoin d'un bon bain et d'une bonne nuit de sommeil.”) Vu l'heure, je serais rentré assez tôt pour me faire pardonner. Il était 4 heures du matin quand on s'est retrouvés dehors dans le noir et que Maeve a fermé la porte à l'arrière de sa petite maison. On était en avance sur le programme qu'on s'était fixé. On ne perdrait pas une minute.

On avait à peine rejoint ma voiture que Maeve a dit : “Allons voir la maison.

— Tu es sûre ?

— On n'y est jamais allés à cette heure-là.

— On n'a jamais rien fait à cette heure-là.

— Ce n'est pas comme si on risquait d'être en retard.”

Elle avait une énergie folle. J'avais oublié l'enthousiasme avec lequel elle abordait le matin, comme si chaque nouvelle journée se présentait sur une vague qu'elle était parvenue à attraper. La Maison des Hollandais n'était pas loin de chez Maeve, et comme elle ne nous éloignait pas de notre destination, et que nous nous étions levés aux aurores, je ne voyais pas quel mal il y aurait à faire un saut. On a traversé des rues plongées dans le noir, sauf les réverbères. Le jour ne se lèverait pas avant 7 heures. J'avais quitté New York dans la nuit et rentrerais chez moi avant le lever du jour. Ce n'était pas si terrible.

Rue VanHoebeek, les lumières des maisons n'étaient jamais entièrement éteintes. Les gens laissaient leur véranda allumée toute la nuit, comme s'ils attendaient toujours un invité. Les lampes à gaz vacillaient au bout des allées, une lampe à la fenêtre d'un salon donnant sur rue restait allumée toute la nuit, mais en dépit de tous ces petits éclats lumineux, le silence qui régnait prouvait que les habitants étaient tous au lit, même les chiens d'Elkins Park dormaient. J'ai garé la voiture à notre endroit habituel et j'ai éteint le moteur. La lune étincelante à l'ouest éclipsait les étoiles. Elle illuminait tout uniformément : les arbres dépourvus de feuilles et l'allée, la vaste pelouse jonchée de feuilles mortes et le grand escalier en pierre. La lune déversait ses rayons sur la maison et sur la voiture où Maeve et moi étions assis. Quand j'étais petit, m'était-il jamais arrivé d'assister à ce spectacle d'une claire et froide nuit d'hiver, des heures avant l'aube ? Comme tous mes voisins, je devais être profondément endormi au fond de mon lit.

"Tu diras à May et à Kevin que je m'excuse."

On était ensemble dans la voiture, mais séparés par les pensées que chacun ruminait. J'ai mis une minute à comprendre qu'elle parlait du ballet et du dîner qui avait suivi. "Ils ne t'en voudront pas.

— Je ne veux pas imaginer que je lui ai gâché sa soirée."

Je n'arrivais pas à me concentrer sur May, alors que tout autour de moi, le givre et la lune miroitaient. Peut-être étais-je encore à moitié endormi. "Ça t'arrive de venir ici aussi tôt ?"

Maeve a fait non de la tête. Elle n'avait pas spécialement l'air de contempler la maison, la splendeur de la maison surgissant de l'obscurité. De mon côté j'avais cessé de la voir depuis longtemps, mais parfois quelque chose se produisait, comme en ce moment, et mes yeux s'ouvraient à nouveau et je la voyais devant moi – énorme, absurde, spectaculaire. Une escouade de casse-noisettes pourraient surgir des haies sombres à tout instant, rejointe par un bataillon de souris. La pelouse était parsemée de sucre glace. La scène du Lincoln Center n'avait pas été transformée en Maison des Hollandais, c'était la Maison des Hollandais qui était le décor d'un ridicule ballet de conte de fées. Était-il possible que notre père, pénétrant dans l'allée la première fois, ait été frappé par la révélation que c'était en ce lieu qu'il voulait élever sa famille ? Est-ce que c'était ça que ressentait un homme pauvre qui venait de devenir riche ?

"Regarde", a murmuré Maeve.

Dans la chambre des parents, la lumière venait de s'allumer. Cette chambre donnait sur rue, alors que la chambre de Maeve, la plus belle, avec la plus petite penderie, donnait sur le jardin à l'arrière. Quelques minutes plus tard, on a vu la lumière s'allumer dans le couloir à l'étage, puis celle des escaliers, comme la première fois que Maeve m'avait raccompagné à la maison, de retour de Choate, sauf qu'aujourd'hui toute la scène se déroulait à l'envers. Dans la voiture, dans le noir, on se taisait. Cinq minutes ont passé, puis dix. Enfin une femme a descendu l'allée dans un manteau de couleur claire. Alors qu'en toute logique il aurait pu s'agir d'une gouvernante ou d'une des filles, il nous a semblé évident, même de loin, que c'était Andrea. Ses cheveux, remontés en queue de cheval, étaient blond clair sous la lune. Elle serrait ses bras autour d'elle, les pans de son manteau bien fermés, et elle traînait quelque chose dont on apercevait le bord rose. On discernait des chaussons qui auraient pu être des bottes. Elle avait l'air de se diriger sans hésitation droit sur nous.

"Elle nous voit." Maeve parlait à voix basse et j'ai posé la main sur son poignet, au cas où elle aurait prévu de sortir de la voiture.

Quand Andrea est arrivée à plus de trois mètres du bout de l'allée, elle s'est arrêtée et elle a tourné son visage vers la lune, levant une main pour rabattre le col de son manteau. Elle n'avait pas pensé à prendre une écharpe. Elle ne s'était pas attendue à ce que les dernières heures de la nuit soient aussi lumineuses, sous la pleine lune, et elle est restée là, à profiter du moment. Elle avait vingt ans de plus que moi, ou du moins dans mon souvenir. J'avais quarante-deux ans, Maeve quarante-neuf, presque cinquante. Andrea a fait quelques pas de plus vers nous et Maeve a glissé ses doigts entre les miens. Elle était vraiment trop proche, notre belle-mère, aussi proche qu'un passant de l'autre côté de la rue. Je pouvais constater simultanément combien elle avait vieilli et combien elle était demeurée identique : yeux, nez, menton. Elle n'avait rien d'extraordinaire. C'était juste une femme que j'avais connue dans mon enfance et que je ne connaissais absolument pas, une femme qui, pendant plusieurs années, avait été mariée à notre père. Elle s'est penchée, a ramassé le journal plié sur le gravier et, le calant sous son bras, s'est éloignée en traversant la pelouse couverte de givre devant la maison.

"Où elle va ?" a chuchoté Maeve, parce qu'elle avait vraiment l'air de se diriger vers la haie bordant la propriété au sud. La lune éclairait son manteau pâle, ses cheveux pâles, jusqu'à ce qu'elle disparaisse de notre vue derrière la rangée d'arbres. On a attendu. Andrea n'est pas réapparue par les portes de l'entrée.

"Tu crois qu'elle a fait le tour par l'arrière ? Ça n'a aucun sens. On se gèle." Je venais de me rendre compte pour la première fois que ce n'était jamais moi qui conduisais quand on allait à la Maison des Hollandais, et que ce poste d'observation modifiait subtilement la vue.

"Démarre", a dit Maeve.

On s'est arrêtés dans un *diner* au lieu d'aller directement à la gare pour récupérer sa voiture et, au-dessus d'une assiette d'œufs avec des toasts, le même menu qu'au dîner, on a analysé le voyage d'Andrea pour aller chercher le journal image par image. Avait-elle vu là-bas quelque chose d'invisible pour nous ? Portait-elle des chaussons ou des bottes ? Andrea n'était jamais allée chercher le journal elle-même. Elle n'était jamais descendue en chemise de nuit, à moins qu'elle ne l'ait fait durant notre sommeil. Elle devait évidemment vivre seule dans la maison désormais. Norma et Bright, qu'on avait toujours vues comme deux jeunes filles, devaient approcher la quarantaine. Depuis combien de temps Andrea vivait-elle seule dans cette maison ?

Finalement, après avoir épuisé le moindre fait et la moindre hypothèse, Maeve a posé sa tasse de café sur sa soucoupe. "J'ai fini."

La serveuse est arrivée et je lui ai demandé d'apporter l'addition.

Maeve a fait non de la tête. Elle a posé les mains sur la table et m'a regardé droit dans les yeux, en se conformant aux anciennes instructions de notre père. "J'en ai fini avec Andrea. Je te fais une promesse solennelle ici même. J'en ai fini avec la maison. Je n'y retournerai plus jamais.

— D'accord.

— Quand elle s'est dirigée vers la voiture j'ai cru que j'allais avoir une crise cardiaque. J'ai senti une vraie douleur dans ma poitrine rien qu'à la revoir, et ça fait combien d'années qu'elle nous a foutus dehors ?

— Vingt-sept.

— Ça suffit, non ? On n'a pas besoin de faire ça. On peut aller ailleurs. On peut se garer devant l'arboretum et regarder les arbres."

C'est bizarre, l'habitude. Vous avez beau croire que vous comprenez comment ça marche, vous n'y comprenez jamais rien quand vous êtes en plein dedans. Je pensais à Celeste et à toutes ces années durant lesquelles elle me répétait à quel point c'était dingue de se garer avec Maeve devant la maison de notre enfance, tandis que j'étais convaincu que le vrai problème, c'était qu'elle ne comprendrait jamais.

"Tu as l'air déçu, a dit Maeve.

— Vraiment ?" J'ai reculé contre le dossier de l'alcôve. "Ce n'est pas de la déception." On avait fétichisé notre malheur, on en était tombés amoureux. J'étais écœuré de me rendre compte qu'on avait continué si longtemps, pas qu'on décide d'arrêter.

Mais je n'ai eu besoin de rien expliquer, parce que Maeve comprenait tout à la perfection : "Imagine une seconde qu'elle soit venue prendre le journal plus tôt. Disons, il y a vingt ans.

— On aurait pu récupérer notre vie."

J'ai payé l'addition, on est remontés en voiture et on a rejoint le parking de la gare de la 30e Rue. Hier seulement Maeve venait à New York voir May danser. Notre arrêt devant la Maison des Hollandais, avant le *diner*, nous avait fait perdre l'avantage de notre réveil aux aurores. Maeve ne trouverait pas beaucoup d'embouteillages sur son trajet pour Jenkintown, mais en rentrant à New York à cette heure-là, j'allais me retrouver coincé en pleine heure de pointe. Je ferais de mon mieux pour tout expliquer à Celeste. Je lui dirais que j'étais désolé d'être parti, désolé de rentrer tard, et puis je lui raconterais ce qu'on avait accompli.

Avec Maeve on était d'accord : on en avait enfin fini avec la Maison des Hollandais.

# TROISIÈME PARTIE

# CHAPITRE SEIZE

“Si Maeve tombe malade, alors c’est à toi de penser à tout, m’a dit Jocelyn dans le petit appartement où on a habité avec Maeve, après la mort de notre père. Ne te mets pas dans tous tes états. Les gens qui se mettent dans tous leurs états donnent juste deux fois plus de boulot aux autres.” C’est drôle, ce qu’on retient. Il ne s’est pas passé une semaine, ni même une journée, sans que son conseil ne me revienne en mémoire. J’identifiais ma capacité à être efficace à ma capacité à rester calme, et souvent l’expérience m’a donné raison. Quand M. Otterson m’a appelé de l’hôpital pour me dire que Maeve avait eu une crise cardiaque, j’ai appelé Celeste pour lui demander de me préparer un sac et de m’amener la voiture.

“Tu crois que je devrais venir avec toi ?”

J’ai apprécié qu’elle propose mais j’ai dit non. “Appelle Jocelyn”, j’ai dit, parce que je pensais à Jocelyn. Je pensais à mon père. Il avait cinquante-trois ans, à l’époque, et Maeve en avait cinquante-deux. Je pensais moins à sa mort et plus au marché que j’avais passé avec Dieu, en quittant mon cours de géométrie au lycée Bishop McDevitt ce jour-là : Il épargnerait Maeve, et en échange pourrait prendre n’importe quoi. N’importe qui.

La petite salle d'attente de l'unité de soins intensifs de cardiologie était dissimulée après les toilettes et les fontaines à eau. M. Otterson s'y trouvait déjà, l'air d'avoir passé une semaine dans le même fauteuil gris, les coudes appuyés sur les genoux, ses cheveux clairsemés grisonnants. Sandy et Jocelyn étaient avec lui. Elles savaient déjà ce qui s'était passé mais elles lui ont demandé de le re-raconter. Otterson avait sauvé la vie de Maeve.

"On avait rendez-vous avec un annonceur et Maeve s'est levée en disant qu'il fallait qu'elle rentre chez elle", a commencé M. Otterson de sa voix calme. Il portait un pantalon de costume gris et une chemise blanche. Il avait ôté sa veste et sa cravate. "C'est évident qu'elle a ignoré tous les symptômes avant-coureurs le plus longtemps possible. Vous connaissez Maeve."

On a tous confirmé.

Ils avaient aussitôt quitté le rendez-vous. Il lui a demandé si sa glycémie était basse et elle a dit que non, qu'il s'agissait d'autre chose, peut-être de la grippe. "Quand je lui ai dit que j'allais la raccompagner chez elle, elle n'a pas protesté. Ça vous donne une idée de l'état dans lequel elle était."

Ils étaient à deux pâtés de maisons de chez elle quand il a fait demi-tour en voiture pour la conduire à l'hôpital à Abington. Il a dit qu'il avait obéi à son intuition. Elle avait posé la tête contre la vitre de la voiture. "Elle était en train de fondre. Je ne peux pas le dire autrement."

Si M. Otterson l'avait raccompagnée jusqu'à la porte de chez elle, en lui disant d'aller se reposer, elle ne serait plus là.

C'est Maeve qui m'a raconté la suite de l'histoire en salle de réveil. Elle était encore en train de se débattre pour revenir de l'anesthésie et elle essayait de garder le sourire. Elle m'a dit que M. Otterson avait élevé la voix auprès de la jeune femme à l'accueil des urgences. Otterson élevant la voix, ça revenait à imaginer quelqu'un pointant un revolver. Maeve l'a entendu dire "diabétique". Elle l'a entendu dire "infarctus", même si elle a pensé qu'il prononçait juste le mot pour que quelqu'un vienne les aider. À aucun moment il ne lui avait traversé l'esprit que c'était un problème de cœur. Alors elle avait fini par en avoir la sensation, la pression remontant jusque dans ses mâchoires, la pièce tournant dans tous les sens, notre père montant la dernière volée de marches en béton dans la chaleur atroce.

"Arrête de faire cette tête, elle a murmuré. Je vais me rendormir." La lumière était tellement violente dans la pièce que j'aurais voulu recréer de l'obscurité en cachant ses yeux avec ma main, mais à la place je lui ai tenu la main, en surveillant son moniteur cardiaque monter et descendre jusqu'à l'arrivée d'une infirmière qui m'a demandé de sortir. Pendant toute la nuit que j'ai passée en salle d'attente, je suis resté calme. J'ai eu beau répéter à de nombreuses reprises à M. Otterson de rentrer chez lui, il n'est parti qu'à minuit passé. Je suis resté calme l'après-midi du lendemain, quand le cardiologue m'a annoncé qu'elle avait fait une arythmie maligne pendant la pose du stent et qu'ils allaient être obligés de la garder dans l'unité plus longtemps que prévu. Je suis allé chez Maeve prendre une douche et faire une sieste. J'étais calme, durant mes allers et retours entre la salle d'attente et chez elle, recevant les visiteurs qui n'avaient pas le droit de la voir, attendant, trois fois par jour, de pouvoir aller m'asseoir à son chevet. Je suis resté calme jusqu'au quatrième matin, quand j'ai trouvé en salle d'attente quelqu'un d'autre – une vieille femme, très mince, les cheveux gris coupés court. Je l'ai saluée de la tête et me suis installé à ma place habituelle. Je m'apprêtais à lui demander si elle était une amie de Maeve, parce que j'étais sûr de la connaître. Puis j'ai compris qu'il s'agissait de ma mère.

La crise cardiaque de Maeve l'avait fait sortir de sa cachette. Elle n'avait pas assisté à nos cérémonies de diplôme ni à l'enterrement de notre père. Elle avait été absente quand on nous avait chassés de la maison. Elle n'avait pas assisté à mon mariage, ni à la naissance de mes enfants, ni à Thanksgiving, ni à Pâques, ni aux samedis innombrables où on aurait eu tout le temps et l'énergie pour parler de tout, mais voilà qu'elle était là, à l'hôpital mémorial d'Abington, tel l'ange de la Mort. Je ne lui ai pas adressé la parole parce que personne ne devrait jamais entamer une conversation avec la Mort.

"Oh Danny." Elle pleurait. Elle a couvert ses yeux avec sa main. Son poignet ressemblait à dix crayons reliés ensemble.

Je savais ce qui arrivait quand les gens se mettaient à céder à leur colère dans les hôpitaux. L'hôpital fichait ces gens dehors. Que cette colère soit justifiée ou non. Jocelyn m'avait dit que les gens qui se mettaient dans tous leurs états ne servaient à rien, or mon boulot consistait à veiller sur Maeve.

"C'était toi le médecin, elle a fini par dire.

— C'était moi."

Si Maeve avait cinquante-deux ans, ça lui faisait combien ? Soixante-treize ? Elle faisait dix ans de plus.

"Tu t'en souviens ?"

J'ai fait oui lentement de la tête, en me demandant si je devais reconnaître ne serait-ce que ça. "Tu avais une tresse."

Elle a passé la main dans ses cheveux courts. "J'avais des poux. Ça n'était pas la première fois, mais cette fois-ci, je ne sais pas pourquoi, je n'ai pas supporté."

Je lui ai demandé ce qu'elle voulait.

Elle a baissé à nouveau les yeux. On aurait dit un fantôme. "Te voir, elle a dit sans me regarder. Te dire que je suis désolée." Elle a frotté ses yeux avec la manche de son pull. Elle ressemblait à n'importe quelle vieille femme dans la salle d'attente d'un hôpital, en plus grande et en plus mince. Elle portait un jean et des tennis en toile bleue. "Je suis tellement désolée.

— Bien, j'ai répondu. C'est fait.

— Je suis venue voir Maeve", elle a dit en faisant tourner le petit anneau en or autour de son doigt.

J'ai noté intérieurement : tuer Pluche. "Maeve est très malade." Il fallait que je la chasse d'ici avant que Pluche n'arrive pour la défendre, avant que Sandy, et Jocelyn, et M. Otterson et tous les autres ne débarquent et ne décident par vote de son maintien ou de son départ. "Reviens quand elle ira mieux. Pour le moment, elle doit se concentrer sur sa guérison. Tu peux attendre, pas vrai ? Après tout ce temps ?"

La tête de ma mère s'est affaissée comme un tournesol à la fin de la journée, vers le bas, encore plus bas, jusqu'à ce que son menton reste suspendu juste au-dessus du creux osseux de sa poitrine. Les larmes sont restées accrochées un moment sur sa mâchoire avant de tomber. Elle m'a dit qu'elle était déjà allée voir Maeve ce matin.

Il n'était même pas 7 heures. Pendant que je mangeais mes œufs dans la cuisine de Maeve, notre mère était assise au chevet de Maeve, dans l'aquarium vitré de l'unité de soins intensifs de cardiologie, tenant sa main et pleurant, écrasant directement le cœur de ma sœur du poids terrible de son chagrin et de sa honte. Elle s'était introduite dans l'unité en ayant recours au moyen le plus direct possible : la vérité, ou du moins une partie. Elle était allée voir l'infirmière en chef pour lui dire que sa fille Maeve Conroy avait eu une crise cardiaque, et elle était désormais là, la mère, fraîchement arrivée. La mère avait la tête de quelqu'un à deux doigts de s'effondrer, si bien que quand l'infirmière a fait entorse au règlement et laissé ma mère entrer, pour une visite à la fois trop longue et non conforme aux horaires de l'unité, elle l'a fait pour le bien de la mère, pas de la fille. Je le sais pour en avoir parlé en personne avec l'infirmière. Je lui en ai parlé plus tard, quand j'ai retrouvé ma faculté de parler.

"Elle était heureuse", a dit ma mère, d'une voix aussi douce qu'une page qu'on tourne. Il y avait une telle demande dans ses yeux, et j'ignorais si elle me demandait d'arranger les choses, ou me disait qu'elle était revenue pour arranger les choses.

Je me suis levé en vitesse et je l'ai abandonnée en salle d'attente, puis j'ai descendu les cinq étages à pied au lieu de prendre l'ascenseur. On était en avril et il commençait à pleuvoir. Pour la première fois de ma vie, je me suis demandé si mon père avait aimé ma sœur, au-delà de la manière abstraite et inattentive dont j'avais toujours imaginé qu'il l'aimait. Était-il possible qu'il ait cru Maeve en danger, et par conséquent ait pensé à la protéger de notre mère ? J'ai longé les files de voitures en long et en large, comme un fou. Si quelqu'un m'avait vu par la fenêtre de sa chambre de l'hôpital, il se serait dit : *Regarde-moi ce pauvre homme. Il a oublié où il est garé.* Je voulais protéger ma sœur de notre mère, la protéger de toute personne capable de l'abandonner avec une telle désinvolture, avant de réapparaître au pire moment imaginable. Je voulais l'assurer de mon sens des responsabilités, rassurer ma sœur sur le fait que, désormais, je contrôlais la situation, que plus personne ne lui ferait de mal, mais elle dormait.

Le mythe de la mère prodigue n'existe pas. L'homme riche n'a pas organisé un banquet pour célébrer le retour de son ancienne femme. Les fils, après avoir tenu le coup pendant des années tout seuls chez eux, n'ont pas accroché de guirlandes aux portes, ni égorgé le mouton et fait couler le vin. En les abandonnant, elle les a tous tués, chacun à sa manière, et désormais, des décennies plus tard, ils ne veulent plus qu'elle revienne. Ils ont couru au bout de l'allée pour fermer la porte à clé, le père et ses fils unis, le vent fouettant leurs manteaux. Un ami les a prévenus. Ils savent qu'elle est en chemin et qu'il faut fermer la porte.

Un patient de l'unité de soins intensifs de cardiologie avait droit à trois visites de quinze minutes par jour, un visiteur à la fois. Ma mère s'est rendue au chevet de Maeve pour les deux visites suivantes : la visite matinale aux heures autorisées et celle du milieu d'après-midi. L'infirmière est entrée dans la salle d'attente pour nous dire que Maeve demandait sa mère. J'ai eu le droit d'aller la voir à 7 heures du soir, et j'ai compris que le moment était mal choisi pour la mauvaise humeur, l'affrontement, la discussion. On n'allait pas redresser les torts ni rendre la justice. J'allais me contenter d'entrer pour voir ma sœur, point final. Aussi brève qu'ait été ma carrière médicale, je connaissais les dégâts que les bien-portants peuvent causer aux malades.

Soit parce que vingt-quatre heures s'étaient écoulées depuis ma dernière visite, soit parce que l'arrivée de notre mère l'avait mise aux anges, Maeve avait l'air mieux. Elle était assise dans l'unique fauteuil près de son lit, toutes les alarmes des moniteurs confirmant l'amélioration de sa fonction cardiaque. "Qu'est-ce que tu as bonne mine !" j'ai dit, et je me suis penché pour l'embrasser.

Maeve m'a gratifié d'un de ses rares sourires-de-matin-de-Noël, un vrai sourire, de toutes ses dents. On aurait dit qu'elle s'apprêtait à bondir pour m'enlacer. "Tu y crois ?"

Et je n'ai pas dit : *À quoi ?* Et je n'ai pas dit : *Je sais ! Tu as l'air d'aller tellement mieux !* parce que je savais de quoi elle parlait et ce n'était pas le moment de faire semblant de ne pas comprendre. J'ai dit : "Ç'a été une énorme surprise.

— Elle m'a dit que Pluche l'a trouvée et qu'elle lui a dit que j'étais malade." Les yeux de Maeve brillaient dans la chambre sombre. "Elle a dit qu'elle est venue tout de suite."

Et je n'ai pas dit : *Tout de suite plus quarante-deux ans.* "Je sais qu'elle s'est fait du souci pour toi. Tout le monde s'est fait du souci pour toi. Je pense qu'absolument tous les gens que tu connais sont venus te voir.

— Danny, notre *mère* est là. On s'en fiche des autres. Tu ne trouves pas qu'elle est belle ?"

Je me suis assis sur le lit défait. "Si.

— Ça ne te rend pas heureux.

— Mais si. Je suis heureux pour toi.

— Bon Dieu.

— Maeve, je veux que tu sois en bonne santé. Tout ce qui est bon pour toi me rend heureux.

— Tu vas devoir apprendre à mentir." Ses cheveux avaient été brossés et je me suis demandé si notre mère l'avait fait.

"Mais je suis en train de mentir. Tu n'imagines même pas comme je fais ça bien.

— Je suis si heureuse. Je viens d'avoir une crise cardiaque et c'est le plus beau jour de ma vie."

Je lui ai dit la vérité, plus ou moins, c'est-à-dire que seul comptait son bonheur à mes yeux.

"Je suis juste contente qu'elle soit revenue pour ma crise cardiaque et pas pour mon enterrement.

— Comment tu peux dire une chose pareille ?" Pour la première fois depuis que j'avais reçu l'appel de M. Otterson à mon bureau, je courais le risque d'exprimer mes émotions.

"C'est vrai. Laisse-la dormir chez moi. Assure-toi qu'il y a à manger. Je ne veux pas qu'elle passe la nuit dans la salle d'attente."

J'ai fait oui de la tête. Il y avait tellement de choses que je devais garder pour moi que j'étais incapable d'ajouter un mot.

"Je l'aime. Ne fiche pas tout en l'air. Ne la chasse pas pendant que je suis enfermée dans cet aquarium."

Plus tard dans la journée, je suis retourné chez Maeve et j'ai pris mes affaires. De toute façon ce serait plus simple pour moi de rester à l'hôtel. J'ai demandé à Sandy de passer chercher ma mère et de l'emmener chez Maeve. Sandy était déjà au courant de tout, y compris de ma réaction, ce qui semblait miraculeux étant donné mon incapacité à exprimer mes sentiments. D'après ce que j'avais pu reconstituer, Sandy, Jocelyn et Pluche avaient chacune géré le retour d'Elna Conroy à sa façon.

"Je sais à quel point c'est dur, m'a dit Sandy, parce que je sais à quel point c'était dur. Mais je crois que si tu l'avais connue à l'époque, tu serais heureux qu'elle revienne."

Je me suis contenté de la regarder.

"OK, ça c'est pas sûr, mais on doit faire en sorte que ça marche pour le bien de Maeve." Traduction, je devais faire en sorte que ça marche, et elle allait m'aider. Sandy était toujours moins dure que les autres.

Ma mère n'a fait aucune tentative pour s'expliquer. Quand on se retrouvait ensemble dans la salle d'attente, elle restait près de la fenêtre comme si elle contemplait sa porte de sortie. Un gémissement aigu semblait émaner de son malheur, tel un tube fluorescent juste avant de griller, un acouphène, quelque chose de presque imperceptible qui me rendait quasiment dingue. Puis, sans avoir prononcé un mot, elle quittait la pièce, comme si même elle était incapable de se supporter une minute de plus. À son retour, quelques heures plus tard, elle avait l'air plus détendue. Sandy m'a raconté qu'elle allait chercher des gens avec qui se promener dans les autres étages, des patients ou des parents angoissés en attente de nouvelles. Elle tournait pendant des heures autour des différents postes d'infirmières, en compagnie de parfaits inconnus.

"Et ils la laissent faire ?" j'ai demandé. J'aurais cru qu'il existait des règles contre.

Sandy a haussé les épaules. "Elle leur dit que sa fille a fait une crise cardiaque et qu'elle aussi doit attendre. Ce n'est pas exactement un dangereux personnage, ta mère."

Sur ce point, elle aurait du mal à me convaincre.

Sandy a soupiré. “Je sais. Je pense que moi aussi je lui en voudrais encore si elle n'était pas aussi vieille.”

Je savais que Sandy et ma mère avaient à peu près le même âge, du moins un âge comparable, mais je comprenais quand même ce qu'elle voulait dire. Ma mère ressemblait à un pèlerin qui avait été congelé pendant des centaines d'années avant d'être dégelé contre sa volonté. Tout en elle montrait que dans son esprit, elle aurait déjà dû être morte.

Pluche s'est révélée très douée pour m'éviter, et quand j'ai fini par la coincer toute seule devant l'ascenseur, elle a prétendu qu'elle m'avait cherché. “Je sais que tu es quelqu'un de bien, elle a dit, en me suggérant d'être plus gentil.

— Et moi je sais que tu as pris quelques mauvaises décisions, mais là tu t'es vraiment surpassée.”

Pluche a tenu bon. “J'ai fait ce qui était le mieux pour Maeve.” Une porte d'ascenseur s'est ouverte devant nous et quand les gens dedans ont regardé ceux qui attendaient dehors, on a fait non de la tête.

“Tu peux m'expliquer comment ça se fait qu'avoir des nouvelles de notre mère était dangereux pour Maeve quand elle était seulement diabétique, mais que maintenant qu'elle est une diabétique qui a eu une crise cardiaque, tu penses que c'est une bonne idée ?

— C'est différent, a dit Pluche en rougissant.

— Alors tu vas devoir me l'expliquer parce que je ne comprends pas.” J'ai essayé de me souvenir de la confiance aveugle que je lui faisais quand elle nous apprenait, à Celeste et à moi, à élever nos enfants, et qu'on quittait la maison l'esprit tranquille, la laissant seule avec Kevin et May.

“J’avais peur que Maeve meure, a dit Pluche, ses yeux se remplissant de larmes. Je voulais qu’elle voie sa mère avant de mourir.”

Mais évidemment Maeve n’est pas morte. Chaque jour elle allait mieux, et surmontait ses rechutes. Chaque jour elle réclamait exclusivement sa mère.

J’ai admiré le fait que notre mère réussisse à inclure Maeve dans son programme très chargé. Elle s’était en quelque sorte octroyé le droit de passer avec son panier de fleurs, durant ses visites au chevet des patients qui n’avaient pas, eux, de mère à laquelle se confronter. J’ignorais qui lui avait donné cette autorisation, et comment elle l’avait obtenue, puisque quand on se retrouvait en tête à tête, elle était plus ou moins muette. Je pensais qu’elle était trop angoissée pour rester assise en salle d’attente, mais la vérité était probablement qu’elle n’avait pas envie de rester assise à côté de moi. Elle était incapable de me regarder. Quand Pluche arrivait pour une visite, ou bien Sandy, ou Jocelyn, ou M. Otterson, ou les Norcross, ou ce vieux Maître Gooch, ou n’importe quel groupe d’amis paroissiens ou voisins de Maeve, alors ma mère, très à l’aise, rangeait journaux et magazines, et proposait une bouteille d’eau, une orange. Elle passait sa vie à peler une orange pour quelqu’un. Elle avait un don pour ça.

“Alors c’était comment l’Inde ?” a demandé Jocelyn une après-midi, comme si ma mère venait de rentrer de vacances. Jocelyn était celle qui se méfiait le plus de notre mère, le plus après moi, pour être précis.

J’ai remarqué que les cercles noirs sous les yeux de ma mère s’étaient visiblement estompés. Elle devait être la seule personne, dans toute l’histoire de l’humanité, à avoir vu son état s'améliorer en salle d'attente. Outre Jocelyn et moi, il y avait Pluche. Sandy était au travail. Tôt ou tard il faudrait bien qu'Elna nous raconte quelque chose.

"L'Inde était une erreur, elle a fini par répondre.

— Mais tu voulais aider, a dit Pluche. Tu as aidé des gens.

— Pourquoi l'Inde ?" J'avais eu l'intention d'assister à cette conversation en silence, mais à ce stade, ma curiosité l'a emporté.

Ma mère a tiré sur un fil qui pendait de la manche de son pull vert foncé, le même pull que chaque jour. "J'ai lu un article dans un magazine sur Mère Teresa qui racontait qu'elle avait demandé aux sœurs de l'envoyer à Calcutta pour aider les gens dans la misère. Je ne sais même plus où je l'ai lu. Un magazine auquel votre père était abonné."

C'était surprenant. Je n'aurais jamais imaginé ma mère, assise dans la cuisine de la Maison des Hollandais, aux alentours de 1950, en train de lire un article sur Mère Teresa dans *Newsweek* ou *Life*, pendant que les autres femmes de la rue VanHoebeek prenaient la tête du club de jardinage et allaient à des bals estivaux.

"C'est une grande dame, Mère Teresa", a dit Pluche.

Ma mère a approuvé de la tête. "Évidemment à l'époque elle n'était pas encore Mère Teresa.

— Tu as travaillé avec Mère Teresa ?" a demandé Jocelyn.

À ce stade tout semblait possible, y compris ma mère en sari de coton blanc tenant les mourants dans ses bras. Il y avait une telle simplicité en elle, comme si elle s'était déjà débarrassée de toutes les préoccupations humaines. À moins que je n'aie surinterprété les contours de son visage osseux. Les longues mains fines qu'elle gardait repliées sur ses genoux m'évoquaient du petit bois. Les doigts de sa main droite ne cessaient de toucher l'anneau qu'elle portait à la main gauche.

"Je voulais, mais le bateau allait à Bombay. Je crois que je n'avais même pas regardé une carte avant mon départ. J'ai débarqué du mauvais côté du pays." Elle l'a dit sur le ton de quelqu'un qui reconnaît que tout le monde fait des erreurs. "Ils m'ont dit que je devrais prendre le train, et c'est ce que j'allais faire, mais une fois que tu as passé plusieurs jours à Bombay…" Sa phrase s'est arrêtée là.

"Quoi ? a demandé Pluche.

— Il y avait plein de choses à faire à Bombay, a dit calmement ma mère.

— Il y a plein de choses à faire à Brooklyn." J'ai attrapé le gobelet de polystyrène à mes pieds mais le café était froid. L'époque où je buvais du café froid à l'hôpital était loin, maintenant.

"Danny, a dit Pluche, en me mettant en garde contre je ne sais quoi.

— Non, il a raison, a dit ma mère. C'est ce que j'aurais dû faire. J'aurais pu aider les pauvres de Philadelphie en rentrant à la maison tous les soirs, mais je manquais de jugeote. Cette maison…

— La maison ? a dit Jocelyn, comme si elle n'avait pas le droit de rendre la Maison des Hollandais responsable de son abandon.

— Elle était totalement disproportionnée.

— Elle était gigantesque", a dit Pluche.

Un écran de télévision suspendu dans un angle de la salle d'attente, près du plafond, diffusait une émission sur la destruction d'une vieille maison. Il n'y avait pas de télécommande, mais le premier jour que j'avais passé ici, j'étais monté sur une chaise pour couper le son. Quatre jours plus tard, les gens sur l'écran traversaient en silence des pièces vides, montrant du doigt les parois qu'ils allaient abattre.

"Je n'ai jamais réussi à comprendre pourquoi ton père la voulait et lui n'a jamais réussi à comprendre pourquoi je ne la voulais pas.

— Et pourquoi alors ?" Il existait sans aucun doute de pires enfers qu'une maison magnifique.

"On était des *pauvres*", a dit ma mère. J'ignorais qu'elle était capable de moduler sa voix. "Je n'étais pas à ma place dans un endroit pareil, toutes ces cheminées et ces escaliers, tous ces gens attendant mes ordres."

Pluche a laissé échapper un petit grognement. "C'est ridicule. On n'a jamais attendu tes ordres. C'est toi qui me faisais mon petit-déjeuner tous les matins."

Ma mère a secoué la tête. "J'avais honte de moi-même.

— Pas de papa ?" J'aurais cru que son choix se serait porté sur papa. Après tout, c'était lui qui avait acheté la maison.

"Ton père n'avait pas honte, elle a répondu, sans comprendre. Il était aux anges. Dix fois par jour il trouvait quelque chose à me montrer. « Elna, viens voir cette rampe ! » « Elna, sors voir ce garage ! »

— Il adorait le garage, a dit Pluche.

— Il n'a jamais compris que quiconque puisse être malheureux dans cette maison.

— Les VanHoebeek étaient malheureux, a dit Pluche. Du moins à la fin.

— Tu es partie en Inde pour te débarrasser de la *maison* ?" Il ne pouvait pas juste s'agir de la maison et du mari. Il y avait aussi les deux enfants qui dormaient au deuxième étage, et qu'elle avait passés sous silence.

Les yeux pâles de ma mère étaient troublés par la cataracte et je me suis demandé ce qu'elle voyait exactement. "Qu'est-ce que ça aurait pu être d'autre ?

— Je suppose que j'ai pensé que c'était à cause de papa.

— J'aimais ton père." Les mots sont venus naturellement. Elle n'a pas eu du tout besoin d'aller les chercher. *J'aimais ton père.*

Cette phrase a donné à Pluche le signal du départ. Elle s'est étirée sur la pointe des pieds, en levant les bras au-dessus de sa tête. Elle a dit, comme en réponse à une demande muette, qu'elle allait faire le tour du pâté de maisons et nous rapporter un café correct, et à ce moment ma mère s'est levée à son tour, en disant qu'elle allait au troisième étage regarder les bébés qui venaient de naître, et moi j'ai dit que j'allais à la cabine téléphonique appeler Celeste, alors Jocelyn a dit que dans ce cas, elle allait rentrer chez elle. On avait parlé jusqu'à ce que ça nous devienne insupportable, et alors on s'était tus.

Il va de soi que ma mère n'était pas la seule à être censée alimenter les conversations pendant ces journées interminables. On cherchait tous comment passer le temps. Jocelyn était à la retraite mais Sandy continuait à travailler. Elle nous racontait que son patron voulait qu'elle passe l'aspirateur sur le tapis dans un seul sens. Pluche racontait comment était la Maison des Hollandais avant l'arrivée des Conroy, comment elle s'occupait de Mme VanHoebeek après la perte de leur fortune, et qu'elle prenait le train pour aller vendre des bijoux à New York. Ça me semblait un acte stupéfiant de courage pour une jeune femme de l'époque.

"Tu ne pouvais pas aller les vendre à Philadelphie ? je lui ai demandé.

— Bien sûr que si, mais n'importe quel bijoutier auquel j'aurais vendu une bague à Philadelphie se serait empressé de l'apporter à Manhattan où il l'aurait revendue le double."

Pluche a vendu un collier de perles à trois rangs pour couvrir les frais d'hôpital quand Mme VanHoebeek s'est fracturé la hanche, et à la mort de la vieille dame, Pluche a vendu une broche pour payer l'enterrement, un petit oiseau en or avec une émeraude coincée dans le bec.

"Il restait encore des choses, a dit Pluche. Rien de comparable à leur fortune du début, mais la Patronne et moi, on a été prudentes. On ne savait pas combien de temps il lui restait à vivre. Ces banquiers qui ont vendu la maison ? De parfaits imbéciles. Ils m'ont demandé de faire la liste de tous les biens de valeur pour leur estimation. Je n'ai pas touché à grand-chose, j'ai juste pris un ou deux trucs." Elle a levé la main pour nous montrer une bague en diamant avec un petit rubis de chaque côté, dans une monture ancienne. Je n'avais jamais vu Pluche sans cette bague.

Je suppose que ça lui avait coûté de faire cet aveu, dans la mesure où mon père avait acheté l'intégralité du contenu de la maison. Après avoir appartenu à Mme Van-Hoebeek, la bague aurait dû lui appartenir, comme tout le reste, et il l'aurait peut-être donnée à ma mère, qui l'aurait transmise à Maeve jeune fille, ou bien à moi pour Celeste. Mais cette idée présupposait que mon père soit le genre d'homme qui examine le contenu d'une boîte à bijoux, ce qu'il n'était pas, ou que ma mère soit le genre de personne qui n'abandonne pas son foyer. La bague serait plus probablement restée là où elle était jusqu'à l'arrivée d'Andrea. Andrea n'aurait négligé aucun bijou que la maison avait à offrir.

Pluche nous aurait fait passer la bague à tous si on le lui avait demandé, au lieu de quoi ma mère s'est penchée pour contempler la main de Pluche de ses yeux brumeux. "Ravissant, elle a dit, et elle a embrassé sa main. Je suis contente pour toi."

*

La première fois que je suis retourné à Jenkintown après être entré en école de médecine, ça devait être pour le Thanksgiving de 1970. Des montagnes de travail s'étaient abattues sur moi au premier semestre, exactement comme le docteur Petout l'avait prédit, et je luttais pour suivre le rythme. Ajoutez à ça le fait qu'avec Celeste on voulait profiter de l'appartement et que je n'avais ni le temps ni le désir de rentrer le week-end. C'était avant toute perspective de mariage, si bien que Maeve et Celeste étaient inséparables. Celeste et moi étions arrivés à Philadelphie en train, le soir précédant Thanksgiving. Maeve est venue nous chercher et on a déposé Celeste chez elle, puis le lendemain, Maeve et moi nous sommes retournés dîner avec les Norcross. Les hommes et les garçons jouaient au touch football dans le jardin – *en hommage aux Kennedy*, comme on disait – pendant que les femmes et les filles pelaient des pommes de terre, préparaient la sauce et faisaient toutes les choses nécessaires de dernière minute.

Elles ont envoyé Maeve mettre la table, dès l'instant où elles ont compris qu'elle était sérieuse en disant qu'elle ne savait pas cuisiner.

Le dîner était une super-production, avec les gamins mis de côté dans le salon où ils mangeaient sur des tables de jeu. On aurait dit une collection de doublures rêvant de faire irruption dans la salle à manger, un jour. Il y avait des tantes, et des oncles, et des cousins, plus un large assortiment de sans famille qui n'avaient aucun autre endroit où aller, catégorie dans laquelle Maeve et moi étions inclus. La mère de Celeste avait l'art de rendre les fêtes spectaculaires, et après des mois durant lesquels le dîner avait consisté à manger sur le pouce à la cafétéria de l'hôpital, ou à grappiller le pain des patients sur leur plateau, je lui en étais particulièrement reconnaissant. À chaque table, des mains se levaient et des têtes s'inclinaient tandis que Bill Norcross récitait sa bénédiction bien ordonnée : "Pour tout ça, et pour toutes Ses grâces, que Dieu nous rende sincèrement reconnaissants." À peine avait-on levé les yeux que les saladiers de haricots verts avec des oignons grelots, et les montagnes de farce, et de purée de pommes de terre, et de patates douces, et les plats de dinde découpée en morceaux, suivis de tonnes de sauce, commençaient à tourner autour de la table dans le sens des aiguilles d'une montre.

"Et vous faites quoi ?" a demandé la femme à ma gauche. C'était l'une des nombreuses tantes de Celeste. J'étais incapable de me rappeler son nom, même si je me souvenais qu'on avait été présentés dans l'entrée.

"Danny est à l'école de médecine de Columbia, a dit Mme Norcross, de l'autre côté de la table, au cas où je n'aurais pas été désireux de partager cette information.

— École de médecine ? a dit la tante, et puis, de manière ostentatoire, elle a regardé Celeste. Tu ne m'avais pas dit qu'il était en école de médecine."

Au milieu de la longue table le silence s'est fait et Celeste a haussé ses jolies épaules. "Tu n'as pas demandé.

— Quel genre de médecine vous avez l'intention de pratiquer ?" a demandé l'un des oncles. Je venais tout juste de devenir intéressant. J'ignorais s'il s'agissait de l'oncle apparié à cette tante-là.

J'ai eu la vision de tous les immeubles vides que j'avais vus près de Washington Heights, et pendant une minute je me suis dit que ce serait dingue de leur dire la vérité : je prévoyais de pratiquer l'immobilier. Depuis le bout de la table, j'ai vu Maeve m'adresser un sourire ravageur, ce qui m'a confirmé qu'elle seule comprenait la dinguerie de tout ça. "Aucune idée.

— Tu dois découper les gens ?" m'a demandé le benjamin de Celeste. On m'avait dit que c'était sa première année dans la salle à manger. Il était le plus jeune à table.

— Teddy, l'a averti sa mère.

— *Au*topsies, a dit Teddy, qui s'ennuyait à mourir. Ils doivent le faire, tu sais.

— On le fait, j'ai dit, mais ils nous font prêter serment de ne jamais en parler au dîner."

Pour ma censure, la pièce a envoyé une rafale de rires reconnaissants. De loin, j'ai entendu quelqu'un demander à Maeve si elle aussi était médecin. "Non, elle a dit, en levant la fourchette sur laquelle elle avait embroché des haricots verts. Je suis dans les légumes."

À la fin du dîner, quand on nous a gratifiés d'une tonne de restes pour le week-end, Celeste m'a embrassé pour me dire au revoir. Maeve a promis qu'on viendrait la prendre dimanche matin sur le chemin de la gare. Ils nous ont suivis jusqu'à la voiture, tous ces joyeux Norcross, en nous disant qu'on devrait rester. Plus tard il y aurait des films, du popcorn, on jouerait aux cartes. Pato s'est précipité hors de la maison et dans le jardin, aboyant et aboyant sur les tas de feuilles mortes, jusqu'à ce qu'ils le fassent rentrer.

"C'est l'occasion ou jamais", a murmuré Maeve en sautant sur le siège du conducteur. J'ai fait le tour et suis monté dans la voiture à côté d'elle, tandis qu'eux restaient là, tous ensemble, à nous saluer de la main en riant tandis qu'on démarrait.

Les Norcross dînaient tôt, si bien que le crépuscule commençait à peine. On avait juste assez de temps pour arriver à la Maison des Hollandais avant que les lumières ne s'allument. On avait promis à Jocelyn qu'on passerait chez elle après pour la tarte, donc c'était juste un bref intermède entre deux plongées dans les plats splendides préparés par les autres. On était encore assez jeunes pour faire renaître en nous avec précision le sentiment qu'avait représenté Thanksgiving quand on était enfants, mais aucune nostalgie n'était attachée à ce souvenir. On avait connu successivement des dîners dans la salle à manger, avec moi, Maeve et notre père, Sandy et Jocelyn faisant de leur mieux pour ne pas nous montrer qu'elles devaient se dépêcher de rentrer chez elles dans leur propre famille, puis les années avec Andrea et les filles, Sandy et Jocelyn se dépêchant ouvertement de nous servir. Après le Thanksgiving désastreux durant lequel Maeve avait été bannie au troisième étage, elle s'était tenue à l'écart d'Elkins Park, et chaque année je contemplais sa place vide à table, malheureux comme les pierres, même si je n'ai jamais pu comprendre en quoi son absence le soir de Thanksgiving était pire que son absence les autres soirs de l'année. Notre soirée de Thanksgiving avec la famille Norcross nous avait offert une grosse compensation, et on a quitté tous les deux le dîner réconfortés, même si notre départ avait eu un petit goût de fuite. On s'est dit qu'il était peut-être possible de dépasser les fêtes pathétiques de notre jeunesse.

"M'en veux pas, a dit Maeve, en baissant sa vitre pour laisser entrer l'air glacial, mais je vais mourir si je ne fume pas une clope immédiatement !" Elle a sorti une cigarette, elle m'a tendu le paquet pour que je fasse ce que je voulais, puis elle m'a tendu le briquet. Bientôt on s'est retrouvés à souffler de la fumée par nos vitres respectives.

"Le dîner était excellent, mais cette cigarette est encore meilleure, j'ai dit.

— Si tu faisais une *au*topsie sur moi tout de suite, tu verrais que je me compose uniquement de viande en sauce foncée, avec peut-être une petite veine de purée dans mon bras droit." Maeve surveillait ses glucides. Elle avait renoncé à la tarte des Norcross pour pouvoir manger une petite part de celle de Jocelyn.

"Je pourrais me servir de toi pour les présentations de cas cliniques", j'ai dit, en pensant à Bill Norcross découpant la carcasse de la dinde.

Maeve a frissonné légèrement. "Quand je pense qu'ils t'obligent à découper des gens.

— Quand je pense que tu m'as obligé à faire des études de médecine."

Elle a éclaté de rire, puis elle a appuyé les doigts sur ses lèvres comme pour étouffer sa révolte contre le dîner. "Oh, arrête de te plaindre. Sérieusement, à part la dissection d'autres êtres humains, trouve-moi une seule chose vraiment terrible."

J'ai penché la tête en arrière, en crachant la fumée. Maeve disait toujours que je fumais chaque cigarette comme la dernière d'un condamné à mort, et j'étais en train de me dire que celle-là était peut-être bien la dernière. Je ne me faisais pas d'illusion, même si on était encore à l'époque où les médecins gardaient toujours un paquet de Marlboro dans la poche de leur blouse. Particulièrement les chirurgiens orthopédistes. Impossible d'être un chirurgien orthopédiste sans fumer. "Le truc le pire, c'est de comprendre qu'on va mourir."

Elle m'a regardé en haussant ses sourcils noirs. "Parce que tu ne l'avais pas compris avant ?"

J'ai secoué la tête. "On *croit* qu'on le comprend. On croit que quand on aura quatre-vingt-seize ans, on s'allongera sur le canapé après un dîner de Thanksgiving trop copieux, et qu'on ne se réveillera pas, mais même de ça, on n'est pas totalement sûr. Il y aura peut-être une exception rien que pour vous. Tout le monde le pense.

— De toute ma vie, je n'ai jamais pensé que j'allais mourir sur le canapé à quatre-vingt-seize ans, ni même atteindre quatre-vingt-seize ans d'ailleurs."

Mais je n'écoutais pas, je parlais. "Tu ne te rends absolument pas compte qu'il existe tellement de manières différentes de mourir, si l'on met de côté les fusillades et les bagarres au couteau et les chutes depuis une fenêtre et tous les autres trucs improbables.

— Alors dis-moi, Doc, que *va-t-il* se passer ?" Elle essayait de ne pas se moquer de moi, mais c'était vrai : j'étais obsédé par la mort à l'époque.

"Trop de globules blancs, pas assez de globules rouges, trop de fer, une infection des voies respiratoires, une septicémie. Tu peux avoir une occlusion du canal biliaire. Une rupture de l'œsophage. Sans oublier les cancers." Je l'ai regardée. "On pourrait passer toute la nuit à parler du cancer. Crois-moi, c'est inquiétant. Ton corps a des centaines de façons potentielles de dérailler sans aucune raison et il y a de fortes chances que tu t'en rendes compte uniquement quand ça sera trop tard.

— Ce qui nous oblige à nous demander à quoi nous servent les médecins.

— Exactement.

— Eh bien, a dit Maeve, en prenant une longue bouffée de cigarette, je sais déjà comment je vais mourir, alors je n'ai pas besoin de m'en faire."

J'ai observé son profil éclairé par le clignotement des réverbères et les lampes qu'Andrea avait allumées dans la Maison des Hollandais. Tout en elle était tranchant et droit, beauté, tout en elle était vie, santé. "Et comment tu vas mourir ?" J'ignore pourquoi j'ai posé la question, vu que je n'avais absolument aucune envie de le savoir.

À la différence des étudiants en médecine, qui avaient l'air d'hésiter entre plusieurs maladies dans un catalogue, quand ils faisaient des hypothèses sur leur propre mort, Maeve a parlé d'une voix pleine d'autorité. "Maladie cardiaque ou AVC. Comme tous les diabétiques. Probablement une maladie cardiaque, si tu ajoutes le facteur paternel dans l'équation, et ça me va. C'est plus rapide, non ? Pan !"

Soudain elle m'a mis en colère. Elle ne savait pas de quoi elle parlait, et de toute façon, c'était Thanksgiving, et on était censés jouer à un jeu, un peu comme les Norcross qui distribuaient les cartes aux tables de jeu. "Si t'as cette angoisse de la crise cardiaque, alors qu'est-ce qu'on fout là, en train de fumer ?"

Elle a cligné des yeux. "Aucune angoisse. Je te l'ai dit, c'est pas moi qui mourrai après dîner à quatre-vingt-seize ans. C'est toi."

J'ai balancé ma cigarette par la fenêtre.

"Bon Dieu, Danny, ouvre la porte et ramasse-la." Elle a donné une tape sur mon épaule d'un revers de la main. "C'est le jardin de Mme Buchsbaum."

# CHAPITRE DIX-SEPT

“Tu te souviens de l’époque où on vivait dans la petite maison, et que notre voisine, Mme Henderson, a reçu une boîte entière d’oranges de son fils en Californie ?” C’est ainsi que commençait l’histoire de notre mère, au chevet de Maeve, dans la chambre individuelle où elle avait été transférée à l’hôpital. “Elle nous en a donné trois.”

Maeve portait le peignoir en chenille rose que May avait choisi pour elle des années plus tôt, et sur la table de nuit était posé le bouquet serré de petites roses roses offert par M. Otterson. Ses joues aussi étaient roses. “On a partagé deux des oranges en trois et tu as râpé tout le zeste et utilisé le jus de la troisième orange pour faire un gâteau. Quand il est sorti du four, tu m’as envoyée chercher Mme Henderson pour qu’elle mange le gâteau avec nous.

— C’était l’époque des pionniers”, a dit ma mère.

Elles ont énuméré le contenu de la petite maison avec beaucoup d’affection : le canapé en laine marron et ses pieds en érable, le fauteuil jaune moelleux et ses éclaboussures de café sur l’accoudoir. Il y avait aussi un tableau encadré représentant le magasin d’un forgeron (elles se demandaient d’où il sortait ; où il avait fini), une petite table et ses chaises dans la cuisine, un placard en métal blanc accroché au mur au-dessus de l'évier : quatre assiettes, quatre bols, quatre tasses, quatre verres.

"Pourquoi quatre ?" J'observais le moniteur, en me disant que le débit cardiaque pourrait être meilleur.

"Parce qu'on t'attendait", a dit ma mère.

Ma mère, sous l'aile protectrice de Maeve, parlait plus facilement.

"Mon lit était dans un coin du salon, a dit Maeve.

— Et tous les soirs, votre père dépliait un paravent près du lit en disant : « Je construis la chambre de Maeve. »"

À l'époque de la petite maison, ils faisaient leurs courses au magasin de l'armée sur la base, et les transportaient dans un sac que ma mère avait fabriqué ingénieusement en nouant des ficelles. Ils récupéraient les boîtes pour la collecte d'étain, gardaient le bébé du voisin, travaillaient à la banque alimentaire que l'église ouvrait pour les pauvres les lundis et vendredis. C'étaient Maeve et notre mère, toujours toutes les deux. L'hiver, ma mère défaisait un pull que les femmes de l'église lui avaient donné et elle tricotait un bonnet, une écharpe et des moufles pour ma sœur. L'été, elles semaient le jardin que toutes les familles avaient planté ensemble – tomates et aubergines, patates et maïs, haricots verts et épinards. Elles préparaient des bocaux de condiments et de cornichons, et des confitures. Elles se racontaient inlassablement tout ce qu'elles avaient accompli, tandis que je restais assis dans un coin avec le journal.

"Tu te souviens de la clôture à lapins qui emprisonnait les lapins dans le jardin ? a demandé ma mère.

— Je me souviens de tout." Maeve avait quitté son lit et elle était assise dans un fauteuil près de la fenêtre, une couverture pliée sur les genoux. "Je me souviens que le soir, on éteignait les lumières, on apportait une lampe dans le placard de la chambre et on poussait les chaussures pour s'asseoir par terre et lire. Papa était dans la patrouille des raids aériens. Tu devais relever les genoux pour t'installer et ensuite je me glissais après toi et je m'asseyais sur tes genoux.

— Cette petite savait lire à quatre ans, m'a dit ma mère. C'est l'enfant le plus intelligent que j'ai jamais vu.

— Tu mettais une serviette sous la porte pour cacher la lumière. C'est drôle, mais je me disais vaguement que la lumière était rationnée, que tout était rationné, si bien qu'on ne devait pas laisser sortir la lumière par la porte. On devait la garder entièrement dans le placard avec nous."

Elles se souvenaient à quel endroit était située la petite maison sur la base, dans quel coin, sous quel arbre, mais elles n'arrivaient pas à se souvenir précisément de ce que notre père y faisait. "Il s'occupait des commandes, je crois", a dit ma mère. Ça n'avait pas d'importance. Elles étaient sûres qu'il y avait un petit perron en béton coulé à l'entrée, avec deux marches, et des géraniums rouges, bouturés à partir d'une plante du voisin fleurissant dans des pots en terre. La porte d'entrée donnait directement sur le salon, et la petite chambre où dormaient mes parents était à droite et la cuisine à gauche, avec une salle de bains au milieu.

"La maison était aussi grande qu'un timbre-poste, a dit Maeve.

— Plus petite que ta maison ?" j'ai demandé, parce que Maeve vivait dans une maison de poupée à mes yeux.

Toutes les deux se sont regardées, ma mère et ma sœur, et elles ont éclaté de rire.

J'avais une mère qui était partie quand j'étais enfant. Elle ne me manquait pas. Maeve était là, avec son manteau rouge et ses cheveux noirs, qui se tenait en bas de l'escalier, sur le sol en marbre blanc aux petits carreaux noirs, la neige tombant en ondulations scintillantes à travers les fenêtres derrière elle, les fenêtres aussi larges qu'un écran de cinéma, le bateau dans les vagues de l'horloge comtoise se balançant pour marquer les minutes. Elle m'appelait. "Danny ! Petit-déjeuner. Dépêche-toi." Elle mettait son manteau à la maison les matins d'hiver parce qu'il faisait si froid, parce qu'elle était si grande et mince, et chaque parcelle de son énergie avait été brûlée pour sa croissance, non pour la réchauffer. "Tu as toujours l'air d'être sur le départ", disait mon père quand elle passait près de lui, comme si même son manteau le dérangeait.

*"Danny !"* Elle hurlait. "Il va pas t'arriver sur un plateau."

Le lit où je dormais était couvert de couvertures, dont le poids me clouait sur place. Je n'ai jamais connu un seul matin d'hiver, à la Maison des Hollandais, sans avoir pour première pensée : *À quoi ça ressemblerait, de passer toute la journée au lit ?* Mais la voix de ma sœur, en bas des escaliers, me sortait de mes pensées, avec l'odeur de café que j'étais trop jeune pour boire. "Ça empêche la croissance, disait Jocelyn. Tu n'as pas envie d'être aussi grand que ta sœur ?" Je trouvais mes chaussons sur le sol, mon peignoir en laine au pied du lit. Je trébuchais sur le palier, mort de froid.

"Voilà le prince ! criait Maeve, le visage levé dans la lumière. Viens, il y a des pancakes. Me fais pas attendre."

La joie de mon enfance n'a pas pris fin quand ma mère est partie, mais quand Maeve est partie, l'année du mariage d'Andrea et de mon père.

Où notre mère était-elle pendant tout ce temps ? Je m'en fichais. Après le retour de Maeve à la maison, ma mère s'asseyait avec elle sur son lit, leurs quatre longues jambes étendues côte à côte. J'entendais des phrases, des mots, en passant d'une pièce à une autre : Inde, orphelinat, San Francisco, 1966. J'avais eu mon diplôme de Choate en 1966, et j'étais entré à Columbia pendant que notre mère chaperonnait les enfants d'une riche famille indienne, sur un bateau pour San Francisco, en échange d'un don important pour l'orphelinat où elle travaillait. Ou bien s'agissait-il de la léproserie ? Elle n'est plus jamais retournée en Inde. Elle est restée à San Francisco. Puis elle est allée à Los Angeles, puis à Durango, puis dans le Mississippi. Les pauvres, elle allait l'apprendre, étaient partout. Je suis sorti dans le garage où j'ai trouvé la tondeuse à gazon de Maeve. J'ai d'abord dû aller remplir un bidon d'essence à la station-service, et ensuite j'ai tondu le gazon. Cette tâche m'a procuré une telle satisfaction qu'à la fin j'ai sorti le désherbant et j'ai taillé les massifs de fleurs et les bordures du trottoir. Un propriétaire d'immeubles à Manhattan n'a jamais l'occasion de tondre.

J'ai quitté ma chambre d'hôtel et j'ai passé une seule nuit sans sommeil sur le canapé de Maeve, après sa sortie de l'hôpital. J'avais voulu être avec elle au cas où son cœur s'arrête, mais toute cette situation m'était insupportable. Le lendemain matin, je me suis transféré dans l'ancienne chambre de Celeste chez les Norcross. Pluche était rentrée chez elle mais ma mère était toujours là. Les amis de Maeve lui laissaient des plats sur le pas de la porte, des poulets grillés, et des sacs de pommes, et du pain de courgettes, de telles quantités que Sandy et Jocelyn étaient obligées d'en rapporter la moitié chez elles. Maeve et ma mère avaient un appétit de moineau – je les observais partager un unique œuf brouillé. Maeve était heureuse, et fatiguée, et totalement métamorphosée. Elle n'évoquait plus jamais son travail chez Otterson, ni ce qu'elle devait faire pour moi, ni aucune des choses qui avaient été négligées en son absence. Elle restait assise sur le canapé et laissait notre mère lui apporter une tartine. Aucune distance ne les séparait, aucune récrimination. Elles vivaient ensemble, dans le paradis de souvenirs qu'elles s'étaient construit.

"Fiche-leur la paix, m'a dit Celeste au téléphone. C'est leur affaire. Les gens se pressent à sa porte pour aider, et puis de toute façon, Maeve a surtout besoin de repos. C'est bien ce que disent tout le temps les médecins, non ? Elle n'a pas besoin d'une compagnie supplémentaire."

Je lui ai dit que je ne me considérais pas comme une compagnie, mais j'ai à peine prononcé le mot que j'ai compris que c'était exactement ce que j'étais. Elles attendaient que je m'en aille.

"Tôt ou tard tu vas devoir rentrer à New York. Je t'ai fait une liste de bonnes raisons.

— Je serai là bientôt. Je veux juste m'assurer que tout va bien.

— Et tout va bien ?" a demandé Celeste. Celeste n'avait pas rencontré ma mère mais sa défiance naturelle excédait la mienne.

J'étais debout dans la cuisine de Maeve. Ma mère avait fixé l'ordonnance du médecin au frigo avec un aimant. Elle avait aligné les flacons de médicaments en plastique devant les boîtes et noté l'heure à laquelle chaque pilule était donnée. Elle prenait soin de limiter le nombre de visiteurs et de les pousser vers la sortie à la fin de la visite, sauf évidemment M. Otterson, qui était traité avec beaucoup d'égards. M. Otterson n'abusait jamais de l'hospitalité, et si le temps le permettait, il descendait la rue avec Maeve, aller et retour. Sinon ma mère l'emmenait faire deux fois le tour du jardin toutes les deux heures. En ce moment elles étaient dans le salon, en train de parler d'un livre qu'elles avaient lu, *La Maison à la dérive*, chacune clamant que c'était son livre préféré.

"Quoi ? a demandé Celeste, et puis elle a dit : Non. Attends une minute. C'est ton père. Tiens." C'est à moi qu'elle reparlait : "Dis bonjour à ta fille.

— Salut papa, a dit May. Si tu ne rentres pas bientôt à la maison, je vais prendre un chien hypoallergénique. Je pensais à un grand caniche. Je l'appellerai Stella. Un chat m'irait bien mais d'après maman, les chats hypoallergéniques n'existent pas. Elle dit que Kevin est allergique aux chats, mais qu'est-ce qu'elle en sait ? Il n'en voit jamais.

— De quoi tu parles ?

— Attends une minute, a dit May en baissant la voix, et puis j'ai entendu une porte se fermer. Chaque fois que je parle de prendre un chien, elle change de pièce. Un vrai tour de magie. Je viens à Jenkintown voir tante Maeve.

— C'est ta mère qui t'accompagne ?"

May a fait le bruit qu'elle utilisait pour traduire toute forme d'idiotie des adultes. "Je viens toute seule. Tu vas devoir venir me chercher au train.

— Tu ne viens pas en train toute seule." On ne laissait pas May prendre le métro toute seule. On la laissait prendre le bus et le taxi, mais aucun type de train.

“Écoute, tante Maeve a fait une crise cardiaque, elle a dit, comme si elle m’annonçait la nouvelle. Tu sais qu’elle se demande pourquoi je ne lui ai pas encore rendu visite. Et maman m’a dit que notre grand-mère indienne était à la maison, et je veux la voir. C’est énorme, de découvrir qu’on a une grand-mère à ce stade du jeu.”

Quel stade du jeu ? “Elle n’est pas indienne.” Par la porte de la cuisine, j’ai regardé ma pâle mère irlandaise, assise sur le canapé à côté de Maeve, puis je leur ai tourné le dos. “Elle a vécu en Inde mais c’était il y a longtemps.

— De toute façon je vais prendre le train. Tu es rentré en train tout seul de New York à douze ans, après avoir fêté Pâques chez tante Maeve, et moi j’ai quatorze ans, nom de Dieu.

— Je déteste quand tu dis nom de Dieu. On dirait mon père.

— Les filles grandissent plus vite que les garçons, donc quand on y pense, techniquement j’ai largement deux ans de plus que toi à l’époque où tu as fait le voyage.”

Est-ce que je lui avais vraiment raconté cette histoire ? Bien sûr que May était plus vieille que moi à l’époque, de vingt ans probablement, mais il était hors de question que je la laisse prendre le train toute seule. “C’est une idée charmante, mais je rentre à la maison demain après avoir accompagné Maeve chez le médecin.

— Tu *es* médecin, elle a dit, morte de rire.

— Écoute, May, sois gentille avec ta mère.

— Je le *suis*. Mais elle me rend dingue. Je vais écrire un livre qui va s’appeler *Six millions de raisons de ne pas aller en Pennsylvanie*. Laisse-moi dire bonjour à ma grand-mère.”

Ma mère n'avait pas posé une seule question sur mes enfants. Pas un seul mot. Pluche prétendait que c'est parce qu'elle lui avait déjà tout raconté, et Maeve aussi – les notes de Kevin en sciences, les cours de danse de May. Pluche prétendait que ma mère voulait tout savoir sur eux, et que c'était ma faute si elle ne me posait aucune question, parce que je m'efforçais de rendre glaciale chaque phrase qui sortait de ma bouche. "Elle dort, j'ai répondu à ma fille.

— Pourquoi elle dort ? Il est 2 heures de l'après-midi. C'est pas elle qui est malade.

— C'est elle qui est vieille." Et je me suis retourné pour regarder ma mère dans l'autre pièce. Elle riait. Avec ses cheveux courts, sa peau tannée, ses mains couvertes de taches de rousseur, elle aurait pu être la mère de quelqu'un d'autre, mais c'était la mienne. "À son réveil je lui dirai que tu as appelé."

Rien n'indiquait que notre mère ait réellement vécu dans l'un des nombreux endroits où elle prétendait avoir été durant ses années d'absence. Je me suis demandé si la présence de sa valise dans le placard de Maeve signifiait qu'elle habitait chez Maeve en ce moment. En rentrant chez moi, j'ai régalé Celeste de tous mes doutes, analysant chaque scène qui s'était déroulée les deux dernières semaines.

"Tu veux dire qu'elle est SDF ?" a demandé Celeste. On était dans la cuisine pendant qu'elle préparait le dîner : saumon pour nous deux et May, qui n'aimait pas le poisson mais avait lu que ça rendait plus intelligent, et deux hamburgers pour Kevin, qui s'en fichait totalement. Les enfants avaient été heureux de me voir passer la porte la veille, mais depuis ils avaient découvert que j'étais toujours le même.

“SDF au sens où elle n'a pas de maison, pas SDF au sens où elle dort sous les ponts.” Mais qu'est-ce que j'en savais, au juste ?

“Il y a une chance que tes parents n'aient jamais divorcé ? C'est ce que pense Pluche. Elle pense que ta mère pourrait bien être encore propriétaire de la maison, sans le savoir.”

Je me suis dit que Pluche avait dû dire que c'était seulement une hypothèse. Je ne la voyais pas racontant à Celeste toute l'histoire. “Ils sont divorcés. Mon père a payé un employé du consulat américain pour l'attendre à l'arrivée de son bateau à Bombay. Il avait envoyé les papiers du divorce et le type a conduit ma mère directement au consulat et les lui a fait signer devant notaire. Le tout totalement légal. L'homme qui avait les papiers du divorce lui a aussi donné une lettre de mon père, où il lui demandait de ne plus jamais revenir. Je pense qu'il s'est occupé de tout sur place.” C'était l'une des innombrables histoires qui avaient été racontées, non pas à moi, mais en ma présence, Maeve concluant que sans aucun doute, si la lettre avait été un témoignage d'amour et de compassion, notre mère aurait aussitôt franchi la passerelle du bateau dans l'autre sens, pour rentrer chez nous. Et ma mère admettait qu'elle l'aurait fait.

“Alors elle n'est pas secrètement riche.”

J'ai fait non de la tête. “Elle est d'une pauvreté flamboyante.

— Et maintenant vous êtes censés vous occuper d'elle tous les deux ?” Celeste a commencé à nettoyer les petites pommes de terre rouges dans l'évier, grattant chacune d'elles avec une brosse pendant que je cherchais une bouteille de vin ouverte au frigo.

"Je ne m'occupe pas d'elle.

— Mais tu t'occupes de Maeve, et Maeve devra s'occuper d'elle."

J'ai réfléchi. J'ai trouvé le vin. "Eh bien, pour le moment c'est ma mère qui s'occupe de Maeve." De la nourriture, des médicaments, des lessives, des visites.

"Et toi, tu fais quoi là-dedans ?"

Spectateur, voilà ce que j'avais fait. J'avais inséré ma présence embarrassée dans chaque situation. "Je veux juste m'assurer que Maeve va bien.

— Parce que tu as peur qu'elle fasse une autre crise cardiaque, ou parce que tu as peur qu'elle finisse par te préférer ta mère ?"

Je m'apprêtais à nous servir un verre de vin, mais vu la direction que prenait notre conversation, j'ai décidé de remplir uniquement le mien. "Ce n'est pas une compétition.

— D'accord, super, si ce n'est pas une compétition alors laisse-les tranquilles. Tu n'as pas l'air très intéressé par ta mère, et Maeve n'a d'yeux que pour elle."

Je dois mentionner ici que Celeste avait été extrêmement prévenante quand Maeve était malade. Elle avait envoyé des cartes signées avec amour par les enfants tous les deux jours, et au retour de Maeve, un énorme bouquet de pivoines l'attendait sur son porche. Elle avait bien dû acheter toutes les pivoines de l'Est de la Pennsylvanie.

"Tu as dit à Celeste que j'aimais les pivoines ?" m'avait demandé Maeve en lisant la carte.

À dire vrai, je n'avais aucune idée que ma sœur aimait les pivoines.

"Pourquoi on est en train de se disputer alors que je suis heureux d'être rentré ?"

Celeste a fait tomber la dernière pomme de terre dans la passoire et elle s'est séché les mains. "Aussi loin que je me souvienne, Maeve a toujours voulu que sa mère revienne. Tous les deux garés devant l'ancienne propriété parce que ça lui rappelle sa mère, vous traversez votre vie comme si vos poignets étaient liés par du fil de fer, parce que votre mère vous a abandonnés. Et ensuite voilà que votre mère revient, et ta sœur, Dieu la protège, est enfin heureuse, et toi tu veux à tout prix être malheureux. On dirait que tu ne veux pas être chassé de ta souffrance. Si Maeve compte tellement pour toi, et que Maeve est heureuse, alors pourquoi tu ne la laisses pas être heureuse ? Elle peut vivre sa vie avec ta mère, et toi tu peux vivre ta vie avec nous.

— Ce n'est pas un échange.

— Mais c'est ça qui te fait peur, non ? Que ta mère ne soit pas punie ? Que Maeve soit plus heureuse avec elle qu'elle ne l'était avec toi ?"

May a crié depuis sa chambre à l'étage. "Vous vous rendez compte que j'entends absolument tout ce que vous dites ? Hé les gars, il y a des tuyaux dans cette maison. Si vous voulez vous engueuler, allez au restaurant.

— On ne se dispute pas", j'ai dit d'une voix forte. Je regardais ma femme et pendant une fraction de seconde je l'ai vue, les yeux bleus ronds et les cheveux blonds. La femme que j'avais connue pendant plus de la moitié de ma vie flottait devant moi, et aussi vite qu'elle était apparue, elle a disparu.

"On se dispute, a dit Celeste, en me regardant droit dans les yeux, d'une voix aussi forte que la mienne, mais on aura bientôt fini."

J'aurais pu passer tout l'été chez moi à New York, à superviser l'abattage de murs dans différents appartements, jouer au basket avec Kevin, aider May à mémoriser des monologues, et je crois que seule Celeste aurait vraiment remarqué ma présence, et que ça l'aurait rendue heureuse. Mais chaque semaine je retournais à Jenkintown, comme si le seul moyen de me convaincre que Maeve allait vraiment bien était de le constater de mes propres yeux. Je profitais de l'éternelle hospitalité des Norcross, dont le labrador était devenu un chien nommé Ramona. J'y allais en voiture depuis New York, pour pouvoir faire des allers-retours entre chez eux et Maeve, et parce que j'avais besoin de me rendre en permanence à la quincaillerie. J'étais constamment en quête d'un nouveau projet, une manière de justifier ma présence et de ne pas me contenter de m'asseoir au salon pour les regarder. Mon désir de changer un interrupteur, de repeindre les toilettes, de remplacer un appui de fenêtre cassé était une métaphore totalement limpide.

Chaque semaine, l'un de mes enfants, ou les deux, annonçaient qu'ils voulaient m'accompagner. Ils avaient l'air de tout aimer là-dedans, le temps passé avec les parents de Celeste, le temps passé avec Maeve, les journées d'été loin de la ville. Ils appelaient ma mère la Personne d'Intérêt, comme si elle était une espionne venue du froid. Elle les fascinait et ils la fascinaient. Plus Celeste et moi désirions les éloigner de ma mère, plus ils se précipitaient vers la voiture, et ce n'était pas une si mauvaise chose. Même à l'époque, je devinais que ces voyages étaient l'aspect très positif des circonstances. Avec Kevin, on discutait des mérites de Danny Tartabull, en essayant de décider s'il méritait d'être le joueur le mieux payé de l'équipe des Yankees, pendant que May enchaînait les chansons de comédies musicales, en guise de bande-son de nos conversations. On l'avait emmenée voir la reprise de *Gypsy* deux ans plus tôt et elle n'en était toujours pas lassée. *"Vous prendrez bien un sandwich, monsieur Goldstone. Vous prendrez bien une serviette, une baguette, une chaise !"* elle s'époumonait, dans un contralto enthousiaste. On l'installait à l'arrière. Elle avait lâché l'école de l'American Ballet pour avoir plus de temps pour se concentrer sur le chant.

"C'est pire que la danse", disait Kevin.

Ma mère avait amélioré sa capacité à s'exprimer. Même si nous n'avions toujours pas eu de réelles discussions, elle était beaucoup plus à l'aise en ma présence. C'était grâce aux enfants qui, eux, n'avaient rien contre elle. Avec Kevin elle comparait les Dodgers à l'univers des Yankees dans lequel elle avait grandi, tandis que May parlait français avec Maeve et que Maeve tressait les cheveux de May à la française. May apprenait le français depuis le CM2 et pensait qu'on aurait dû l'autoriser à passer l'été à Paris. Au lieu de lui répondre que les filles de quatorze ans ne passaient pas l'été toutes seules à Paris, j'ai dit qu'à cause de l'état de santé de Maeve, Paris serait impossible. Si bien qu'elle se contentait de conjuguer interminablement des verbes : *je chante, tu chantes, il chante, nous chantons, vous chantez, ils chantent**[1]. J'avais entrepris de remplacer le conduit

1. Les mots en italique suivis d'un astérisque sont en français dans le texte original. *(N.d.T.)*

de la cheminée. J'avais répandu des journaux sur le tapis mais le boulot se révélait plus long et salissant que prévu.

“J'étais amoureuse de Frenchy Bordagaray, a dit ma mère, en pensant qu'une anecdote sur un joueur de baseball prénommé Frenchy intéresserait à la fois ma fille et mon fils. Mon père a acheté des billets pour nous deux à Ebbets Field juste avant que j'entre au couvent. Je ne sais pas où il a trouvé l'argent mais les places étaient juste derrière la troisième base, juste derrière Frenchy. Pendant toute la partie, mon père n'arrêtait pas de me répéter : « Regarde bien autour de toi, Elna. Tu ne verras aucune nonne ici. »

— Tu étais nonne ?” a demandé Kevin, incapable de faire cadrer ce qu'il savait des nonnes et ce qu'il savait des grands-mères.

Ma mère a fait non de la tête. “J'étais plus une touriste. Je n'y suis même pas restée deux mois.

— *Pourquoi es-tu partie* ?* a demandé May.

— Pourquoi es-tu partie ?” a traduit Maeve.

À cette époque, ma mère arborait constamment une expression de surprise, éternellement stupéfaite par tout ce qu'on ignorait. “Cyril est venu me chercher. Il était parti travailler pour la Tennessee Valley Authority, il avait disparu pendant des années, et à son retour il a rencontré mon frère. Lui et James avaient toujours été amis. James lui a dit où j'étais. James n'aimait pas l'idée que je devienne nonne. Cyril est allé au couvent à pied depuis Brooklyn. Quand il a fini par arriver, il a dit à la sœur à la porte qu'il était mon frère et qu'il avait de très mauvaises nouvelles à m'annoncer, des nouvelles tragiques, il a dit. Elle est allée me chercher alors qu'on n'avait le droit à aucune visite à l'époque.

— Il a dit quoi ?" Pendant un moment, Kevin avait perdu tout intérêt pour le baseball.

"Cyril a dit : « Elna, ce n'est pas fait pour toi. »"

On s'est tous regardés, mon fils et ma fille avec sa moitié de tresse, jusqu'à ce que Maeve finisse par dire : "C'est tout ?

— Je sais que dit comme ça, ça n'a pas l'air de grand-chose, mais ça a tout changé. C'est grâce à ça que vous êtes là tous les quatre, croyez-moi. Il a dit qu'il m'attendrait dehors et je suis allée prendre mon petit sac et dire au revoir à tout le monde. Les jeunes étaient différents à l'époque. On n'avait pas votre maturité de pensée. Une guerre arrivait, tout le monde le savait. On est sortis du couvent, et on est remontés à pied jusqu'au West Side, en traversant tout Manhattan. On s'est arrêtés boire un café et manger un sandwich juste avant de traverser le pont, et le temps de rentrer à Brooklyn, on savait ce qu'on allait faire. On allait se marier et fonder une famille, et c'est ce qu'on a fait.

— Tu l'aimais ? a demandé May à Maeve, et Maeve a traduit pour elle : *L'aimais-tu* ?*

— *L'aimais-tu* ?* a demandé May à ma mère, parce que certaines questions sonnent mieux en français.

— Bien sûr que je l'aimais, ou du moins je l'aimais à notre arrivée à Brooklyn."

Avant notre départ ce soir-là, May a sorti de son sac un flacon de vernis rose irisé et elle a peint les ongles de sa grand-mère, puis de sa tante, puis les siens, en se donnant beaucoup de peine pour se concentrer sur chaque couche. À la fin, ma mère n'arrêtait pas d'admirer le travail. "On dirait des petits coquillages !" Et avec May, elles tournaient et retournaient leurs mains dans la lumière.

"Tu ne t'étais jamais mis de vernis avant ?" a demandé May.

Ma mère a fait non de la tête.

"Même quand tu étais riche ?"

Ma mère a pris la main de May et elle l'a posée sur celle de Maeve et la sienne, pour contempler tous ces coquillages scintillants ensemble. "Même quand j'étais riche."

Celeste aussi était là pendant l'été. Elle venait voir ses parents. Elle déposait Kevin ou récupérait May, et au passage, elle rencontrait très souvent ma mère, mais même quand elles se retrouvaient dans la même pièce, Celeste faisait en sorte de l'éviter. "Je dois retourner chez mes parents, disait-elle, à peine avait-elle franchi la porte. J'ai promis à ma mère de l'aider à préparer le dîner.

— Bien sûr !" répondait ma mère, et Maeve sortait dans le jardin cueillir un bouquet de roses trémières pour que Celeste le rapporte à ses parents, aucune des deux ne semblant se rendre compte que Celeste se dirigeait déjà vers la porte. À la suite de sa crise cardiaque et du retour de notre mère, la flamboyante torche de colère que Maeve avait brandie contre ma femme s'était éteinte, totalement tombée dans l'oubli. Elle aurait été parfaitement heureuse d'avoir Celeste à sa table, tout comme elle était parfaitement heureuse de la laisser partir. J'étais assis sur le sol de la cuisine, en train de visser une série de plateaux en bois peu profonds que j'avais transformés en glissière au fond des placards, pour que les casseroles et les poêles sortent plus facilement. Kevin était assis à côté de moi et il me tendait les tournevis dont j'avais besoin, et Celeste, qui n'arrêtait pas de s'agiter cet été-là, s'est immobilisée une minute pour me regarder, les mains pleines de fleurs.

"J'ai toujours eu envie que tu installes ça chez nous", elle a dit, comme si elle s'étonnait que j'en connaisse l'existence.

J'ai posé la perceuse électrique. "Vraiment ? Tu ne me l'as jamais dit."

Elle a secoué la tête, regardé sa montre, et dit aux enfants qu'il était l'heure de rentrer.

Ainsi s'écoulaient les jours. Maeve a repris le travail chez Otterson, avec le même emploi du temps irrégulier. J'aurais dit qu'elle se souciait moins de son travail, si du moins elle s'en était jamais souciée. Kevin et May ont repris l'école. Les intervalles entres mes séjours à Jenkintown ont grandi, encore et encore. Notre mère est restée. Elle a jeté le pull vert foncé aux manches effilochées et Maeve lui a acheté de nouveaux vêtements, et un nouveau couvre-lit, et des rideaux pour la chambre d'amis qu'elles n'appelaient plus la chambre d'amis. Elles sont allées à Philadelphie en voiture pour assister à un concert de l'Orchestre. Elles sont allées à des lectures à la bibliothèque gratuite de Philadelphie. Ma mère a travaillé comme bénévole pour une banque alimentaire dirigée par une association caritative catholique, et en moins de deux semaines, elle avait rendez-vous avec le directeur. Elle lui a expliqué que la communauté devait faire face à des besoins grandissants, et qu'elle pouvait mettre au point un plan d'attaque.

Un vendredi de fin d'automne, Maeve et notre mère étaient en train de préparer du poulet et des boulettes. Ma mère s'était avérée la cuisinière des deux. À l'étroit dans la cuisine bien chauffée, elles travaillaient efficacement sans se gêner. "Tu devrais rester", a dit ma mère quand j'ai ouvert le couvercle de la cocotte, plongeant ma tête dans la vapeur qui s'en échappait.

J'ai fait non de la tête. "Kevin a un match. J'aurais déjà dû partir il y a vingt minutes."

Maeve a essuyé ses mains pleines de farine sur le torchon qu'elle avait attaché autour de la taille. "Viens une minute. J'ai un truc à te demander au sujet de la gouttière avant que tu partes."

Elle a pris à la porte sa veste Mackinaw rouge en laine qu'elle appelait toujours son manteau d'étable, même si je doute qu'elle ait jamais mis les pieds dans une étable. On a marché péniblement dans la lumière froide de fin d'après-midi, les feuilles rouges et dorées, qu'on me demanderait de ratisser lors de ma prochaine visite, s'entassant autour de nos pieds. On est restés à l'angle de la maison pour voir à quel endroit la gouttière commençait à se décrocher du toit.

"Alors c'est bientôt fini ?" a demandé Maeve, en levant la tête.

Je croyais qu'elle parlait du toit, alors j'ai levé la tête moi aussi. "C'est bientôt fini quoi ?

— L'irritabilité, le châtiment." Maeve a enfoncé les mains dans les poches de son manteau. "Je sais que ça a été dur pour toi, mais je commence à en avoir marre de voir les choses sous cet angle, si tu veux tout savoir – que ma crise cardiaque a été dure pour toi. Que le retour de notre mère a été dur pour toi."

Ça m'a surpris, et ensuite je me suis aussitôt senti sur la défensive. J'avais consacré ma vie à Maeve ces six derniers mois, et au prix d'un effort considérable j'avais gardé mes sentiments envers ma mère pour moi. J'étais même devenu beaucoup plus gentil. “Je m'inquiète pour toi, c'est tout. Je veux m'assurer que tu vas bien.

— Eh bien je n'ai pas de problème.”

Ça paraissait impossible qu'on n'ait pas eu cette conversation avant, Maeve et moi, nous qui parlions de tout. Mais nous n'étions plus jamais seuls. Notre joyeuse mère réussissait toujours à trouver un endroit où s'installer entre nous, réduisant notre conversation à des recettes de soupes et des réminiscences nostalgiques de la pauvreté. “Rien de tout ça ne te pose problème ?”

Maeve a baissé les yeux sur la rue. Comme je n'avais pas deviné qu'on sortait pour avoir une discussion sur les circonstances de notre vie, je n'avais pas pensé à prendre mon manteau et j'avais froid. “Il y a une durée de temps finie, a dit Maeve. Peut-être que je le comprends mieux maintenant. Depuis que j'ai dix ans je désire le retour de ma mère plus que tout au monde, et voilà qu'elle est revenue. Je peux utiliser ce temps-là à être furieuse, ou je peux me sentir la personne la plus chanceuse du monde.

— Il n'y a que deux choix ?” J'avais envie qu'on monte dans la voiture, qu'on aille à la Maison des Hollandais et qu'on reste assis là, seuls tous les deux, pendant une minute, même si on avait arrêté de le faire.

Maeve a relevé les yeux vers la gouttière et elle a fait oui de la tête. “Plus ou moins.”

Si l'on excepte l'intuition de M. Otterson et la guérison de Maeve, je ne voyais pas en quoi j'avais eu de la chance. Ma mère avait tout regagné, et ce faisant, elle m'avait fait tout perdre. “Est-ce qu'elle a la moindre idée de ce qu'on a traversé après son départ ? Tu lui as raconté Andrea, et comment elle nous a fichus dehors ?

— Bordel, bien sûr qu'elle est au courant pour Andrea. Qu'est-ce que tu crois qu'on a fait tout l'été ? Joué aux cartes ? Je lui ai raconté absolument tout ce qui nous est arrivé, et je sais ce qui lui est arrivé, à elle aussi. C'est fou ce qu'on peut découvrir sur quelqu'un qui nous intéresse. Au fait, tu étais le bienvenu dans toutes ces conversations. Ne va pas croire qu'on t'a exclu. Chaque fois qu'elle ouvre la bouche, tu trouves une bonne raison de quitter la pièce.

— Ce n'est pas moi qui l'intéresse."

Maeve a secoué la tête. "Grandis."

C'était une chose tellement ridicule à dire à un adulte de quarante-cinq ans que j'ai commencé à rire, avant d'arrêter. Ça faisait longtemps qu'on n'avait pas eu un sujet de dispute. "OK, si tu en sais tellement sur elle, explique-moi pourquoi elle est partie. Et ne me dis pas qu'elle ne supportait plus le papier peint.

— Elle voulait…" Maeve s'est interrompue, a expiré, et son haleine gelée m'a rappelé la fumée. "Elle voulait aider les gens.

— Des gens étrangers à sa famille.

— Elle a fait une erreur. Tu n'es pas capable de comprendre ? Elle s'est couverte de honte. C'est pour ça qu'elle ne nous a jamais contactés, tu sais, à son retour d'Inde. Elle avait peur qu'on la traite exactement comme toi tu l'as traitée. Elle est convaincue que ta cruauté, c'est la punition qu'elle mérite.

— Je n'ai pas été cruel, crois-moi, mais c'est pourtant *ça* qu'elle mérite. Faire une erreur, c'est ne pas attendre assez longtemps avant de poser des lames de parquet.

Abandonner tes enfants pour aller aider les pauvres en Inde, ça veut juste dire que tu es une personnalité narcissique qui recherche l'adoration des étrangers. Je n'arrête pas de regarder Kevin et May en me demandant qui peut bien être capable de faire une chose pareille. Quel genre d'être humain abandonne ses enfants ?" J'avais l'impression que ma bouche avait retenu ces mots depuis l'instant où, à mon arrivée dans la salle d'attente des soins intensifs de cardiologie, j'y avais vu notre mère.

"Les hommes ! a répondu Maeve, presque en criant. Les hommes passent leur vie à abandonner leurs enfants et ils sont universellement célébrés pour ça. Bouddha est parti, et Ulysse est parti, et personne n'en a jamais rien eu à foutre de leurs fils. Ils entreprenaient leurs nobles voyages et pendant ce temps ils faisaient tout ce qui leur chantait, et puis des milliers d'années plus tard, on est encore en train de tresser leurs louanges. Notre mère est partie, et elle est revenue, et on va *bien.* Ça ne nous a pas plu mais on a survécu. Je me contrefous que tu ne l'aimes pas, ou que tu ne l'apprécies pas, mais tu dois être correct avec elle, ne serait-ce que parce que je te le demande. Tu me le dois."

Ses joues étaient rouges, et même si c'était probablement à cause du froid, je ne pouvais pas m'empêcher de m'inquiéter pour son cœur. Je n'ai rien dit.

"Juste au cas où tu aurais oublié, j'en ai ras le bol du malheur", elle a dit, et puis elle a tourné les talons et elle est rentrée dans la maison, me laissant méditer, au milieu du tourbillon de feuilles mortes, sur ma dette envers elle. Quel que soit le mode de calcul, ma dette était infinie.

C'est pourquoi j'ai pris la décision de changer. Ça peut paraître impossible, vu ma personnalité et mon âge, mais j'ai compris exactement ce que j'avais à perdre. J'étais de retour en cours de chimie. La question n'était pas de savoir si ça me plaisait ou non. La question, c'est que je n'avais pas le choix.

# CHAPITRE DIX-HUIT

Maeve et ma mère avaient des entrées pour l'exposition Pissarro au musée d'Art de Philadelphie et elles ont dit que ce serait pratique de passer me prendre au retour, j'ai donc pris le train. J'étais à peine entré dans la gare que je les ai vues, inquiètes pour un couple de moineaux qui étaient entrés par les portes ouvertes et s'étaient retrouvés piégés à l'intérieur. Pour une fois, c'est moi qui ai vu ma sœur le premier et non l'inverse. Elle se tenait droite, pleine d'énergie, la tête en arrière, le doigt pointé vers le plafond pour montrer à ma mère où étaient les oiseaux. Cela faisait juste un an qu'elle avait eu sa crise cardiaque – une année en bonne santé, une année entière de vie commune pour la fille et sa mère.

"Tu n'as ramassé personne dans le train cette fois ?" La vieille blague de Maeve m'a rappelé toutes les fois où elle venait me chercher et me serrait dans ses bras.

"Un trajet totalement sans histoire." Je les ai embrassées toutes les deux.

À notre arrivée sur le parking, ma mère m'a dit qu'elle allait prendre le volant. Après sa guérison complète, Maeve avait lancé notre mère sur la voie d'un programme d'auto-amélioration. Durant les six derniers mois, elle s'était fait opérer les deux yeux de la cataracte, enlever trois carcinomes basocellulaires (un sur la tempe gauche, un au-dessus de l'œil gauche, un à la narine droite), et elle avait eu de très importants soins dentaires. Entretien domestique, comme disait Maeve. J'ai payé les factures. Au début, Maeve était contre, mais je lui ai dit que si elle voulait que je m'améliore, alors elle devait me laisser m'améliorer. Je n'en ai pas touché mot à Celeste.

"Retrouver la vue, tu n'as pas idée comme ça change la vie. Cette chose… Elle a désigné un poteau téléphonique. Il y a six mois je t'aurais dit que c'était un arbre.

— Ça a été un arbre à un moment", a dit Maeve en s'installant sur le siège arrière de son propre break.

Notre mère a mis une paire de lunettes de soleil géantes à la Jackie O que son ophtalmo lui avait offertes. "Le docteur Shivitz m'a dit que si mes cataractes étaient tellement avancées, c'est parce que je ne portais jamais de lunettes de soleil. Il y avait beaucoup de soleil dans plein des endroits où j'ai vécu."

Maeve a ouvert son sac et commencé à fouiller à la recherche de ses lunettes de soleil, pendant que notre mère quittait le parking et se frayait un chemin dans le labyrinthe de Philadelphie. Je ne m'étais pas senti particulièrement rassuré de monter en voiture avec elle, mais une fois qu'elle a réussi à s'insérer dans les embouteillages, elle a maintenu le cap. Maeve et elle poursuivaient leur conversation sur Pissarro, ses peintures de la Normandie et de Paris, sa compréhension des gens et de la lumière. Elles en parlaient comme d'un ami qu'elles admiraient mutuellement.

"On devrait aller à Paris", a dit Maeve à ma mère. Maeve, qui ne voulait jamais aller nulle part.

Notre mère a dit oui. "C'est le bon moment."

Je ne crois pas avoir jamais pris le train pour Philadelphie sans penser à la chimie, et au conseil de Morey Petout, m'expliquant que si je ne maîtrisais pas solidement le chapitre 1, je ne comprendrais rien au chapitre 2. Tel est le travail que Maeve avait accompli depuis le retour de notre mère : elle était repartie du début, jusqu'à ce qu'elle soit sûre d'avoir compris ce qui s'était passé. Mais moi, je m'étais astreint à une discipline totalement opposée : quand je réussissais à ne voir en notre mère que la personne qu'elle était aujourd'hui – la vieille dame conduisant la Volvo –, je trouvais que c'était quelqu'un de bien. Elle avait de l'énergie, de la générosité, j'aimais son rire. Elle ressemblait à la mère de quelqu'un, et j'étais presque entièrement capable de bloquer la pensée qu'elle était la mienne. Ou, pour le dire autrement, je la voyais comme la mère de Maeve. Ça fonctionnait pour tout le monde.

J'ai prêté très peu d'attention à leur bavardage autour de l'impressionnisme et je me suis concentré sur les voitures autour de nous, notant leur vitesse comparée à la nôtre, calculant leur distance. On était sortis de la ville depuis un moment et il n'y avait pas eu un seul incident. J'étais soulagé que mes enfants ne manifestent aucun désir de passer le permis. L'un des nombreux avantages de New York, c'était que les rues étaient pleines de taxis attendant de les emmener où ils voulaient. "Tu conduis bien, j'ai fini par dire à ma mère.

— J'ai toujours conduit." Elle a tourné ses ridicules lunettes de soleil dans ma direction. "Même ces dernières années, quand je n'y voyais rien. J'ai conduit à New York, et à Los Angeles, pour l'amour du ciel. J'ai conduit à

Mexico City. Je crois vraiment que c'était l'endroit le pire." Elle a mis le clignotant et elle a changé de voie instinctivement. "C'est ton père qui m'a appris à conduire, tu sais.

— Enfin quelque chose qu'on partage tous", a dit Maeve.

Il m'avait donné quelques cours sur le parking de l'église quand j'avais quinze ans. Ça nous avait permis de prolonger nos dimanches loin de la maison. "Il t'a appris à conduire à Brooklyn ?

— Oh, mon Dieu, non. Personne n'avait de voiture à Brooklyn à l'époque. J'ai appris à conduire quand on a déménagé à la campagne. Un soir, ton père est rentré à la maison en disant : « Elna, je t'ai acheté une voiture. Viens, je vais te montrer comment ça marche. » Il m'a fait monter et descendre l'allée plusieurs fois, et ensuite il m'a dit d'aller sur la route. Deux jours plus tard, j'avais un permis de conduire. Il n'y avait pas beaucoup de monde dans les rues à l'époque. On n'avait pas peur de heurter quelqu'un."

Voilà encore autre chose que j'avais découvert sur notre mère : elle aimait parler. "Mais quand même, j'ai dit, c'est rapide, deux jours.

— C'est comme ça que ton père faisait les choses.

— C'est comme ça qu'il faisait les choses, a répété Maeve.

— Rien ne m'a plus remplie de reconnaissance que cette voiture. Je ne me suis même pas sentie coupable de l'argent qu'elle a coûté. C'était une Studebaker Champion. La bonne vieille Champion. À l'époque il y avait des terrains agricoles partout. Juste là – elle a désigné un long tronçon de devantures de magasins et d'appartements – c'était un pré à vaches. Je n'avais jamais vécu à la campagne avant et le calme me rendait tellement nerveuse. Tu étais entrée à l'école, elle a dit à Maeve, et je passais mes journées assise dans cette énorme maison à attendre que tu rentres. S'il n'y avait pas eu Pluche et Sandy, je serais devenue folle, même si, pour être sincère, elles aussi me rendaient un petit peu dingue. Ne le leur dites pas.

— Bien sûr que non, a dit Maeve, en se penchant pour mettre sa tête plus ou moins entre les deux sièges.

— Je les adorais, mais elles ne me laissaient *rien* faire. Elles se précipitaient en permanence sous mon nez pour laver ou ramasser quelque chose. J'ai embauché Jocelyn parce que j'avais tellement peur que Sandy ne reste pas sans sa sœur, et ensuite Jocelyn a commencé à faire toute la cuisine. La seule chose que je savais faire, c'était la cuisine, et elles ne me laissaient même pas préparer le dîner. Mais une fois que j'ai eu la Champion, pendant un moment les choses se sont vraiment améliorées. Après t'avoir accompagnée à l'école le matin, je roulais jusqu'à Philadelphie pour voir nos amis sur la base, ou bien je roulais jusqu'à l'Immaculée-Conception pour être utile jusqu'à la sortie des classes. C'est comme ça que je suis devenue amie avec les nonnes de la Miséricorde. Elles étaient très marrantes. On a démarré une collecte de vêtements, et avec les nonnes on faisait la tournée en voiture pour collecter des trucs dont les gens n'avaient pas besoin, et puis je rapportais les vêtements à la maison, je lavais, je recousais, et je rapportais tout à l'église. Il y avait plein de vêtements dans la maison quand on a emménagé, des trucs qui avaient appartenu aux VanHoebeek. La plupart étaient irrécupérables, mais avec Sandy on en a sauvé certains. On a réussi à réparer tous les manteaux – en cashmere, en fourrure. Tu n'imagines pas ce qu'on a trouvé."

J'ai repensé au diamant de Pluche.

"Je me suis toujours demandé où les vêtements étaient passés, a dit Maeve.

— Ton père disait que j'habitais dans cette voiture, a poursuivi ma mère, sans dévier de son point de départ. Il me laissait l'accompagner faire la collecte des loyers. Tu sais qu'il n'a jamais aimé conduire. Je remplissais les sièges arrière avec des conserves de ragoût. Il y avait tellement de locataires qui n'avaient rien. Un jour on a rendu visite à une famille, cinq enfants petits dans deux pièces, la mère pleurait. Je lui ai dit : « Vous n'aurez plus jamais aucun loyer à nous payer ! Vous devriez voir la maison où on vit. » Après ça a été fini." Ma mère a éclaté de rire. "Il était tellement furieux qu'il ne m'a plus jamais emmenée avec lui. Ensuite toutes les semaines il rentrait à la maison en disant que les gens demandaient où j'étais. Il disait qu'ils réclamaient leur ragoût."

Dans mon souvenir, mon père adorait conduire. Non que ça ait eu la moindre importance.

Notre mère est arrivée à un feu, elle a regardé dans une direction, puis dans l'autre. "Regarde-moi cette rue, pas un espace vide. Autrefois il y avait seulement trois maisons dans cette rue."

Un peu plus loin elle a tourné à gauche, et puis encore à gauche. Je m'étais tellement concentré sur sa conduite que je n'avais pas remarqué où elle allait. On était à Elkins Park. Elle se dirigeait vers la rue VanHoebeek.

"Tu es revenue ici depuis ton retour ?" j'ai demandé, mais en fait, c'est à Maeve que la question s'adressait. *Tu l'emmènes ici ?* On avait évité la Maison des Hollandais depuis des années, et je ressentais l'étrangeté qu'il y avait à se retrouver dans ce quartier, comme si on nous avait surpris dans un lieu interdit.

Notre mère a fait non de la tête. "Je ne connais plus personne ici. Tu connais toujours les voisins ?"

Maeve a regardé par la vitre. "Avant, oui. Plus maintenant. Avec Danny, on venait parfois se garer devant la maison." On aurait dit un aveu, mais de quoi ? "Parfois on restait assis dans la voiture à parler.

— Vous reveniez dans la maison ?

— On revenait dans la rue, a dit Maeve. On passait devant en voiture. Pourquoi on faisait ça ? elle m'a demandé, en toute innocence. En souvenir du bon vieux temps ?

— Vous n'êtes jamais allés voir votre belle-mère ?" a demandé notre mère.

Est-ce qu'on était allés voir *Andrea* ? Est-ce qu'on avait fait une visite de politesse ? Je n'avais pas participé aux conversations entre Maeve et ma mère au sujet d'Andrea. Je n'en avais aucune envie. Repenser au passé entravait mes efforts pour me comporter correctement dans le présent. Je comprenais que notre mère n'ait évidemment pas pu prévoir l'arrivée d'Andrea, mais abandonner ses enfants signifiait ne leur laisser aucune chance.

"Pas une seule fois, a répondu Maeve, l'air absent.

— Mais pourquoi, alors que vous veniez jusqu'ici, alors que vous vouliez voir la maison ?" Notre mère a ralenti, puis elle s'est garée. Elle était au mauvais endroit, encore à un pâté de maisons de l'ancienne maison des Buchsbaum.

"On n'était pas…" Je cherchais le bon mot, mais Maeve a fini la phrase pour moi.

“Les bienvenus.

— Même adultes ?” Notre mère a enlevé ses lunettes de soleil. Elle m’a regardé, puis elle a regardé ma sœur. Aux endroits où on avait retiré les tumeurs, la peau était rouge et plissée.

Maeve a réfléchi, et elle a secoué la tête. “Non.”

Le printemps approchait de sa fin, la plus belle période de l’année rue VanHoebeek, à part l’automne. J’ai baissé la vitre et le parfum des pétales, des jeunes feuilles, de l’herbe, a envahi la voiture, à en avoir le vertige. C’était ça qui nous donnait le vertige ? Je me suis demandé si, par hasard, Maeve gardait toujours des cigarettes dans la boîte à gants.

“Dans ce cas il faut y aller, a dit ma mère. Juste pour voir la maison et dire bonjour.

— Il ne faut pas, j’ai dit.

— Regardez-nous, trois idiots détruits par une maison. C’est absurde. On va remonter l’allée pour voir qui est là. Le propriétaire a peut-être changé.

— C’est toujours le même, a dit Maeve.

— Ça nous fera du bien”, a dit notre mère, en faisant avancer la voiture. Il était clair qu’elle voyait ça comme un exercice spirituel. Ça ne signifiait rien à ses yeux.

“Ne fais pas ça”, a dit Maeve. Il n’y avait aucune tension dans sa voix, aucune urgence, comme si elle comprenait que c’était comme ça que ça allait finir et qu’il était inutile de sauter de la voiture pour arrêter ce dénouement. On avançait, on avançait, on avançait.

À quel moment notre mère s’était-elle enfuie ? Au milieu de la nuit ? Était-elle sortie dans la nuit avec sa valise ? Avait-elle dit au revoir à notre père ? Était-elle entrée dans nos chambres pour nous regarder dormir ?

Elle a fait franchir au break l'allée de tilleuls. L'allée n'était pas aussi longue que dans mon souvenir mais la maison semblait identique : ensoleillée, fleurie, étincelante. En entrant à Choate, j'avais découvert que le monde était rempli de maisons plus grandes, de maisons plus grandioses et plus ridicules, mais aucune n'était plus belle. J'ai reconnu le crissement familier du gravier sous les pneus, et quand elle a arrêté la voiture devant le perron en pierre, j'ai imaginé la joie que mon père avait dû ressentir, et l'envie que ma sœur avait dû avoir de se précipiter dans l'herbe, et la solitude de ma mère, contemplant toutes ces vitres et se demandant ce que ce musée invraisemblable faisait au milieu des champs.

Ma mère a expiré. Elle a enlevé les lunettes de soleil au sommet de son crâne et les a posées sur la tablette entre les sièges. "Allons voir."

Maeve n'a pas détaché sa ceinture.

Ma mère s'est retournée pour regarder sa fille. "Ce n'est pas toi qui dis toujours qu'il faut laisser le passé là où il est et arrêter de ruminer ? Ça nous fera du bien."

Maeve a détourné le visage de la maison.

"Quand je travaillais à l'orphelinat, les gens passaient leur temps à revenir. Certains étaient aussi vieux que moi. Ils entraient et parcouraient les couloirs dans tous les sens, ils entraient partout pour regarder. Ils parlaient avec les enfants qui étaient là. Ils disaient que ça les aidait.

— Ce n'est pas un orphelinat, a dit Maeve. On n'était pas orphelins."

Ma mère a secoué la tête, puis elle m'a regardé. "Tu viens ?

— Ah non, j'ai dit.

— Vas-y", a dit Maeve.

Je me suis tourné pour la regarder, mais elle a évité mon regard. "On n'est pas obligés d'assister à ça, j'ai dit à ma sœur.

— Je suis sérieuse. Vas-y avec elle. J'attendrai ici."

Alors j'y suis allé, parce que les couches de loyauté mises à l'épreuve étaient trop complexes pour que je puisse les soumettre à une dissection, et aussi, je l'admets aujourd'hui, parce que j'étais curieux, exactement comme ces vieux orphelins indiens l'avaient été. J'avais envie de voir le passé. Je suis sorti de la voiture, et comme autrefois, je suis resté planté devant la Maison des Hollandais, et ma mère est arrivée et elle est restée plantée près de moi. À cet instant nous étions seuls, Elna et moi. Je n'aurais jamais cru ça possible.

Nous n'avons pas eu à attendre longtemps la suite. Le temps d'arriver en bas des marches, Andrea était derrière la porte vitrée. Elle portait un tailleur en tweed bleu avec des boutons dorés, du rouge à lèvres, des chaussures à petits talons, comme si elle était en route pour un rendez-vous avec Maître Gooch. Quand elle a vu qu'on était là, elle a levé ses mains grandes ouvertes et s'est mise à les cogner violemment contre les vitres, la bouche arrondie en un cri. J'avais déjà entendu ce son aux urgences au milieu de la nuit : un coup de couteau, un enfant mort.

"C'est Andrea", j'ai dit à notre mère, histoire de souligner à quel point son idée avait été spectaculairement mauvaise. La deuxième femme de notre père était minuscule, soit qu'elle ait rapetissé, soit que mon souvenir l'ait agrandie, mais elle frappait la fenêtre comme un guerrier bat du tambour. Accompagnant le hurlement et les coups, j'entendais le bruit de ses bagues, le crissement caractéristique du métal contre le verre. On était tous morts de froid, nous deux dehors et Maeve dans la voiture, attendant le moment où la façade entière de la maison allait se briser en un million de poignards, et où elle allait foncer sur nous, telle la furie des enfers en personne.

Une Hispanique costaude, coiffée d'une longue tresse et vêtue d'une blouse de puéricultrice dans un joyeux ton pastel, a surgi à toute vitesse et, prenant Andrea dans ses bras, l'a fait reculer. Elle nous a vus tous les deux devant le break, grands, et minces, et semblables. Ma mère, avec ses cheveux gris courts en brosse, ses rides profondes, et son regard perçant d'un calme surnaturel, a hoché la tête, l'air de dire : *Ne vous inquiétez pas, on ne va pas avancer*, si bien que la femme a ouvert la porte. Elle avait eu clairement l'intention de nous demander qui on était, mais avant même qu'elle en ait le temps, Andrea a bondi comme un chat sauvage. En une seconde elle avait traversé la terrasse et elle a déboulé droit sur moi, contre moi, comme si elle voulait transpercer ma poitrine. La force avec laquelle elle m'a percuté a arraché l'air de mes poumons. Elle a enfoui son visage dans ma chemise, ses bras minuscules cramponnés autour de ma taille. Elle gémissait, son dos étroit arc-bouté contre son chagrin. En un quart de seconde, Maeve était sortie de la voiture. Elle a attrapé les épaules d'Andrea, en essayant de la détacher de moi.

"Bon Dieu, a dit Maeve. Andrea, arrête tout de suite."

Mais il était impossible de l'arrêter. Elle s'était accrochée à moi comme un manifestant s'enchaîne à une barrière, et je sentais le battement de son cœur, sa respiration irrégulière. J'avais serré la main d'Andrea, le premier jour de son arrivée chez nous, et si l'on excepte les moments où on s'était frôlés dans la petite cuisine, ou quand on nous avait entassés sur une photo de Noël, on n'avait plus jamais eu le moindre contact physique, ni au mariage et encore moins à l'enterrement. J'ai baissé les yeux sur le sommet de son crâne, ses cheveux blonds tirés en arrière et attachés par une barrette sur sa nuque. Je pouvais discerner la naissance des racines blanches sur la raie de ses cheveux. Je pouvais sentir son parfum poudré.

Ma mère a posé la main sur le dos d'Andrea. "Madame Conroy ?" elle a dit.

Maeve est restée tout près de moi. "C'est quoi ce *bordel* ?"

La femme hispanique, qui clairement avait mal au genou, a descendu les marches dans notre direction en boitant. "Patronne, elle a dit à Andrea. Patronne, vous devez rentrer.

— Vous pourriez la décoller de lui ?" a demandé Maeve, d'une voix blanche de rage, la main sur mon épaule. Elle et moi étions seuls au monde.

"Toi", a dit Andrea, en haletant pour reprendre son souffle. Elle pleurait comme si c'était la fin du monde. "Toi, toi.

— Patronne", a répété la femme quand elle est arrivée à notre hauteur, son genou raide me rappelant notre père. Lui aussi descendait les escaliers comme ça. "Pourquoi vous pleurez ? Vos amis sont venus vous dire bonjour." Elle m'a regardé pour avoir confirmation, mais je n'avais pas la moindre idée de ce qu'on était venus faire là.

"Je suis Elna Conroy, a fini par dire ma mère. Et voilà mes enfants, Danny et Maeve. Mme Conroy était leur belle-mère."

En l'apprenant, la femme a fait un immense sourire. "Patronne, regardez. C'est la famille ! Votre famille est venue vous voir."

Andrea a frotté son front dans l'espace sous mon sternum, comme si elle pouvait s'enfoncer à l'intérieur de moi.

"Patronne, a dit la femme, en tapotant la tête d'Andrea. Venez à la maison maintenant avec votre famille. Venez vous asseoir à l'intérieur."

Ramener Andrea dans la maison n'a pas été une mince affaire. C'était une vraie tête de mule. Je l'ai soulevée pour monter chaque marche, une par une. Elle n'était pas lourde, mais comme elle s'agrippait à moi, j'arrivais à peine à la manœuvrer. Ses chaussures ont glissé de ses pieds en collants et ma mère s'est baissée pour les ramasser.

"J'ai rêvé de cette scène, une fois", m'a dit Maeve, et je me suis mis à rire.

"Ma mère voulait lui rendre visite", j'ai dit à la femme, par-dessus la tête d'Andrea. J'ignorais c'était une gouvernante, une infirmière, une surveillante.

La femme nous a précédés dans la maison en courant, du moins autant que son genou le lui permettait. "Docteur ! elle criait dans l'escalier.

— Non", a dit Andrea dans ma chemise, et je savais exactement ce qu'elle voulait dire, *Non, ne crie pas, non, ne cours pas.*

Je l'ai hissée sur la dernière marche. Je devais garder mon bras enlacé autour de son dos pour y arriver. Je n'étais pas né avec une imagination assez vaste pour concevoir ce moment.

"Elle pense que votre père est revenu, a dit ma mère en levant sa main libre pour protéger ses yeux des rayons du soleil de la fin d'après-midi. Elle pense que tu es Cyril." Puis elle est entrée dans le hall, a dépassé la table ronde au plateau en marbre, les deux fauteuils Empire, le miroir encadré par les tentacules d'un poulpe doré, l'horloge comtoise où le bateau se balançait entre deux rangées de vagues en métal peint.

Dans mes rêves, les années qui s'étaient écoulées n'avaient pas été tendres avec la Maison des Hollandais. J'étais sûr qu'en mon absence elle était devenue miteuse, un vestige pelé et élimé de son ancienne grandeur, alors qu'en fait rien de tout ça ne s'était produit. La maison avait le même aspect que lorsqu'on en avait été chassés trente ans plus tôt. Je suis entré au salon avec Andrea collée à moi, la tache noire et humide de mascara et de larmes s'élargissant sur ma chemise. Quelques meubles avaient peut-être été réagencés, retapissés, remplacés, comment s'en souvenir ? J'ai retrouvé les rideaux en soie, les fauteuils en soie jaune, les livres hollandais toujours rangés dans le secrétaire vitré, qui s'élevaient jusqu'au plafond et que personne ne lirait jamais. Même les boîtes à cigarettes en argent étaient là, étincelantes, attendant sur les tables basses, exactement à la même place qu'à l'époque où les VanHoebeek étaient en vie. J'ai réussi à m'asseoir en déployant Andrea sur le canapé près de moi. Elle s'est collée sous mon bras comme pour blottir son corps frêle contre ma cage thoracique. Elle ne pleurait plus, et produisait désormais des claquements étouffés avec sa bouche. Je n'avais jamais rencontré cette personne-là.

Maeve et ma mère flottaient dans la pièce en silence, contemplant toutes deux des choses qu'elles n'auraient jamais pensé revoir : la tapisserie ottomane, la lampe chinoise, les lourdes cordes de soie torsadée à glands, bleues et vertes, retenant les rideaux. La vision de ces deux femmes côte à côte dans le salon remontait à une époque précédant mes premiers souvenirs. J'ai réussi à prendre un mouchoir dans ma poche et je l'ai tendu à Andrea, en me souvenant que c'était Andrea, et pas Maeve ou Sandy, qui m'avait appris à en avoir toujours un sur moi. Elle a essuyé son visage puis elle a pressé son oreille contre ma poitrine pour écouter mon cœur. Ma mère et ma sœur se sont plantées devant la cheminée, sous les VanHoebeek.

"Je les détestais", a dit ma mère calmement. Elle avait toujours les chaussures d'Andrea à la main.

Maeve a approuvé de la tête, le regard fixé sur ces regards qui n'avaient cessé de nous suivre durant toute notre jeunesse. "Je les adorais."

À ce moment-là, Norma a dévalé les escaliers et elle a débarqué en disant : "Inez ! Désolée ! Je m'excuse, j'étais en ligne avec l'hôpital. Qu'est-ce qui s'est passé ?" Elle a traversé le hall d'entrée en courant. Norma passait sa vie à courir et sa mère passait sa vie à lui dire d'arrêter. Qui venait de l'arrêter ? Ma mère et ma sœur, devant le manteau de cheminée en faïence de Delft ? Moi, sur le canapé, avec sa mère enroulée autour de moi comme une vigne ? Inez rayonnait. La famille était venue rendre visite.

Si je l'avais croisée dans la rue, je ne l'aurais jamais reconnue, et d'ailleurs je l'avais peut-être croisée dans la rue, mais dans cette pièce, il n'y avait aucun doute. Norma était considérablement plus grande que sa mère, infiniment plus robuste. Elle portait des lunettes à monture dorée révélant un penchant pour John Lennon ou Teddy Roosevelt, et ses cheveux bruns épais étaient ramenés en arrière en une queue de cheval sans goût ni grâce. Nous étions partis trente ans plus tôt mais je ne l'avais pas oubliée. Elle m'avait réveillé tellement de fois au milieu de la nuit pour me raconter ses rêves. "Norma, je te présente notre mère, Elna Conroy." Puis j'ai regardé ma mère. "Norma était notre belle-sœur.

— J'étais votre demi-sœur", a dit Norma. Elle contemplait la pièce, le tableau que nous offrions tous, mais ses yeux revenaient sans cesse sur Maeve. "Mon Dieu. Je suis tellement désolée.

— Norma a pris ma chambre", a expliqué Maeve à notre mère.

Norma a cligné des yeux. Elle portait un pantalon noir, un chemisier rose. Pas de détails jolis ni de jabot, un vêtement passe-partout proclamant qu'elle n'était pas la fille de sa mère. "Je ne parlais pas de la chambre.

— La chambre avec la banquette sous la fenêtre ?" a demandé notre mère, visualisant aussitôt cet endroit où sa fille avait dormi il y a si longtemps.

Maeve a levé les yeux vers le plafond et les moulures en ove. "En réalité, c'est toute la maison qu'elle a prise. Je veux dire, sa mère a pris la maison."

À cet instant j'ai revu Norma à huit ans, éternellement écrasée par le poids de cette chambre. "Je suis tellement désolée", répétait-elle.

Continuait-elle à y dormir, après toutes ces années ? Habitait-elle dans cette maison, en dormant dans le lit de Maeve ?

Maeve l'a regardée dans les yeux, en murmurant : "Je plaisante."

Norma a secoué la tête. "Vous m'avez tellement manqué après votre départ.

— Tu veux dire après que ta mère nous a foutus dehors ?" Maeve ne pouvait pas s'en empêcher, même si, en réalité, ce n'était pas à Norma qu'elle s'adressait. Elle avait attendu tellement longtemps.

"À cette époque-là, a poursuivi Norma, et puis tout le temps, jusqu'à il y a quelques minutes.

— Comment va ta mère ?" a demandé Elna, comme si on ne le savait pas déjà. Elle essayait peut-être de changer de sujet. Notre mère ne pouvait pas comprendre le courant circulant entre Norma et Maeve. Tout ça s'était passé pendant son absence.

Une boîte de kleenex était posée sur la table basse. Dans son état normal, Andrea n'aurait jamais autorisé la présence de kleenex au salon. Norma s'est approchée pour prendre un mouchoir. "C'est soit une aphasie progressive primaire, soit un bon vieil Alzheimer. Je ne suis pas sûre du diagnostic, mais ça n'a pas grande importance, vu que dans les deux cas on ne peut rien faire." À cet instant du moins, la mère de Norma était la dernière de ses préoccupations.

"C'est toi qui t'occupes d'elle ?" a demandé Maeve. Je l'ai vraiment sentie capable de cracher sur le tapis.

Norma a tendu la main vers la femme à la tresse. "Inez fait l'essentiel. Je suis revenue m'installer ici il y a quelques mois seulement."

Inez a souri. Ce n'était pas sa mère.

Elna s'est avancée et elle s'est agenouillée devant Andrea pour lui remettre ses chaussures, puis elle s'est assise sur le canapé, en sorte que la minuscule veuve de mon père s'est retrouvée en sandwich entre nous deux. "Quel bonheur que votre fille soit rentrée à la maison", elle a dit à ma belle-mère.

Et Andrea, qui continuait à produire des claquements étouffés avec sa bouche, a regardé ma mère pour la première fois, puis elle a désigné le tableau accroché au mur en face des VanHoebeek, en disant : "Ma fille." On s'est retournés pour regarder, tous ensemble, et on a vu le portrait de ma sœur, suspendu toujours exactement à la même place qu'avant. Maeve avait dix ans, ses cheveux noirs brillants lâchés sur les épaules de son manteau rouge, le papier peint de l'observatoire derrière elle, de gracieuses hirondelles imaginaires volant à travers les roses roses, les yeux bleu foncé et étincelants de Maeve. N'importe qui, contemplant ce portrait, se serait demandé ce qu'elle était devenue. C'était une magnifique enfant, et le monde entier se déployait devant elle, constellé d'étoiles.

Maeve s'est frayé un large chemin pour contourner le canapé où nous étions assis et elle a traversé la pièce pour faire face à la petite fille qu'elle avait été. "J'étais sûre qu'elle l'aurait jeté.

— Elle adore ce tableau", a dit Norma.

Andrea a approuvé vigoureusement de la tête et elle a désigné le tableau. "Ma fille.

— Non, a dit Maeve.

— Ma fille, a répété Andrea, et puis elle s'est retournée pour regarder les VanHoebeek. Mes parents."

Maeve est restée à la même place, comme si elle essayait de se faire à l'idée. On l'a observée, totalement fascinés, attraper le cadre de chaque côté d'une main ferme pour décrocher le tableau du mur. Le cadre était très large, laqué noir, sans aucun doute pour être assorti à ses cheveux, mais le tableau en lui-même n'était pas plus grand qu'une enfant de dix ans à partir de la taille. Elle a lutté pendant un moment pour libérer le fil de fer du clou et Norma a levé les bras derrière la toile pour l'aider. Le tableau s'est détaché du mur.

"C'est lourd, a dit Norma, en tendant les mains pour proposer son aide.

— Je le tiens", a dit Maeve. Un rectangle légèrement plus sombre sur le papier peint soulignait son ancienne place.

"Je vais l'offrir à May, m'a dit Maeve. Il lui ressemble."

Andrea a lissé mon mouchoir sur ses genoux. Puis elle a recommencé à le plier, chacun des quatre coins vers le centre.

Maeve s'est immobilisée et elle a regardé Norma. Les mains toujours encombrées, elle s'est penchée pour l'embrasser. "J'aurais dû revenir pour vous. Pour toi et pour Bright."

Et elle a quitté la maison.

Je pensais qu'Andrea allait paniquer quand je me suis levé pour suivre ma sœur, ou bien qu'elle réagirait au départ du tableau par un quelconque acte de violence, mais elle se consumait du bonheur que mon mouchoir lui offrait. Quand je me suis levé, elle a perdu un instant l'équilibre, puis elle s'est penchée pour s'appuyer contre ma mère, telle une plante qui a besoin d'un tuteur. Ma mère a mis un bras autour d'elle. Pourquoi pas ? Après tout Maeve était partie.

J'ai étreint Norma brièvement à la porte. Maeve ne m'avait jamais dit qu'elle continuait à penser aux filles, mais ça ne m'étonnait pas. Notre enfance était un incendie. Quatre enfants avaient vécu dans cette maison et deux seulement s'en étaient tirés.

"Je vais rester encore une minute", m'a dit ma mère. C'était drôle de voir les deux Mmes Conroy assises côte à côte – même si *drôle* n'était pas le bon mot –, la petite habillée comme une poupée, la grande en ange de la Mort.

"Prends tout le temps qu'il te faut", j'ai dit, et j'étais sincère, je lui offrais l'éternité. J'attendrais dans la voiture avec ma sœur.

J'ai franchi les portes vitrées à l'entrée, dans la magnifique lumière de cette fin d'après-midi. Ce n'était pas bizarre de voir le monde depuis ce poste d'observation, ça ne faisait aucune différence. Maeve était à la place du conducteur, et le tableau à l'arrière. Elle fumait, vitres baissées. Quand je suis entré dans la voiture, elle m'a tendu le paquet.

"Je te jure que j'ai arrêté de fumer.

— Moi pareil." J'ai pris les allumettes.

"J'ai rêvé ou ça s'est vraiment passé ?"

J'ai désigné la large tache sur ma chemise, un mélange de rouge à lèvres et de mascara.

Maeve a secoué la tête. "Andrea a perdu la tête. Tu m'expliques où est la justice là-dedans ?

— J'ai l'impression de revenir de la lune.

— Et Norma !" Maeve m'a regardé. "Oh mon Dieu, pauvre Norma.

— Au moins tu as récupéré le portrait de la fille d'Andrea. Je n'aurais jamais eu la présence d'esprit de le faire.

— J'étais convaincue qu'elle l'aurait brûlé.

— Elle adorait la maison. Elle adorait tout le contenu de la maison.

— À une exception.

— Eh bien, elle s'est débarrassée de nous. Et ensuite c'était parfait.

— Tout était parfait ! Tu y crois ? Je ne sais pas à quoi je m'attendais, mais pas à ce que la maison soit encore plus belle après notre départ. J'ai toujours pensé qu'elle mourrait sans nous. Je ne sais pas, je croyais qu'elle tomberait en miettes. Est-ce que les maisons meurent de chagrin ?

— Uniquement les maisons honnêtes."

Maeve a éclaté de rire. "Alors c'était une maison malhonnête. Je t'ai déjà raconté l'histoire du peintre ?"

Je la connaissais en partie, pas en entier. Je voulais la connaître en entier. "Raconte.

— Il s'appelait Simon. Il vivait à Chicago mais il était originaire d'Écosse. Il était très célèbre, ou du moins j'imaginais qu'il était très célèbre. J'avais dix ans.

— C'est un très bon portrait."

Maeve a regardé sur le siège arrière. "C'est vrai. Magnifique. Tu ne trouves pas qu'il ressemble à May ?

— Il te ressemble, et May te ressemble."

Elle a tiré une bouffée, elle a penché la tête en arrière et fermé les yeux. Je sentais qu'on était exactement dans le même état, comme si on avait failli se noyer, avant d'être repêchés in extremis. On avait survécu, alors qu'on ne s'attendait pas à survivre. "Papa était très doué en surprises, à l'époque. Il a fait venir Simon de Chicago et il l'a embauché pour le portrait de maman. Simon devait rester deux semaines. Le tableau était censé être immense, de la taille de Mme VanHoebeek. Il devait revenir ensuite pour celui de papa. C'était l'idée. Ensuite, à la fin, il y aurait deux Conroy suspendus au-dessus de la cheminée."

"Et les VanHoebeek seraient allés où ?"

Maeve a ouvert un œil et elle m'a souri. "Je t'aime. C'est exactement la question que j'ai posée. Les VanHoebeek seraient allés danser en haut, dans la salle de bal.

— Qui t'a raconté tout ça ?

— Simon. Inutile de dire que Simon et moi, on a eu tout le temps pour parler.

— Tu es en train de me dire que notre mère n'avait pas envie de passer deux semaines debout en robe de bal pour se faire tirer le portrait ?" Notre mère, la petite sœur des pauvres, un sac d'os juché sur une paire de tennis.

"Voulait pas. Pouvait pas. Et à partir du moment où elle a dit non, papa a dit que lui non plus ne se ferait pas tirer le portrait.

— Parce que sinon, il se retrouverait coincé au-dessus de la cheminée avec Mme VanHoebeek.

— Exactement. Bien sûr, le problème c'est que le peintre était déjà arrivé, et que la moitié de l'argent avait déjà été versée. Tu étais trop petit et tu gigotais trop pour poser, alors on m'y a traînée à la dernière minute. Simon a été obligé de construire un nouveau châssis au garage et de réduire la toile.

— Tu as posé combien de temps ?

— Pas assez longtemps. J'étais amoureuse de lui. Comment se retrouver en face de quelqu'un qui ne vous quitte pas des yeux pendant deux semaines sans tomber amoureuse de lui ? Papa était furieux à cause de l'argent perdu et parce que, une fois encore, il n'avait pas réussi à faire plaisir, et maman était furieuse, ou mortifiée, ou dans un des états dans lesquels elle se mettait à l'époque. Ils ne s'adressaient pas la parole et aucun des deux ne parlait à Simon. À peine il entrait dans une pièce qu'eux en partaient. Mais Simon s'en fichait. Le sujet qu'il peignait n'avait aucune importance, du moment qu'il peignait. Sa seule obsession, c'était la lumière. Je n'avais jamais remarqué l'existence de la lumière avant cet été-là. Le fait de rester simplement assise toute la journée en pleine lumière a été une révélation. On ne dînait jamais avant la nuit tombée, et même à ce moment-là, on était seuls tous les deux. Jocelyn nous laissait à manger dans la cuisine. Un jour Simon m'a demandé : « Tu as quelque chose de rouge ? » et j'ai répondu : « Mon manteau d'hiver. » Alors il a dit : « Va prendre ton manteau », ou plutôt : *« Vé prrrrendrrre tan manteau. »* Je l'ai sorti du placard en cèdre et je l'ai mis, et lui m'a regardée en disant : « Ma fille, tu devrais toujours t'habiller en rouge. » Il m'appelait « ma fille ». Je serais partie à Chicago avec lui en un clin d'œil s'il m'avait emmenée.

— Tu m'aurais manqué à mort."

Elle s'est retournée pour regarder à nouveau le tableau. "Cette expression sur mon visage ? C'est moi regardant Simon." Elle a tiré longuement sur sa cigarette et puis elle l'a lancée par la vitre. "Après son départ, tout est devenu infernal, ou probablement tout est devenu infernal pendant ces deux semaines où je suis restée assise dans l'observatoire, mais j'étais trop heureuse pour y prêter attention. Maman n'aurait jamais pu rester. J'en suis sincèrement convaincue. Elle serait devenue dingue si elle avait dû vivre dans un manoir et se faire tirer le portrait.

— Elle m'a l'air très à l'aise dans cette maison en ce moment." J'ai jeté un coup d'œil à la maison mais personne n'était en train de nous regarder par la fenêtre. J'ai balancé ma cigarette et j'ai toussé, puis chacun en a allumé une autre.

“Parce que désormais la maison abrite des gens à plaindre. Quand elle y habitait, la seule personne à plaindre, c’était elle-même.” Elle a avalé la fumée et en a rempli ses poumons. “C’était invivable.”

Maeve avait évidemment raison, même si cet aperçu de la situation n’était pas du tout réconfortant. Quand notre mère a fini par sortir de la maison et qu’elle s’est assise à l’arrière avec le tableau, elle était métamorphosée. Avant même d’ouvrir la bouche, elle dégageait un air décidé que je ne lui avais jamais vu avant. J’ai compris que tout allait être différent. Notre mère reprenait du service.

“Quels gens adorables. Inez a été une sainte. Elle est la première personne que Norma a réussi à garder plus d’un mois. Norma a vécu à Palo Alto depuis l’école de médecine. Elle a géré la situation depuis la Californie jusqu’au moment où elle a dit que tout est parti en vrille. Elle a dû rentrer pour s’occuper de sa mère.

— On avait compris.” Chacun a tiré une dernière fois sur sa dernière cigarette avant de la lancer dans l’herbe comme une fléchette, puis Maeve a redescendu l’allée jusqu’à la rue VanHoebeek. On ne s’est pas retournés.

“Au début, Norma voulait la placer en institution mais Andrea ne veut pas quitter la maison.

— Moi j’aurais réussi à la chasser de chez elle, a dit Maeve.

— Elle se sent mal quand elle n’est pas dans sa maison, et elle n’aime pas non plus les gens qui y travaillent. Les femmes de ménage et les hommes à tout faire, tout la contrarie. Ça a été très dur pour Norma.

— Elle est médecin ?” j’ai demandé. Il en fallait bien un dans cette famille.

"C'est une oncologue pédiatre. Elle m'a dit que c'est entièrement à cause de toi. Apparemment ton entrée en école de médecine a développé l'esprit de compétition chez sa mère."

Pauvre Norma. Je n'aurais jamais imaginé que quelqu'un d'autre ait été forcé d'entrer dans la course. "Et sa sœur ? Et Bright ?

— Elle est prof de yoga. Elle vit à Banff.

— L'oncologue pédiatre quitte Stanford pour s'occuper de sa mère et la prof de yoga reste au Canada ? a demandé Maeve.

— Je crois bien. Tout ce que je sais, c'est que la plus jeune ne revient jamais.

— Vive Bright ! a dit Maeve.

— Norma a besoin d'aide, Norma et Inez. Norma vient juste d'avoir un poste à l'hôpital pédiatrique de Philadelphie."

J'ai répondu que j'étais certain qu'il leur restait encore beaucoup d'argent. La maison n'avait pas changé. Andrea restait chez elle.

"Andrea en sait plus sur comment amasser une fortune que Rockefeller, a dit Maeve. Crois-moi, elle n'a pas perdu un centime.

— Je ne crois pas que le problème soit l'argent. Ils ont juste besoin de trouver une personne de confiance, une personne avec qui Andrea se sente à l'aise."

Maeve a freiné si brutalement que je n'ai pas douté une seconde que c'était pour nous sauver la vie, qu'on risquait une collision dans mon angle mort. Comme elle, j'avais attaché ma ceinture, mais notre mère et le tableau ont été projetés violemment sur les sièges devant eux.

"Écoute-moi, a dit Maeve en se retournant, les tendons de son cou tendus à mort pour retenir sa tête. Tu ne vas pas y retourner. Tu étais curieuse. On t'a accompagnée. C'est fini."

Notre mère s'est secouée pour vérifier si elle était blessée. Elle a touché son nez. Il y avait du sang sur ses doigts. "Elles ont besoin de moi.

— *J'ai* besoin de toi ! a crié Maeve. Depuis toujours. Tu ne retournes pas dans cette maison."

Ma mère a pris un mouchoir dans son sac et elle l'a tenu sous son nez, puis elle a remis le tableau en place. D'une main elle a attaché sa ceinture. La Toyota derrière nous a klaxonné. "On en parlera quand on sera rentrés." Elle avait pris sa décision, mais elle devait encore trouver le moyen de la faire accepter par ses enfants.

Maeve avait prévu de m'accompagner à la gare le lendemain, mais la circulation était tellement fluide, et elle était tellement furieuse, qu'elle a fini par m'accompagner jusqu'à New York. "Toutes ces *conneries*, rendre service, pardonner, faire la paix. Je refuse qu'elle fasse des allées et venues entre chez moi et Andrea.

— Tu vas lui demander de partir ?" J'ai essayé d'effacer toute trace d'excitation dans ma voix, en me souvenant qu'il s'agissait de la mère de Maeve, de la joie de Maeve.

Cette pensée l'horrifiait. "Elle venait juste de s'installer. Tu sais bien qu'elles adoreraient ça. Elle n'arrête pas de dire qu'Andrea est à l'aise avec elle et que c'est pour ça qu'elle doit les aider, comme si j'en avais quoi que ce soit à foutre du bien-être d'Andrea.

— Laisse-moi lui parler. Je lui dirai que c'est mauvais pour ta santé.

— Je lui ai déjà dit. Et d'ailleurs, *c'est* mauvais pour ma santé. Rien que l'idée qu'elle retourne là-bas pour elle et pas…" Elle s'est interrompue avant de le dire.

Avec tout ce qui s'était passé, on avait oublié le tableau à l'arrière de la voiture. "Donne-le à May, a dit Maeve quand elle a arrêté la voiture devant chez moi.

— Non. Il est à toi. Tu l'offriras à May quand elle sera grande et qu'elle aura une maison à elle. Garde-le un peu. Pose-le au-dessus de ta cheminée en pensant à Simon."

Maeve a fait non de la tête. "Je refuse d'avoir quoi que ce soit qui vient de cette maison. Crois-moi, ça servira juste à me rendre encore plus dingue que je ne le suis déjà."

J'ai regardé la petite fille du portrait. Ils auraient dû la laisser continuer à être cette petite fille. "Alors tu dois me promettre que tu le récupéreras plus tard.

— Promis.

— On va trouver une place où se garer, comme ça tu le donneras à May en personne." On était en double file.

Maeve a refait non de la tête. "On ne trouvera jamais de place. S'il te plaît.

— Oh, c'est bon. Sois pas ridicule. On est juste devant."

Elle a encore fait non. On aurait presque dit qu'elle allait se mettre à pleurer. "Je suis fatiguée." Et puis elle a redit "s'il te plaît".

Je l'ai laissée partir. J'ai récupéré le tableau et mon sac de voyage à l'arrière. La pluie s'était mise à tomber, si bien que je ne suis pas resté dans la rue pour la regarder s'éloigner. Je ne l'ai pas saluée de la main. J'ai trouvé mes clés et je me suis dépêché de ramener le tableau chez moi.

Après ça on a beaucoup parlé, des comptes rendus quotidiens de notre mère à propos d'Andrea, et de Norma, et de la maison, et de comment tout ça foutait Maeve en l'air. Elle m'a parlé de son travail chez Otterson. Je lui ai parlé d'un immeuble que j'avais envie d'acheter, ce qui aurait exigé que j'en vende un autre que je n'avais pas envie de vendre. Je lui ai dit que May était en extase devant le tableau. "On l'a mis dans le salon, au-dessus de la cheminée.

— Moi dans ton salon, tous les jours ?

— Il est splendide.

— Ça ne dérange pas Celeste ?

— Il ressemble trop à May pour que ça dérange Celeste. Tout le monde pense que c'est May, sauf May. Quand quelqu'un lui pose la question, elle répond : « C'est un portrait de moi et de ma tante. »"

Deux semaines après notre périple à la Maison des Hollandais, ma mère m'a appelé juste avant le lever du jour pour me dire que Maeve était morte.

"Est-ce qu'elle est là ?" j'ai demandé. Je ne la croyais pas. Je voulais que Maeve vienne à l'autre bout du fil me l'annoncer elle-même.

Celeste s'est assise dans le lit, en me regardant. "Qu'est-ce qu'il se passe ?"

"Elle est là, a dit ma mère. Je suis avec elle.

— Tu as appelé une ambulance ?

— Je vais le faire. Je voulais t'appeler en premier.

— Ne perds pas de temps avec moi ! Appelle une ambulance." Ma voix s'est brisée.

"Oh, Danny", a dit ma mère, et elle s'est mise à pleurer.

# CHAPITRE DIX-NEUF

Je n'ai presque pas de souvenirs de la période juste après la mort de Maeve, je me souviens seulement que M. Otterson était assis avec la famille à l'enterrement, et qu'il a couvert son visage de ses mains pendant qu'il pleurait. Son chagrin était un fleuve aussi profond et immense que le mien. Je savais que j'aurais dû aller le voir ensuite, que j'aurais dû essayer de le consoler, mais il n'y avait aucune consolation en moi.

# CHAPITRE VINGT

L'histoire de ma sœur était la seule que j'avais jamais eu l'intention de raconter, mais il reste encore plusieurs choses à dire. Trois années plus tard, quand Celeste et moi étions en train de régler les détails de notre divorce dans le bureau de l'avocat, elle m'a dit qu'elle ne voulait pas de la maison. "Je ne l'ai jamais aimée.

— Notre maison ?"

Elle a secoué la tête. "Elle n'est pas à mon goût. Elle est massive, elle est vieille. Elle est trop sombre. Tu n'as pas besoin de t'en soucier, toi, parce que tu n'es pas à la maison de la journée."

J'avais voulu lui faire la surprise. Je lui avais fait visiter chaque pièce, en lui laissant croire que c'était un bien que j'envisageais d'acheter pour le louer. Je lui ai dit que je pourrais le diviser en deux. En quatre même, même si, évidemment, ça demanderait beaucoup de travail. Celeste, toujours partante, a monté et descendu les escaliers, May accrochée à sa poitrine, en regardant les salles de bains, en vérifiant la pression d'eau. À ce moment-là, je ne lui ai pas demandé si la maison lui plaisait. J'aurais pu, mais je ne l'ai pas fait. À la place, je lui ai tendu l'acte notarié. Dans mon esprit, il s'agissait d'un des gestes les plus sincèrement romantiques que j'aie jamais faits. "C'est notre maison", j'ai annoncé.

J'étais submergé par le désir d'interrompre un instant la procédure et de sortir dans le couloir pour appeler ma sœur. Ce désir-là n'a jamais disparu.

L'ironie, évidemment, c'est que j'avais été un meilleur mari après la mort de Maeve. Mon chagrin m'avait rapproché de ma famille. Pour la première fois j'étais pleinement avec eux, un citoyen de New York, ancré à ma femme et à mes enfants qui me rattachaient au monde. Mais finalement la blague à laquelle je croyais à moitié était vraie : tout ce que Celeste détestait en moi, elle en rendait ma sœur responsable, et une fois que ma sœur n'a plus été là pour en porter la responsabilité, elle a été obligée d'examiner à qui elle était mariée.

Notre mère est restée à la Maison des Hollandais pour s'occuper d'Andrea, et pendant des années, je ne lui ai pas pardonné. En dépit des résidus de savoir scientifique subsistant au fond de moi, j'en étais venu à croire à l'histoire que notre père racontait quand on était petits : Maeve était tombée malade parce que notre mère était partie, et si notre mère revenait, Maeve mourrait. Même les idées les plus stupides résonnent en nous une fois qu'elles se sont produites. Je me sentais coupable de mon manque d'attention. Je pensais à ma sœur à chaque heure du jour. J'ai laissé ma mère s'éloigner.

Mais un jour, quand le divorce était suffisamment derrière nous pour qu'on soit redevenus amis, Celeste m'a demandé d'apporter des affaires chez ses parents, et j'ai dit oui. Même les Norcross avaient ralenti le rythme, et le dernier des labradors indisciplinés avait été remplacé par un gentil petit épagneul nommé Inky. Après avoir déchargé la voiture et passé du temps avec eux, j'ai roulé jusqu'à la Maison des Hollandais, en souvenir du bon vieux temps, en me disant que j'allais me garer juste un instant de l'autre côté de la rue. Mais toutes les barrières qui avaient pu nous empêcher d'entrer toutes ces années avaient disparu, et je suis allé sonner à la porte de la maison.

C'est Sandy qui a répondu.

On est restés debout dans l'entrée, dans la lumière de l'après-midi. Une fois de plus, je m'étais attendu à ce que la dégradation finisse par faire son œuvre, et une fois de plus, j'ai trouvé la maison identique à mon souvenir. Ça m'a exaspéré de constater la tendresse avec laquelle elle avait été entretenue.

"Je n'étais pas venue depuis longtemps, a dit Sandy, l'air coupable, ma main dans la sienne, ses cheveux blancs épais retenus comme d'habitude par des barrettes. Mais ta mère me manquait. Je n'arrêtais pas de penser à Maeve, à ce qu'elle aurait voulu que je fasse. Ça ne nous rajeunit pas.

— Je suis content de te voir.

— Je fais juste un saut de temps en temps à l'heure du déjeuner. Parfois j'aide pour un truc. À vrai dire, ça me fait plaisir. Je remplis les mangeoires des oiseaux que Norma a installées à l'arrière. Norma adore les oiseaux. Elle tient ça de ton père."

J'ai levé les yeux vers le haut plafond, et le lustre. "Tous ces fantômes."

Sandy a souri. "C'est pour les fantômes que je viens. Je pense à Jocelyn quand je suis ici, à comment on était à l'époque. On était tous tellement jeunes, tu sais. On était encore à notre meilleur."

Jocelyn était morte deux ans plus tôt. Elle avait la grippe, et le temps qu'on se rende compte de la gravité de son état, c'était fini. Celeste m'a accompagné à l'enterrement. Les Norcross sont venus. Pour mémoire, Jocelyn n'avait jamais pardonné à ma mère, même si elle était plus tendre que moi. "Elle nous a laissés vous élever mais vous ne pouviez pas être nos enfants, elle m'a dit une fois. Comment je suis censée pardonner une chose pareille ?"

Sandy et moi, on est allés à la cuisine, et je me suis assis à la petite table pendant qu'elle préparait le café. J'ai demandé des nouvelles d'Andrea.

"Une bête sauvage édentée. Elle ne comprend plus rien à rien. Norma pourrait vraiment lui faire quitter la maison maintenant, et la vendre, mais elle n'arrête pas de se dire qu'Andrea peut mourir à chaque seconde, et alors quel sens ça aurait d'avoir tenu bon toutes ces années, juste pour la mettre dehors à la fin ?

— À moins que ce ne soit pas la fin."

Sandy a soupiré et elle a sorti un petit carton de lait du frigo. Le frigo était neuf. "Va savoir. Je repense à mon mari. Jamie avait trente-six ans quand il a eu une infection du cœur. Personne n'a compris pourquoi. Et puis Maeve, qui était plus costaud que nous tous réunis. Même avec son diabète, Maeve aurait dû vivre centenaire."

Je n'avais jamais su de quoi le mari de Sandy était mort, ni même comment il s'appelait. Je ne savais pas ce qui avait tué Maeve, d'ailleurs, même si les hypothèses étaient nombreuses. J'ai repensé au petit frère de Celeste, Teddy, qui m'avait demandé, des années auparavant, en plein repas de Thanksgiving, si j'étais obligé de pratiquer des autopsies. J'en avais pratiqué plein, et je n'aurais jamais laissé personne en faire une sur ma sœur. “Elle aurait dû au moins survivre à Andrea.

— C’est la vie”, a conclu Sandy.

C’était réconfortant de me retrouver dans cette cuisine avec elle. La cuisinière, et la fenêtre, et Sandy, et l’horloge. Là, sur la table entre nous, il y avait le beurrier en verre qui avait appartenu à la mère de ma mère à Brooklyn, avec une demi-motte de beurre dedans. “Regarde-moi ça, j’ai dit, en passant le doigt au bord.

— Tu devrais être moins dur avec ta mère.”

Est-ce que je ne passais pas ma vie à répéter cette phrase à May ? “Je ne me trouve pas dur.” On avait vécu très peu de choses ensemble, ma mère et moi. Je n’arrivais pas à croire que ce soit une grande perte pour aucun de nous.

“C’est une sainte”, a dit Sandy.

Je lui ai souri. Sandy était la personne la plus gentille au monde. “Ce n’est pas une sainte. S’occuper d’un inconnu ne fait pas de vous une sainte.”

Sandy a hoché la tête et elle a bu une gorgée de café. “Je pense que les gens comme nous ont du mal à comprendre. Pour être sincère, il arrive que ça soit insupportable, du moins pour moi. Je n’ai qu’une envie, qu’elle soit avec nous. Mais pense aux saints, je ne crois pas qu’il en ait jamais existé un seul qui ait rendu sa famille heureuse.

— Probablement pas.” J’étais incapable de me souvenir d’un seul saint, alors ne parlons pas de leurs familles.

Sandy a posé sa petite main au-dessus de la mienne, et elle a pressé. “Monte lui dire bonjour.”

Et c’est ainsi que je suis monté dans la chambre de mes parents, en me demandant comment un homme au genou malade avait bien pu acheter une maison avec tant d'escaliers. Là, sur le palier, il y avait le petit canapé et les deux fauteuils où Norma et Bright aimaient s'asseoir avec leurs poupées, pour surveiller les allées et venues. J'ai contemplé la porte de ma chambre, celle de la chambre de Maeve. Ce n'était pas difficile. Je me suis dit que les choses les plus difficiles étaient toutes derrière moi.

Andrea était dans un lit médicalisé, ma mère à son chevet, lui donnant des cuillerées de pudding. Ma mère avait toujours sa coupe courte. Ses cheveux étaient entièrement blancs désormais. Je me suis demandé ce qu'aurait pensé Andrea, en comprenant que la main qui la nourrissait était celle de la première femme de son mari, et que cette première épouse avait souvent eu des poux.

"Le voilà !" s'est exclamée ma mère, en me souriant comme si je venais juste d'arriver pile à l'heure. Elle s'est penchée vers Andrea. "Qu'est-ce que je vous disais ?"

Andrea a ouvert la bouche en attendant la cuillerée.

"J'étais dans le coin." Après tout, est-ce que ce n'était pas plus ou moins comme ça qu'elle était revenue, des années après ? Je me rendais compte de sa ressemblance frappante avec Maeve, ou du moins de la ressemblance qu'elles auraient eue si Maeve avait vécu. C'est ce visage-là qu'elle aurait eu en vieillissant.

Ma mère a tendu la main vers moi. "Viens là qu'elle puisse te voir."

Je me suis approché du lit et je suis resté à côté d'elle. Ma mère a mis son bras autour de ma taille. "Dis quelque chose.

— Salut Andrea." Aucune colère ne pouvait survivre à ça, ou du moins aucune colère que j'aie jamais éprouvée. Andrea avait la taille d'un enfant. De minces mèches de cheveux blancs étaient éparpillées sur la taie d'oreiller rose, son visage était nu, sa bouche un trou noir béant. Elle a levé les yeux vers moi, a cligné plusieurs fois des yeux, et puis elle a souri. Elle a levé la main et j'ai attrapé sa petite pince. Pour la première fois j'ai remarqué qu'elle et ma mère portaient la même alliance, un anneau d'or pas plus large qu'un fil de fer.

"Elle te voit ! a dit ma mère. Regarde-moi ça."

Andrea souriait, si on pouvait appeler ça un sourire. Elle était heureuse de revoir mon père. Je me suis penché et je les ai embrassées toutes les deux sur le front, d'abord l'une, puis l'autre. Ça ne m'a rien coûté.

Après s'être remplie de pudding, Andrea a enroulé ses bras et ses jambes et elle s'est endormie. Avec ma mère, on s'est assis dans les fauteuils devant la cheminée vide.

"Tu dors où ?" j'ai demandé, et elle a désigné le lit derrière moi, celui dans lequel elle avait dormi avec mon père, celui dans lequel Mme VanHoebeek était restée allongée avec sa hanche cassée, en attendant la mort.

"Parfois il arrive qu'elle ait des moments de confusion, la nuit. Elle essaie de se lever. C'est plus pratique d'être ici avec elle." Elle a secoué la tête. "Il faut que je te dise une chose, Danny. Je me réveille dans cette pièce, et je les sens – la chambre et la maison – avant même d'ouvrir les yeux. Chaque matin j'ai vingt-huit ans, juste pendant une seconde, et Maeve est dans sa chambre sur le palier, et tu es un bébé dans son berceau près de moi, et quand je me retourne, je m'attends à voir ton père. C'est très beau.

— Tu supportes la maison ?"

Elle a haussé les épaules. "Ça fait longtemps que je n'accorde plus la moindre importance à l'endroit où j'habite, et puis de toute façon, je pense que c'est bien pour moi. Ça m'apprend l'humilité. *Elle* m'apprend l'humilité." Elle a penché la tête en arrière, comme Maeve le faisait. "Il faut être au service de ceux qui en ont besoin, pas seulement de ceux qui te donnent une bonne opinion de toi-même. Andrea est ma pénitence pour toutes mes erreurs.

— Elle a l'air d'en avoir pour quelques jours à peine.

— Je sais. C'est ce qu'on répète depuis des années. Elle n'a pas fini de nous surprendre.

— Comment va Norma ?"

Ma mère a souri. "Norma a un cœur en or. Elle travaille si dur, tous ces enfants malades, et puis elle rentre le soir s'occuper de sa mère. Jamais une plainte. J'ai l'impression que sa mère ne lui a pas rendu les choses faciles quand elle était adolescente.

— Et ne parlons même pas de maintenant.

— Eh bien, a dit ma mère, en me regardant avec une grande bonté. Tu connais les mères."

Je me suis rendu compte du peu de temps que j'avais passé dans cette chambre. J'y entrais rarement quand mon père y dormait seul, et je n'y étais jamais entré, pas même une fois, les années où il l'avait partagée avec Andrea. Elle était plus grande que la chambre de Maeve, et la cheminée, avec son énorme manteau en faïence de Delft, était un chef-d'œuvre, mais il n'empêche qu'Andrea avait raison – la chambre qui possédait une banquette sous la fenêtre était plus agréable. Sa vue sur les jardins à l'arrière, la lumière plus douce. "J'ai une question à te poser", j'ai dit, parce que m'était-il jamais arrivé de lui poser une question ? Quand avait-on été seuls tous les deux, à l'exception de quelques rencontres embarrassées dans des salles d'attente d'hôpital, ces dernières années ?

"Tout ce que tu veux.

— Pourquoi tu ne nous as pas pris avec toi ?

— En Inde ?

— En Inde, oui, ou n'importe où. Si tu pensais que cette maison était tellement atroce pour toi, tu ne t'es pas demandé si elle pouvait être atroce pour nous ?"

Elle a réfléchi un moment à ma question. Elle essayait peut-être de se rappeler ce qu'elle avait ressenti. Tout s'était passé il y a si longtemps. "Je me suis dit que pour vous, c'était un endroit merveilleux. Il y a tellement d'enfants dans le monde qui n'ont rien, et toi et ta sœur vous aviez tout – votre père, et Pluche, et Sandy, et Jocelyn. Vous aviez cette maison. Je vous aimais tellement, mais je savais que vous vous en sortiriez très bien."

Peut-être Sandy avait-elle raison, c'était une sainte, et les saints étaient universellement méprisés par leurs familles. Je n'aurais pu dire quelle vie aurait été meilleure, celle qu'on avait eue avec Andrea, ou bien celle qu'on aurait passée à traîner après notre mère dans les rues de Bombay. Il y a des chances que le résultat aurait été bonnet blanc, blanc bonnet.

"Et puis de toute façon, elle a dit, comme si une idée lui venait après coup, votre père ne vous aurait jamais laissés partir."

Après ça les choses ont changé, le changement étant la seule constante de nos vies. Je me suis retrouvé à retourner à Elkins Park. Plus personne ne m'ordonnait le contraire. La rage que j'avais trimbalée envers ma mère s'est éteinte.

Il n'y avait plus de place pour elle. À la place, j'avais en moi non pas de l'amour, ça jamais, mais quelque chose – une familiarité peut-être. On se réconfortait relativement l'un l'autre. Il arrivait que May m'accompagne lors d'une de ces visites, même si elle était tellement occupée à l'époque. May était à l'université de New York. Sa voie était déjà toute tracée. Kevin était à Dartmouth, si bien qu'on le voyait moins. Il avait une année, et vingt années de retard sur elle, comme nous tous. En allant à Elkins Park, May avait l'occasion de tout découvrir de ses grands-parents, et la maison l'obsédait. Elle a passé toute la maison en revue, comme un agent de la police scientifique. Il ne lui manquait plus qu'un détecteur de métaux et un stéthoscope. Elle a démarré par la cave puis a fait tous les étages. Elle a fait des découvertes inimaginables : des décorations de Noël, et des bulletins scolaires, et une boîte à chaussures remplie de rouges à lèvres. Elle a déniché la minuscule porte au fond du placard du troisième étage, menant aux combles. Je l'avais oubliée. Les cartons de livres de Maeve y étaient encore, la moitié en français, ses cahiers remplis d'équations mathématiques, des poupées que je n'avais jamais vues, les lettres que je lui avais écrites quand elle était en fac. May a improvisé la lecture de l'une d'elles au dîner.

"Chère Maeve, hier soir Andrea a annoncé qu'elle n'aimait pas le gâteau aux pommes. Le gâteau aux pommes est celui qu'on préfère tous mais désormais Jocelyn est censée ne plus le faire. Jocelyn a dit que ce n'était pas grave, qu'elle m'en ferait un chez elle et me ferait passer clandestinement les morceaux." D'une certaine manière, May connaissait exactement mon état d'esprit à onze ans.

“Samedi dernier on a fait trente-sept arrêts pour récolter les loyers et on a récupéré 28,50 dollars en pièces dans les machines à laver des sous-sols.

— Tu inventes, là ?”

Elle a agité la lettre. “Promis juré, tu étais vraiment aussi ennuyeux que ça. Et ça continue encore sur une page entière.”

Norma a éclaté de rire. Nous étions tous les quatre dans la cuisine : moi, Norma, May et ma mère, serrés autour de la table bleue. Je me suis soudain souvenu que mon père rangeait toujours les pièces qu'il récupérait dans les machines à laver et les sèche-linges dans un tiroir secret de la table de la salle à manger, et chaque fois que quelqu'un avait besoin d'un peu de monnaie, il allait directement en prendre une poignée. “Venez voir une minute”, j'ai dit, et tous les quatre on est allés dans la salle à manger terrifiante. J'ai passé la main sous le rebord de la table et j'ai fini par le trouver. Le tiroir s'était déformé et quand j'ai réussi à l'ouvrir, il était rempli de pièces de 25 centimes. Une vraie malle au trésor.

“Je n'étais pas au courant ! a dit Norma. Sinon avec Bright on l'aurait vidé.

— Il ne faisait pas ça à mon époque”, a dit ma mère.

May a passé le bout de ses doigts à travers les pièces. Peut-être qu'il ne les avait pas laissées là pour que quelqu'un les prenne. Peut-être que ces pièces nous étaient réservées, à Maeve et moi.

Le matin, j'ai regardé par la fenêtre et j'ai vu ma fille qui flottait dans la piscine sur un radeau jaune, ses cheveux noirs étirés derrière elle telles des algues brunes géantes, une longue jambe sortant périodiquement de l'eau pour s'éloigner du bord. Je suis sorti lui demander si elle avait passé une bonne nuit.

"Je dors encore, elle a dit, et elle a caché ses yeux derrière un bras mouillé. J'adore cet endroit. Je vais acheter la maison."

Andrea avait fini par mourir quelques mois plus tôt, et on était en train de discuter pour décider ce qu'on allait faire de la Maison des Hollandais. Bright, qui n'était pas rentrée pour l'enterrement, a dit à Norma qu'en ce qui la concernait, la maison pouvait bien brûler en enfer. Elles héritaient de beaucoup d'argent. Vu le style du quartier, le terrain serait sans aucun doute totalement réaménagé après la vente. Il était probable que la maison serait démantelée et vendue en pièces détachées : manteaux de cheminée, rampes d'escalier, panneaux sculptés, guirlandes de feuilles dorées au plafond de la salle à manger, qui avaient chacune la valeur d'un Picasso. Tout démanteler avant de vendre le terrain, ou bien développer nous-mêmes le terrain, pourrait en doubler, voire en tripler la valeur.

"Mais ça nous obligerait à assassiner la maison", avait dit Norma. Aucun de nous ne savait si c'était bien ou mal, à part May.

"Ce n'est pas exactement un premier achat", j'ai dit à ma fille.

May s'est redressée pour s'écarter du plongeoir. "J'ai demandé à Norma de m'attendre un an ou deux. Je me sens reliée spirituellement à cette maison." May avait un agent désormais. Elle avait tourné dans des pubs. Elle avait eu des petits rôles dans deux films, dont l'un avait été remarqué. May, comme elle était la première à le dire, faisait son chemin. “Elle a dit qu’elle me la garderait un peu.”

Ni Norma ni Bright n’avaient d’enfants. Norma disait qu’elle ne se voyait pas infliger une enfance à quelqu’un, particulièrement à quelqu’un qu’elle aime. Je supposais que l’oncologie pédiatrique n’avait fait que renforcer sa position. “J’aurais préféré qu’elle revienne à May ou Kevin, elle m’a dit. C’est votre maison.

— Pas la mienne”, j’ai dit.

On a trouvé le temps de parler de tout, Norma et moi : de notre enfance, de nos parents, de l’héritage, de l’école de médecine, du fonds pour les études. Norma avait décidé de retourner à Palo Alto. Elle avait récupéré son poste et donné congé aux gens qui avaient loué sa maison pendant des années. Elle m’a dit qu’elle commençait à peine à prendre conscience à quel point sa vie lui avait manqué. Un soir, après quelques verres de vin, elle a suggéré que, peut-être, elle pourrait être ma sœur. “Pas comme Maeve, ça jamais, mais une autre sœur, moins proche, comme une sœur par alliance.

— Je croyais que tu étais ma sœur par alliance.”

Elle a fait non de la tête. “Je suis ta demi-sœur.”

Ma mère est restée à la Maison des Hollandais. Elle a dit qu’elle était une espèce de gardienne qui s’assurait qu’aucun raton laveur ne s’installe dans la salle de bal. Elle a convaincu Sandy de venir habiter avec elle. Sandy, qui avait une bursite de la hanche, se lamentait sur tous ces escaliers. Après la mort d’Andrea, ma mère avait recommencé ses voyages. Elle ne s’absentait jamais longtemps mais elle disait qu’elle avait encore beaucoup de pain sur la planche. C’est à peu près à cette époque qu’elle s’est mise à me raconter des histoires sur sa vie en Inde, ou que je me suis mis à les écouter. Elle disait que son seul but avait toujours été de se mettre au service des pauvres, mais que les nonnes qui dirigeaient l'orphelinat passaient leur temps à lui faire mettre des saris propres pour l'envoyer mendier dans les réceptions. "On était en 1951. Les Anglais étaient partis, et les Américains étaient considérés comme des créatures très exotiques. Je suis allée à chaque réception à laquelle j'étais invitée. Il s'est avéré que j'avais un don particulier pour demander de l'argent aux riches." Alors elle a continué à soulager les riches de leur fardeau en faveur des pauvres. Elle a fait ce travail tout le reste de sa vie.

Pluche était partie à Santa Barbara vivre avec sa sœur mais elle revenait nous rendre visite, et chaque fois elle voulait dormir dans son ancienne chambre au-dessus du garage.

Norma avait promis de garder la Maison des Hollandais jusqu'au jour où May accomplirait sa destinée, ce que May a fait avec son quatrième film. Elle a réagi au raz-de-marée de son succès avec une assurance saisissante. May n'avait jamais cessé de nous dire que tout se passerait de cette manière, mais ça nous a quand même stupéfiés. Elle était encore si jeune. Il ne nous restait qu'à nous en réjouir.

Sur le conseil de son agent, May a fait poser une haute clôture noire métallique derrière les tilleuls, et il y avait désormais une porte au bout de l'allée et une boîte dans laquelle il fallait parler si on ne connaissait ni le code ni le gardien. Je ne pouvais pas m'empêcher de me dire qu'Andrea aurait adoré.

May a rapporté le portrait de Maeve de New York et elle l'a remis à la place vide où il était accroché autrefois. Elle ne pouvait pas passer beaucoup de temps à Elkins Park, mais quand elle était là, elle faisait des fêtes légendaires, ainsi qu'elle-même les qualifiait.

"Venez vendredi, elle m'a dit. Toi, maman et Kevin. Il faut que vous voyiez ça."

May avait souvent l'air d'en faire des tonnes, mais en réalité elle n'exagérait jamais. Je regrettais seulement l'absence de Pluche et de Norma. C'était un soir de juin, et toutes les fenêtres de la maison étaient à nouveau grandes ouvertes. Les jeunes gens qui débarquaient en berlines noires aux vitres teintées – May m'assurait qu'ils étaient atrocement célèbres – ont grimpé les deux étages jusqu'à la salle de bal pour danser et regarder les étoiles par les fenêtres. Celeste était arrivée tôt pour aider les assistants de May à tout préparer. Personne n'arrivait à croire que cette femme blonde de taille moyenne était la mère de May.

"Dis-le-leur !" elle m'a dit, alors je l'ai répété à tous les invités. Le patrimoine génétique de May avait apparemment totalement ignoré la contribution physique de sa mère, mais elle possédait la ténacité de Celeste.

Kevin a stationné à la porte pour ne rien rater. J'avais espéré qu'il reprenne ma société un jour, mais au lieu de ça, il avait commencé des études de médecine. Une enfance passée à entendre parler de la supériorité absolue de la carrière de médecin avait fini par l'influencer.

Sandy et ma mère sont restées un peu à la fête, pas très longtemps. Je les ai reconduites à l'ancienne maison de Maeve à Jenkintown, au calme. Le temps que je revienne, l'allée débordait de voitures, alors je me suis garé dans la rue et je suis entré par la porte. La maison était illuminée comme je ne l'avais jamais vue, chaque fenêtre, à chaque étage, déversait une lumière dorée, la terrasse était encerclée de bougies dans des verres, et la musique – j'avais demandé à May de baisser la musique – provenait d'une fille dont la voix sombre, et calme, était accompagnée par un groupe en nombre réduit. Le son qu'elle produisait était si limpide, si étouffé, si triste, que j'ai imaginé tous les voisins se penchant pour écouter. Je n'arrivais pas à entendre les paroles, seule la mélodie se surimprimait aux cris des gens sautant dans la piscine. J'étais parti à la recherche de Celeste pour lui demander si elle voulait que je la raccompagne en ville. On était trop vieux pour tout ça, même si on n'était pas si vieux. New York était notre seule chance de réussir à dormir.

Tout au fond du jardin, là où les tilleuls rencontraient la clôture, j'ai vu quelqu'un, assis dans un fauteuil de jardin, en train de fumer. Le fauteuil était trop loin de la maison pour être éclairé, et la seule chose dont j'étais sûr, dans l'obscurité, et l'obscurité encore plus profonde, c'était qu'il y avait quelqu'un, et un fauteuil, et la lueur intermittente d'un minuscule feu orangé. J'ai imaginé que c'était ma sœur. Maeve n'aimait pas les fêtes. Elle serait sortie dans le jardin. Je suis resté là sans bouger, comme si j'avais pu lui faire peur et la chasser. Je m'offrais ce petit plaisir quelquefois, la croyance qu'à condition de me concentrer, je la verrais assise dans le noir, devant la Maison des Hollandais. Je me suis demandé ce qu'elle aurait dit en voyant tout ça.

*Des dingues*, elle aurait dit, en crachant un peu de fumée.

Alors la personne assise dans le fauteuil a secoué la tête et allongé ses longues jambes devant elle, en étirant ses pieds nus. Pourtant, par miracle, l'illusion tenait bon, et j'ai levé la tête vers le tapis d'étoiles pour continuer à m'aveugler. Maeve a lancé sa cigarette dans l'herbe et elle s'est levée pour venir à ma rencontre. Pendant une seconde de plus, c'était elle.

"Papa ? a appelé May.

— Dis-moi que tu ne fumes pas."

Elle est sortie de l'obscurité et elle est venue vers moi, vêtue, à ce qu'il me semblait, d'une combinaison blanche couverte de perles. Ma fille, ma merveilleuse fille. Elle a passé le bras autour de ma taille, et pendant une minute, elle a posé la tête contre mon épaule, ses cheveux noirs tombant sur son visage. "Je ne fume pas. Je viens d'arrêter.

— C'est bien", j'ai dit. On en reparlerait le lendemain matin.

On est restés debout dans l'herbe, à contempler les jeunes gens qui voletaient pour entrer et sortir par les fenêtres, tels des papillons de nuit. "Mon Dieu, a dit May, comme j'aime ça.

— C'est ta maison."

Elle a souri. Même dans l'obscurité, son sourire était visible. "Bien, elle a dit. Raccompagne-moi à l'intérieur."

OUVRAGE RÉALISÉ
PAR L'ATELIER GRAPHIQUE ACTES SUD
REPRODUIT ET ACHEVÉ D'IMPRIMER
EN AOÛT 2023
PAR NORMANDIE ROTO IMPRESSION S.A.S.
À LONRAI
POUR LE COMPTE DES ÉDITIONS
ACTES SUD
LE MÉJAN
PLACE NINA-BERBEROVA
13200 ARLES

DÉPÔT LÉGAL
1re ÉDITION : JANVIER 2023
N° impr. : 2303650
*(Imprimé en France)*